芳芳大地

王怀宇 ◎ 著

一段稻花香里的峥嵘岁月　一曲海兰江畔的耕耘之歌

延边大學出版社

图书在版编目（CIP）数据

芬芳大地 / 王怀宇著 .-- 延吉 : 延边大学出版社 , 2022.3
ISBN 978-7-230-02821-9

Ⅰ.①芬… Ⅱ.①王… Ⅲ.①长篇小说—中国—当代 Ⅳ.① I247.5

中国版本图书馆 CIP 数据核字 (2022) 第 032961 号

芬芳大地

出 版 人：赵立才	
著　　者：王怀宇	
责任编辑：李天卿　禹明延	
责任印制：朱长纯	
封面设计：姬　玲	
出版发行：延边大学出版社	
社　　址：吉林省延吉市公园路 977 号	邮　编：133002
网　　址：http：//www.ydcbs.com	E-mail：ydcbs@ydcbs.com
电　　话：0433-2732435	传　真：0433-2732434
印　　刷：吉林省科普印刷有限公司	
开　　本：787 毫米 × 1092 毫米　1/16	
印　　张：20.5	
字　　数：336 千字	
版　　次：2022 年 3 月第 1 版	
印　　次：2022 年 3 月第 1 次印刷	
书　　号：ISBN 978-7-230-02821-9	

定　　价：58.00 元

代　序

黑土地上的耕耘之歌

胡　平

近年来，王怀宇的三部长篇小说新作《血色草原》《风吹稻浪》《芬芳大地》相继问世，令一直关注他创作的人们惊喜，也显著地标志了吉林文学新的增长。三部作品皆为作者长期酝酿、整体构思而成，以"家乡三部曲"系列问世，内里浓缩着作者对吉林家乡的炽热深情。

文学是人类情感的符号，即使最老到的作家，也只有在处理饱蕴贴切感受的题材上方可获得成就。王怀宇最出色的作品，多与乡情相连，《芬芳大地》就呈现了他对家乡发展前景的真诚祝福，是一曲海兰江畔的耕耘之歌，旋律中稻谷飘香，生态和谐，百业蓬勃，使读者从中受到由衷感染。

小说以金稻村培育"金稻粳米"为中心情节，属于主旋律作品，而在此类创作中，能否使主旋律融合在人物深层情感的表达中，常常成为写作水准高下的关键。在这一点上，《芬芳大地》较之有些同类作品表现出它品质的纯正和优越。

主人公赵二良是个从金稻村考上大学跃出"农门"在省城当上记者的青年，他最终选择重回故里种植新稻，折射出新时代的社会氛围，也源自他对乡里、乡亲和亲友们难以割舍的依恋。能走出这一步，颇为不易，作者很大的成功，就在于通过赵二良的人生经历和转折写出了一群生活在黑土地上的人们的鲜活生命，写出了他们的历史和现实生存状态，以及他们的希冀、愿望、追求和命运。

赵二良的回乡，主要是受老叔的影响。小说中的老叔勤劳朴实、善良仗义，是个栩栩如生、使人难忘的人物形象。他是个有主见的普通农民，在村民们追求产量，以大量施用化肥、农药换取水稻收成之际，仍坚持种植有机水稻，甘守贫穷，持守住本分人品。赵二良从小跟随老叔耕作，升起过帮助他实验新稻的志向，但父亲赵有才是个乡村中常见的文痴，一心想当"鲁迅"，强迫两个儿子报考大学中文系，将来成为诗人或作家。赵二良走上了父亲期待的生活道路，但在老叔凄凉离世后，他悲怆不已，重新思考生活、事业，终于做出不平常的决定，经过不懈努力，培育出"良心稻子""良心鸭子"等优良品种，振兴了家乡的经济与文化。

小说的人物关系中，作者对老叔和赵有才不同角色的设计饶具特色。老叔虽然只是叔叔，自己有两个儿子，但对两个侄子视同己出，不允许赵有才对他们不负责任。当大良、二良跌落江中，赵有才只能捶胸顿足地喊叫时，是老叔骑着大红马赶来，救起了兄弟俩。事后，老叔凶狠地向他大哥怒吼，竟给了大哥一记十分响亮的大嘴巴子。这样比父子关系还亲的叔侄关系，生活中是有的，被王怀宇留意并描写出来，带给作品内容别样的温馨和亲切。不仅如此，作者又写出了叔侄关系中令人感喟的一面。老叔患晚期肺癌进城看病时，赵大良、赵二良虽热情接待，但得知此病即使耗尽财力也未必能治时，还是心怀内疚地借医生之口送老叔返回村里。更使他们不安的是，事后，他们在老叔留下的"良心瓜子"里各发现一万元钱，那是老叔对他们表示的谢意。这一幕成为全作中感人肺腑的一节，将世间长辈对晚辈无私的爱和晚辈对长辈有保留的孝敬写得淋漓尽致。这一情景与水稻无关，但对赵二良的还乡起到至关重要的作用。他深感自己对不起老叔，要用最能够宽慰老叔的行动减轻内心的愧疚。作者深谙小说应该朝哪里用力，将作品的文学性推向深入。

实际上，作者自己也有一位患上晚期癌症的农民叔叔，叔叔来省城投奔他时，他竭尽全力帮助救治，还是无济于事。叔叔大概是作品中老叔的原型，为作者笔下的人物提供了音容笑貌，才将他写得格外血肉丰满。作品的关键词之一是"良心"，它贯穿全书，时隐时现，勾连起优秀传统文化和现代意识，也使两代人心心相通，形成故事的主要线索。

《芬芳大地》里另一层厚重的感情色彩，来自主人公的同窗之情。小说在描写赵二良的成长经历中，学生时代成为重点。它与主人公的乡村生活同行，也形成主人公后来与乡间联系的一种纽带。王怀宇曾谈到他多次回家乡采访时与旧时同学相聚的情景，那场面总使他浮想联翩，难以忘怀。同学之情也是乡情的一部分，在小说中，一些少时同窗成为激励主人公回家干一番事业的不可忽视的力量，进入小说结构里，将主人公的成熟历程与此后的大有作为巧妙结合起来，体现出作者构思上的成熟。

赵二良的同学中，朴铸成最为性格鲜明。上中学时，赵二良常被班上称霸的李勇浩欺负，是朴铸成挺身而出，私下找到李勇浩为赵二良说话。李勇浩并不屑理睬他，他竟敢当面掰断自己一根手指，使李勇浩震慑不已。许多年后，赵二良方得知这一内情，深为感动，此时朴铸成已经成为堂堂正正的上校团长。关键时刻，朴铸成认同赵二良的想法，陪他一道回老家，与李勇浩等老同学沟通叙旧，也取得了大家对有机水稻事业的支持。王怀宇善于描写俗常同学之情，间或真情实感的流露，甚为丰富动人，形成创作中一种特色内容，常能勾起读者的温馨记忆。而且，《芬芳大地》的主题酝酿也直接受到他的同学的影响。王怀宇回忆说，他回乡采风时，与一些老同学接触，发现彼此在思想和文化上已形成巨大差异，难以正常沟通，这使他很感痛心，也意识到，呼唤乡村人的文化意识是他必须面对的创作课题。在这部作品中，赵二良从城市带回家乡的，正是先进的科学技术和发展理念以及博大的胸怀。在村里，他和伙伴们通过对李勇浩、马胜利、崔银花、金快手等村民的影响和教育，搅动了那个因循守旧、落后保守、狭隘自私的乡村环境，让乡亲们接纳新的生产方式和生活方式，迎来新的家乡面貌。这一过程中，赵二良自己也在改变。当并不友好的老同学马胜利临难求助时，他想起老叔当年的境遇，毅然将刚到手的卖米钱拿出来为马父治病，并在全村第一次带动起募捐行动，使马父的肝移植手术取得成功。应该说，作者和书中的主人公赵二良有着相似之处，生活里，王怀宇在同学中间也是出类拔萃的，已成为吉林省作家协会副主席、吉林省文学院院长，但他从未真正脱离过农村，他在事业上的成就仍与乡情滋养和反哺乡村相关，一片芬芳大地始终伴随着他在创作上的跋涉。

在"家乡三部曲"中，充满着大自然情怀。《血色草原》中雄浑深邃的原始意象，《风吹稻浪》中鱼米之乡的丰饶画面，《芬芳大地》中万物勃兴的人间景观，都透视出作者天人合一的生命观。在这种宏大观念之下，一切生命都具有平等的生存权利，引发人们不自主的感动和思索。《芬芳大地》里，山雀、麻雀、老鼠、土鸭、家猫、家狗、毛腿鸡等生灵也是活跃的，它们的遭遇常给读者带来惊喜或叹息。小说中有一段，写施工的工人用泡沫板堵住墙体上的洞孔，那会很快把窝里的麻雀崽儿闷死，两只成年麻雀在墙外凄惨鸣叫翻飞。赵二良远远望见，立刻上前交涉并发出抗议，甚至怒吼，但没能改变工人按部就班的无情操作。这类情节与主旨表达并非无关，它们折射着人物的灵魂，建立起读者与作者在世界观上的共鸣。

王怀宇的小说总是接地气的，不管写什么，一定充满浓郁的生活气息，生成阅读的张力。《芬芳大地》中对过去年代里金稻村人日常生活情趣的讲述就很有一套。如李勇浩最爱炫耀他拥有两把超长的烟火枪，那枪由十二节自行车链制成。其他男同学去求他做枪，至少需要攒下六节车链，其中一节作为报酬。老叔是一名好木匠，他将一块坚硬的榆木方子做成能随意折叠的小板凳，成为精美的工艺品，起名为"瞎掰"。赵二良对"瞎掰"始终珍惜，带着它上大学，后来将它作为定情物送给恋人姜婷婷，姜婷婷也因为喜欢它而不舍与赵二良分手。这些有意思的桥段，都生动勾连起人物的命运，增加了作品的可读性。而书写这样的乡土情节，营造出乡村生活的跃动氛围，往往与想象无关，更取决于作者的人生阅历、悟性和观察力。在这一点上，王怀宇享有天然的优势。

他的优势当然也包括熟练运用东北民间语言的能力。小说中赵有才嫌赵二良不听话，怒斥儿子说："别叫我爸，你是我爸！"老叔去世后，老婶哀痛地对赵二良说："没和他过够呢……"这些人物言语同样是小说中的精华，值得咀嚼，能够长久留住读者的目光并嵌入内心深处。

王怀宇是广袤的东北黑土地上生长出来的作家，他与那片黑土地的情缘，又生长出他一部又一部深沉的作品。

（胡平，著名文学评论家、作家、研究员，中国作家协会小说委员会副主任，中国作家协会创作研究部原主任。）

目录

引　言　　　　　　　　　　　　　/ 1

第一章　　良心稻子　　　　　　　/ 3
第二章　　赵小眼睛　　　　　　　/ 9
第三章　　童年趣事　　　　　　　/ 15
第四章　　当兵情结　　　　　　　/ 24
第五章　　"丢枪事件"　　　　　　/ 30
第六章　　言传身教　　　　　　　/ 37
第七章　　转嫁梦想　　　　　　　/ 41
第八章　　初中同学　　　　　　　/ 49
第九章　　"蹲级包子"　　　　　　/ 57
第十章　　恍如战场　　　　　　　/ 64
第十一章　　面对现实　　　　　　/ 70
第十二章　　各奔前程　　　　　　/ 78
第十三章　　无声反抗　　　　　　/ 83
第十四章　　金榜题名　　　　　　/ 89
第十五章　　异样初恋　　　　　　/ 98
第十六章　　阴差阳错　　　　　　/ 105
第十七章　　加急电报　　　　　　/ 110
第十八章　　天降好运　　　　　　/ 116
第十九章　　太想站直　　　　　　/ 121

第二十章	看清自己	/130
第二十一章	疲于奔命	/141
第二十二章	挣点外快	/150
第二十三章	农民兄弟	/158
第二十四章	静水流深	/168
第二十五章	老叔来了	/182
第二十六章	城市蜗居	/193
第二十七章	艰难住院	/200
第二十八章	正式确诊	/208
第二十九章	秘密操作	/219
第三十章	匆匆送行	/227
第三十一章	求购中药	/232
第三十二章	久别重逢	/240
第三十三章	另有谜底	/251
第三十四章	当面打脸	/263
第三十五章	回乡创业	/271
第三十六章	于无声处	/277
第三十七章	从头再来	/286
第三十八章	晴天响雷	/295
第三十九章	春回大地	/303
尾 声		/314
后 记		/316

引 言

黑土地是地球上最珍贵的土壤资源，也是东北最著名的自然身份特征。头一次来东北的外地人，会震惊于田野大地里泛着油光的黑，而那正是黑土地肥沃的重要标志。

20世纪90年代，由于人们对黑土地的保护意识差，海兰江畔金稻村原本泛着油光的黑土地越来越发灰、发黄，甚至发白。土壤由松软变得板结，由肥沃变得贫瘠。很多地表失去了原有的植被，已经变成了大片大片的白色盐碱地。昔日的杨柳春风变成了现在的冒烟大风。每年的四五月份，金稻村都会刮起没完没了的裹挟着白色碱末和黄色沙尘的冒烟大风。有时，连续数日的冒烟大风过后，金稻村人连自家田地里种的是啥都辨认不出来了。黑土地就像被胡乱地蒙上了一床脏兮兮的破棉被，原本翠绿挺拔的稻苗变得萎靡枯黄，半死不活地倒伏在浑浊的泥水里。

那时的金稻村虽然还叫金稻村，却连成片的稻田都很少见了，就更别说曾经有的那一望无际的金色稻浪了。村民们看上去忙忙碌碌，却很少能创造出价值来。据老人们说，金稻村过去不仅因盛产优质有机水稻而得名，还是远近闻名的农民画之乡呢。可现在不行了，水稻质量越来越差，村民们都忙着喝小酒、耍小钱，已经很少有人琢磨农民画了。

虽说近年来金稻村有了一些起色，但世世代代种水稻的金稻村人还是没能真正走向物质富裕和精神富足。为了眼前利益，村民们还在过量地使用化肥和农药，很多黑土地已盐碱化了。用当地农民的话说，赶上风调雨顺的好年景，村民们还能有点儿余头儿；要是旱点儿，或者涝点儿，水稻可就长不起来了，顶多也就是闹个年吃年用；要是赶上大旱或者大涝之年，村民们就彻底玩儿完。金稻村就是这个样子，年复一年，村民们起早贪黑地劳作，汗珠子落地摔八瓣儿，但日子总是过不起来，很多村民仍然挣扎在贫困的泥淖之中。

第一章　良心稻子

赵二良的童年和少年时期都是在金稻村度过的。他从小就喜欢画画儿，更喜欢琢磨有机水稻。赵二良本来有着自己的成长轨迹，是好高骛远的父亲不断地改变着他的命运。

赵二良的父亲叫赵有才，长得文质彬彬的，冷眼看上去就像个白面书生，是金稻村有名的"另类农民"。一心想当"鲁迅"的赵有才喜欢写杂文，整天板着清瘦的窄脸，金稻村人几乎没有见他笑过。赵有才早就对黑土地失去了耐心，他宁肯起早贪黑地写杂文、做木工活儿，也不愿意下到田地里去种水稻。更多的时候，赵有才都是在外面四处游荡着的。如果具体点儿说，赵有才基本上常年游荡在距金稻村十几里开外的活龙镇。说是去做木工活儿，实际上却经常出现在活龙镇文化站，和俞站长闲聊。当然了，用赵有才自己的话说，他那是在和俞站长交流创作心得，那是在谈文学、谈人生……

父亲赵有才经常不着家，体弱多病的母亲尹贤姬只好带着赵大良和赵二良住到他们祖母家去。祖父去世早，祖母年纪大了，已经干不动什么重体力活了，也正需要有人照顾。再加上老叔老婶一家四口，作为大嫂的尹贤姬不得不为一大家子人操心。家里最大的劳动力是老叔，表面上叫祖母家，实际上应该叫老叔家。也就是说，祖母家真正当家的是老叔，可以说，赵二良他们一家人曾一度寄居在老叔家里。

老叔的大号叫赵有志，和赵有才不同，老叔眉宇间透着英气，举手投足处处捏着分寸，总是一副不卑不亢的神态。身材匀称、一身肌肉的老叔就像用古铜铸的，绝对是个坚守在黑土地上的好农民。老叔一直执着地种着他常挂在嘴上的"良心稻子"，也就是人们常说的不上化肥、不打农药、不喷除草剂的有机水稻。只是因为老叔的有机水稻无法取得有关部门的正式认证，所以才被人们叫成绿色水稻，也就一直卖不上应有的好价钱。别人种水稻看重的是产量，老叔种水稻看重的永远是质量。

老叔虽然身材挺拔，相貌英俊，但由于家里穷，他二十六岁才说上媳妇儿，二十七岁以后才相继有了大儿子和小儿子，也就是赵二良的大弟和小弟。

老叔刚结婚时，家里只有两套最简单的铺盖卷。好在老叔和老婶都非常勤劳，都是本分、能干的农民，一家人的日子才支撑下来。尤其是老叔，好像一年四季都在稻田里劳作。老叔干起活来只求好，不要命。春天，老叔蹚着冰冷的黑色泥水耙稻田、育稻苗、插秧；夏天，老叔光着古铜色的膀子追肥、除草、看水、填埂；秋天，老叔伴着"嚯嚯"的镰声割稻、打草；印象最深的要数冬天，老叔打场、磨米，几乎变成了一个灰色的人。老叔还组织过声势浩大的海兰江冬捕呢，穿冰下网，马拉绞盘……

老叔付出高强度劳动种出来的有机水稻虽然品质好，但是产量偏低。如果卖不上好价钱，一年下来就是白受累。由于贫穷，顾不上绿色健康的村民们不太愿意花高价买有机大米吃，老叔的好大米在村里就很难卖出去，每年都得过江去外地卖大米。为了赶时间，海兰江刚一封冻就得过江，老叔赶着装满大米的马车过江就更加危险了。有一次，老叔说三天回来，家人苦等了五天他才回来，原因是马车困在大雪窝子里了。还有一次，老叔过江时，在一片薄冰上发生了险情——老叔在前边赶着马车跑，后面的冰面就在开裂、塌陷，幸亏老叔赶车技术高超，一直让马不歇气儿地全力飞奔，才连人带车逃过一劫……

老叔做人要强，从来不愿意给别人添麻烦。用他的话说就是，宁肯让身上受苦，也不能让脸上无光。他不仅做农活干净利落，为人处世也豪爽仗义。有一年冬天，本来卖粮就非常艰难的村民们又被邻村一个叫黄平的粮贩子骗走了水稻，是豪爽仗义的老叔用担当和诚信征服了粮贩子黄平，才挽回了村民们的经济损失。当时，所有村民都回来了，唯独不见老叔的身影，家人焦急苦等着，都以为他出事了。直到半个月后，老叔终于带着村民们的全部粮款平安回来了……从那以后，讲究担当和诚信的老叔，总是被村民们讲进"黄平骗粮案"的惊险追款故事里。

老叔的木工活儿也做得非常好。有一段时间，老叔手里多了一块方方正正的黄榆木，他对那块又硬又亮的木头简直爱不释手，每天都拿在手里掂量着、摩挲着……谁也没想到，有一天老叔竟把那块无比坚硬的榆木方子做成了一只能够随意折叠的小板凳。老叔把它称作"瞎掰"，说是专门给常常蹲在地上画画儿的两个侄子做的。老叔做的"瞎掰"实在是太神奇了，那块榆木方子经过精心雕刻，已经变成了一件精妙绝伦的工艺品。老叔之所以叫它"瞎掰"，是因为它可以随意打开或收起，能或高或低、或平或曲地支出多种造型来，不用时，折叠起来还是那么一块严丝合缝的榆木方子。曾经的榆木方子就像活了一样，就像有了灵魂。赵大良和赵二良不知道老叔是怎么做到的，这事儿至今还是一个谜。他们敢打赌，老叔虽然没出去做过木工活儿，但老叔的手艺绝对不比他们的父亲赵有才差。

除了为人要强、豪爽仗义和心灵手巧，老叔还是金稻村有名的大孝子。和常年在外做木工活儿的赵有才不同，老叔总是任劳任怨地守在祖母身边。祖母每次过寿，老叔手头儿再拮据，也要为老人张罗一桌可口的饭菜。哪怕桌子上都是辣菜、野菜，老叔也要把数凑到十个以上。祖母的生日正好在青黄不接的五月，有一次，老叔竟然就用野菜为祖母摆了一大桌长寿宴。赵二良至今还记得，有山韭菜拌豆芽，有苣荬菜炒鸡蛋，有辣白菜炒冷面，还有苏子叶炸丸子和酱汤干白菜……

和天底下很多老叔更不太一样的地方是，老叔宠爱两个侄子的程度超过了自己的两个亲儿子，面对两个不爱学习的儿子，老叔常说两个侄子有内秀。正是因为拥有这样一位与众不同的老叔，才让赵二良在老叔家从来没有寄人篱下的感觉。他和大哥赵大良在老叔家生活得心安理得、自由自在，想玩啥就能玩啥，想干啥就能干啥。一不留神，画画儿和背古诗就成了他们的爱好和特长。尤其是他们画的画，总能让金稻村人连连称奇。无论是鸡鸭猫狗，还是猪马牛羊，小哥俩几乎是见啥画啥，而且画啥像啥。

念过初中的老叔见两个侄子有如此本领，脸上的笑容就更加自豪了。

　　一有空闲，老叔就领着赵大良和赵二良走家串户地表演画画儿和背古诗，让大弟和小弟当"助威队员"，那可真是一场场不知疲倦、兴致勃勃的巡回表演啊。两个侄子又都是乖巧懂事的孩子，老叔指向奔跑的狗，他们就画鲜活的狗；老叔指向跳跃的猫，他们就画灵动的猫。在画画儿的间隙中，老叔又让两个侄子背诵唐诗宋词，总是能博得围观村民们的阵阵掌声……那时他们会背很多句唐诗宋词了，如"锄禾日当午，汗滴禾下土""少壮不努力，老大徒伤悲""待到重阳日，还来就菊花"，还有"书中自有黄金屋，书中自有颜如玉""万般皆下品，唯有读书高"这样的名言警句，都是他们不经意间从老叔那里学来的。

　　在老叔眼里，两个侄子就如同传说中的神笔马良加天才曹植，金稻村人也都对小哥俩投来羡慕的目光。念过高中的村主任刘喜善在金稻村里算是最有文化的人了，刘主任可从来没表扬过谁，现在连他都说："这两个孩子有天赋，将来都能有出息。"金稻村的农民画传承人——全福爷也经常捋着花白胡子说："这俩孩子脑袋瓜子好使，好好画下去，日后准能成……"

　　可以说，种有机水稻是东北最辛苦的农活，经常得起大早、贪大黑。赵二良的母亲尹贤姬和老婶每天三点多钟就得起来生火做饭，准备下地干活。全家人每天都是这样忙碌着，有时早饭和午饭还要带到稻田里去吃。

　　日子虽过得艰难，但老叔家有好吃的大米饭。老叔用"良心稻子"焖出来的大米饭，不仅看上去油亮发光，而且吃起来米香十足，赵二良最爱吃了。那可真是又香又糯，像凝脂一样啊！毫不夸张地说，就算什么菜都没有，赵二良也能空口吃上几大碗。只是生活困难，还不允许他那样的吃法。赵二良每次都吃不够，总是吧嗒着小嘴儿，意犹未尽的样子。他常常想，这么好吃的大米饭什么时候能管够呢？为此他多次在梦中实现了愿望，好几次竟然把自己笑醒了。老叔家好吃的大米饭曾一度让赵二良对"良心稻子"十分好奇，他从小就经常跟在老叔身后看老叔如何种"良心稻子"。

　　那时的金稻村，绝大多数农户还没能使用机械来替代手工劳作。老叔就像机器一样，在田间拼命地劳动"抢时间"，从夏天到秋天，不停地插秧、收割、晾晒、打场。高强度的劳动几乎贯穿了一整年，种"良心稻子"的老叔在一年中要上万次地弯下腰去。

金稻村每家的地块儿都不太大，别说没有农机，就算有，也无法采用大规模机械化作业。为了最大限度地保证秧苗整齐并且均匀，绝大多数庄稼人还是用老方法种老品种；为了提高水稻产量，一些庄稼人在不断加大化肥的使用量；为了节省除虫、除草的体力，一些庄稼人尝试着使用更多种类的农药和除草剂，甚至连敌敌畏、百草枯都用上了。庄稼人一味地向土地索要粮食，过度榨取土地，已经在不知不觉中走进了恶性循环的泥淖。用老叔的话说，那化肥喂出来的稻子，人吃了哪有好儿啊？相当于变相吃化肥。赶上雨水大时，稻田里的水溢到河湖里，都是农药和化肥，那鱼还能好吃吗？鸡鸭鹅越来越走样，猪肉、羊肉也越来越没有滋味……这一切都加重着老叔的"死固执"和"一根筋"，他埋头种他的"良心稻子"，摆出一副别说八头老牛，就是一百头老牛也拉不回来的架势。

金稻村发展不起来，老叔认为归根结底是因为思想观念落后。是思想观念落后让庄稼人顾不上细品大米饭的口感，是思想观念落后让庄稼人顾不上思考这样的大米饭是否绿色健康。如何能种出优质高产的"良心稻子"呢？这一直是老叔魂牵梦绕的头等大事。

披星星，戴月亮，老叔不断地在稻田里尝试着。清晨的露水，不仅打湿了水稻，也打湿了老叔的衣服。但从没见他说不舒服，他就像早就习惯了湿衣服贴在肌肤上的感觉。

从早春到暮秋，老叔的身影不断地在稻田间闪现。风吹雨打，晨晖夕映，他一直都满身泥巴地在水稻田里忙碌。老叔每天都会走在田埂上，远远望去，就像稻田里多了一棵树。

秋收时节，老叔家的稻田和很多农户家的稻田一样，已经随着季节的变化变成了金黄色。老叔家的稻田里不上化肥的水稻虽然长得不太高，但也在微风中摇曳出了成熟少妇的姿态。春天时种下的水稻已经被精心照料得颗粒饱满，很有一些大丰收的样子。

面对着金色的稻田，老叔又一次次地弯下了他那健壮的腰身，甚至比以往任何时候都更加认真、更加虔诚。收割季节晒稻谷也是一样，因为只有最强的阳光才能把潮湿的稻谷晒得最干，储存起来才不会发霉。老叔说那是种稻人每年的"最后一哆嗦",大意不得。

在金稻村,除了全福爷家,就数老叔的那片稻田种得最好了。有一次,刘主任把全村人都组织到老叔家的稻田边观摩学习。

有人说:"确实好啊,瞅着就是比旁边稻田里的结实啊!"

有人说:"这稻子长得可真稀罕人儿,人家没用除草剂,稻田里一根杂草都没有!"

在大家的一片赞扬声中,老叔也有些激动:"真事儿不假,要说种水稻,我可从来不会糊弄人,也从来不怕吃苦受累。只有坚持种好'良心稻子',咱金稻村才会有希望啊。"

第二章　赵小眼睛

赵二良小时候那些年，金稻村更穷。如果不是过年过节，金稻村人是很难吃上肉的。正在长身体的小孩子们，就更馋肉了。

日子虽过得清苦，但年幼的赵二良却生得虎头虎脑、壮壮实实。他虽然长得眉清目秀，但由于脸上有肉，眼睛就被挤得略显小了一些。赵二良天生爱吃肉，尤其爱吃肥肉，他管肥肉叫白肉。

金稻村人下田干活喜欢扎堆儿，田间休息时能跳一跳热闹的农乐舞，中午还能一起搭伙吃饭。菜锅里基本上看不见肉，只有炖干豆角的时候才能偶尔见到一两片肥肥的咸腊肉。有一次，金快手抢到了一块肥肉，本来他应该给他儿子二猴子吃，可能是出于对赵大良和赵二良的羡慕嫉妒恨，他就想让年纪更小的赵二良当众出点儿丑，便故意夹着那块难得的肥肉向赵二良晃悠着："赵小眼睛在吗？今天就不让你画画儿、背诗了，咱们来点儿新鲜的。如果我问你啥你就能回答上啥，我就把这块肥肉给你吃。那赶似的了①！"金快手说着就高高地举起了那块肥肉，没忘加上他的口头禅。

"赵小眼睛在。"超级馋肉的赵二良"利令智昏"，竟然马上答应了。

---

① 那赶似的了：方言，那相当好了。

"赵小眼睛在哪儿呢?"金快手又故意问。

"赵小眼睛在这儿呢。"

"谁是赵小眼睛啊?"

"我是赵小眼睛呀。"

"赵小眼睛啥样的?"

"赵小眼睛这样的……"

金快手明明早就看到了赵二良,但为了取笑赵二良,他还是竭尽所能、翻来覆去地问完了能想到的一切问题,生怕白瞎了他那块肥肉。"这块肥肉要是吃到嘴里,那赶似的了!"

赵二良生怕失去吃到肥肉的机会,竟然每问必答,还向夹着肥肉的金快手跑了过去……本来死要面子的赵二良,却无法抗拒那块肥肉的诱惑。

见赵二良红着小脸儿跑了过来,本来身材就很高大的金快手又跳到了大板凳上,还一度想变卦,要把肥肉给他儿子二猴子吃。他喊来了二猴子,问他同不同意把肥肉给赵二良吃。

很多主持公道的村民看不下去了,有人就说:"金快手,你这也太不讲信誉了!"

老叔也看不下去了,说:"我说他金叔,你这也太过分了,逗势①孩子这么半天了,咋也得讲点儿诚信吧?"

金快手这才像不得不剜了心头肉一样,兑现了自己的承诺:"我这不是得充分用好这块肥肉嘛,那赶似的了。"

一阵哄笑之后,那块肥肉总算被放进了赵二良的小嘴儿里。吃到了肥肉,赵二良就红着小脸飞快地扑到了老叔的怀里。直到这时,他才忍不住偷偷哭了起来,又不想让别人看出来,他就一直趴在老叔的腿上,直到彻底抹掉那几滴不争气的小眼泪儿……

老叔就小声地为赵二良开脱:"你金叔又何尝不馋肥肉呢?只是因为他不舍得吃,才把肥肉让给小孩子。叫你赵小眼睛,只不过是人家把好吃的让给你之前,你得付出的一个小小的代价。人家把好吃的肥肉给你吃了,总得让人家心理平衡吧?你总得让人家乐呵一下吧?"

---

① 逗势:方言,逗弄,挑逗。

对爱面子的赵二良来说，这个代价还是过于巨大了。从那以后，赵二良时常会从睡梦中惊醒过来，把脑袋蒙在被子里小声啜泣。有一次他午睡醒来，正在委屈地小声哭泣时，被从稻田里跑回来取农具的老叔发现了。老叔就问他："你咋又哭了呀？"

赵二良说："金快手又在梦里取笑我了。"

老叔就又安慰他说："别往心里去，他那是瞎说。我二侄子长得多好看哪！他要是再让我二侄子当众出丑，我非收拾他不可。"

赵二良知道老叔不会去打金快手，但老叔的态度还是让赵二良好受了一些。最后，暗自神伤的赵二良还边抽泣，边毫无底气地小声问："老叔啊，我的眼睛真的很小吗？"

老叔就说："那是金快手没正形①，逗你这个小孩子玩呢，不要在意他那些恶作剧。我二侄子的眼睛乌黑明亮，清澈有神，不大不小，正正好好，和老叔小时候一样。"

"老叔，可我就是馋肉啊，我是不是很给你丢脸呀……"

"小孩子都馋肉，等以后老叔种好水稻有钱了，一年给我二侄子杀两头大肥猪，让我二侄子吃肉管够。"

那时，金稻村放电影的机会不多，电影就像游走在乡间的流浪汉，不知道什么时候才会突然间从一个村庄流浪到另一个村庄。有一天，金稻村里难得地放了一回《红灯记》，在《红灯记》正式开演前有一个加演的新闻纪录片，赵二良在新闻纪录片里偶然看见来华访问的某国领导们，终于发现了一个比他眼睛还小的人。最重要的是，那个人还是个大官呢！赵二良终于对自己的小眼睛有了最初的释怀，第一时间用很响亮、很幼稚的童声对旁边的老叔说："老叔，你快看呀！那个人的眼睛比我的还小，也能当那么大的官啊！"

"那个人的眼睛太小了，我二侄子的眼睛可不小。"老叔抚摸着赵二良的小脑袋说。

"英雄李玉和的眼睛就大，叛徒王连举的眼睛就小吗？"看完《红灯记》，赵二良又小声地问老叔。

---

① 没正形：方言，没正经的，不严肃。

"那可不一定。看一个人是不是英雄，眼睛大小不是标准，主要得看人品、看作为。电影《英雄儿女》你不是也看过吗？那里边的王成眼睛就不大不小，关键时刻人家敢喊'向我开炮'，最后手持爆破筒与敌人同归于尽，照样是响当当的大英雄，电影里那首《英雄赞歌》就是唱给战斗英雄王成的。"老叔耐心地解释着。

有一天，金快手又要故技重施，一边举着好吃的肥肉，一边喊着赵小眼睛。一向和气的老叔为了制止金快手，竟然给了他一拳头。在众人面前，金快手觉得没面子，就和老叔急眼了："哼！好心当成了驴肝肺。你看着，以后我再把肥肉给你们家二良子吃，我就是龟孙子，那赶似的了！"

农闲时节，金稻村人除了表演农乐舞、演唱民族歌，女人们还喜欢聚在一起唠家长里短，而男人们则整天靠喝酒、打牌混日子。老叔从来不掺和这些事。在赵二良的印象中，老叔总是在琢磨着如何种好他的"良心稻子"。老叔不知从哪儿弄来了那么多有关种植有机水稻的资料，一有空闲，就翻看那些资料，有些书的边缘已经被老叔翻得发黑、起毛，甚至都卷页子了。

从水稻在全世界的分布，到亚洲地区的水稻族群；从水稻在全中国的种植情况，到水稻在大东北的发展历程；从海兰江畔的土质特点，具体到金稻村的水稻品种……老叔都了如指掌。

在老叔的影响下，除了喜欢画画儿和背诗，赵二良还喜欢来稻田里看老叔种有机水稻。虽然赵大良有时候也一起来，但赵大良总是蹲在田埂上画画儿，而赵二良则是紧紧跟在老叔身后，到水稻田深处去探索。

赵二良发现的第一个问题就是老叔的稻田里长着杂草，就问："老叔，咱们家的稻田里咋有杂草呢？"

"咱们家不喷除草剂，稻田里就长杂草呗，要不我咋天天都得拔呢。"老叔答。

"老叔，咱们家的稻子为什么没有人家的高呢？"

"咱们家的稻子不上化肥，长得就矮，但长得壮实啊。"老叔答。

"老叔，咱们家的稻田里为什么还有虫子和老鼠啊？"

"咱们家不往稻田里打农药，就长虫子、生老鼠呗，证明稻子没有毒啊。"老叔答。

赵二良好像每天都有无数个"为什么"要问老叔，老叔总是一边干活一边耐心地回答他。

赵二良七岁的时候就能给老叔打下手了。老叔育苗，他就跟着育苗；老叔耙地，他就跟着耙地；老叔插秧、灌水、放水、晒秧、收割，他就照着老叔的样子一丝不苟地去做。老叔在前面插秧，他就在后面补齐遗漏的秧苗；老叔在前面拔草，他就在后面清理带泥的草根。两个人都赤着脚板，一前一后，来来回回，一边干活，一边还说着有关水稻的有趣话题。

老叔尽量把秧苗不偏不倚地插在一条线上，一行行、一道道，疏密有致，插的秧就像老人们纳的鞋底，远远看上去如同工艺美术家精心设计的图案。

见老叔这样细心地种有机水稻，赵二良都不忍心把小脚印留在稻田里了。

发现赵二良对种有机水稻如此感兴趣，又如此认真，老叔有时候就开玩笑似的对他说："我说二侄子啊，干脆，你长大以后就和老叔一起种稻子吧，看你这用心劲儿，到时候准是稻田里的一把好手。"

赵二良就十分兴奋地手舞足蹈着："好啊好啊，那可太好啦！那样的话我就能天天和老叔在一起了，长大以后好给老叔养老啊！"

"真的呀？那老叔可就等着了，等着我二侄子给老叔养老！"

"以后我要种出更多更好的有机水稻，挣很多很多的钱，都给老叔花，天天给老叔做最好吃的大米饭！"

"我真没白疼我二侄子，我二侄子可真孝顺啊！"赵二良稚嫩的孩子话，竟让老叔的眼里含上了晶莹的泪花。

"侍弄水稻和照料月子里的小孩儿差不多，需要全天候地精心照看。说到底，还是得用心。你对水稻实诚，水稻就不会糊弄你。水稻田里的事情，表面上看从稻秧落地、分蘖、扬花、灌浆直到结实，实际上跟养活孩子是一样的，水稻成长过程中一刻也离不开种稻人的细心照料。"老叔望着茁壮生长的水稻，接着说，"人们把稻子种成什么样子，稻子就给人们带来什么成色！庄稼人在稻田里种着争气和不争气的稻子，就像他们抚育着自己争气和不争气的孩子。不论争气与不争气，到最后都还是自己的稻子、自己的孩子……"

"种水稻就像伺候小孩儿？老叔你说得可真有意思啊！"赵二良跳着小

脚笑了起来。

"真就是这样的！稻子就跟小孩似的，放养不得。虽说凉一点儿、热一点儿、渴一点儿、饿一点儿，搁在稻子漫长的成长期里并没有什么大不了的，但架不住积少成多啊！别人老叔不知道，反正老叔最相信的还是自己的双手。光说不行，二侄子，咱们主要还得看实际操作。"

"我们要是能种出管够吃的'良心稻子'该多好啊！"赵二良说。

"老叔也是这么想的呀，时刻都在琢磨怎样提高'良心稻子'的产量呢，关键是好稻子还得卖上个好价钱啊！"

"老叔，以后我帮你种'良心稻子'，也帮你卖'良心稻子'！"每每说到这里，赵二良总是一副跃跃欲试的样子。

第三章　童年趣事

相较于成年人的忙碌、辛劳，金稻村的孩子们有着充足的快乐时光。

金稻村的孩子们发明了丰富多彩的游戏。除了撞拐子、砸大步、攻方城、遛靴子、射老头、藏猫猫、弹琉琉①和扇烟盒等常规游戏，还有各种非常规游戏，比如打山雀、挖鼠洞、抓蝈蝈、滑冰车、灌大眼贼等季节性和随机性游戏。赵大良、赵二良经常带着大弟和小弟出现在玩闹的队伍中。

在孩子们的心目中，游戏还分为危险游戏和安全游戏。孩子们最喜欢玩的危险游戏是"撞拐子"。这个游戏不仅容易组织，而且对抗性极强。孩子们按大小个儿分成两伙儿，通常情况下是身高体壮的李勇浩带着一伙儿，虎背熊腰的马胜利带着另一伙儿。分完伙儿之后，横冲直撞的激烈战斗就开始了。每个孩子都像被打了鸡血一样，熟练地盘起一条腿，单腿跳跃进退，以膝盖为进攻武器冲入阵地。最终，将对方人马全部撞翻的一方胜利。如果碰上双方主将都实力相当，战斗就会非常激烈。玩撞拐子游戏的人都有心理准备，破点儿皮、流点儿血，哪怕是撞掉一两颗门牙，都是常见的小事，腿骨折、脑震荡的大事也偶有发生。

---

① 琉琉：方言，儿童玩具，一种玻璃球。

另一个危险游戏就是"攻方城"了。孩子们同样分成两伙儿，各自画地为城，死守城门。规则规定：踩线者自动"死亡"，在城内可双脚着地，一旦出城只能单腿跳跃。冲入对方城池并拿到对方城池里的"宝"后安全返回，或将对方所有成员全部拉入己方城内的，即为获胜一方。单枪匹马地杀入对方重兵把守的城池拿到"宝"，再安然无恙地杀回来，这几乎是不可能完成的任务。所以大家常常采取第二种获胜方式，就是全面夺人。"攻方城"虽然没有"撞拐子"一般横冲直撞的正面对抗，但两伙儿孩子势均力敌的拉锯人肉争夺战也堪称惨烈。有时为了争夺一个关键人物，双方都要拼尽全力去拉扯。为了最终的胜利，两伙儿孩子会不顾一切地在地上滚作一团。扯胳膊、拉大腿是常规动作，情急之下，抱脑袋、掐脖子也是常有的事，有时还会揪耳朵、薅头发、拽小鸡鸡……很多场面都大有"硝烟弥漫"的味道。

以破砖头为主要工具的"砸大步"则被大人们视为危险游戏。这个游戏看似粗陋，实则细腻。游戏主要体现在"砸"的丰富性上。从一大步开始，到十大步结束，都有不同的砸法。手上抛、脚下踢、胳膊拐、大腿架、下巴点、裤裆夹、背大锅……每一个环节都要求参与者同时具备技艺、耐心和胆量。而且每一次晋级之后，局面都有可能发生意想不到的逆转。"砸大步"是孩子们发明的最好的游戏之一，孩子们的智力、耐力和勇气都在其中体现得淋漓尽致。

金稻村孩子王的竞争相当激烈，在孩子王的争夺上，李勇浩最大的对手要数外号叫"小大人"的马胜利了。

"豹头环眼"、头上扎着独特小辫儿的马胜利不仅有着一身野蛮的力量，还是个一肚子鬼点子的"好战分子"。别说他在学校里不怕任何老师，就连身为村治保主任的他老爸都不怕。老爸虽然是马胜利心中的偶像，但马胜利也从来没有向他服过软。

李勇浩的口头禅是："谁也不好使！"

马胜利的口头禅是："我就不信邪！"

最后，马胜利竟然心悦诚服地成了李勇浩的"副手"。公开场合，他毕恭毕敬地称呼李勇浩为"司令"；私下里，他则饱含深情地喊李勇浩"老大"。马胜利之所以心甘情愿地给李勇浩当"副手",忠心耿耿地为李勇浩出谋划策,是因为李勇浩不仅弹弓做得好,而且还有一手绝活儿——做烟火枪,尤其是以火柴杆为子弹的烟火枪,李勇浩做得最拿手。出自李勇浩之手的弹弓和烟火枪不仅好使,而且好看。

马胜利天生酷爱弹弓和烟火枪这两种东西,李勇浩偏偏都会做。他一连给马胜利做了好几个好看的弹弓,还答应优先考虑为他装备烟火枪。因为李勇浩总给马胜利希望,所以马胜利才总是对李勇浩言听计从。李勇浩一开始就知道,只要让马胜利对他服服帖帖,他的"司令"宝座就能牢牢坐稳,他的威风团队就能"江山永固"……

有那么一段时间,金稻村的孩子们都管李勇浩叫"李司令"。不仅赵大良、赵二良和朴铸成等人在他的麾下,连更小一点儿的大弟、小弟也加入了这支队伍。队伍最壮大的时候,李勇浩有三十几个手下呢,整天前呼后拥的,走起路来都带着响声,就像金稻村的大事小情都由李勇浩说了算似的。

最辉煌的时候,李勇浩身边的弟兄们除了有弹弓之外,几乎人人手上都有一把烟火枪,基本都是他亲手给他们武装起来的。

有了组织的孩子们就与众不同了,在天不怕地不怕的李勇浩的带领下,闲着没事的时候,孩子们除了分伙儿战斗,就是四处游荡。

时间长了,赵二良发现,其实李勇浩也是有弱点的,那就是他天生害怕老鼠,只是他不会在其他孩子们面前表现出来。好在他手下的孩子们大多不怕老鼠而是怕他,李勇浩就经常命令孩子们用手拎起老鼠的尾巴,在老鼠的尾巴上拴牢绳子,他再威风凛凛地接过绳子,就像自己从来不怕老鼠一样。

每年谷雨过后,金稻村郊外就开始飞舞着各种山雀了。它们不仅种类繁多,而且数量庞大。这时是各种山雀的恋爱季节。山雀本来就很单纯,恋爱中的它们更显愚钝,所以就立刻成了孩子们的首选猎物……山雀们一出现,孩子们手中的弹弓和腰间的夹子就都能派上用场了。山雀们稍有不慎,就会成为孩子们的猎物。

孩子们白天在广袤的田野上"战斗",夜晚的睡梦中就都飞翔着山雀。

小满前后是狩猎高峰，菜农们忙着耕地时，孩子们就一边跟着菜农的铁犁杖，一边下着半开的夹子，一边就能把五颜六色的山雀尸体像战利品一样拿到手里……偶尔得到一只活的，孩子们就像要过大年似的在田野上奔跑、嬉戏一阵子……

到了炎热的中午，孩子们还会集合起所有的夹子，把一个稀缺而独立的小水坑团团包围起来……这样可以捕获因口渴而前来喝水的山雀们。

小满这天上午竟然没有风，一丝风也没有，真是难得的好天气。晴好的天气对金稻村的大人们来说没有什么不一样，但却使金稻村小学的淘小子们兴奋不已，他们决定集体逃学去打山雀。

打山雀的孩子中，最引人注目的要数村东头儿的一群孩子了。为首的是李勇浩，然后是著名的"鬼见愁"马胜利，此外还有二猴子、三驴子等人。论淘气，他们都是金稻村最出名的；论做坏事，他们绝对算得上"豪华阵容"。

但这天，赤松林子里的山雀好像并不多，还没有孩子们多呢。每当发现一只山雀，孩子们就会蜂拥而上，穷追不舍，结果无一例外都是山雀迅速飞走，孩子们无功而返。这可真是奇了怪了！今天是小满啊，怎么会没有几只山雀呢？

鼻子上已浸出细汗的李勇浩不时地折断赤松杈子撒气，马胜利、二猴子、三驴子也把他们手中又宽又厚的弹弓皮筋抻到不能再抻的程度，然后猛地一松手，让泥球儿像重磅炸弹一样射出去，将赤松叶子打得纷纷飞落。尤其是虎背熊腰的马胜利，虽然经常发射失误，使得泥球儿击中了拇指导致指甲血肉模糊，但这一点儿也不妨碍他把一串串赤松叶子从高高的树梢上击落下来……

下午起风了，孩子们终于在赤松林子西面更远的一片小黄榆树林里发现了一群山雀，它们正顶着风，边觅食边缓缓行进……原来山雀群在这里呢！孩子们兴奋极了，谁都希望抓住这个难得的好机会。李勇浩当即决定：后撤五十米，绕大圈儿快速向小黄榆树林的南边进发。孩子们像民兵埋地雷一样，很快就把三十几盘夹子埋设在小黄榆树林的重要位置上。怕惊动山雀群，孩子们又绕了很大的圈儿回到小黄榆树林的北边，一点儿一点儿试探着前进，终于重新锁定了那群山雀。孩子们屏住呼吸，小心翼翼地把山雀群向南边驱赶，每个人都累得满头大汗。可以说，他们费了九牛二虎之力才没惊起山雀群，山雀群果然按照孩子们的心思往小黄榆树林的南边移动了……

足足盼了半个小时，山雀群终于进入了孩子们的"地雷阵"，每个孩子都摩拳擦掌，又紧张又欣喜。

这时，二猴子的扣网夹子扣到了一只"瞎柳叶子"，他竟一边向前跑去，一边惊叫着："打着了，打着了，要活的！"

"别急呀！山雀群并没有起飞，我们还有三十多盘夹子呢！"李勇浩被二猴子弄得有点儿不知所措。

谁知道兴奋的二猴子并没有停下来的意思，仍然径直向他的扣网夹子跑去……

"老大，我是不是得用弹弓射他呀？"怒不可遏的马胜利竟然没忘向李勇浩请示。

李勇浩咬了一下牙，相当于默许了。

几乎同时，马胜利向二猴子开弓了……弹丸正巧打在二猴子的脚后跟上！

马胜利虽然成功地终止了二猴子的愚蠢行动，但没想到疼得原地打转的二猴子竟然号啕大哭起来，还是惊飞了小黄榆树林里所有的山雀……

"狗肚子装不了二两香油！"马胜利想起了他爸经常骂他的话。他走上前去又狠狠踹了二猴子几脚，还用他爸的原话训斥道："叫唤鸟儿没肉吃！"

二猴子此时似乎也意识到了自己的错误，他小声抽泣着，没敢再出大动静。

"这么好的机会都没抓住，费了半天劲就打到一只'瞎柳叶子'。"李勇浩大声埋怨着。

三驴子也气得不知说啥好，上去也给了二猴子一脚："该！不够你咋呼的了，狗肚子装不了二两香油！"

奔跑了一天，夕阳西下时，李勇浩才带着孩子们无精打采地往回走。唯一的收获就是被二猴子的夹子打得羽毛松散的"瞎柳叶子"了，那是一种小得不能再小的山雀。这只"瞎柳叶子"作为一种不甚荣耀的战果，拎在李勇浩手里。

就在李勇浩的队伍走出小黄榆树林之前，他们碰上了赵二良和朴铸成。

赵二良的作文写得不错，语文老师林俊石曾在班里念过他的作文。不过，在李勇浩的眼里，语文老师林俊石并不算什么，作文好也不算什么，赵二良就更不算什么了。

吸引李勇浩的目光，也让他容忍不了的，是赵二良手里竟然握着一只活生生的黑脊背、黄肚皮的大雀儿。李勇浩当然知道那叫"烙铁背儿"，是一种既能吃软食也能吃硬食，放在笼子里能养活的山雀，那几乎是金稻村所有打雀孩子梦寐以求的。赵二良竟然能搞到一只雄性"烙铁背儿"，还是活的？！

李勇浩不怀好意地直奔赵二良走了过来。

"这么好看的'烙铁背儿'，还是活的，不错呀！来，给我看看！"李勇浩说着把蔫巴巴的"瞎柳叶子"丢给了二猴子，一只大手就伸了过来。

赵二良舍不得撒手，但李勇浩是惹不起的。赵二良犹豫了一下，还是怯怯地把"烙铁背儿"递给了李勇浩。

李勇浩扯住"烙铁背儿"的双腿，让它上上下下、左左右右飞了半天，嘴里还不停地高喊着："飞喽，这就飞喽！"

赵二良的心也跟着"烙铁背儿"上上下下、左左右右，最后被提到了嗓子眼儿，但他只能心惊肉跳地祈祷着、看着。

"烙铁背儿"漂亮的羽毛凌乱起来，有几根坚持不住掉了下来，叫声也越来越沙哑，两条细腿好像都要被扭断了……

捂扎①了好半天，李勇浩终于停了下来。可是他在把"烙铁背儿"还给赵二良之前，突然平静地说："'烙铁背儿'好像养不活，要是放走了可就白瞎了。"说着，他右手的拇指和食指一使劲，"嘎巴"一声就掐断了"烙铁背儿"的脖子。

黑黄分明的"烙铁背儿"回到赵二良手里时，已经变成一只软绵绵、温乎乎的死雀了。

赵二良的脸都气白了，一副要哭的样子。

为了孤立手中有"烙铁背儿"的赵二良，李勇浩一行拉着朴铸成扬长而去。一路上，他们打着刚刚学会的半生不熟的响指，给黄昏中的榆树林

---

① 捂扎：方言，反复摆弄。

子留下了一串串兴奋但并不很痛快的脏话。

赵二良一直站在原地没动，嘴角不断地翕动着。他的脸色越来越苍白，凝望着消失在金稻村外以黄昏为背景的那群孩子们……

远去的孩子们才没闲心理会赵二良的感受呢。在尚未落定的尘埃中，赵二良默默地流着眼泪。

赵二良跑去稻田里找到老叔，委屈得直哭。老叔也很生气，但只能安慰他、开导他："二侄子，咱们不和他们学坏，山雀吃虫子，咱们以后不打山雀了。"

"我不是想打死山雀，我是要抓到活的回去养着。"赵二良哭着说。

"那也不好，山雀还是在田野里飞着好，它们吃害虫，对水稻生长有好处。"

听老叔这么一说，赵二良心里才好受了一些。

孩子毕竟还是孩子，好玩的事总能重新吸引他们的注意力。用不上几天，那些不痛快的往事也就烟消云散了。

夏日，在金稻村外的荒草甸子里，人们除了能常常闻到那种别样的芬芳，还经常能闻到另一种真实而又缥缈的味道，那是由阳光作酵母，将绿色蒿草和斑驳野花的幽香搅拌在一起，再加上黑色腐殖土的浓腥，共同酿造出来的使人感到踏实、亲切的味道。

肥沃的荒草甸子上，蒿草密集得无暇闲散，只好齐刷刷地往上挤着生长。似乎每一阵微风吹过，蒿草都能抻长一大截儿。踏在柔软而富有弹性的茂密蒿草上，复合的草香味让人感到一阵阵心神迷醉，真想长时间地趴伏在上面。

尤其是鸡爪壕外，碧绿的荒草甸子上有一大片五颜六色的花海。花海里，有红色的鸡冠花、紫色的打碗花、蓝色的羊耳朵、粉色的牵牛花、黄色的蒲公英……它们总是争奇斗艳；而低调的含羞草、优雅的满天星则总是静静绽放；当然还有更平凡的狗尾花和扫帚草们，它们的花朵虽然不大，也不鲜艳，但是它们会搔首弄姿、随风摇曳……在花海里，还有美丽的蝴蝶在飞舞，有辛勤的蜜蜂在采蜜……

在花海后面的广阔的沼泽地带里，生长着各种蒿草，金稻村人给这片地带起了一个独特的名字——百草汇。婆婆丁、苣荬菜、麻麻果、黑天天、灰菜、毛毛狗、谷莠子、水稗草、芦苇草、蒲棒草……百草汇的边缘生长着七零八落的苹果梨树，它们将并不浓密的树冠弱弱地伸向天空，试图用稀疏的绿叶遮盖黑土大地。但是黑土大地似乎并不需要它们的庇护，花花草草一直在无所顾忌地茁壮成长……

神秘的荒草甸子诱惑着所有孩子。赵二良以前跟着老叔来荒草甸子挖过野菜，对开满各色花朵的荒草甸子印象深刻。赵二良尤其喜欢花海中那些为数不多的高棵儿的小黄花，觉得那些随风摇曳的小黄花异常美丽动人。

秋日的荒草甸子更加神秘，更是孩子们向往的天堂。

金稻村的孩子们最不喜欢的是冬日里大雪纷飞的荒草甸子，但老叔却能让赵大良、赵二良和身边的孩子们在恶劣的天气里高兴起来，把孩子们无所事事的郁闷变成嬉戏的快乐。

大雪过后，田野上会出现一种小腿上也长满羽毛的鸟，俗称毛腿鸡。毛腿鸡如鸽子般大小，身上的羽毛挺漂亮。雪后无处觅食，它们就成群地飞来飞去。老叔就带着赵二良去捕捉毛腿鸡。老叔先用马尾做成套子，再将套子一个一个冻在一块大泥巴的周围，在泥巴中间的坑洼处撒上一把高粱，然后将有马尾套子和高粱的泥巴坨，一坨一坨地放在毛腿鸡经常落下的地方。只要毛腿鸡伸着脖子去吃泥巴坨里的高粱，就十有八九会被马尾套套住。

老叔捕捉毛腿鸡还有另一种方法：天黑前，去田野里观察毛腿鸡落在什么地方，确定毛腿鸡群会在哪个地方过夜之后，半夜起来到田野里去，快走到毛腿鸡群睡觉的地方时，突然打开手电筒，在手电筒的强光照射下，毛腿鸡一个个傻傻地发呆。这时，伸出系在长木杆上的网，就可以把毛腿鸡扣在网里了。毛腿鸡可是又肥又大，绝不是小雪雀能比的。

毛腿鸡又傻又笨重，它们在田野里飞行时，有时会看不见田野上偶尔出现的高大树木，就傻愣愣地撞上去了。有的当场就撞死了，有的撞伤后掉落到雪地里。在路上，如果贴着树木走，有时就能捡到毛腿鸡……

有一次，赵二良和朴铸成还在雪地里与老叔一起撵过一只灰野鸡呢。老叔肩上扛着六七尺长的钐刀杆子，带着他们在半尺多深的雪地里跋涉，他们小跑着才能紧跟上老叔。看到一只灰野鸡，他们就高声呼喊，把灰野鸡轰起来。灰野鸡飞得挺快，但是它一口气飞不了多远。等它刚刚落下，他们再呼喊，受到惊吓的灰野鸡就得再飞起来。这样飞起、落下五六次之后，又饥又渴的灰野鸡就飞不动了，只好在雪地上快跑起来。老叔不停地呼喊着追赶，灰野鸡被撵急了，就顾头不顾腚地一头扎进了雪窝子里，两只翅膀扑挲着，整个身子却露在外面……

常在一起玩耍的孩子中，赵二良之所以能和朴铸成走得更近一点儿，除了他们都对种绿色水稻感兴趣，还和赵有才有点儿关系。

因为朴铸成他爸是金稻村小学里教语文的民办教师，所以爱好文学的赵有才和朴铸成他爸很有共同语言。赵有才管朴铸成他爸叫"朴大犟种"，朴铸成他爸管赵有才叫"赵大倔子"。

上小学时，学校经常组织学生搞学工学农实践活动。有一次，老师带领同学们种水稻，两个人结对子，赵二良就和朴铸成组成了一个课外学习小组。因为他们都对种有机水稻感兴趣，就决定在试验田里搞有机水稻种植。从初春到夏末，眼看着他们的有机水稻试验田长势喜人，突然有一天，一池水稻都打蔫儿了，一大片一大片地倒在了试验田里。就在大家都一脸茫然时，李勇浩说出了实情。原来他搞了恶作剧，往试验田里偷偷放了过量的化肥，愣是把好端端的有机水稻全部烧死了……因为这只是学生的试验田，也没有人去追究李勇浩的责任，但着实把认真种水稻的赵二良和朴铸成给气坏了，可是面对强悍又调皮的李勇浩，老师也没办法，两个人就更是敢怒不敢言了。

第四章　当兵情结

烟火枪曾一度是金稻村孩子最喜爱的玩具。从小就立志当军人的李勇浩对玩具枪超级感兴趣，他的威风有时也表现在身上装备的玩具枪上。自从腰里别上了烟火枪，李勇浩就更像金稻村的孩子王了。

在一大群孩子中，只有李勇浩同时拥有两把烟火枪，而且是两把又大又长、用十二节车链子做成的烟火枪。那时的孩子们最喜欢看的电影除了《英雄儿女》，就是《平原游击队》了，孩子们尤其喜欢电影里使用双枪的传奇抗日英雄李向阳。李勇浩那两把十二节车链子的"大枪"能让孩子们时刻联想到智勇双全的李向阳，也能让孩子们时刻羡慕这位神气无比的"李司令"。

两把大枪要用二十四节车链子呢！在那个物资极度匮乏的年代，整个金稻村都很少看见自行车，谁家会有二十四节车链子呢？就算有，谁又肯把车链子用来做烟火枪呢？现在想想那都是非常独特的奢侈现象。

李勇浩家并没有自行车，那么他为什么会拥有两把十二节车链子的烟火枪呢？唯一的原因就是他会制作最好的烟火枪。除了免费给马胜利做，李勇浩给别人做都是要收手工费的。这手工费不是现金，也不是米面，而是具体实物——车链子。不多不少，李勇浩的手工费永远是一节车链子。

孩子们都知道，这一直是李勇浩不成文的老规矩。

一般情况下，做一把烟火枪至少需要五节车链子。可等孩子们手上攒足了五节车链子还是做不成，因为还要交出一节作为李勇浩的手工费。这样，他们就得攒足六节车链子才能来找李勇浩做烟火枪。否则，他们就只能尝试着自己去做了。孩子们当中也确实有等不及了自己动手的，赵二良和朴铸成等人就尝试过。对于这些，李勇浩并不反对，也不反感，他心里太有底了。

赵二良和朴铸成合伙儿，一起动手做过一回烟火枪。可是他们费了九牛二虎之力，最后看上去虽然完成了，但枪总是存在两个致命问题：一是不好看，二是不好使。由于车链子少，枪栓就必然要短一些；加上选择的皮筋弹性稍稍弱一点儿，各个部件细节稍稍粗一点儿，总体安装技术再稍稍差一点儿……尤其是撞针的制作，更得细心一点儿，不能磨得太尖，又不能磨得太钝，关键是弧度和角度必须把握得极其精确，一点儿不到位都不行。这些"一点儿"凑到一起，枪肯定就要出大问题了。自认为大功告成的他们兴奋地把枪举过头顶，一连扣了好几下，枪却一直扣不响。该响时不响，哪还配得上叫枪呢？朴铸成气性大，索性把辛辛苦苦做成的烟火枪狠狠地摔在了地上。

而李勇浩用五节车链子做成的烟火枪却总能一扣就响，这就是孩子们宁愿送给他一节车链子也要来找他做枪的根本原因。五节车链子做成的烟火枪响是响了，但它不可能响得那么透亮、那么潇洒。就算李勇浩做得再精致，它也终究没法和十二节车链子的烟火枪相提并论。十二节车链子的烟火枪毕竟枪栓足够长、冲击力足够大，每次扣动扳机都会随之发出一声震耳欲聋的脆响。在孩子们的眼里，"李司令"那两把十二节车链子的烟火枪才是真正意义上的烟火枪啊！

赵二良和朴铸成都只有六节车链子，如果他们自己做，就能做成六节车链子的枪；如果找李勇浩做，就只能做成五节车链子的枪。他们都渴望自己的枪能稍大、稍长一点儿，所以才选择自己动手做。他们虽然能把枪形做得很好看，但就是扣不响。他们实在没办法了，才不得不来求李勇浩。

在李勇浩做烟火枪的整个过程中，赵二良和朴铸成除了认真观察每个细节，还一脸羡慕地盯着李勇浩那两把大枪仔细看。李勇浩那天破天荒地高兴，还让他们把枪拿到手里看，朴铸成只是小心拿起来掂了一下，赵二良却连碰都没敢碰一下。朴铸成虽然也怕李勇浩，但他身上的那股聪明劲儿使他显得成熟一些。朴铸成不仅学习好，而且手脚比一般孩子灵巧。也许是因为这些，李勇浩对朴铸成的态度总是比对赵二良好上一些。

李勇浩把赵二良和朴铸成的两把六节车链子的烟火枪就要做完了，却不见他们把一节车链子的手工费交上来。李勇浩以为他们兜里还揣着一节车链子呢，并没急着要。直到彻底完工了，李勇浩才向他们要："你们俩行啊！都攒到七节车链子了才来找我？"

"李司令，是这样……我们能不能先欠着？等以后有了再给你行不行？"朴铸成对刚做好的烟火枪爱不释手。

李勇浩没想到朴铸成会提出这种无理要求。"小样儿，你们想坏了规矩吗？"他当然不会同意，一把从他们手里把烟火枪拽了回来。他很生气，嘴里嘟囔着："表面看着挺大方，心眼儿咋这么小呢？叫什么朴铸成？干脆叫朴小抠吧！"

"李司令，你都有两把那么大的枪了，还……"朴铸成一副要哭的样子，他只说了一半，就没再出声。他静静地站着，小脸红一阵白一阵的。

在赵二良和朴铸成静悄悄的注视下，李勇浩骂骂咧咧地从那两把已经做好的烟火枪上分别拆下一节车链子。他又费了挺大的劲，对枪栓和撞针等重要部件重新做了修改和调试……

那天，赵二良和朴铸成都是带着一副喜忧参半的表情离开李勇浩家的。

赵二良和朴铸成走后，李勇浩把那两节车链子掂在手上，心情才慢慢好了起来。其中有一节车链子崭新崭新的，李勇浩稀罕地拿在手里摆弄了一下午，才十分爱惜地把它收进他那专门装"宝贝"的小木盒子里。

那时就是这样，没有烟火枪的孩子想拥有最初级的烟火枪，有了初级烟火枪的孩子就想拥有更大的烟火枪。印象中，金稻村的孩子们一直都在竭力搜寻着更多的车链子，一直都在梦想着手里的烟火枪越来越大、越来越多、越来越响……

金稻村小学的语文老师林俊石总是担心孩子们手上那些越做越大的烟火枪会出什么危险，总是试图阻止孩子们，但孩子们很少听他的话。李勇浩上小学三年级以后，他的队伍日益壮大。金稻村和邻村孩子们的群架也在不断升级，从互相开烟火枪，到抛石子，再到互相射弹弓，甚至还发生了开车闸管枪打人事件……

在一次近距离的对峙打斗中，马胜利发现邻村的孩子王——黄背头手里拎着一把能打子弹的烟火枪，听说是什么车闸管枪，还有人夸张地说是火药枪。"咕咚咕咚的，比烟火枪声大，比弹弓杀伤力强，太有威慑力啦！"马胜利前去调查，回来后激动地向李勇浩描述了一遍又一遍……

根据马胜利的描述，加上李勇浩的苦心钻研，金稻村的孩子们手中的烟火枪很快也升级成了车闸管枪。当年所谓的车闸管枪，现在看就非常简陋了。无非是将"车条帽"由原来的合钉在两节车链子上，改成单钉在一节车链子上，然后在枪头套上一个车闸管，再将其焊牢。车闸管里装上黑火药和铁沙子，就不再是从前"摆设有余，威力不足"的烟火枪了。枪声一响，车闸管枪能喷射出像扇子面一样的铁沙子，比弹弓的威力大多了。可见，车闸管枪才更有枪的味道，不仅能让人听到沉重的炸响声，还拥有巨大的杀伤力。一把这样的"火药枪"拿在手上，该是多么像样、多么威风啊！这一度成了金稻村所有男孩子对"枪"的终极渴望。

那个时代的钢铁物件实在是太少了，自行车就成了孩子们获取做枪材料的唯一源泉。没办法，只能想方设法利用自行车上的现有零部件了。当然这里还有前车闸管和后车闸管之分，前车闸管相对要长一些，看上去更威武一些。

铁沙子并不难弄，最难弄的就是黑火药。孩子们自己不会做，商店里又买不到。只有偶然通过非正常渠道才能淘来一点点，总是太少。所以，很多孩子都长期陷于"光有手枪没子弹"的无奈窘境当中。

每次开枪前必须得小心翼翼地往车闸管里填充上金贵的黑火药才行。日久天长，金稻村的孩子们好像都坐下了一个贪婪的毛病———一见到黑火药就疯抢，孩子们决不会放过任何一次得到黑火药的机会。

每逢年节燃放鞭炮时，金稻村的孩子们一定会一哄而上的。尤其是李勇浩、马胜利、二猴子等人，胆子特别大，他们会不顾一切地冲进硝烟火海中，奋力抢夺着那些正在燃爆的鞭炮，那可真是一双双忙乱而勇敢的小手和小脚啊……

金稻村的孩子们如此冒险的目的只有一个，就是要在鞭炮爆响之前把它们踩灭，好拿回家去扒出里面的黑火药，用于自己的车闸管枪。那时，孩子们能弄到黑火药就不错了，哪里顾得上还有"横药"和"顺药"之分？直到后来孩子们意外地领教到了致命的伤害：在一次新枪试验中，因为超量使用"横药"而导致了严重的事故。当时，一声爆响之后，一向胆大的试枪人二猴子应声"啊啊啊"地惨叫起来，接着，满脸是血的他抱着脑袋在地上极度痛苦地打起滚儿来……大人将他送到医院抢救后才知道，二猴子的鼻梁骨粉碎性骨折。更可怕的是，他差点儿被炸裂的枪管崩瞎了一只眼睛。没伤到眼睛，这是不幸中的万幸啊！

原来，从鞭炮中扒出来的黑火药绝大多数是"横药"，只有二踢脚第一响里装的黑火药才是"顺药"。二猴子出事之后，孩子们才突然对从鞭炮中扒出来的"横药"忌惮起来。

半年以后，李勇浩偶然发现了黑火药的民间制作方法，说木炭、硫磺、硝石以合适的比例配在一起，就可以制造出黑火药来……

木炭、硝石还好说，最难弄的是硫磺。听人说电线杆子上的瓷瓶里用来做绝缘体的物质中就含有硫磺成分，孩子们就用弹弓打碎瓷瓶，以索取硫磺……但总是太少，难以成事。人多就是力量大，没有克服不了的困难。后来，又有人从农药店等其他渠道找来了更纯正的硫磺。

孩子们终于把这些东西凑齐全了，可是意外又发生了。

"报告李司令，有人搞破坏！"马胜利早晨起来，发现孩子们昨晚晾在仓房顶上的自制火药竟然湿透了。

"是谁浇的水，还是尿的尿呢？"这是孩子们在现场发出的共同疑问。

"这不是在存心搞破坏吗？必须把人揪出来！"这是孩子们在现场发出的相同怒吼。

自制火药屡屡受挫，孩子们有些不知所措。孩子们觉得金稻村最爱管闲事的人应该是林俊石，最大的死对头应该是邻村的黄背头，但眼前这事肯定和他们扯不上关系啊。有些人怀疑是朴铸成和赵二良干的，还有些人怀疑是二猴子他姐干的。最后，怀疑二猴子他姐的人越来越多，毕竟朴铸成和赵二良只是对李勇浩有过不满，二猴子却因为黑火药受过重伤……

几天后，孩子们终于弄清了真相——那并不是有人在存心搞破坏，而是露水惹的祸。他们就一起骂这露水真不是东西，比林俊石、黄背头更不是东西，比二猴子他姐还不是东西。

孩子们并不反思，反正事情随时都会有新的变化。孩子们该咋想还咋想，该咋玩还咋玩，该咋淘还咋淘，林俊石、黄背头和二猴子他姐该不是东西还不是东西……

别的都是小事，孩子们自己能制造出安全的黑火药才是天大的喜事。很快，李勇浩就让金稻村的孩子们手中的车闸管枪都装满了子弹。

自从孩子们发现能利用自行车的车闸管制造一种新式武器——车闸管枪以后，金稻村为数不多的自行车车闸管几乎一夜之间就被偷光了。大人们防不胜防，新买的自行车五天之内就会残缺不全，所以金稻村的自行车普遍没闸。

村道上时常发生自行车撞车事件，这与大量车闸管被孩子们用于做车闸管枪有直接关系。如果两个骑自行车的人相撞了，没有人会指责对方为啥不刹车，都是说："你为啥不往那边拐呢？"接下来，就会听到这样的争吵声："你他妈没长眼睛啊？你咋不往右拐呀？得儿呵的①！"另一个则骂道："你他妈才没长眼睛呢，你咋不往左拐啊？傻了吧唧②的！"

曾有那么一段时期，金稻村人总的感觉就是：自行车刹不住闸。

---

① 得儿呵的：方言，为人处世不庄重，轻浮草率。
② 傻了吧唧：方言，不聪明，没头脑。

第五章 "丢枪事件"

　　李勇浩家的稻田地势有些低洼，一下大雨就面临被淹的危险。身为李司令，家里的稻田经常被淹，这成何体统？这是个严重的问题，李勇浩就让孩子们帮他推土填稻田。

　　大家用手推车从郊外的后岗子往他家的稻田里运黑土，干得热火朝天。李勇浩脸上好像有种光芒在时隐时现地闪烁着，连李勇浩他爸李大个子也从始至终都是一脸红润、面带笑容。午休时，李大个子竟然从家里为孩子们端来了热乎的炒菜和馒头，还破天荒地一次性为孩子们买了一箱汽水和二十块钱的香肠。面对着一整箱汽水和一大堆香肠，孩子们要多高兴有多高兴，下午的干劲儿就更足了……

　　但那天下午收工后，孩子们却看到了意外的一幕：李勇浩放在自家田埂上的那两把十二节车链子的车闸管枪竟然不翼而飞了！那么醒目的两把大枪同时不见了，这在孩子们心中无异于一桩惊天大案！

　　"谁也不好使！挨个儿搜身，给我全力破案！"李勇浩脸都气青了。

　　"必须破案！"马胜利施展才能的机会来了。他狠狠地说："我就不信邪！"又招呼大家："马上给我全体集合！"

　　马胜利对所有人都进行了搜身，连他的亲弟弟也不例外，但他最后并没有发现那两把大枪。接下来,他又组织大家对附近的草丛进行地毯式搜查,仍然不见那两把大枪……

后来,有人怀疑两把大枪可能被不小心埋在那块稻田里了,受到提醒的马胜利就指挥大家在稻田里掘地三尺。孩子们无奈地把刚刚平整好的稻田翻了一遍又一遍……一个个累得汗流满面、精疲力竭,还是没找到那两把大枪。

一番操作无果之后,李勇浩怀疑枪丢在了运土的路上,就又带着所有人去后岗子的路上撒大网式地反复寻找……仍然无果。

傍晚时分,在确信两把大枪绝对不是意外遗失之后,马胜利都要气疯了,开始训话了:"光天化日之下!众目睽睽之下!李司令的车闸管枪都能丢?如果这种事都能发生,那么金稻村还有什么事不能发生呢?你们可以无视我这个副司令,但你们绝对不可以无视李司令!我就不信我揪不出你这个内鬼来!我就不信邪!"

虽然马胜利一直在说着全世界最狠的"狠话",可是李司令的两把大枪就是一直没有任何线索……

"国不可一日无君,司令不可一日无枪。李司令是我们的头儿啊,怎么能没有枪呢?"在马胜利的倡议下,拥有七节车链子以上的孩子每人捐出了一节车链子。很快,李勇浩就又重新拥有了一把十节车链子的车闸管枪。

虽然李勇浩手上重新有了枪,但他觉得那根本就不算枪。他的枪似乎永远是那两把又大又长的十二节车链子的车闸管枪。

马胜利"胜利"惯了,亲自办这么大的事怎么会半途而废呢?最后,马胜利不得不用上了排除法,对所有人一个一个"过筛子"。很快,他确定了三个最可疑的人,分别是二猴子、朴铸成和赵二良。

在给李司令重新赶制大枪的过程中,赵二良表现得非常积极,做出了重要贡献。也正是因为如此,马胜利才解除了对赵二良这一重点对象的怀疑。

马胜利说:"赵二良只是表面上有时不服管,其实他是个老实人。而且他对弹弓和火药枪并不太感兴趣,我看他更喜欢和他老叔种有机水稻。"

马胜利说:"本来只有六节车链子的赵二良不必捐,但他也拆下了一节车链子,更难能可贵的是,赵二良还为李司令贡献出了自己枪上的车闸管。"

马胜利最后还学着他爸的语调说:"我们并不应该只看表面,我们一定要透过一个人的表面去看一个人的本质,这是我通过仔细观察、认真调查研究后得出的正确结论。"

这样一来,剩下的两个重点怀疑对象就只有二猴子和朴铸成了。虽然缩小了范围,但是马胜利一时仍然难以断定谁是那个小偷。

何止是马胜利,连李勇浩也看不出谁更像那个小偷。李勇浩一会儿看谁都像,一会儿又看谁都不像。难道说他俩每人偷了一把枪?也不好说。

"二猴子一直不太好管理,还经常和你顶嘴。你对二猴子的印象一直不太好,他是因此被列为其中一个怀疑对象的吗?"李勇浩质问马胜利。

"那怎么会呢?"马胜利一本正经地说。

一个星期过去了,两把失踪的大枪还是没有任何着落。李勇浩对找枪这件事越来越不抱希望了,只是会时常怀念起他那两把十二节车链子的车闸管枪,尤其是枪头上那闪闪发光的超长车闸管,那是两把多么威风的大枪啊。他会时常习惯性地盯着二猴子和朴铸成的背影审视,就像能审视出什么蛛丝马迹来。最后什么也没有审视到,李勇浩也只好不怀好意地苦笑。

没有如想象中那样迅速地找到李司令的车闸管枪,马胜利也一度非常郁闷。

入冬以后,北风吹起,别人在屋里都冻得直哆嗦,马胜利却成天像长在村道上似的,放"八挂",也就是放风筝。不过那时,金稻村人都管放风筝叫放"八挂"。

初冬季节,扎着独特小辫放"八挂"的马胜利几乎成了金稻村最忙碌的一道风景。人们经常能看见马胜利一边叨咕着"我就不信邪",一边在自家的仓房顶上扯着"八挂"跑来跑去,他完全顾不上自己的安危,只要"八挂"能飞起来比什么都重要。他经常以各种姿势从房顶上滚落到地上,有时磕碰得鼻青脸肿,自己却全然不顾。

马胜利任鼻涕淌过红赤赤的嘴唇,只有到了不抹不行的时候才胡乱地抹上一把。他跑在金稻村随便哪条村道上,对过往车辆和行人从来都是忽略不计的。他一直保持着向前的姿势,但向前跑的时候多数是回着头的,他只关心身后的"八挂"是否已经呼呼啦啦地飘起来了。可就算飘起来了,半空中的"八挂"还是忽上忽下、忽左忽右,难以控制。"八挂"总是不够稳定，是头重脚轻呢，还是脚重头轻呢？抑或是其他的原因呢？这是马胜利一直无法解决的问题，是和李司令丢枪一样让他头疼的天大问题。

好在金稻村里的车辆并不多，结实的马胜利有理由横冲直撞。他常常弄出人仰马翻的热闹场面，甚至他自己也常常跌进道边的水沟里。马胜利从来没因为这些而中止放他的"八挂"，他从不在意道边发生了什么，包括自己的脸上什么时候又添了新的伤口，手指为什么肿了，牙花子为什么出血了……

那些日子里，表面上看活蹦乱跳的马胜利的小辫子一直随风飘扬着，实际上马胜利一直是忧心忡忡的。

第二年春天，马胜利最终锁定了偷枪嫌疑人——朴铸成，并在一个雷雨交加的傍晚向李勇浩做了一次非常详细的汇报。

那是金稻村春天里下的第一场雨。一见面李勇浩就问马胜利："朴铸成一向是个品学兼优的好学生，还是咱们班里的学习委员，你凭什么认定这件事就是他干的呢？"

马胜利学着他爸马治保的样子，警惕性十足地向雨中的稻田望了望，神秘地说："一开始，我的重点怀疑对象其实是二猴子。老大，不瞒你说，我也希望那个人是二猴子。原因也不怕你笑话，就像你说的，他一直不太听我的话，尤其是他爸金快手打麻将还总赢我老爸的钱，我确实有点儿烦他。但后来我不得不改变我的判断，因为有更多的证据让我认定这件事就是朴铸成干的。虽然朴铸成学习挺好，平时给我的印象还不错，但咱不能感情用事吧，是不是呀，老大？"

"你说说看，有啥证据？"李勇浩说。

马胜利接着胸有成竹地说："原因有三。首先，老大你还记不记得咱们上二年级那年秋天，有一次你带领大家偷着去后岗子烧稻穗吃，还告诉大家不要说出去，没想到最后就是朴铸成供出了咱们。你还因此被校长点名批评了，你没忘吧，老大？"

"这个能说明啥呢？"李勇浩不以为然地摇了摇头。

"你听我说呀！还有其次呢。"马胜利不紧不慢地擤了一把鼻涕。

"那你就接着往下说。"李勇浩这时已经多少有点儿失望了。

"老大，我提议给你捐车链子其实还有另外一个目的。常言道：关键时刻、利益面前才能看清一个人的本质。在这件事上，我又一次发现了蛛丝马迹，抓到了难得的证据。当年你给朴铸成做烟火枪时，就要一节车链子，该拿的他都不肯拿，视车链子如命根子，但这次他却捐得非常痛快。最值得注意的是，这次他捐了两节，而他手上枪的车链子数却没有减少。老大，这难道不可疑吗？他和赵二良的情况可是截然不同的。"马胜利眯起眼睛，仍学着他老爸的神态。

"这倒是个有价值的线索，但证据还是不够充分。"李勇浩觉得马胜利说得有些道理，但还不足以下定论。

"老大，还有第三呢！这也是最重要的证据。朴铸成在家里偷着玩枪时，让我发现了！"马胜利表现出异常激动的样子，又故作老练地收敛着。

"啥？"李勇浩这才认真起来。

"有一天，我正好从他家门口路过，里面竟然连续传出了两声枪响……两声枪响啊！老大，两声枪响说明什么？说明至少得有两把枪吧？他朴铸成什么时候有过两把枪呢？我说老大呀，这回该明确了吧？不是他还能是谁呀？"马胜利有些得意地盯住李勇浩的眼睛，像生怕李勇浩回避似的。

"这是真的？"李勇浩对朴铸成的印象一直不错，可听了马胜利的陈述，尤其是第三点陈述，他也越来越认同马胜利的判断，"是啊，从这些事情的细节上看，你的判断非常有道理。"

"老大，当时还不是我一个人听到的呢，这件事二猴子也可以作证。"马胜利又信誓旦旦地补充说道。

李勇浩越发认定朴铸成偷了枪。"这小子伪装得挺深啊，太可恨了！不过，我们还是要慎重，不能放过一个坏人，但也不能轻易冤枉一个好人。最好还是让朴铸成亲自承认错误为好，"李勇浩还建议马胜利，"必要时，你可以吓唬吓唬他，那小子胆小，他要是真拿了，肯定会招供的。"

"老大，这事你就放心地交给我来办吧，我马胜利还是有两下子的，这回保证给你结案。"

李勇浩心中暗想：马胜利太像马治保了，真不愧有"小大人"这个外号啊！

第二天晚上，马胜利就把朴铸成叫到了后岗子的赤松林子里，煞有介事地进行"审讯"。金稻村孩子们的很多大事都是在这里解决的。李勇浩和伙伴们就躲在不远处的一棵大赤松后面偷听。

让马胜利始料不及的是，无论他怎么高声恫吓，朴铸成就是一口咬定李司令丢枪与他无关。之后，马胜利边叨咕着"我就不信邪"，边动用起了武力。马胜利把朴铸成的胳膊拧到了不能再拧的程度，他竟然对朴铸成进行了孩子们在电影中看到的"严刑拷打"。但是，马胜利心目中的"白面书生"变成了钢铁战士，软柿子变成了硬骨头，朴铸成一直"正义凛然""视死如归"，坚决不承认自己偷了李司令的枪。

最后，马胜利手中用来吓唬朴铸成的水果刀竟然真的成了审讯工具。马胜利边挥舞着水果刀，边喊："好汉不吃眼前亏，你还是招了吧！否则我可真割了！"可直到水果刀割破朴铸成的后背，朴铸成还是喊："没偷，没偷，我就是没偷！"他始终不承认自己偷了李司令的枪……

这情景把赵二良看得心惊肉跳，恨不得上去帮忙，但又怕自己被当成怀疑对象。

李勇浩觉得弄不好真要出大事了，这才走出来解围："不招就不招吧，咋还动上刀了呢？"接着他又对朴铸成使出了他最拿手的"掰小拇指"大刑。

掰手指虽然不流血，但会令人疼痛难忍。朴铸成疼得腰几乎都贴到地上去了。

"没拿，没拿，我就是没拿！"朴铸成还是说着相同的话。

直到再掰就要把朴铸成的小拇指掰折了，李勇浩才不得不放开手。

"我告诉林老师去，我找你家去，你等着……"朴铸成跑出了赤松林子。

李勇浩气得直喘粗气："熊样儿吧，去，你现在就找去！偷东西都不敢承认，算个啥能耐呢？让马胜利狠狠地扎你就对了！"说着，李勇浩还摆出了要去追赶朴铸成的架势。

"李司令，这还用你亲自追吗？"马胜利拉住了李勇浩，掏出了弹弓。

"人家死不承认，谁也没有办法。"马胜利"嗖"的一声击中了朴铸成的后背，不是好声地大笑起来。

朴铸成停了一下，咬了咬牙，还是头也不回地跑远了。

可能是朴铸成的坚持征服了李勇浩，过了好一会儿，李勇浩突然转向大家说："弟兄们，我在此正式宣告，从今以后，我李勇浩不再寻枪了，丢枪一案到此已经胜利告破了！"

马胜利还是流露出了一些遗憾，他把兜里剩余的弹丸不断地射向天空，因为他毕竟没能在最后的审讯中拿到朴铸成的认罪口供。

朴铸成虽然死不承认，但马胜利却把朴铸成的偷枪细节讲了无数遍，孩子们也一致认定火药枪就是朴铸成偷的了。从那以后，朴铸成就有了另一个响亮的名字——朴小偷。

说来也怪，被叫成"朴小偷"之后，朴铸成就像变成了另外一个人。原本就不爱说话的朴铸成变得更加沉默了，原本清澈的目光也变得呆滞了，原本昂首挺胸的朴铸成常常低着头走路，总是躲躲闪闪的，竟然越来越像人们印象中的小偷了。朴铸成也由原来学习好的学生，逐渐变成了学习一般的学生……

"一个小偷会有什么大出息呢？这样也很正常。"最后一个被解除嫌疑的二猴子对背了半年多的黑锅耿耿于怀，常常幸灾乐祸地这样评价朴铸成。

两个月后，又发生了一件不大不小的怪事。

"报告李司令，村头公共厕所里有人写'李勇浩是个大混子'！"马胜利还是经常能发现问题。

这次解决问题时，马胜利没再拖泥带水。他第一时间就用不容置疑的语气断定："竟然把李司令的名字写到臭烘烘的厕所里，黄背头干不出这等小儿科的事，肯定是朴铸成干的！"

"偷偷摸摸的，肯定是朴小偷，不会再有别人了。朴小偷不敢明着报复，只好把李司令的大名写到厕所墙上去了。"二猴子和三驴子跟着起哄。

大混子就大混子吧，李勇浩觉得这不是什么大不了的事，也就没再去深究。

但在所有孩子的心目中，朴铸成就更不是东西了。

"朴小偷不仅偷了李司令的枪，还暗地里对李司令进行人身攻击，真不是物啊！"孩子们议论纷纷……

因为孩子们越来越排斥朴铸成，他就越来越不上进了。望子"铸成"的朴大犟种当然不想看到儿子这样下去，一气之下就举家搬到了六家子村。他宁可让朴铸成在相对落后的六家子村上学，也要让儿子考出去。在金稻村的孩子中，为朴铸成惋惜的好像只有赵二良一个人，赵二良觉得他不会去偷烟火枪，也不会把李勇浩的名字写到厕所里。赵二良想，就算朴铸成的身上有再多好孩子的潜质，但在那个相对落后的村小学上学，学习成绩也会被落下的。

第六章　言传身教

老叔高兴时，还是经常和赵二良讲起种植有机水稻的经验："要么说好吃的'良心稻子'不好种呢！种'良心稻子'可不是有些人想象的那样，春天把稻苗往水里一栽，就能等着秋收啊！这个过程中要做的细活可太多了……就拿灌溉这一项来说吧，绝不是简单的注水和放水问题，这里的学问可大着呢。整个种稻过程说道儿就更多了：旱了怎么办？春旱、夏旱、秋旱的对策是不同的；涝了怎么办？除了春涝、夏涝、秋涝，还有小涝、大涝、洪涝……处理的办法也各不相同。但最重要的是，你要时刻盯住稻田里的水位。如果再说到不打农药、不施化肥，怎样利用好农家肥，怎样利用自然的稻秸和稻壳去杀虫除害，那说道儿就更多了……"

"老叔，种水稻还有这么多说道儿呢？我们脚下不都是黑土地吗？那咱们就种呗？"赵二良又天真地问。

"黑土是在温带湿润或半湿润气候下，由草甸植被发育形成的。过去，金稻村的黑土地上覆盖着一层厚实的黑色腐殖质。但眼下的金稻村，黑土地正在一点儿一点儿地流失。据我观察，金稻村的黑土层似乎每年都会减少那么三五毫米，而且土地颜色也越来越发黄、发白，土质也越来越硬，地力当然也就越来越弱了。"老叔说起土地知识来，头头是道。

"可咱自己家的黑土地为啥一直还是黑的呀?"赵二良不解地盯着老叔的眼睛问。

"为了单纯追求产量,金稻村人在不断增加化肥和农药的用量,造成土壤板结、有机质流失,同时也导致整体环境不达标,所以老叔的'良心稻子'无法得到有机水稻认证,只能叫绿色水稻,虽然品质好,但还是卖不上好价钱。老叔梦想着整合全村的稻田,这些稻田连续三年不上化肥就有可能申请到有机认证,那样金稻村的大米就能卖上好价钱了。可是村民们为了眼前利益,都在各自为战。这些才是老叔心头最大的痛啊!"

"老叔,不是说能办有机认证吗?"赵二良问。

"只要邻近的稻田上化肥、打农药,咱们的水稻就没法达标,就拿不到有机水稻认证,咱们这种水稻只能叫绿色水稻。绿色水稻没法卖上有机水稻的价格,但咱这稻子真是实打实的好稻子啊!"

赵二良有些着急了,又问老叔:"既然种有机水稻产量不高,又卖不上好价钱,那咱们为什么还要坚持种呢?这不是白吃苦白受累吗?"

面对赵二良的发问,老叔只能叹气摇头,沉默不语,过了好久才喃喃自语道:"他们种的那还是水稻吗?用化肥稻子做出来的大米饭根本就没有饭味呀!再者说了,一方水土养一方人哪,往长远看,咱不能眼看着黑土地变成白土地吧?"

老叔种的"良心稻子"因为村里多数人仍在种着农药稻子而不被市场认可,并不能得到应有的回报,可老叔还是坚持种他的低产"良心稻子"。日复一日,赵二良逐渐发自内心地敬佩起老叔来,他觉得老叔这样的农民才是好农民,才是对土地有敬畏、有信仰的真正的农民。

和一门心思画画儿的赵大良不同,在老叔的影响下,赵二良深深地迷恋上了种水稻。上小学四年级以后,赵二良就养成了帮老叔打理水稻的习惯。放学后,他尽量不去和伙伴们玩耍了,而是飞快地跑向老叔的稻田。一方面是因为他对有机水稻感兴趣,另一方面是他想尽量多帮老叔干点儿活。赶上周末或节假日,赵二良就更是陪着老叔"长"在水稻田里了。

也许与父亲常年在外游荡有关,赵二良对坚守田园的老叔很是依赖。他一直固执地认为,只有老叔在,家才在。每当看到老叔忙碌的身影,听到老叔质朴的声音,赵二良的心就能踏实下来。赵二良童年的幸福,主要来自老叔的细心照料，来自老叔的辛勤劳作和顽强坚守。

在外游荡的赵有才事业并不成功，他很少能拿回钱来。很多时候，赵大良和赵二良的学费都是老叔给交的。

既然看了那么多书，学了那么多知识，何不将这些知识运用到实际生产中去呢？老叔做梦都想提高有机水稻的产量。

早在年初，老叔就已经和平安县良种公司联系好了，开春就到平安县良种批发部去买一种高产新型稻苗。劳动节刚过，老叔就起个大早来到了平安县城，又费了好些周折，才把新型稻苗拿到手里。

夜已经很深了，可老叔怎么也合不上眼睛。这不是因为远处隐隐约约的打麻将声，也不是因为喝多了浓浓的红茶，而是因为明天一早新型稻苗就要插秧了。和很多庄稼人尝试新品种时一样，老叔既兴奋又紧张。

静悄悄的夜晚，老叔的思绪如雨季的海兰江水一般，过去的，现在的，未来的，无数流逝的经历和漫无边际的想象在他的脑海里杂乱地搅混在一起。皎洁如雪的月光洒在窗户上，把春节时贴的窗花清晰地映照出来：一大捆丰收的金水稻，还有两头耕田的壮老牛。

第二天一早，老叔就把稻苗小心翼翼地装好，运到自家的稻田边。接下来，老叔就和老婶一起把小稻苗细心地插进冰凉的泥水里。

没想到，老叔辛苦了大半年，新型高产有机水稻的试种最终竟然失败了。由于去年是暖冬，虫卵没有被完全冻死，到了夏季，病虫害越来越严重。老叔坚持不喷洒农药，眼看着抽穗儿的稻子被虫子啃食掉了。

吃再大的苦，遭再大的罪，老叔都不害怕。他最害怕的是稻田里产不出水稻，辛辛苦苦干了一大年，最后换不回钱来。家里缺少吃的不说，那可是连侄子们的学费都交不上啊！

为了能挽回一点儿经济损失，老叔只好毁地改种了一茬荞麦。没想到，半个月后刚冒出来的荞麦苗又赶上了一场大风，连日的大风一吹，绝大部分荞麦苗被连根拔掉了。风里雨里，老叔又白忙活了一场。

自家的新型水稻绝收，补种的荞麦又中途夭折，本来就满身重荷的老叔，身上的担子无形中更加沉重了。

赵大良和赵二良下学期要想正常上学，老叔就必须得在年底交上一百八十块钱的学费。这一百八十块钱对别人来说也许不多，但对刚刚经历绝收的老叔来说无异于天文数字。老叔一度被两个侄子的学费给难住了，连续好几天睡不着觉。

为了解燃眉之急，老叔只好去借钱。穷村子家家空，最后老叔去借了他最不想借的金快手的钱。老叔伸了好几次手，才最终咬着牙敲开了金快手家的大门。

接下来，老叔就得抓紧去卖救命存粮了。依老叔的性格，他宁可把"良心稻子"低价卖掉也要拿到现钱，好尽快还清债务。

大家都在种地的时候，老叔拼了命地去种地；大家都在猫冬①的时候，老叔却要顶着风雪走乡串户去卖"良心稻子"。冬日里，金稻村人经常能看到老叔孤独地奔走在风雪中，有时是背着一大袋稻谷，有时是夹着一大捆麻袋。西北风卷起的沙粒子和雪末子，就像无数条小鞭子同时抽打在老叔的身上和脸上。

最后，老叔是扬着一张坚毅的笑脸为侄子们交上学费的。但从学校回来的路上，走到四处无人的村口时，老叔停住了，他低下头来，长长地叹了一口气。

老叔没想到，在金稻村干冷的冬风里，他的这一系列举动都被尾随在他身后的赵二良看在眼里。

只是老叔天生乐观，他在发现赵二良后，转过身来脸上就又挂满了笑容。老叔走过来，拉住他的小手说："二良子啊，老叔这辈子最大的梦想就是把全村的稻田都承包下来，都种上'良心稻子'，那时金稻村的大米就能得到有机认证了，老叔的'良心稻子'也就能卖上好价钱了。"

后来，赵二良想，好在有拼命干活的老叔啊，他们一家人才走过了那段最艰难的岁月。

---

① 猫冬：方言，由于冬天天气寒冷，大家躲在屋里不出来，也不干什么大活计了，谓之猫冬。

第七章　转嫁梦想

赵有才是在活龙镇的一次文学创作骨干培训班上认识文化站的俞站长的。认识俞站长之后,他想当"鲁迅第二"的念头就更加强烈了。

有一天,俞站长在酒桌上说赵有才写的小杂文确实有点儿鲁迅的味道,不仅单独和他干了一杯酒,还答应在文化站的内刊上给他发表一篇文章。

木工活可以不干,但俞站长那儿必须得去。即便没啥木工活可干,赵有才也要到活龙镇上走一趟。这已是他多年来养成的习惯,如果不走上一趟,人就像丢了魂一样。

在赵有才眼中,活龙镇就是天堂,成为活龙镇的正式居民,是他最大的人生理想。

赵有才不知疲倦地来往于乡镇之间,有时还能被俞站长拉着和文友们喝几口小酒。

这天,俞站长在省报副刊上发表了一篇散文。他很高兴,文友小聚也因此得到了落实。

"喜相逢饭馆"其实很简陋,是普通百姓小吃小喝的地方。饭馆里没有单间,俞站长订了最里面的位置,就相当于单间了。一张大方桌比靠外的小方桌款式多了,俞站长坐在主位上,孙古体、郭铁匠和赵有才三位文友也各自选好了位置坐下。

俞站长提酒,说:"今天整个活龙镇我就邀请了你们三个人,全镇文章写得好的也就你们三个了。"

孙古体说:"俞站长抬举!"

郭铁匠说:"那还说啥了,真是抬举我们呢。"

俞站长接着说:"你们三个当中,赵有才年纪最大。我看,就让他来当活龙文学骨干组组长吧!"

静了半天场,一向精明的孙古体表态:"我看行,赵大哥老成持重,人品也好,从这个角度说,大家都得服气。"

"既然俞站长都定了,那就行呗,三个人总得有个牵头的。"郭铁匠明显心里不服。

什么组长?赵有才没太听清楚,但能听出来是好事。赵有才没想到堪称"活龙镇文学泰斗"的俞站长竟如此看重自己。文化站并不是什么有钱的单位,别说这样的活动不多,就算多,这种档次的重要聚会也不是谁想来就能来的,就更别说自己还被叫什么组长了。"我做木工活还行,咋还当上什么组长了呢?"赵有才一边恭恭敬敬地给俞站长倒酒,一边说着并不想推辞的话,还不小心把酒倒洒了。

俞站长接过里外发烧的酒杯,半开玩笑地说:"就算你是活龙文学骨干组组长,按照酒桌上的规矩,倒洒了酒也是必须要罚的。"

郭铁匠说:"对对对,这得罚酒!"

赵有才这回听清楚了,自己是"活龙文学骨干组组长"。他喝下一杯酒,连连摆手,说道:"我咋还成了大组长了?孙老弟和郭老弟的文章写得都比我好啊!惭愧惭愧……"

郭铁匠又说:"说别的都没用,至少罚三杯!"

赵有才面带难色:"我酒量真不行。"

孙古体打着圆场说:"俞站长说了,听领导的。罚是必须的,但咱可以慢慢喝。"

赵有才只好又喝下一杯。

"大家发现没?赵有才这个名字真不错呀!起得真有才!"见赵有才把酒喝了,孙古体又说。

赵有才有些不好意思地说:"我这名字真是太直白了,让孙老弟见笑了。"

孙古体说:"这话说到哪儿去了?我可是发自内心说的。"

俞站长也说:"有才啊,你这名字真不错,质朴大方。"

推杯换盏之间,赵有才感觉有些缥缈。他以前没仔细琢磨过自己的名字,听大家这么一说,心里也在暗想:那就好好写吧,以后让两个儿子也从事文学创作。他突然觉得赵大良、赵二良这两个名字也起得不错。

当上活龙文学骨干组组长之后,赵有才觉得自己又向鲁迅迈进了一步,对杂文创作几乎达到了痴迷的状态。他认为自己有幸从金稻村走进了活龙镇,认识了俞站长,两个儿子要是好好学习就能考上大学走进省城。

以后的日子里,赵有才的心气更高了,脾气也更大了,本来就板的脸变得更板了。赵有才还经常叨咕鲁迅的名句:"横眉冷对千夫指,俯首甘为孺子牛。"

从金稻村到活龙镇有十几里的荒路,这已是赵有才多年走习惯的路径。以前他基本都是步行,但这次和往常不一样——上衣口袋里别着一管钢笔、耳朵上夹着一支铅笔的赵有才坐上了新开通的大客车。他之所以坐上大客车,和新开通没有关系,主要是因为他接到了一份急活,他得马上赶到活龙镇给人家做家具。

大客车不紧不慢地朝着活龙镇的方向行驶,赵有才就混在那些抽着旱烟袋的人中间。虽说大家都是一脸泥土的农民工,但赵有才觉得自己和他们可不一样。会写小杂文的自己很有才,两个儿子也很有才,而且两个儿子更有前途,将来得考大学,杀进省城……

这样想着,一向板着脸的赵有才露出一丝笑容,他突然间有了一种要飞翔起来的感觉。

在金稻村大多数农民还在追求不愁吃、不愁穿的温饱生活时,赵有才却要飞翔起来了。那么到底要飞翔到哪里才好呢?赵有才认为,像自己现在这样,仅仅从金稻村飞翔到活龙镇,这只是飞翔的初级阶段;要是能飞翔到更远的地方,比如说平安县城,或者更远一些的省城,那才是飞翔的高级阶段,才是真正的飞翔呢。

一路上,赵有才为自己突然间就有了这样的认识而暗自欢喜着,更觉得自己的名字没白叫,要不咋叫赵有才呢,确实和同车这些普通农民工不太一样啊!

以前走着去活龙镇没太注意,如今坐在汽车上才发现金稻村到活龙镇一路上的荒草甸子还是挺辽阔的,天空还是挺高远的。窗外的自然风光让有了飞翔感的赵有才更加触景生情,心情一阵阵地激动起来。

就在赵有才怀着激动的心情从金稻村前往活龙镇的时候,他在心里对两个儿子的人生规划又有了新的盘算⋯⋯

正当赵大良和赵二良乐此不疲地在金稻村走家串户地画画儿、背古诗,课余时间乐此不疲地和老叔学种绿色水稻时,赵有才有一天酒后跑回来,突然坚决不让赵大良和赵二良画画儿了,也不让他们跟着老叔下地干活了,而是让他们放学后尽量不外出,全心全意地背诵唐诗宋词,并要求他们将来都得去考大学中文系,才能当上诗人,当上作家⋯⋯

赵有才的决定,不仅让爱画画儿的小哥俩黯然神伤,也让一直把小哥俩视为骄傲的老叔怅然若失。

不久,赵有才在一次文友聚会时,认识了平安县文化馆文学辅导部的康主任,据说康主任能辅导作文。为了提高赵大良的作文水平,赵有才根本没考虑赵大良的画画儿天赋,就领着赵大良去了平安县城。路上,他一直在说:"平安县文化馆的康主任是个大好人,那可是专门辅导学生作文的老师啊!"

康主任比赵有才年长几岁,毕业于省城师范大学中文系。论起来祖辈还是金稻村的。这位"老乡"非常热情地接待了赵氏父子,还慷慨地送给赵大良一本关于人物肖像描写的书。临走时,"老乡"又摸着赵大良的脑袋说:"这个孩子肯定能行,好好学吧,以后也考省城师大中文系。"

过分热情的康主任让赵有才感到受宠若惊,对那本人物肖像描写的书更是如获至宝。当天晚上,赵有才把睡眠都放弃了,亲自熬夜为赵大良列好了写作计划。

按照赵有才制订的写作计划,起初赵大良每天要描写一个人物。从此,赵大良每天都要使出吃奶的力气,才能在赵有才急赤白脸的指挥下勉强完成任务。

赵有才一向干啥事都很认真,这次更不例外。只要赵大良写作文,他就不急着去活龙镇了，总是铁青着脸站在赵大良后面监督。赵大良每写一段，赵有才就要认真点评一番。写得好了还行，一旦写得不够好，赵大良就要挨训；写得再离谱点儿，就得挨骂；如果写错了，就要挨打。从那以后，赵大良的每一天都变得极其漫长，年少的他过早地体会到了度日如年的感觉。

随着时间的推移，不知不觉中，赵大良发现写作文太可怕了，远没有想象中那么美好，写作文逐渐变成了他的苦难负担。

几个月后，按照计划，赵大良每天必须得写两个人物了，就更经常被训、被骂、被打了……渐渐地，赵大良对写作文产生了恐惧心理。

没过多久，赵大良就打心眼儿里越来越不愿意写作文了，可死要面子的赵有才哪会同意呢？他还急着去向老乡康主任汇报辅导成果呢。

每次赵大良流露出想放弃的意思，一顿痛骂是难免的，有时还要挨上几大脚。终于有一天，赵大良突然有了一个好主意——坚决不写了。无论赵有才怎么骂，怎么打，赵大良就是不写了。赵大良心想：只要挺过了这一次，以后就彻底解放了，彻底自由了，就再也不会因为写作文这件事挨骂、挨打了。

那天赵有才是怎么骂的、怎么打的，赵大良都忽略不计了。他只记得最后赵有才实在骂不动了，也实在踢不动了，竟然首次给了他一记响亮的大嘴巴子。以前不论赵大良和赵二良怎么淘气，赵有才可是从来不打他们脸的。

最后，赵有才气得说不出话了，把嘴角都咬出了血。他一边擦着嘴角的血迹，一边骂了赵大良一句"你个大犟驴"，这最后的骂声空洞而无奈。

从那以后，赵有才又开始严抓赵二良写作文。于是，赵有才就像当初盯上赵大良那样，又恶狠狠地盯上了赵二良。

可以说，是赵有才终止了赵二良的画画儿爱好。曾经那个堪称天才的乡村小画家最终生生地被赵有才给扼杀在了摇篮里。曾经那么热爱画画儿的赵二良不能再热爱画画儿了，得热爱写作文了。

一年后的一天下午，老叔顺路来到金稻村小学看看赵二良。因为学生还没放学，老叔就在校园里溜达起来。当时学校正在举办全校学生画展，老叔就背着手满操场转悠，边等侄子放学边看画展。他看了一遍又一遍，哪张是他二侄子赵二良画的呢？他居然一直没有看到赵二良的名字，难道二侄子改名了？没听说二侄子改名啊？

放学后，在校园的黄昏里，赵二良先是看见了一位满脸失望的农民，之后他才发现那位满脸失望的农民竟然是他的老叔，那是赵二良有生以来见过的最困惑、最失望的老叔，老叔在和他说话之前那一脸的茫然若失让赵二良至今印象深刻。

赵二良并不觉得赵有才怎么对不住天生喜欢画画儿的他，倒是觉得赵有才更对不住的人，应该是他那厚道、善良的老叔。

后来，赵有才成了平安县的文学骨干，他本以为自己又向鲁迅迈进了一步。然而，通过在县里参加学习班并意外地听了从省城请来的老师授课之后，赵有才终于发现了自己的不足。再加上全县那么多出自书香门第和名门望族的文友们，很多人的才华都远远在他之上，他们当中也没有几个想当"鲁迅第二"的，而自己这些年来却不自量力地想当"鲁迅第二"，真是惹人笑话。总之，经过和真正的文学高手学习、过招，赵有才突然间看清了自己，他意识到自己的底子实在太薄了，连人家常提起的四大名著都没看全呢……

怎么办呢？梦已入心，是轻易挥之不去的。考虑到赵大良主意正，不听话，渐渐地，赵有才就把心底的梦想转移到二儿子赵二良身上来了。于是，他对赵二良更加严厉了。

那时赵大良和赵二良还不知道，父亲那天风风火火地跑回来，忙三火四地不让他们画画儿了，而是让他们多多背诗、写作文，就是因为他已经感觉到了当"鲁迅第二"的巨大难度。他之所以跑回来，是想让儿子们继承他的文学梦想，继续向鲁迅靠近，从小多读书，读好书，写好作文……大有传说中愚公那种"子子孙孙，无穷匮也"的执着架势。

当时已经在平安县城上初中二年级的赵大良，最大的理想就是当个画家；还没上初中的赵二良本想一边画画儿一边研究有机水稻，将来争取成为一个种有机水稻的农业技师，同时还有可能成为一个农民画家。可赵有才却命令赵二良学文科，还给他定了目标：初中毕业以后考重点高中，高中毕业报考北京大学中文系，将来当一名作家……

赵有才的远大志向，无形中给赵大良和赵二良造成了巨大压力，害得老叔得时常偷偷为两个侄子解压。

由于赵有才已经是平安县文化馆的文学骨干了，有段时间文化馆让他帮剧团写地方戏。没读几天书的赵有才一直想进步，就哼哼呀呀地学着写起了地方戏。写地方戏到底还是需要文字功底的，赵有才有时拿不准了，就时常以考考赵大良和赵二良为借口，让他俩帮着他选词押韵。谁要是回答好了，就说谁"还能蒙一阵儿"；谁要是回答不好，就要挨上一顿臭训。

一向叛逆的赵大良和赵二良都不服气，耿直的赵大良明着对抗，温顺一点儿的赵二良有时也能抓到机会回击赵有才。赵有才刚刚订了几本国内大刊，除了《剧本》月刊之外，还有《小说月报》《青年文学》等当时名气较大的刊物。赵大良就跟正在翻看《小说月报》的赵有才说："你天天写小杂文和地方戏能有啥大出息呢？要是我呀，就去写小说，还得争取发表在《小说月报》上。"

"你口气可真大呀！就不怕风大闪了舌头？《小说月报》是你想上就能上的吗？咱们金稻村这么多年，真没听说谁在那上面登过作品呢！"赵有才立马就急眼了，"你跟我抬杠是不是？"

赵大良又指着旁边《剧本》杂志的当期封面人物——老舍，说："你看看人家老舍，那才是个好剧作家呢，人家也没说要当'鲁迅第二'呀。"

赵有才无言以对了，竟要举手打赵大良。赵大良见势不妙，溜之大吉。

相对于主意正的赵大良，赵有才对赵二良的要求更加严格一些。

叛逆期的赵二良虽然有时也反抗，但更多时候，他根本不是赵有才的对手。赵有才总能抓住很多机会收拾赵二良，他甚至还拿赵二良的好友朴铸成说事儿。可怜的朴铸成虽然去了落后的六家子村，但学习成绩却越来越好了，一直能传来好消息。

说来也怪，赵有才总能第一时间就得到朴铸成的好消息。每次赵二良考试成绩不理想时，赵有才都会拿朴铸成的优异成绩当参照来收拾赵二良。赵有才经常一边打骂赵二良，一边细数着朴铸成的各种优点，说朴铸成在那么差的学校学习，都能得到那么高的分数。赵有才打骂完赵二良还会补充道："我对你还不算太严厉呢，朴大犟种至少要比我严厉十倍！无论什么事，朴铸成做错了一点儿都是不行的！"

赵二良只记着朴大犟种并没想让朴铸成当什么"鲁迅第二"和什么作

家，人家最大的梦想就是让儿子当个农业技师。记得有一次朴大犁种和赵有才喝完酒后吐了真言，说："就让我儿子考我当年梦想的那个北方农业大学，将来当个专业的农业技师。技多不压身啊，有了真本事，孩子到啥时候都能有碗饭吃……"

赵二良知道，朴大犁种自己没有机会实现梦想，就更加望子成龙了。从他给儿子起的名字就能看出那股不服输的劲头儿，就是希望儿子为自己铸成梦想，为祖上争光。

虽然自从朴铸成转学后，赵二良就没再见过他，但朴铸成却一直像标杆和戒尺一样立在赵二良的日常生活中。

赵有才总能及时而准确地刺探到来自六家子村关于好学生朴铸成的最新消息，核心内容永远是朴铸成优异的学习成绩。从小学三年级到五年级，赵二良每次考试之后都会听赵有才说起朴铸成的成绩，基本上都是双百。就算偶尔不是双百，也会是全校第一。更让赵有才津津乐道的是，朴铸成还因为学习好，跳了一回级呢！这样，只比赵二良大一岁的朴铸成，却比赵二良高出了两个年级……

朴铸成为父亲圆梦也好，为祖上争光也罢，这个赵二良一点儿都不反对。让赵二良没想到的是，儿时最好的伙伴却成了他求学路上的一个最大的、挥之不去的阴影。只要与学习有关，赵有才总是拿大神一样的朴铸成和赵二良说事儿。

上了初中以后，学习科目增多了，成绩单的组成也复杂了。赵二良本以为众多科目的成绩会"鱼目混珠"，使赵有才无法再以朴铸成作参照。可是，赵有才还是能不断地打听到朴铸成的最新消息，还是时常能拿到朴铸成更优异的成绩单。赵有才说："朴铸成的数理化已经学得相当厉害了，他不仅经常参加全县的数理化竞赛，还能拿到好名次呢……你再看看你那熊成绩，淘气时也不像缺心眼儿啊，数理化咋总是那么差劲儿呢？"每次说到这些时，赵有才都要习惯性地给赵二良抡上一巴掌……

赵二良一度最怕赵有才提起朴铸成，原本与他友情深厚的朴铸成竟然变成了他心底的噩梦。表面一脸顺从的赵二良，在内心深处已经极其反感朴铸成了。在父亲赵有才掀起的一波又一波的巨大风浪中，赵二良和朴铸成的友谊小船摇摇欲坠，说翻就能翻。

第八章　初中同学

上初中以后，金稻村的孩子们就要到平安县城上学了。在一起玩的机会少了，也不再有人管李勇浩叫李司令了，孩子们就像突然间都长大了不少。赵二良、李勇浩、马胜利和河稻穗等小学同学又成了平安四中的中学同学。赵二良的表姐尹香淑也成了他们的同班同学，尹香淑不仅学习好，还是班里最漂亮的女生。然而，赵二良没想到的是，品学兼优的尹香淑竟然会成为导致他受伤的关键人物。

在平安县城，好像哪个学校门口都聚集着一帮小混混，他们当中多数是不好好学习的"学困生"和无法毕业的"蹲级包子"。整天无所事事的小混混们往往三五成群，嘴上叼着劣质香烟，时而爆着无知的粗口。他们或歪身倚在校园的某个角落，或单腿跨在上学要道的栏杆上，向过往的男生索要钱物、扔石子，给过往的女生起外号、递纸条。尤其在漂亮的女生经过时，他们更是要赤裸裸地行上一会儿"注目礼"，有时还会发出下流无耻的口哨声和怪笑声……

高大帅气的李勇浩一心想着毕业之后就去参军。他平时总是穿着一件深蓝色的球衣，有时腋下还夹着一本厚厚的武侠小说。虽然他不屑与小混混们为伍，但闲着没事儿时，他也经常和他们一起扯扯淡、抽抽烟。

李勇浩虽然长得精神，但就是不爱坐下来听老师讲课，说那是啃死书本，对他来说没用，还说一些人都学傻了，远不如他从课外读物中知道得多。李勇浩宁愿以练体育项目为名在操场上闲逛，也不愿坐在教室里上课。

跑得快，跳得高，又会表演象帽舞的李勇浩是平安四中著名的十项全能选手，每年召开全县运动会那几天，李勇浩还是很招人稀罕的。除了体育方面有特长，李勇浩的歌也唱得不错。逢年过节学校组织活动表演节目时，天生嗓音浑厚的李勇浩也能光鲜几把，不仅能收获奖状，还能收获大量的鲜花和掌声，尤其还能赚足女同学们的尖叫声⋯⋯

但平时就不行了。李勇浩怎么会在学习风气极其浓厚的平安四中长久地受人待见呢？在那个"分儿分儿是命根儿"的年代，在老师和同学们眼里，一个人要是考试成绩不好，跑得再快、跳得再高也没用，长得再精神也是白长，课外知识再丰富也没用。李勇浩虽然很"爷们儿"，但他在班级里并没有什么地位。更多的时候，他只能被各科老师和同学们忽略不计。

闲着没事的李勇浩整天哼哼唱唱、晃晃荡荡的，就像一只好斗的小公鸡，不是和同学打架，就是公开看武侠小说，再就是和老师顶嘴，他还敢追女生、找对象呢。很多同学背地里叫他"李永混"。

有那么一段时间，李勇浩竟然还不自量力地打起了品学兼优的尹香淑的主意。他胆子可真够大的了，用当时的话说，尹香淑可不是一般人能朝拢①的，整个校园里根本就没有男生敢去朝拢她。尹香淑不仅长相好、身材好，而且学习成绩也好，还是大班长呢。尤其是到了夏天，尹香淑经常穿着一条粉红色裙子，一边唱着《红太阳照边疆》，一边跳起长鼓舞，就更能吸引男生们的目光了。眼里冒着火又不敢付诸行动的男生们就给尹香淑起了个外号——"红裙子"，"红裙子"一度成了尹香淑的代名词。

经常扎堆在校门口和上学路上的那些小混混们当然不会放过"红裙子"。他们最喜欢盯的就是"红裙子"了，有时还会冒出几句下流话和一阵坏笑，甚至还可能做出一些让人摸不着头脑的举动。但是，当李勇浩站在他们中间的时候，小混混们就从来不敢造次，此时他们对"红裙子"的"注目礼"就要大幅度收敛，明明有个美人从眼前经过，还要假装不感兴趣。

---

① 朝拢：方言，招惹。

尹香淑这么一个出类拔萃的女神级人物，怎么能看上四肢发达、整天不好好学习的李勇浩呢？谁也不会同意把这么美好的鲜花插在那么恶劣的牛粪上。

　　那时男女生之间还是很传统的，男生和女生很少正面接触。李勇浩为了追求尹香淑，就有意和赵二良套近乎。有一天，李勇浩还一口一个"二良子"地叫着他的小名，显得特别亲近。说着说着，李勇浩还用他那汗津津的大手把一块好吃的胶皮糖十分友好地塞进了赵二良的嘴里。

　　"李勇浩咋对我这么好了呢？"正在赵二良一头雾水地品味着那块胶皮糖是用什么水果做的时，李勇浩又悄悄地把另一样东西递到了赵二良手里，这回是一个折叠起来的白信封。然后，李勇浩趴在赵二良的耳朵上说："二良子，你把这封信转交给你表姐。记住了，你一个字都不能看，一定要亲自把它交到你表姐手里。完成任务之后，我这里还有更多的胶皮糖呢。"

　　一是不敢违背强悍的李勇浩，二是不愿吐出嘴里的胶皮糖，赵二良心里极其矛盾。要这么干吗？这不是纯属扯淡吗？虽然赵二良实在不想去做，但他又不敢说不，只好答应了。

　　赵二良很无奈，但他还是找了一个恰当时间，来到尹香淑家，把李勇浩的信交到了尹香淑的手里。

　　赵二良以为尹香淑一定会生气，因为他捎给她的信不是出自和她同样优秀的男生之手，而是出自跟优秀根本搭不上边儿的李勇浩之手。他做好了挨训的思想准备。

　　尹香淑打开那封信默默地看了起来。尹香淑看信时，赵二良好像看到自己的心也在那张信纸上抖动着。他一度在犹豫：自己是马上走呢，还是等表姐轰他走呢？

　　让赵二良万万没想到的是，尹香淑看完信不仅没生气，还和他认真地聊起了李勇浩。

　　"二良，这封信真是李勇浩托你给我的？别人没看见吧？"尹香淑的脸虽然红了，但语气里并没有愤怒，赵二良甚至还听出一丝愉悦。

　　"表姐，对……对呀，没……没人看见。"赵二良有些诧异，"表姐，你不生气？不烦他呀？"

　　"那是你们个别男生烦他！女生们并不都烦他，很多女生还挺喜欢他呢。"

"表姐,也包括你吗?"

尹香淑没有正面回答赵二良,她的脸在继续红着:"你不觉得李勇浩是咱校最有男子汉气概的男生吗?我一看见那些豆芽菜似的、戴着高度近视镜的白脸小男生们就起鸡皮疙瘩,那哪是男生啊?"

"而且李勇浩的体育还不是一般的好呢,那叫有特长啊!他将来不是还要参军吗?全年级的女生都等着看戴上军帽的李勇浩呢,那得多帅呀?现在远远看着他跑跳都觉得帅得不行。他那件印着'1号'的球衣,不知道有多少女生想得到呢!每年开运动会,女生们都大声为他加油,其实那也是发自她们内心的声音。"

赵二良本来准备好跟尹香淑承认是怕李勇浩揍自己,或者看在胶皮糖的分儿上才来送信的。但现在看来,他的顾虑都是多余的。他想到接下来还会有源源不断的胶皮糖,就顺着表姐说:"表姐,李勇浩还会表演象帽舞,还会唱传统民歌呢!"

"说得也是呢,李勇浩不仅体育好,文艺也好。对了,有一回在水房打水,我还听过他哼着一首歌呢,不光好听,声音还特别有磁性……"

"是他经常唱的《桔梗谣》吗?还是《阿里郎》啊?"

"那天他没唱朝鲜族传统民歌,好像唱的是《驼铃》,反正歌词中有送战友、踏征程什么的。后来走远了,他还唱了一段《红太阳照边疆》呢……其实,人无完人,李勇浩除了不好好学习,其他方面都是出类拔萃的……他不仅高大帅气,知识面还广,而且他身上还有别的男生怎么也学不来的东西。怎么说呢,是一种男子汉气概吧?说不清,反正特别自信。也不是……哎呀,我也说不清楚,就是很霸气那种,让人觉得他什么也不怕。不过,就是……他唯一的缺点就是……他咋就不好好学习呢……"尹香淑好像突然意识到当着赵二良的面说这些有些不妥,红着脸支支吾吾起来,"对了,我听说咱们班河稻穗可喜欢你了。"

赵二良的脸也红了,说:"没有的事,河稻穗不过就是我邻居家的小妹妹。"

尹香淑一直紧捏着手里的信,赵二良都怀疑那信要被她捏出水来。正当她爱不释手地准备把那封信收藏起来时,一直在门外偷听的赵二良舅妈冲了进来。舅妈抢过那封信,快速地浏览了一遍,就如临大敌般地喊道:

"啊？不好好学习，谈什么我喜欢你，你喜欢我的？学生的首要任务就是学习，这个不务正业的小兔崽子，这是要毁我闺女的大好前程啊！我必须得找他家长说道说道！"

"妈！你这是干啥呀？李勇浩淘是淘点儿，但并不像传说中那么浑。你找他家长干啥呀……"尹香淑为李勇浩辩护着，并试图从母亲手里夺回那封信。

从不骂孩子的赵二良舅妈竟然当着赵二良的面骂起了尹香淑："你还在替他说话？以前我咋没发现呢，你还有女孩子的羞臊吗？你还要不要脸啊？"

"人家也没把我咋样，喜欢一个人犯罪吗？你为啥把人想得那么肮脏啊？"尹香淑和母亲一样，脸都气得煞白。

"面对一个不学无术的小流氓，你还这个样子，我看你也是喜欢上人家了吧？"正在气头上的赵二良舅妈说。

"你怎么能说人家是小流氓呢？你知道啥呀？"也正在气头上的尹香淑说。

"我就不信了，苍蝇不叮无缝儿的蛋，还是你也喜欢人家……一个姑娘家，你还要不要个脸啊？"赵二良舅妈破天荒地打了尹香淑一巴掌。

"李勇浩就是好！我就喜欢他了，咋地吧？！"被打了之后，尹香淑的逆反劲儿突然上来了。

"你！你……"赵二良舅妈一时气得说不出话来。

尹香淑边哭边说："李勇浩根本就不是什么小流氓！你们大人就看表面，你们知道啥呀……"

"我们是过来人，不比你知道啊？"赵二良舅妈终于又说出话来。

"李勇浩就是李勇浩，人都各有各的优缺点，人是不同的！喜欢一个人并不等于就要和他好，欣赏他都不行吗？不怕告诉你们，我最害怕上学路上遇到那些小混混了，每次都是心惊胆战地经过，但有李勇浩在的时候我心里就有底了，我知道他不会伤害我，你们知道我心里有多感谢他吗？这些我和你们说过吗？你们能理解吗？我都没说过吧……"尹香淑越说越快，委屈地哭诉着。

打了女儿耳光的赵二良舅妈本来就已经后悔了，听女儿又说出这些话来，不禁也哭了起来，竟又打起了自己的脸："这是咋的了呀？我的老天爷呀，这是谁在作孽呀……"

赵二良夹在中间左右为难，只好说："我知道李勇浩是扯淡，本来不想送这封信，是他强迫我送的。唉，李勇浩啥样我还是了解的，他不过是癞蛤蟆想吃天鹅肉罢了……我表姐这么出色，怎么会看上他呢？舅妈，表姐，这又不是咱们的错，都别生气了……"

赵二良舅妈无奈地说："闺女啊，你以后可坚决不要再搭理那个李勇浩了……"

尹香淑余怒难消，一直抽泣着："我咋的了我？我……我又没说我喜欢李勇浩，我只是说我们年级很多女生都喜欢他……"

赵二良舅妈哭着说："闺女啊，就当妈求你了，咱就好好学习，答应妈以后别再搭理他，行吗……"

尹香淑边流泪，边小声申辩着："李勇浩也不是癞蛤蟆呀，更不是苍蝇啊，再说了，我也不是有缝儿的蛋啊……"

那天，赵二良是要多尴尬有多尴尬，他是灰溜溜地离开表姐家的。回来的路上，赵二良内疚极了，觉得是自己伤害了漂亮的表姐和可怜的舅妈。所以，后来李勇浩再次往赵二良嘴里塞胶皮糖并让他继续送信时，赵二良只是紧张又快速地吃掉了胶皮糖，却一直将信深深地揣在最里面的衣袋里。

赵二良不想再去送信了，可他又抗拒不了胶皮糖的诱惑。随着李勇浩的信一封又一封地塞给他，他嘴里虽然幸福地甜蜜了一次又一次，但是怀里就像揣了一颗又一颗重磅炸弹，而这些重磅炸弹又随时都有爆炸的危险……

厚厚的一大沓子信，赵二良想扔还扔不得，想看还看不得。一天下午上课前，赵二良终于承受不住巨大的压力，借着一时冲动，把李勇浩的那些信撕得粉碎，风一样跑向学校大门，摆脱灾难似的把它们扔进了大门外的垃圾箱。

赵二良本以为自己从此轻松了，可是第一节课刚下课，李勇浩就找到了他。李勇浩把他拉到教学楼西房山头儿，逼问他："赵二良！我的信呢？"

"都交……交给我表姐啦。"赵二良一时摸不准李勇浩的意思。

"编，接着编！"李勇浩恶狠狠地盯着赵二良。

"真……真给我表姐了。"赵二良说这话时发现李勇浩喘着粗气，但他的谎言已经出口了。

"这是什么？"李勇浩从衣兜里将一把碎纸片掏了出来，恶狠狠地摔在地上，"你竟敢偷看并撕毁别人的信件，你太无耻了！你知道我现在有多恨你吗？什么赵二良，我咋越看你越像《红灯记》中的叛徒王连举呢！"李勇浩恶狠狠地盯着赵二良。

"我……是这样……我可不能再送了，我表姐都因为这事挨揍了。"赵二良紧张地说。

"你不送也可以，但你不能偷看。你是不是偷看信了？"李勇浩举起了拳头。

"我没看，我真的没看！"赵二良躲闪着。

"没看？没看你为啥会撕掉呢？你个该死的王连举！这可就不能怪我无情无义了，你要为你自己的无耻行为付出代价！"说着，李勇浩就打了赵二良一拳头。

"我真的没看啊！再说，我表姐并不喜欢你，你……你又不是《红灯记》中的李玉和……"赵二良最讨厌李勇浩叫他王连举了，决定不把尹香淑说他的好话告诉他。

李勇浩恼羞成怒，像猎豹抓住羚羊一样，他狠狠地掐住了赵二良的脖子："我早就看出你的神态异常，一直盯着你的一举一动呢。你贼一样把胶皮糖吞得那么快，我都没舍得吃一块啊，咋没噎死你呢？"

"你松……松开我……"赵二良艰难地从嗓子眼里挤出声音。

李勇浩仍喘着粗气："你个不要脸的王连举！那些话是我单独说给尹香淑一个人的，你个小犊子凭什么偷看啊？"

"我才不是王……王连举呢，我又没……没叛变……"赵二良艰难地发声，吓得浑身发抖。

李勇浩让赵二良把所有胶皮糖都给他吐出来。别说他还掐着赵二良的脖子，就算他不掐着赵二良的脖子，赵二良也没法吐出来啊。

李勇浩一时间好像不知道如何惩治赵二良好，拉着赵二良转了好半天，气得直喘粗气。最后他好像太失望了，才又气急败坏地给了赵二良一顿散乱的拳脚。

又经过一番痛苦的挣扎，赵二良才狼狈不堪地跑了……

李勇浩仍然没有放弃对尹香淑的追求。他认为软的不行，那就动硬的吧。李勇浩还是拿赵二良开刀,似乎想以折磨赵二良的方式向尹香淑施压。接下来的日子里,李勇浩经常找赵二良的麻烦。有事没事他总是围着赵二良打转,并用他最拿手的"掰小拇指"绝活儿来收拾赵二良。李勇浩一旦抓到赵二良的小拇指,赵二良就会疼得弯下腰来,那姿势要多难看有多难看。李勇浩则高高在上地冷笑着,要求赵二良跪地求饶。

赵二良确实打不过高大威猛的李勇浩,但他是个要面子的人,绝不是王连举,怎么会在众目睽睽之下向李勇浩跪地求饶呢?所以,赵二良的手指就经常被李勇浩掰到快要折了的程度,钻心地疼就不说了,样子还很狼狈。有一次,这样的情景被路过的河稻穗看见了,还是她把李勇浩给拉开的,赵二良觉得很没面子。

除了小拇指被掰得生疼,赵二良还经常被李勇浩打得鼻青脸肿,有时甚至还要付出流血的代价。但赵二良坚决不向李勇浩妥协,他也不想把这些遭遇告诉尹香淑。赵二良的犟劲儿上来了,你李勇浩不是想让我当众出丑吗?你李勇浩不是想以此来达到向尹香淑施压的目的吗?我偏不让你得逞。

每当赵有才问起赵二良脸上为什么有伤痕时,他还得撒谎说是自己打球时不小心摔破的。赵二良不可能把这种事告诉赵有才,因为他太了解赵有才了。不论赵二良占不占理,不论对方是谁,只要赵二良在外面跟别人发生口角或打斗,赵有才从来都是收拾赵二良。而这次的事又夹杂着本来就说不清道不明的男女之情,赵二良就更不能跟赵有才说了。就算赵二良幸运地说明白了挨欺负的具体缘由,赵有才肯定也得不分青红皂白地往死里削他一顿,没准儿还得以为赵二良在中间"拉皮条"呢。

赵有才一门心思地盼着赵二良考上重点高中,然后再考大学,可赵二良面临的现实似乎过于残酷。眼下,眼瞅着离中考的日子越来越近了,正处于"时不我待"的关键时刻,赵二良还什么也没准备好呢。有时赵二良真的感到一阵阵的绝望……

第九章 "蹲级包子"

上初二以后,一是赵二良的学习成绩多少有了一些起色,二是赵有才在活龙镇又认识了更多的文友,所以,有那么一段时间,在外面忙忙活活的赵有才就没咋提起朴铸成,赵二良的日子才相对好过了一些。

赵二良上初三时,一天上课前,班主任吴老师把一个男生领进教室。赵二良正在偷看放在桌膛里的一本图画书。高度紧张的赵二良并没有抬头细看来者,直到吴老师最后说"欢迎复读生朴铸成来我们班学习"时,赵二良才收起那本小说,惊奇地伸长了脖子:朴铸成?不会是重名吧?

那时还很少有人说"复读生"这个词,"复读生"只是官方称谓。而在民间,人们都习惯于把"复读生"叫作"回读生"或者"留级生"。在学生私下的言谈中,更普遍、更真实的叫法则是"蹲级包子"。因为在当时,绝大多数复读生都是因为毕业考试不及格才选择复读的,为了考取重点中学而复读的学生毕竟还是极少数。所以,人们就普遍认为复读不是什么光荣事,言语中也就有了"蹲级包子"这个极其难听的蔑称。

赵二良抬头细看时,朴铸成正红着脸给全班同学鞠躬敬礼呢。朴铸成一副恭恭敬敬的样子,颔着首,弯着腰,根本就不是他记忆中那个绝顶聪明、光芒四射的六家子村学霸呀。但确实是朴铸成,赵二良还依稀能看得出他小时候的俊模样。

赵二良绝对没想到比自己高两个年级、像大神一样铭刻在他记忆中的朴铸成会成为"蹲级包子"。朴铸成不是学习特别好吗？如今怎么会沦落成"蹲级包子"呢？面对着这个既熟悉又陌生的朴铸成，赵二良心情复杂。说不上是如释重负，还是兔死狐悲，好像还多多少少有那么一点儿幸灾乐祸？尤其是当赵二良想到可以因此痛击赵有才时，心里又突然间产生了一种莫名其妙的小激动，或者说小兴奋，真是怪怪的。

上午是吴老师的数学课，赵二良几乎走了一上午的神儿，一直都沉浸在回忆往事之中……

直到吴老师让大家自由讨论昨天那道几何难题时，赵二良才停止了回忆。

赵二良终于有机会用事实对抗赵有才了，他盼望着早点儿下课、早点儿放学。

以前周末的数学课从来没有这么漫长。千盼万盼，吴老师总算布置完作业，宣布中午放学了。赵二良只是和朴铸成象征性地打了一下招呼，就一路小跑着往汽车站赶。赵二良要立刻赶回家去，把这件大事告诉赵有才。他一路上还哼着那首著名的战士之歌《我是一个兵》，像平添了某种说不清的喜悦，更像屡战屡败的军队意外地拥有了一次难得的凯旋。

回到金稻村，赵二良几乎是第一时间把朴铸成蹲级事件告诉赵有才的，他还卖着关子说："特大新闻啊，特大新闻！这可真是特大新闻啊！就是吧……咋说呢？苍天啊，大地呀……这可让我怎么说才好呢？"

"有病啊？你这又是哪出儿啊？"赵有才瞪了赵二良一眼。

"爸呀，是这么个事儿！就是你常常提起的那位考试大神吧，那啥了，嗯……"赵二良又故意停了下来。

"大神？我提哪个大神了？有屁快放！"赵有才终于失去了耐性。

"爸，你别生气呀，还有哪位大神？就是你常说的那个朴铸成呗！你说怪不怪？他竟然蹲到我们班来了，变成'蹲级包子'了！真是天有不测风云，人有旦夕祸福啊！真是落魄凤凰不如鸡，虎落平阳被犬欺呀！这怎么会是真事呢？"

58

"不会吧？这怎么可能呢？少扯淡！"赵有才被赵二良弄得有些措手不及。

"爸，你认为我有这么强的虚构能力吗？"赵二良目光坚定。

赵有才不想跟赵二良谈论这个话题，就急三火四地要出去做木工活，走到门外才又嚷了一句："就算是真的，也轮不到你狗样儿的小瞧人家。就算人家落入平阳了，也永远是一只猛虎！"

"他就等着被犬欺吧，'蹲级包子'已经是不争的事实了。"赵二良很少有机会把赵有才弄得气急败坏，望着赵有才匆匆远去的背影，赵二良心情大好。

过完周末，赵二良又是一路吹着口哨去上学的。那首《我是一个兵》的旋律从来没像今天这么好听，他吹了无数遍，直吹得口干舌燥……

有一天中午在食堂吃饭，赵二良还当着很多同学的面，貌似表扬地有意奚落了朴铸成一回："全乡数学竞赛都考前几名的人中考也不给加点儿分呀？按理说应该免试保送重点高中才对呀！"

朴铸成的脸一下子就红了起来，本来就抬得不太高的头又迅速地低下了很多。

几天后，赵二良才从赵有才那里得到确切消息：朴铸成学习好是好，但没想到在中考时接连遇到了挫折。在这之前，他已经在六家子村连续考过两回县重点高中了。虽然他的成绩一直名列前茅，但由于六家子村中学毕竟整体师资水平有限，就算他排名靠前，总分也还是不足以考上县重点高中。为了让朴铸成最终考上重点高中，朴大犟种不惜觍着老脸，又是托人又是送礼的，才把儿子从六家子村弄到了平安县。朴铸成插班来到平安县最好的初中，目的只有一个，就是继续考重点高中，然后再考北方农业大学……

再上课时，赵二良盯着朴铸成的后脑勺儿，心中暗想：没看出来啊，这小子肩上的担子还真不轻呢。

国庆节前那个周末的一天中午，赵二良正为要放长假而高兴。再加上他又新扎了一个非常好踢的狗毛铅砣毽子，那可真是一个不轻不重的好毽子啊！赵二良以前踢毽子顶多能连踢十下，用这个毽子，他竟能一连踢二十几下都不落地。

正当赵二良踢得起劲儿时,赵有才叫住了他:"当回读生不容易,国庆节放长假了,你把朴铸成邀到咱家吃顿饭吧,让你妈给他做点儿好吃的。"

"啥?邀朴铸成来咱家吃饭?有……有这个必要吗?"赵二良说。

"让你邀你就邀,哪来那么多的废话!"赵有才火了。

赵二良长长地"嗯——哪——"了一声,把心爱的狗毛铅砣毽子踢出去老远。

当天晚上,赵有才破天荒地买回来三斤新鲜的黄牛肉。要知道,以老赵家当时的生活条件,只有过大年时,赵大良和赵二良才有机会吃到一点儿新鲜的黄牛肉。像五一节、中秋节、国庆节这种"普通节日",赵有才只肯买回来一小块猪肉或者羊下水,为家里人解解馋。除非赶上赵有才心情非常好,或者新发表了一篇小杂文,他才可能有意外之举。有一次,赵有才去平安县参加一个笔会,回来时就买了赵大良和赵二良最爱吃的熟肥肠,熟肥肠炒辣椒真是太好吃了!

而这回,赵有才竟然买回来三斤新鲜的黄牛肉,可见赵有才对朴铸成还是一如既往地看重啊!赵有才一向喜欢学习好的孩子,这个赵二良早就知道。不过,赵二良认为,买了三斤黄牛肉还是太过分了。

吃饭时,赵有才亲切地摸了好几下朴铸成的后脑勺儿,不厌其烦地当着全家人的面表扬朴铸成从小就聪明好学,同样的夸奖他重复了一遍又一遍……还亲自动手往朴铸成的饭碗里夹了三大块带着筋头巴脑、肥瘦相间的上好牛肉,并强调说朴铸成从小就爱吃黄牛肉炖土豆,就像他自己的儿子赵二良从小就不喜欢吃黄牛肉炖土豆似的。

赵有才肉麻的表现弄得朴铸成都不好意思了,就经常转过头来看着赵二良,夸赵二良作文写得好,说:"别看我们班全贤洙的《海兰江里的月亮》最后拿了全地区的大奖,但二良子那篇《黑土地上的稻子》比他写得好多了。"

赵有才就又想起了前段时间在地区作文竞赛上赵二良与大奖失之交臂的事儿,就接过朴铸成的话茬儿,训斥起赵二良来:"二良子就是完犊子[①],总是马马虎虎的,不求甚解。"

---

① 完犊子:方言,指失败了,坏事了。引申指不中用,啥也不是。

赵有才的话弄得本来正在说赵二良好话的朴铸成一脸尴尬，他连连说道："赵叔啊，二良子的作文写得确实好，真的比全贤洙写得好啊。"

赵有才这才不提这个话题，又给朴铸成夹起肉来："还是铸成脑袋好使，来，多吃点儿黄牛肉……"

赵二良觉得赵有才对朴铸成比对自己要好很多，看样子他恨不得把朴铸成当亲儿子。好在母亲做的黄牛肉炖土豆足够好吃，才让心情并不好的赵二良始终保持还算不错的胃口。

太阳下山了，赵二良憋着气、窝着火把朴铸成送走之后，就把自己关进了小屋。他一头躺倒在炕上，当天的作业都没心思写了。母亲多次进来安慰也没用。他觉得东院邻居家的那条大狼狗就像得了牙疼病，一直没完没了地哼哼着……

还好，朴铸成还是一如既往地对赵二良表达着亲人般的温情，尤其是到他家吃过黄牛肉炖土豆之后，朴铸成看赵二良的目光中又多了一种感恩之情。也许是朴铸成的语文相对差点儿的缘故，他还是经常夸赵二良作文写得好。课间休息时，朴铸成从来不和同学们疯闹，他经常把赵二良拉到东墙根儿，认真地向他请教如何写好作文。赵二良并不觉得自己的作文写得有多好，但他还是很享受被一个曾经的尖子生公开认可的感觉。赵二良想起赵有才当年挥着拳头教自己的"凤头、猪肚、豹尾"等写作要领，就煞有介事地把它们转教给了朴铸成……

直到半年以后，赵二良才一点儿一点儿地重新接受了昔日好友朴铸成。赵二良不再把朴铸成当成一个走后门儿来的、学习不好的"蹲级包子"来看待了。这肯定与朴铸成对赵二良的友好有关，与他的绝顶聪明有关，也与他货真价实的数理化优异成绩有关。可以说，朴铸成是赵二良印象中学习最好的"蹲级包子"。

朴铸成数理化科科成绩都好，只是英语和语文稍差了一些，尤其是英语。赵二良想，这肯定与六家子村偏僻落后的乡村中学还没有正规的英语教师有着直接关系。

也许正是因为他们之间有这样一些复杂的关系，在班里，赵二良和朴铸成就比一般同学亲近了许多。遇到不会做的数理化练习题时，赵二良也愿意低下身段来向朴铸成请教。渐渐地，他们好像又成了童年时代情同手足的兄弟了。

　　李勇浩后来对赵二良的骚扰依然没有减少，甚至变本加厉了。本来学习功底就有些不扎实的赵二良，再加上随时可能遭到李勇浩的骚扰，他对考重点高中更加没有底气了。他真想回家陪老叔种"良心稻子"啊，可父亲赵有才偏偏要让他考大学中文系……

　　赵二良经常暗自流泪，有一次被朴铸成看见了。了解到情况后，朴铸成就劝赵二良坚强起来，别害怕，说他会帮赵二良想办法。

　　不知为什么，也许是因为朴铸成学习好的缘故，李勇浩一直很给朴铸成面子。有一次赵二良还亲耳听见李勇浩搭着朴铸成的肩膀情深意切地说："铸成老弟，咱哥俩最好。"但就算朴铸成的面子再大，也不会有能力说服李勇浩不打尹香淑的主意吧？

　　一天中午，正当赵二良胆战心惊地想李勇浩会不会出现时，一直欺压他的李勇浩果然还是出现了。李勇浩和往常一样，强行把赵二良拉到了教学楼西房山头儿没人的地方。李勇浩虽然还是一脸凶相，但和以往明显不同了。他的脸上好像多了一丝无奈和顾虑。李勇浩先是气急败坏地掐着赵二良的脖子，然后又莫名其妙地松开了手。他若有所思地停顿半天，最后终于咬牙切齿地对赵二良说："听着，你个王连举！看在朴铸成的面子上，我就暂时饶了你！"

　　赵二良有些不敢相信自己的耳朵。李勇浩在说啥？看在朴铸成的面子上？这么高大强悍的对手为什么就买了朴铸成的账呢？个子不高、长得不壮的朴铸成怎么会有这么大的面子呢？

　　赵二良还没疑惑完呢，李勇浩就恶狠狠地踢了他一脚，又骂了一句："你个叛徒王连举，抓紧给我滚蛋吧！滚得越远越好，最好再也别让我看见你！"

　　直到这时，赵二良才真正意识到他的噩梦终于要飘走了，看来眼前发生的这一切是真的啊！就算李勇浩那可憎的骂声是幻觉，就算大中午那灼热的阳光是幻觉，但那疼痛难忍的大腿总该是真实的吧？赵二良那多了一块青紫的大腿为他提供了获得解放的佐证。

　　赵二良无论如何也没有想到，就在他接近崩溃的关键时刻，竟然是朴铸成帮他把李勇浩给摆平了。

朴铸成真有本事！赵二良心中瞬间涌起无限感激之情。朴铸成真是太有魅力啦！这才是真人不露相，露相非真人啊……赵二良当时的表达能力实在太有限，再也想不出更恰当的形容词了。

赵二良特别想立刻见到朴铸成，问问他到底是怎么让李勇浩放过自己的。可是整个中午，赵二良流着一脸的汗水在校园里一连转了好几圈儿，也没能找到朴铸成。

直到下午马上就要上课了，朴铸成才匆匆忙忙地跑进了教室。赵二良远远地望见，他右手小拇指上缠着厚厚的白纱布。

总算等到第一节课下课了，赵二良急忙凑到朴铸成身边问他手指怎么了。朴铸成笑笑说："中午挪凳子时不小心夹了一下，没事了。"

赵二良又小声地问他咋摆平的李勇浩，朴铸成轻描淡写地说："没啥大不了的，就是和他把话唠透了呗。"

朴铸成属于那种平时话不多，心里总是有股暗劲的主儿。赵二良想，也许这就是朴铸成与众不同的独特魅力吧？一定是朴铸成独特的人格力量征服了野蛮粗暴的李勇浩，李勇浩才羞愧难当地放下了屠刀，痛改前非，浪子回头了……一定是这样！赵二良掩饰着自己心底的兴奋，故作淡定地冲朴铸成伸出了大拇指。

第十章　恍如战场

　　赵二良上初中的那个年代，不仅高考竞争异常激烈，就是从普通初中考入重点高中，学生之间的竞争也是异常激烈的。尤其对金稻村的孩子来说，能否考上重点高中，是人生的一个重大转折点。打个比方说吧，就像一场僵持不下的足球决赛中一个决定胜负的点球。

　　有一天，赵二良做了一个奇怪的梦，就像战斗故事片的一个经典镜头：赵二良和朴铸成都在一场叫"中考"的战役中阵亡了，只是死法不同。朴铸成是在冲向敌军阵地途中被敌人一枪从正面直接撂倒的，虽然他还心有不甘，保持着誓死一搏的冲锋姿势，但他已经尽力了，死得不折不扣、明明白白。而赵二良则不同，他冲过了敌军的重重堡垒，越过了敌军的阵地，还努力向胜利的前方冲锋了一段距离。这时，他才不明不白地挨了来自身后的一梭子密集子弹。赵二良不知道那梭子密集子弹是敌人射出的还是自己的战友射出的，在他倒地之前，他还想把事情弄明白。赵二良忍着剧痛，回头张望了好半天，想找到那个可恨至极的刽子手。他已经成功地突出重围了，他太想继续好好活下去了，他未来的生活还充满着阳光呢……可是赵二良最终也没有找到那个射击者，他拼尽了最后的一丝力气，才一点儿一点儿恋恋不舍地倒了下去……

这个噩梦简直太逼真了！赵二良是被吓醒的，惊出了一身冷汗。后来他想：这些场面肯定是假的，我和朴铸成从来没想过要当军人，倒下去的人应该是李勇浩啊。

半年后，赵二良和朴铸成终于要面对"中考"这场战役了，他们也全力以赴了。

进考场前，班主任吴老师分别拉住尹香淑、全贤洙、朴铸成和赵二良的手，一遍一遍地叮嘱着："全班就指望着你们几个出菜①了，一定要仔细看题，千万别紧张。考试过程中各种情况都有可能发生，一定不要分心，只管答好自己的卷子……"

考场内，尹香淑、全贤洙、朴铸成和赵二良都在认真地答题……

考场外，吴老师焦虑地徘徊着……

铃声响起，考生们从各自的教室里涌了出来。考场外，满心焦急的吴老师和依次走出来的学生们打着招呼。

吴老师突然发现赵二良的表情有些沮丧，急忙拉住他。

赵二良忧伤地说："吴老师，我的作文好像写跑题了。"

吴老师一愣："啊？！"之后表情又艰难地由惊讶变回平静，说："别瞎想，赶紧去吃饭，准备考下一科。今年这作文题，没有跑不跑题之说，怎么写都行，说出道理就行。"

赵二良还是情绪低落，朴铸成不断地安慰他。李勇浩则不以为然地笑着说："有啥大不了的，考不上你就回家种水稻呗……反正我以后得当兵去。"

"要不……你们先去吃饭吧，我等会儿再去。"赵二良说。

朴铸成说："二良子，别老想着作文了，你的文笔那么好，指定没问题！"

赵二良沉默不语。

李勇浩拉了朴铸成一把："那咱俩先去吃饭吧。"

"二良子，那你就一个人先缓缓，别忘了去吃饭。"朴铸成最后说。

吃完饭后，李勇浩还陪着朴铸成在校门附近看了一会儿书。

---

① 出菜：方言，出活儿，创造高效率。

朴铸成看了看表，离进考场还有二十分钟，就说："二良子咋还没来？咱们得去找找他。"

"他这个王连举还成大爷了？"李勇浩虽然不情愿，但也只好跟着朴铸成到处找赵二良。

他们在学校围墙边的一个水泥台子上发现了赵二良，他脸上盖着一本书，正仰面朝天地躺着呢。

李勇浩个子高，最先看到了赵二良，老远就喊："我说赵二良，你这是干啥呢，考不上就回家种地呗，这是何苦呢？"

赵二良没动，李勇浩走上前去一把就掀开了他脸上的书，只见赵二良一脸绝望，脸上泪痕未干。"哎？你这个王连举，还会偷着哭呢？"

朴铸成说："二良子，你这是干啥呀？吴老师不是都说了吗，今年的作文不存在跑题之说，你咋还不信呢？再说，退一万步，就算写跑题了，不还有别的科呢吗？你数学也好，下午数学考好了，也能追上很多人的。"说着，朴铸成就来拉赵二良："快起来！要进考场了。"

赵二良还是很绝望的样子："算了，我不考了，还是趁早回家种地吧。"

朴铸成又看看表，着急地说："二良子，你要不去我也不去了。说实话，我还不如你呢，作文还没写完就到交卷时间了。反正我也没考好，我就陪你在这儿坐着吧。"说着，朴铸成也坐了下来。

李勇浩倒无所谓，说着风凉话："依我看哪，咱们都不考算了。赵二良，你看你那熊样儿吧，不去考试，你爸不削你才怪呢。"

"是啊，我们之所以还要坚持考下去，是因为……"朴铸成欲言又止。

围墙边上出奇地闷热，好像连一丝风都没有。几只麻雀飞来飞去，聒噪地叫着。李勇浩望着朴铸成，朴铸成盯着赵二良，赵二良则死死地凝望着那几只飞来飞去的麻雀。

朴铸成突然拉起赵二良："二良子，咱们都快起来吧，很多人等着咱们出菜呢。"朴铸成拉着赵二良跑向考场，李勇浩不紧不慢地走在后头……

赵二良总算有惊无险地考完了最后一科。

接下来就是心惊肉跳地等待录取通知书了。那些天，赵二良每一分钟都是在煎熬中度过的。

发榜时，学校通知赵二良考上了，说平安一中的最低录取分数线是489分，而赵二良的总成绩是498分，不错了，比录取分数线高出9分呢。赵二良至今还记得清清楚楚，班主任吴老师亲自到他家，兴奋无比地通知他下午两点钟到学校去开大会。赵二良一度被兴奋的吴老师弄得更加兴奋，飞快地吃完午饭，早早地就跑到学校等着开大会去了。

　　距离开大会的时间还有一个半小时呢，赵二良就像打了鸡血似的在校园里兴奋地转悠着。以前没太注意，他待了三年的校园突然间变得如此亲切起来——单杠和双杠不像从前那么硬邦邦、冷冰冰了，篮球场和足球场都像在热情地和他打着招呼，就连冷清的小操场也显得比从前大方了许多，似乎在向他张开温暖的怀抱……

　　赵二良还在操场上碰上了李勇浩，当时李勇浩正在无聊地掷着一个硕大无比的铅球。虽然李勇浩对赵二良能考上重点高中感到意外，但他还是上前踢了赵二良一脚，说："王连举，运气不错呀。"这次，赵二良的心情并没有因为李勇浩叫他最不爱听的外号而变坏，他大人不计小人过地微笑着对李勇浩说："我王连举能有今天，还真得谢谢你李玉和呢。"

　　"谢我啥啊？我又不是教你的老师。"说着，李勇浩就不再搭理赵二良了，眼睛一眨不眨地盯向远方。

　　赵二良顺着李勇浩那火一样的目光很容易就看见了远处的尹香淑，还有围在她身边的那些同样笑容满面的同班女同学。

　　突然，李勇浩不知从哪里掏出一个厚厚的红皮日记本，接着拉住了赵二良的衣襟说："哎！王连举，帮我把这个本子捎给你表姐呗？空白的，一个字儿也没有。没别的意思，就是祝贺她考上了重点高中。"

　　"我才不是王连举呢！"此刻赵二良又在意起这个难听的外号来，挣脱了李勇浩的手。

　　"熊样儿吧！你个王连举！"李勇浩狠狠地推了赵二良一把。

　　"你才熊样儿呢，有可能吗？你以为你是李玉和呀！做你的白日梦去吧！"赵二良一边在心里暗骂着李勇浩，一边绕开了他。赵二良做出一副趾高气扬的样子，大步走向班级。

　　李勇浩在赵二良身后好像说着什么，赵二良没细听，他才不想因为李勇浩破坏自己的好心情呢。

那天下午，赵二良心情激动地听完了关校长热情洋溢的祝贺讲话。记得关校长最后说："你们都是平安四中的栋梁之材，是成千上万个莘莘学子中的佼佼者，考上了平安一中，就相当于一只脚跨入了大学的门槛儿……"

因为当时全国高考的平均录取率也就在百分之三十，而平安一中的高考录取率一度达到了百分之七十以上。听了关校长的一席话，赵二良更加兴奋了，他还下意识地想到了朴铸成。他幸福地想：连学习那么好的朴铸成都没能考上，而我考上了，真是不容易啊，真是太幸运啦！那天赵二良只会兴奋，不会反思；只会憧憬，不会回顾，更没有设身处地地去想朴铸成此时的艰难处境和痛苦感受……

然而，当半个月后正式发榜时，却出现了变故。

每年正式发榜，学校教务处都要把考上重点高中的学生按分数高低写在三张大红纸上，永远是教务主任那手工工整整、一丝不苟的楷书。然后，他再把三张大红纸庄严地贴到教学楼东房山头儿上去，今年也不例外。

记得那天下着雨，同学们都在雨中寻找着自己的名字。赵二良首先看见了排在前五名的尹香淑的名字，这不意外。往下看，赵二良还看见了全贤洙等人的名字，这也不意外。可是，直到最后赵二良也没看见自己的名字，这可太意外了！赵二良有些着急，又快速地从头到尾浏览了一遍，还是没有搜寻到自己的名字，这可真是奇怪呀！

赵二良不死心，又接连看了好几遍，还是没发现自己的名字，急得都要窒息了。不知过了多久，赵二良一直站在雨中反复搜寻着并不难认的"赵二良"三个字……他焦急地搜寻着三张大红纸的每一个角落，眼睛都看疼了，也没能发现"赵二良"。

后来，雨越下越大，其他学生都回家了，东房山头儿处只剩下了赵二良一个人，他仍不死心地看着大榜单上那些密密麻麻的人名。直到那些人名全部被雨水洇得模糊，直至彻底看不清了，赵二良才意识到老天爷在下雨。这时，他的衣服已经完全湿透，不知道脸上流着的是雨水，还是汗水，但肯定有泪水……

问过教务处郝主任后，赵二良才知道，平安县教育局临时出台了一项"土政策"。政策明文规定："数理化"三科加起来不足260分的考生一律减掉 10 分。倒霉的赵二良"数理化"三科加起来正好是 259 分,这样他就被减掉了 10 分。减掉 10 分之后,他的总分变成了 488 分,就比最低录取分数线 489 分低了 1 分。所以,最终学校正式公布的大榜单上就没有赵二良了。

就这样,赵二良的第一次中考结束了,他被阴差阳错地淘汰出局了。

这对赵二良来说,变故实在是太大了,无异于晴天霹雳!"为什么呀?凭什么呀?考试之前并没说哪科加哪科不够多少分就减去分数呀……我抗议,我抗议,我坚决抗议!"赵二良愤怒地想着。

赵二良的抗议无效。

现实中的赵二良竟然真的像那场梦境一样,真的没能考上平安一中。赵二良没考上并不意外,但赵二良没想到比他学习好得多的朴铸成也没有考上。那颗生死攸关的决胜点球真的被赵二良和朴铸成紧张而颤抖地罚失了,他们两个人真的倒下去了。

而这次可不是梦境了,这次是活生生的现实。赵二良连死的心都有了,真还不如痛痛快快地被打死呢。他不禁羡慕起电影《英雄儿女》中王成的最后时刻,可是没人向他开炮,他只能忍受生不如死的辱骂和打击。赵二良想到了自己可能考不上重点高中,但他万万没想到会是以这种方式考不上。那就去读普通高中,毕业后回金稻村和老叔种有机水稻吧!

第十一章　面对现实

　　人就是这么怪，一旦做出决定，生活的重心马上就会不由自主地发生转移。赵二良从平安县城坐大客车回到了活龙镇，又从活龙镇走向十几里外的金稻村。

　　正是农忙时节，一心牵挂着稻田里农活的赵二良一路小跑着。昨天还因落榜而万念俱灰的赵二良，转眼间就惦记起稻田里忙碌的老叔了。时值雨季，天空阴沉沉的，一直飘着小雨。小跑在村路上，赵二良的鞋帮上沾满了泥浆。前面有几处坑洼地段，赵二良得靠边走才能勉强过去。家再穷也是温暖的，路再难走也是向家的方向延伸着。老叔家那栋黑黢黢的破土房子不离不弃，就在不远处等待着他的归来……

　　眼看就要到家了，雨却下得更大了，风也一阵紧似一阵。赵二良知道，这是久旱后的甘露，是难得的好雨。走过旱田就是水田了，他加快了脚步。万万没想到，他忙乱的脚步声却惊扰了村外人家的狗，一条大狗从一间破土房子里窜了出来，一边狂吠，一边向他飞奔过来，吓得赵二良赶紧停下了脚步。"回来回来！别乱叫唤！"这时，金稻村著名的贫困户全福爷从破房子里走了出来。

　　赵二良知道，整个金稻村只有全福爷和老叔一直坚持种"良心稻子"，他虽然贫穷,但始终心怀操守并执着梦想。惊魂未定的赵二良忙笑着说:"全福爷好,它没咬我,没事的。"

"哟,是二良子呀,进屋歇歇吧,避避大雨,喝口水再走。天头一直旱,下场透雨对庄稼有好处哇!"

突然,屋内传出来哭喊声:"跑了,跑没影了!"赵二良向里面看了一眼,发现是全福爷的儿子大顺子在大声哭喊,他手里摆弄着一幅农民画,画的是个好看的姑娘。眼前这一幕不禁勾起了赵二良画画儿的兴趣,画好农民画也行啊!他想起来了,大顺子从小也喜欢画画儿,就是和全福爷学的农民画,那还是老全家祖祖辈辈的传承呢。

"可怜的大顺子自从得了这种怪病,就一会儿哭一会儿笑的。虽然还是庄稼地里的一把好手,但脑子乱了。"全福爷说。

"他画得可真好啊!"赵二良一直盯着大顺子手中的农民画看。

"他从小和我学农民画,比我画得都好,手灵着呢。都是因为这穷日子呀……当年这孩子看上了活龙镇上的一个俊闺女,本来都处到谈婚论嫁的地步了,可是……咱家穷啊,哪说得起这个媳妇儿啊?从那以后……唉!"全福爷重重地叹了一口气,不再说话了。

赵二良打量着大顺子的画,还打量了一番全福爷这个简陋的家:院子里凌乱不堪,稻草捆子、玉米瓢子、高粱挠子、破箩烂筐等横七竖八地堆放在院子的各个角落。两间破旧的房屋连墙壁都不完整了。与房屋遥相呼应的是院子东南角那个低矮的茅厕,四面露风,破旧不堪,如同这家人生活的真实写照。

这个家的日子可怎么过呀!赵二良心里为之一酸,不由得发出一声感叹:这位勤劳善良、执着本分的金稻村农民,咋就过不上好日子呢?

直到说起这场透雨对稻子的好处,全福爷的脸上才又露出一丝笑容:"这雨下得太及时了,正是水稻疯长的时节,这样还中。"

"是啊,这雨下得太及时了,浇在身上凉,可心里头热。"心情并不好的赵二良说。

"这么看,今年的收成还有得算。"全福爷点上旱烟袋。

"哈哈哈,她飞回来了!"大顺子突然又大笑起来。

过了一会儿,雨明显小多了,云缝中也有了光亮。赵二良还没看够大顺子的农民画，但他心里一直惦记着老叔，就接着赶路了。

一路上，赵二良看到金稻村那些豆腐块一样大大小小的稻田，多数种的是上了农药和化肥的稻子。赵二良当然知道，这些看上去整齐好看的稻子实际上并不是什么好稻子，老叔种的"良心稻子"才是真正的好稻子呢。是的，为了追求眼前利益，金稻村绝大多数村民种的是这种上化肥、打农药的稻子……

但不论怎么说，到了这个季节，庄稼人望着滚滚稻浪还是满怀欣喜的。即便那不是什么好稻子，但打下来还是可以用来充饥和卖钱的。

春天时农户就有预感，今年是个干旱之年。进入夏天以后，金稻村和它周围的稻田看上去有些荒凉。只有海兰江边的稻田里还有那么一些深深浅浅的绿色。因为这些地方还蕴藏着一些水分，暂时还可以抵挡一下大太阳的炙烤。可怜的海兰江，眼下也瘦得可怜，有气无力地流过金稻村，悄无声息地向东爬行着，看上去好像随时都有可能断流……

赵二良只是远远地望了望家，就直接来到了老叔的水稻田。他一眼就看见老叔正在稻田里薅草呢，赵二良一时竟忘了内心深处的疼痛，急忙奔着老叔跑了过去……

见赵二良回来，老叔又惊又喜，忙问："二侄子，考得咋样啊？"

"以后就自由了，就能和老叔一起种绿色水稻了。"赵二良含含糊糊地回答。

老叔没再问，叔侄俩就顶着毛毛细雨，把那块最大稻田里的草全部薅完了。

赵二良又累又饿，晚上回家正吃饭，在活龙镇做木工活儿的赵有才匆匆赶了回来，一进门就问赵二良考试结果到底咋样。

赵二良只好把事情的来龙去脉学了一遍。赵二良一边学话，一边把胆怯的目光投向赵有才，只见赵有才的脸色逐渐由红润变成了铁青。

赵二良多想向威风凛凛的赵有才求救啊，可赵有才并没敢对平安县教育局说出来半个"不"字，先是说："这怎么可能？这怎么可能呢？"紧接着就是一遍遍恶狠狠地大声责骂赵二良："还是你学得不扎实，完犊子一个，就是欠揍……"

赵二良说："不行就读普通高中吧。"

"啥？"赵有才差点儿就跳了起来。他坚决不同意赵二良上普通高中："咱们县上普通高中的哪有一个考上大学了？那就等于三年后混个高中毕业文凭还是回家种地！"

"高中毕业后，我就跟老叔种绿色水稻。"赵二良又小声说，"我嫌砢碜，反正我不去回读，我宁肯和我老叔在家种水稻。"赵二良说。

"实在不行，二良子就和老叔一起种绿色水稻吧。"赵有志说。

"是啊，孩子也尽力了。"母亲尹贤姬也帮赵二良说话。

赵有才听到赵有志和尹贤姬的话就更火了，他脱下破布鞋，光着脚就来打赵二良："你个没出息的玩意儿……"

赵有才是怎么打赵二良的，赵二良已经吓忘了，好在有老叔和母亲拦着。赵二良只记着赵有才最后恶狠狠的咆哮声："你嫌砢碜？我还嫌砢碜呢！必须给我考上大学，给我回读去！"

一向死要面子的赵有才就像被所有人捉到了短处，只要因为赵二良没考上重点高中这事使赵有才在公共场合抬不起头来，赵有才回到家里就会对赵二良表达出十足的怒气，怒气的释放往往又要借助他那已成为习惯的拳打脚踢。

赵二良想：没能考上重点高中，那就上普通高中，毕业后做点儿自己喜欢做的事也一样。在黑土地上和老叔一起种绿色水稻，业余时间再画点儿画儿也很好。赵二良宁愿回家种水稻也不愿去当复读生，就说："我坚决不当抬不起头的'蹲级包子'！"

听了这话，赵有才就又是一顿拳打脚踢……直到赵二良无奈屈服。

赵二良可以忽略掉身上的疼痛，但他无法忽略那即将到来的耻辱。赵二良从来没想过自己有一天也会成为"蹲级包子"，他预感到复读这件事会是他此生最见不得人的一件事。

河稻穗在班里并不太显山露水，她妈崔银花却是金稻村的大名人。崔银花外号"银算盘"，无论村里发生什么大事小情，她可是从来不会吃亏的。崔银花还倚仗地理优势，在村中心开了个"银花小酒馆"。为了聚拢人气，不管什么人，她都来者不拒。银花小酒馆里也能打麻将，整天酒局不断、牌局不散，经常是大呼小叫、乌烟瘴气。时间长了，人气旺盛的银花小酒馆也就成了金稻村的新闻中心。谁家有啥事，不用去村委会广播，只要来银花小酒馆闲扯一会儿，不出一个时辰，全村人就都知道了。赵有才当初选择出去做木工活儿，也许和这个整天闹哄哄的邻居有着最直接的关系，因为银花小酒馆就在赵有才家的隔壁。

一心想让儿子考上重点高中的赵有才因为儿子没考好，木工活儿都没心思干了。赵有才没去活龙镇，而是有一搭没一搭地在自家院子的角落里修理着一个破木桶。正在他闹心巴拉地琢磨下一步咋办时，河稻穗一边唱着《延边人民热爱毛主席》，一边手舞足蹈地从隔壁跑了过来。

听见歌声，赵有才只是抬头瞅了一眼河稻穗，就很不待见地又低头继续忙着修理破木桶……

河稻穗突然发现赵有才在家，连忙把唱歌的嘴捂上，把舞动的手收回，快速眨了几下眼睛，又没话找话地说："赵叔，你没出去做活呀？刚才听在我家打麻将的人说，二良哥虽然没考上重点高中，但他喜欢种绿色水稻，说不定也能种成功呢……"

赵有才眼前一黑，本来就多云的表情立马转阴了，不想听河稻穗继续说下去："种，种什么种？"

河稻穗当然发现了赵有才的表情变化，忙说："赵大叔啊，我说的是真话。"

赵有才"呼"地一下站起来，不高兴地道："你找他有事啊？他在屋里学习呢。"

正在屋里偷看一本水稻种植技术参考书的赵二良听到屋外有动静，赶紧把书换成了语文课本。

河稻穗说："我二良哥将来肯定能行，不信咱就走着瞧。"

赵有才望着河稻穗离去的背影，把手中的活放下，自言自语道："必须得行，那得看哪方面行，可不是种水稻行，是考大学行。不行，我还得去村委会最后瞅一眼，万一又有了什么变化，重点高中的通知书又来了呢？"

赵有才犹犹豫豫地往村委会走着，像生怕被人发现心里藏着目的似的。

赵有才在村委会外面绕来绕去，晃悠了好几趟。刘主任早就发现了他，就冲着窗外喊："我说赵大倔子呀，你这是干啥呢？我看你在这儿来回走好几趟了，来村委会有事啊？还是想把村委会改成木匠铺呀？"

"主任，我没啥事，就是寻思今天到底去不去活龙镇干活呢。"赵有才说完也不走，好像真在犹豫去不去。

刘主任起身走出村委会："哎，我跟你说呀……"赵有才见刘主任走了出来，以为人家主动跟他打招呼会有啥好事，就一脸的期待。

"都几点了，还去活龙镇干啥啊？"刘主任来到门外又问。

赵有才听到他问这句话，有些失望地说："我寻思今天去不去一趟呢，不去也行，又不是什么打紧的事。"

"这都啥时候了，还去镇上？"说着，刘主任又往回走。

"看来是没有啥好消息了，要是有，刘主任能不告诉我吗？"赵有才失望地看着刘主任晃进村委会的身影。

刘主任又回头看了一眼赵有才，突然笑道："我说赵大倔子呀，你以为你的那点儿小心思我看不出来呀？可怜天下父母心，都是望子成龙啊！"

"我才没啥小心思呢，就是在想去不去干活。"赵有才嘴硬，脸却红了。

"自从你儿子中考后，你就经常在这儿转悠着等通知书，一个多月了，真是白转悠喽！再说了，这都啥时候啦？不会再有通知书来啦！"

"那啥，那啥……我今儿个就不去活龙镇了。"赵有才失望地往家走去，碰到村里人也不打招呼，就跟没看见一样。

此时的银花小酒馆里和往日一样，一些常客们刚刚下了酒桌，又来到了麻将桌上。不论是酒桌上还是牌桌上，他们总是习惯性地议论着家长里短。

金快手说："你们看着吧，别看李勇浩这小子霸道，以后肯定能有大出息，他打小儿就是孩子王……那赶似的了。"

柳红梅说："老赵家将来还能出个大学生，赵二良今年中考没考好，明年接着考，今后也能有出息。"

趁崔银花出去倒水，柳红梅又说："我看将来李勇浩和河稻穗能成，这俩人都有才有貌，挺般配的。"

"谁说般配？我看可不咋般配！"金快手露出鬼精鬼诈的表情。

柳红梅被扫了兴致，不快地说："就你嘴损！那是现在，人得往远处看。"

"最后这句，我算你说对了。就是因为往远处看，他俩才不般配呢。

两个人能不能成，光看长相不行。河稻穗是好看，考不出去那不得在家种水稻吗？"金快手一副不屑争辩的神色。

"你少整那出儿，就你总有高见！谁说河稻穗考不上大学就得当一辈子农民，人家以后还想当村小老师呢。那你就说说，哪儿不般配？我还真不信你这个劲儿呢！"柳红梅不服。

金快手"嗯"了一声，摆出一副较真的样子："燕雀不知鸿鹄志啊，我今天就告诉你吧，李勇浩的志向可高远着呢！赵二良有个叫尹香淑的表姐，你不知道吧？"金快手喝了一口水。

柳红梅趁机要插话，又被金快手用手一拦："更重要的是，李勇浩是不会窝在金稻村的，下一步他要是能参军，依他的能力和性格，到部队也差不了，以后肯定会当上军官的。"

金快手的一席话真就说得柳红梅一时无话可说了。她试图转移话题："就你会预言，我不跟你说那没影的事。"

"啥叫没影的事？这是板上钉钉的事。那赶似的了！"金快手边说，手里边捋着牌，突然大喊一声，"庄家站立夹宝[①]！和了，每人六块四，上货！"

正琢磨得愣神的柳红梅这才有所反应："净听你瞎白话了，不算不算，我都没注意看你打的都是些啥牌！"

乔大蒙说："哎哎哎？这也太大啦！这把分神了，这把可不能算。"

马治保也小声说："你这赶上突然袭击了，我还没准备好呢，就被你给搂宝了，这不能算，一点儿心理准备都没有呢。"

"啥都带的，不带赖的。和牌不给钱可不行，不能坏了规矩！要面带微笑，主动付款，给钱，给钱！那赶似的了！"金快手不再预言了，忙着催几个人给钱。

"这也太赖了！"乔大蒙叨咕着。

"不带这么玩的。"柳红梅说。

输钱的人就算不愿意给，还是得赌气冒烟地往外掏。崔银花的麻将馆里总是这样，打牌的人总是这么叽咯[②]，叽咯惯了。

[①] 庄家站立夹宝：东北麻将用语。

[②] 叽咯：方言，吵嘴。

崔银花趁机给大家续上茶水说："金快手，今天又没少赢啊！说是说，闹是闹，人家马大哥才不会赖你账呢！是不是，马大哥？"

"这和得也太大了。"马治保只好表现出大度来，咬着牙带头给钱。

金快手得意地边数着刚到手的钱，边说："这不主要是为了赢钱嘛，说其他的都是为了解闷。饿了，银花姐，给我上一份辣白菜炒土豆片，那赶似的了！"

"稻穗儿啊，听着没呀？给你快手叔上辣白菜炒土豆片！"崔银花喊河稻穗。

见没有回音，崔银花不悦地嘟囔着："这败家孩子说帮我打下手，这么一会儿就没影了。准是又跑到隔壁老赵家去了，一点儿心眼儿也不长啊。"

崔银花推开门喊了两声河稻穗，见没人应，又连跑带颠儿地回了厨房。崔银花刚把辣白菜炒土豆片炒好，河稻穗就跑进了厨房，见有现成的辣白菜炒土豆片，她拿起来就吃。

崔银花见状小声叨咕："这孩子，这是我给你快手叔炒的，你说这……唉，我还得重炒一份。你在外面疯够啦？"

河稻穗说："我才没疯呢，看二良哥培育的新品种水稻去了，说不定他以后种有机水稻真能行呢。"

"种什么有机水稻啊？和他老叔一个样儿，净瞎胡闹。这都多少年了，咱们村谁家种有机水稻发家了？我说稻穗儿啊，你看看人家李勇浩，那才叫有真本事，那才叫前途无量呢。以后你少和那没出息的赵二良往一起凑合！"崔银花训斥着。

"我就是相信赵二良能种好有机水稻。"说完，河稻穗扭身哼着小曲又出去了。

牌桌上，金快手点上一支烟说："包括考出去的，咱们村这茬儿小青年里呀，我最看好的还是李勇浩。那赶似的了。"

柳红梅不悦地催促着："你可别咸吃萝卜淡操心了，快出牌吧！"

崔银花正好炒完菜进来，接话说："李勇浩？那还说啥了！人家那可是未来金稻村村主任的料……"

金快手说："银花姐，那你可把人家说小了，人家以后得当大军官呢。不信，咱就让乔大蒙给算算？"

乔大蒙说："我可不白算，我算得收钱。"

第十二章　各奔前程

据说朴铸成在中考结束的当天晚上就回六家子村了。他说感觉自己考得不好，提前回六家子村务农去了。

按礼节，朴铸成回六家子村之前本该到赵二良家告个别才是，但他没有到赵二良家来，也没再和赵二良单独见面。赵二良一点儿都不挑朴铸成的理，他还是能够理解朴铸成的。朴铸成自尊心那么强的一个人，第三次复读又没有考上重点高中，他一定是觉得自己没脸面去见任何人。

走在去平安县复读的路上，在羊群"咩咩"的叫声中，偶尔有农用车经过，会掀起久久不愿散去的烟尘。赵二良恋恋不舍地回头望着老叔的那片金色稻田，正是秋收时节，黑土地上稻浪飘香。夕阳西下，透过红色尘埃，赵二良仍能望见老叔在赶着马车收着稻子。

赵二良是在成为复读生以后发生变化的，他好像一下子变成了另外一个人。好像就是从这个时候开始，赵二良害怕见到老同学。他总是低着头走路，很多正常行为他做出来却显得躲躲闪闪。每次从金稻村去平安县，或者从平安县回金稻村，他不是起早，就是贪黑，总是有意地错开路上的人流。

以前，赵二良从没觉得那段村道如此漫长，也从没觉得村道如此难走。

现在，他在村道上总能碰上不想见的人，就算没有碰上人，也能听到不想听的声音。村道两侧稀疏地长着一些大杨树，杨树梢上总是落着一群麻雀，叽叽喳喳的叫声像在嘲笑他……

复读后，赵二良第一次遇上李勇浩，是在一个从平安县回金稻村的黄昏。

赵二良腋下夹着书包，正低头走在尘土飞扬的村路上，李勇浩迎面走来。李勇浩家这时算得上金稻村的首富了，已经拥有了几十只小尾寒羊。李勇浩并不总是细心地看护着羊群，更多的时候，他不过就是在四处闲逛。今天的李勇浩也不例外，他离羊群老远，一边吹着口哨，一边悠闲地打量着村路上过往的人或车。

发现赵二良后，李勇浩还是老腔调："这不是叛徒王连举吗？你小子不是幸运地考上重点高中了吗？咋又回读了？初中还没念够咋的？真回平安县当'蹲级包子'去啦？"李勇浩故意把"蹲级包子"说得很重。

赵二良不想多说话，他不喜欢李勇浩，但表面上也不想得罪他，只好不置可否地点了点头。

"哎，对了王连举，你表姐尹香淑还那么漂亮吧？男人要是不喜欢你表姐，就不是个真正的男人。你要是在县里看到你表姐，告诉她，我过一段就去参军了。"李勇浩甩了一下鞭子，笑着说。

赵二良下意识地看了看书包，本想说"尹香淑要考大学呢，人家能看上你呀"，但话到嘴边他还是咽了回去。

突然间刮起了大风，李勇浩眯缝着眼睛说："依我看，你小子就好好回家种水稻得了。"

"咱们还是各走各的道、各做各的事吧，咱们是两条道上跑的车，没有任何关系。"赵二良说。

李勇浩轻蔑地笑了笑："这家伙，还一套一套的。熊样儿吧，你还想当大学生呢？你要是能考上重点高中，全金稻村的人就都是大学生了！不过，你看着，等我当上兵，以后干出个样子来，就有机会去找你表姐了！你信不信？"李勇浩在大风中一边甩着鞭子，一边喊着。

"就凭你呀？"赵二良想说，但他又不想费那力气让自己软弱的抗议穿越那号叫着的强劲大风。腋下夹着书包的赵二良没再回头，背影在金稻村外的冒烟大风中渐行渐远……

连李勇浩这样的人都看不起"蹲级包子",更何况别人了。独行中,赵二良又想起了朴铸成。想想当年,朴铸成还算是幸福的,那时他至少还有赵二良这个儿时好友陪伴着呢。而此时的赵二良,却连一个能说话的人都没有。赵二良不停地回头望着一直站在原地的李勇浩,直到他变成一个遥远的影子……

赵二良还是对研究有机水稻着迷,周末忙里偷闲回家时,他总要偷着看看自己试种的新品种。

一大早,赵二良蹑手蹑脚地把心爱的有机水稻试验箱搬出来查看。他一边看着稻苗,一边没忘往屋里瞄着赵有才,叹气道:"唉,人各有志,我这辈子就是想种好有机水稻啊!"

赵二良专心地查看稻苗,不觉天色大亮。突然,赵有才手捧着一叠中考复习资料从屋内走出来,发现墙根处的赵二良正专心致志地摆弄着稻苗,气得喊起来:"赵二良啊赵二良,你的心可真大呀!这一大早被窝里没见着,还以为你总算出息了,知道用功学习了呢!我省吃俭用给你买回来这些中考复习资料,你咋就不看呢?知不知道啊,考不上重点高中,你就永远没有出头之日!"

赵二良吓了一跳,无奈地小声说:"爸,我要是能把有机水稻种好,一样能有出头之日。"

赵有才指着稻苗箱子喊道:"整天摆弄这些没用的!纯粹是扯犊子[①]!"说着,他一脚把那箱稻苗给踢翻了。

"这可都是最新品种的稻苗啊!"赵二良心疼地拾起箱子并护住,说,"反正我是成不了你说的那种人了,我就是要种有机水稻!"

赵有才怒吼道:"我让你犟,不听我的话,你就是稻田里的虫子、老鼠!我跟你丢不起这个人,今年必须给我考上!"说着赵有才又摔起学习资料来。

这时赵有志来了,说:"我看你就别逼孩子回读了,不行就回家种有机水稻吧。"

---

① 扯犊子:方言,有目的地说谎、转移视线、欺骗、误导。也有调侃对方的意思。

赵有才硬邦邦地说:"光会种个有机水稻能有什么大出息?"

赵有志说:"你自己走不出去就逼孩子,种好有机水稻有什么不好?"

赵有才正在气头上,又和赵有志喊了起来:"不考上重点高中咋行呢!将来考不上大学,他就得当一辈子农民!以后你少拦着我!"

这时,二猴子突然从旁边的银花小酒馆里生气地走了出来,李勇浩、马胜利、三驴子等人也跟了出来。

二猴子边走边说:"这吵吵八火①儿的,也太闹得慌了!没法玩了!"

马胜利半眯着眼睛说:"这事儿整的,还没玩够呢!唉,只好回自己家喝闷酒去了。"

李勇浩有点儿埋怨搅局的赵有才,凑上前说:"我说赵叔呀,二良子考不上就算了,何必硬赶鸭子上架呢?"

马胜利附和着:"那可不,活在咱乡下,两亩地,三头牛,老婆孩子热炕头,这多好啊!"

"二良子,不行就花点儿钱找乔大蒙给算算,你小子实在考不上重点高中就上普通高中吧!千万别再当'蹲级包子'了,让人瞧不起呀!是男人就要像个男人一样去战斗,不能总像没筋没骨的王连举似的,男人在哪儿都一样。"李勇浩也趁机嘲讽起赵二良来。

"李勇浩!我还没告诉你呢,尹香淑说你就是癞蛤蟆想吃天鹅肉!"赵二良走出很远,才报复性地喊了一句,其实这话是他自己在尹香淑挨打那天说的。赵二良本以为李勇浩会有更恶毒的话等着自己,没想到他一下子就彻底哑火了。

赵二良第一次看到李勇浩绝望的眼神,就更加得意起来,觉得自己终于抓到了李勇浩的"七寸"。

接下来的几个月里,赵二良没再遇上李勇浩。听说他在报名参军时碰上了黄背头,两个人本来就不太对付,再加上李勇浩发现黄背头走后门儿占去了一个重要名额,李勇浩不服,就动手打了黄背头。由于李勇浩出手过狠,造成黄背头身受重伤。后来,李勇浩被法庭判为故意伤害罪,判处

---

① 吵吵八火:方言,七嘴八舌,乱嚷乱叫的。

有期徒刑三年。当然，因走后门儿事件败露，黄背头最终也没能参成军。

直到这年年底，赵二良才又一次在平安县的大街上见到李勇浩。那也是他在平安县复读期间最后一次见到李勇浩。这一回，李勇浩被反铐双手站在游街示众的大卡车上，胸前还挂着一个白色的大纸牌子。

这次见到赵二良，李勇浩没再提尹香淑。但他还是没忘嘲讽赵二良，仍然声音不小地喊着："哎？赵二良，王连举！'蹲级包子'！"

见李勇浩的双手被反铐着，赵二良既敢怒又敢言了："该！活该！我让你嘚瑟！你真以为你是李玉和呀？"

"不行就回家种地去吧，但别像你老叔似的，只种不上化肥、不打农药的什么'良心稻子'，可别一根筋啊！"

"我老叔种什么水稻和你有关系吗？就像我表姐尹香淑和你没有任何关系一样！"赵二良更听不得李勇浩对老叔种"良心稻子"的浅薄认识，出离愤怒。

听赵二良提到尹香淑，被反铐着双手的李勇浩脸突然摆了下来，站在大卡车上的他挺直了腰身，狠狠地朝赵二良吐了一口唾沫。

赵二良也狠狠地咳嗽了一下，跳着脚向高处的李勇浩回敬了一口夹杂着一半黏痰的唾沫。那口唾沫不偏不倚，正好吐在了李勇浩的面门上。

因为李勇浩被反绑着双手，没法擦拭，他只能不断地猛甩着光头。"赵二良！狗日的王连举，你等着！你等我出去的，看我不掰折你所有的手指头！"李勇浩顶着无法甩掉的黏痰，恶狠狠地盯着赵二良。

"等着蹲你的大牢去吧！记住，你永远不是英雄李玉和，更不是英雄李向阳！还想参军呢，部队怎么能要你这样的混子？"说着，赵二良飞快地跑开了……

第十三章　无声反抗

赵大良从小主意就正，他不像赵二良那样明着和赵有才对抗，而是一直默默地对抗着。顺利地考上重点高中以后，寒暑假回家的赵大良还是经常躲到老叔家里偷着画画儿。

赵大良高考前一年的冬天，祖母坐在炕头上织着毛袜子，赵二良坐在炕上看语文书。房门被猛地踹开，是赵有才突然从活龙镇上回来了。一进屋，赵有才就一脚把赵大良的画架子给踹翻了，接着一边撕画一边大骂起来："你个小兔崽子，我让你画，我让你画！"

赵大良边拦着赵有才边抢救自己的画："爸，你这是干啥呀？我又没耽误学习，我刚看完书，就歇一会儿才画了两笔。"

祖母也上前拦着赵有才："有才呀，有话好好说，大良刚才还在看语文书来着，才画着玩一会儿。"

赵有才说："妈，你别管这事，他这不是画着玩呢，是不想考正经大学，他瞒着我要考省艺术学院！"

祖母说："我看考啥都行，能考上大学就好。"

赵大良趁机说："爸，我奶说得对啊！再说了，我要是能考上艺术学院，还可以一边上学，一边教城里的小孩画画儿，勤工俭学，还不用你拿学费呢！"

"你说的比唱的都好听，结果呢，没等考呢，就让你老叔为你卖命去了！"赵有才说着就要上去打赵大良。

祖母急忙去拦："先别动手啊！啥？有才你说啥？有志咋的了？"

赵大良说："我可没让老叔去为我卖命，我就是说急着交学费，我得去上那个考前辅导班。"

赵有才喊道："去！你现在就去！你个兔崽子，你这是要你老叔的命啊！"

祖母急了："有志到底怎么了？他不是去卖稻子了吗？"

赵有才叹了口气："妈，这兔崽子跟他老叔说，想考艺术学院，就得先参加省里的一个考前辅导班。那个辅导班学费死贵死贵的，他老叔为了帮他凑学费，去外乡卖稻子了，为了节省路费，走的还是刚封冻的海兰江面。"

祖母一听更急了："啊？这刚入冬，海兰江面咋能走呢？"

赵有才说："是啊，他老婶没拦住，他老叔说七天准能回来，可这已经十天了，啥信儿也没有，他老婶坐不住了，这才跟我说了实话。"说着，赵有才又转向赵大良，"你老叔生死未卜，他要是有个好歹，你老婶和你两个弟弟咋办？"

赵大良低头想了想，半天才说："我老叔说顺利的话五到七天，不顺利的话得十天八天。"

赵有才火了，吼道："对，不顺利！这是第十天了，听说有个马车掉到大冰窟窿里去了……"

赵大良边收拾画架，边说："那也不一定是我老叔的，我老叔赶马车技术好着呢！"

赵有才又上去踹倒了被赵大良扶起的画架："就想自己的事，我看你是要一条道跑到黑！"

赵大良把画架收到屋角，之后说："我去找老叔！"

赵有才拽住了赵大良："小兔崽子，你给我消停一会儿！"

祖母瘫坐在地上："有志……"

"大良，二良，照顾好你奶奶，我沿路去看看。"赵有才回头瞅了眼抹着眼泪的老太太，"妈，放心，不管咋地我都给你把人带回来。"

赵有才对赵二良说："看好你奶奶，还有……你大哥，让他老实在家待着！"说完这话，赵有才头也不回地走了。

第二天下午，老叔终于托人捎信来了，说他在等着结账呢，过两天就能拿现钱回来，让赵大良再等两天。

纷飞的雪花中，赵大良背着画箱在村头的树下张望着。远处赵二良和祖母赶了过来。

赵二良手里拿着根棒子，拉着祖母喊："大哥——"

祖母拎着个布兜，也焦急地喊："大良子，你老叔说过两天就拿回钱了！你就再等两天吧！"

赵大良迎了过来："奶，要是再等下去，我就真赶不上参加辅导班了。"

祖母把布包递给赵大良："大良子，你这几天也没吃下多少饭，这几个鸡蛋你带上。"祖母又从棉袄里掏出一个小手帕包，塞到赵大良手里："大良子，放好喽，奶奶就攒下这么点儿钱，就够你买个火车票的。去火车站你可千万别走荒凉小道，一定得走宽敞大道。"

赵大良说："奶，这钱你留着用吧。"

"我留着有啥用？大良子，你拿着！唉，要不你再等等，看有没有村里人顺路捎上你？"

赵大良说："奶，我都问了好几遍了，都在家猫冬呢，谁这时候出远门啊，再不走就赶不上火车了，我就得抄近道了。"

"那你抄近道，走荒草甸子，万一……"

赵二良说："奶奶，还是让我陪大哥去吧，我们俩总比一个人强。再说，我手里还有一把车闸管枪呢。"

"那回来呢？"

"回来时就不急了，我走大道。"

祖母只好同意："大良子，二良子，你们可千万加小心啊。"

赵二良怀揣着车闸管枪，手里还拎着一根木棒子，和背着画箱的赵大良走向金稻村外，老榆树下的祖母挥手望着他们的背影……

而此时的赵有志正在一个农户家大门口倚门苦等着。一个中年妇女出来倒脏水，赵有志礼貌地让开了。

中年妇女进屋对中年男人说："还是没走，还在门口等着呢，这都五天了，你走哪儿他跟哪儿，也没吃几口东西，又冷又饿的，别……"

中年男人抽了口烟："别啥？"

"我是说，别再出点儿啥事，到时候再赖上咱们。"

"赖上？美得他！"

"要不你就把钱给他结了得了，我看他确实是有急用。"

"说好的事，粮库给我结，我就给他结。这粮库给我结一半，我当然也给他先结一半。"

中年妇女放上饭桌，往上端着饭菜："要不，让他进来吃口饭？"

"吃了饭，他就更不会走了。"

"你看，你也说了，这种时候出来卖稻子，相当于在拿命换钱。"

"对呀，我也是拿命换钱的，凭啥就先给他结钱？"

"你这趟，要不是他拼了命地控制着马车，能不能好好地回来还不好说呢。"

中年男人低头沉默了一会儿，说："真是妇人之仁啊！"他一抬下巴颏儿，示意女人去叫赵有志进来吃口饭。

赵有志进来了，中年男人给他倒了一小杯酒，说："都像你这么整事，我还能不能再干了？不能钱还没到手，就先给你垫上。凡事都有规矩，你这么干，坏了规矩。"

赵有志一口干了这杯酒，说："老哥，就这一次，你给我现钱结清，我给你打下欠条，下次我白干，白给你卖一次命，行不行？我大侄子实在太需要这笔现钱了，再不拿现钱回去，他就赶不上去省城参加辅导班，就可能考不上大学了，我求求你了……"赵有志给中年男人作着揖。

男人和女人互相看了一眼，递完了眼色，女人才去拿来了纸和笔……

赵有志收到现钱，就急匆匆地赶着大马车往回奔，马在一望无垠的海兰江面上跑得热气腾腾……

回到金稻村，赵有志在自家院门前勒住马车，下车后直接冲进屋里。

听了母亲的描述，赵有志又从屋里冲了出来，从马车上解下了大红马，拿上猎枪，一跃而上，他狠狠地朝马屁股上打了一鞭子，向着赵大良和赵二良走的荒原小路奔去……

荒草甸子上，赵大良和赵二良正抄着近路赶往火车站。

赵大良背着画箱，边走边不时地捂着肚子。

赵二良把放在棉衣里面捂着的鸡蛋掏出来，递给赵大良："大哥，趁着没凉透，你吃了吧。"

赵大良接过来吃了两口，剩下的塞到赵二良嘴里。

赵大良突然说："二良子，我肚子疼，得……"说着，他指着荒草丛，示意得进去蹲会儿。

赵二良接过画箱，赵大良说："二良子，你先背着画箱往前走，一会儿我追你，别耽误时间。"

赵二良四处瞅了瞅，把一根棒子递给赵大良："大哥，你小心着点儿，我先往前走，十秒钟喊你一次啊。"

赵大良摆手让他快走，赵二良就背上画箱往前走去。

赵大良在荒草丛中蹲着，捂着肚子，却不忘警惕地四下张望着。

北风呼啸，赵二良边走边数着数："……8，9，10，大哥——"

赵大良嘶吼着回应："二良子——"

"……8，9，10，大哥——"

"二良子——"

互传过来的声音越来越小……

赵大良起身提裤子时，突然发现远处草浪中有一群灰色的东西起起伏伏。

赵大良擦了下眼镜，细看了一下，发现是五只狼，正向他这个方向走来。他心想：这是老天不想让我考大学了，不想让我活了，绝不能让二良子再搭上！

赵大良一直没有走过来，却断断续续地哼唱起一首老掉牙的民谣……

赵二良以为大哥一定是因为肚子疼走不动了。当他回头看时，他发现大哥手里紧握着那根木棒子，走得虽然很慢，神色却极其慌张。赵二良这才发现，在大哥身后五六十米处竟然跟着一群狼，那些狼跟蒿草一个颜色，几乎是黄绿色的。狼很大，能看见它们深色的脊背和尖尖的耳朵在草浪间隐约闪现……

赵大良还是没有跑，见赵二良回头看他，就低声喊道："二良子你快跑！狼来了！"接着他还是故作镇静地哼唱着那首老民谣。

这时，赵二良隐约听到了狼吼，他扔下画箱，掏出了已经装好火药的车闸管枪，奔了过去。他想先开一枪吓唬吓唬狼，可是车闸管枪却没扣响。

狼群一步步逼近，赵大良拿着木棒子，赵二良拿着车闸管枪，两个人背靠背，与群狼对峙着，而群狼似乎没把他们手中的家伙当回事……面对如此真实的一群狼，兄弟俩这才意识到：原来他们手中的木棒子和车闸管枪啥也不是啊！

关键时刻方见骨肉深情。平时赵二良并没觉得大哥对自己怎么好，可关键时刻大哥竟然能舍命保护自己。赵二良有生以来头一次被大哥感动了，他一度把脸紧紧贴在大哥的后背上……

在兄弟俩最危急的时刻，远处传来马的嘶吼声，老叔骑着那匹大红马赶来了。

老叔边吆喝边放了两枪，将狼群驱赶向荒草甸深处，兄弟俩得救了……

老叔带着他们顺利地到达了县城火车站，和赵二良把赵大良送上了开往省城的火车。

赵大良把脸贴在车窗上，不时地用嘴吹着车窗玻璃，他的笑脸从化开的霜花中模糊地呈现出来。老叔和赵二良拼命地向赵大良挥舞着手，直到火车启动，渐渐远去。

回来的荒草甸子上，老叔和赵二良一路策马飞奔……

赵二良有生以来第一次学会了默默哭泣，这种哭泣远比哭天喊地来得真实。

以后的日子中，赵二良不知多少次认真地想：如果那天不是骑马的老叔及时赶来，最后会发生什么情况呢？

打那之后，赵二良好像一下子成熟了不少。他不再和大哥犟嘴了，他更喜欢一个人独自画画儿或背古诗。

赵二良也不再和村里的孩子们出去打雪雀了，而是经常陪在老叔身边，帮老叔打打下手，看以前并不怎么喜欢看的老叔精磨稻米……

第十四章　金榜题名

　　初中就那么点儿东西，其实赵二良该会的早就会了，就是以前不太认真，总好马虎。有时，赵二良觉得自己白白浪费了一整年的大好时光。

　　过去的那些年，赵二良都没觉得有多么漫长。但复读这一年，他充分地体验到了时间的漫长。原来时间有时真的是慢如蜗牛啊！这一年，可真是三百六十五个货真价实的上午、下午和漫漫长夜啊！

　　让赵二良始料不及的是，老天爷真的是有意跟他过不去啊！正当尹香淑、全贤洙他们准备上高二的时候，第二次参加中考的赵二良竟然又差了1分！赵二良可是在班级里一直名列三甲的"回读生"啊，这不得不让他迷信起民间流传的说法了：考场、赛场、战场都是常出怪事的地方。怎么啥怪事都要落到他头上来呢？赵二良没想到这次是他的数学出了问题，虽然计算结果是正确的，但他却没有列出足够具体的步骤，15分的大题他只得了3分！

　　赵二良觉得天都要塌下来了，有一种惶惶不可终日的感觉。那些天，赵二良心中一直茫然无助地乞求着：谁能可怜可怜我呀，谁能帮助帮助我呀……绝望中，他又想起了电影《英雄儿女》里战火硝烟中的王成……

赵有才一宿没睡觉，扔了一地的烟头儿。第二天早晨，他沉默地去找了俞站长，让俞站长托了平安县文化馆的朴馆长，朴馆长又托了同学找到了平安一中的郑副校长。就这样，赵二良最终以走后门儿的方式来到了平安一中。

　　虽然赵二良抓到了救命稻草，但他还是羞愧难当。他又成了"后门儿生"，并不比"蹲级包子"好听多少。同时，赵二良不得不对赵有才埋怨起来。他去年咋不去找俞站长呢？去年赵二良是被"暗算"了，赵有才却不曾为儿子据理力争，那时他有着多么好的借口和多么充分的理由啊！如果去年找俞站长，赵有才不会这么砢碜，赵二良也不会这么砢碜啊！

　　赵二良不知道赵有才是如何厚着脸皮、低三下四地求俞站长的，只是感觉到求过人的赵有才好像很没面子。赵有才经常半宿半夜地不睡觉，扔一地的烟头儿。以后很长一段时间，赵有才一直像受了内伤似的，脸色要多难看有多难看，说话要多难听有多难听。

　　走后门儿进平安一中这件事发生后，导致赵二良更不愿见到初中同学了。赵二良觉得抬不起头来，他的性格都变了，不仅变得越来越听话了，还一度怕见人，比当年的朴铸成还像小偷。赵二良每次见到初中同学，都习惯性地避避让让、躲躲闪闪。

　　朴铸成此时的处境又是如何呢？他还正常活着吗？赵二良曾经有过那么一个闪念，但这个闪念于一瞬间就消失得无影无踪了。是赵二良过于冷漠吗？绝对不是。后来赵二良终于想明白了，命悬一线的"后门儿生"根本不具备关心他人和可怜他人的资格。

　　来到平安一中以后，赵二良少年时代的黑色记忆远没有结束，那好像又是一个更坏的开始。怀揣文学梦想的赵有才有了赵大良的前车之鉴，对赵二良的学习抓得更紧了。面对着如此严厉的赵有才，赵二良无法斗智，更无从斗勇，他只能选择接受训斥和挨拳脚。

　　赵大良凭借努力考上了省艺术学院美术系，这给了赵二良更大的压力。不知是因为赵有才发表的小杂文越来越多，还是因为赵有才已经供出了一个大学生，他的脾气越来越大了。在赵有才的严格要求下，赵二良在求学路上没少被赵有才打骂，高考当天还被赵有才打了一个大嘴巴子呢！

高考那天，赵二良上午考完了语文。题虽然很难，但确实能考出点儿真实水平来。赵二良觉得自己已经发挥出了最高水平，用上了所有的积累，每道题都答得非常用心、非常到位。赵有才听说赵二良答得不错，就兴致勃勃地帮他估起分来。可是估来估去，赵有才发现赵二良的语文成绩顶多能得70分。赵有才的脸都气白了，怒不可遏地骂了起来："我说赵二良啊！满分120分的语文你顶多能得70分，这还考个蛋的大学呀！"说着他一挥手就给了赵二良一个响亮的大嘴巴子……

　　语文是赵二良的强项，他真的已经尽全力了，除了作文可以自己控制，其余的每道题都是那么难，面对这样的试题，他有什么办法呢？赵二良委屈地喊道："我尽力了呀！"

　　"你再跟我喊？"赵有才举起手，又要打赵二良第二个嘴巴子。

　　要不是当时老叔在，赵二良挨这第二个嘴巴子是没跑了。

　　老叔知道赵二良高考，一心想让二侄子吃上最好吃的大米饭，那天特意赶过来送他种的大米。正准备往回走呢，听到外屋的声音，他忙从里屋跑了出来，正赶上赵二良捂着脸，老叔气得和自己的大哥喊了起来："高考还没完呢，你咋这个时候打孩子呢？"

　　倍感屈辱的赵二良没吃中午饭，反锁房门在屋里哭了一中午。

　　在老叔苦口婆心的安慰和劝说下，赵二良下午才肯去继续考试，他是踩着最后的铃声走进考场的。

　　高考总算结束了，但赵二良的郁闷并没有结束。赵有才每天哭丧着脸，对待赵二良就像对待一个犯人。除了赵二良自己，没有人对他的高考成绩寄予希望。

　　经过极其漫长的等待，一个多月后，高考成绩终于公布了。赵二良的语文得了69分，竟然是平安一中全年级语文单科的第二名。因为这次高考的语文题出得又偏又难，能考60分就是优秀学生了。

　　只是赵二良一向不太好的数学又得了个中等分数，其他几科成绩基本属于正常发挥，和平时的分数相差无几。最终，赵二良以年级总分第九名的成绩考入了省城师范大学中文系。

　　赵有才为了表达歉意，当天晚上用老叔送的大米为赵二良做了一顿丰盛的晚饭，还做了好吃的黄牛肉炖土豆……因为又一次吃到了赵有才做的

"憋屈牛肉"，赵二良还想起了朴铸成。不过，赵二良还挺佩服赵有才，虽然他没估出来赵二良能考语文单科第二名，但他估出来的分数实在是太准了。

在金稻村，村民们除了种水稻以外，一年一度的"打草"是村民们的另一项重要农活。

赵二良在收到录取通知书，等着去上学时，在省艺术学院美术系上大学的赵大良也放假回来了。赵有才一高兴，就说："家里的稻田都让你老叔种了，咱们就力所能及地帮家里打草吧。"

打草虽然也是累活，但因不常干而显得新鲜。赵大良和赵二良以前总是和老叔一起去打草，和父亲去还是头一次，一种莫名其妙的陌生感也让他们有些兴奋。

金稻村初秋的田野上，花团锦簇，草香浓郁。各种各样的蒿草都长熟了，有开花的，也有不开花的；有带豆荚的，还有带芒刺的。扑鼻的花香、草香，从早到晚香遍了整个大荒甸子。打草，就是用大钐刀将草成片成片地割倒，晾干后码成垛，再用马车拉回家去……无论哪个环节，绝对都是力气活儿。

赵大良和赵二良小时候就跟着老叔打过草，打草过程中还经常发生有趣的事情呢。所以小时候他们除了喜欢和孩子们去打山雀、抓蝈蝈儿、灌大眼贼之外，还特别喜欢跟着老叔一起去打草。说来也怪，每次和老叔出去打草，他们似乎都有意外的收获，有时甚至还有惊喜。比如打着打着，出现了一个黑乎乎的洞口，里面准有小动物；比如打着打着，发现了一窝刚长出毛的鹌鹑崽儿；再比如打着打着，蹿出了一只活蹦乱跳的小野兔子……

凌晨三点钟，尹贤姬准时起床，为要"出征"的三个人准备早饭和要带走的午饭。没有力气是抡不动大钐刀的，所以都得尽量多吃，明明肚子已经饱了，还得再吃一点儿。只有吃得够饱，才能保证一上午的体能。

走出家门的时候，天色还是黑黑的，勉强能看见道路，在路上也能听得见马蹄声和鞍鞴銮铃的响声。赵有才赶着车，哥俩还可以裹着大衣再睡个回笼觉。

到达目的地时，太阳已经有一竿子高了。

打草不仅是体力活，也是技术活。大钐刀的样子与镰刀差不多，只是比镰刀大了许多。大钐刀的刀头长约一尺半，宽约三寸，刀杆长度因人而异，通常都在两米以上。打草的时候，人要一手在前一手在后地握住大钐刀，还要将后手以下的刀杆夹在腋下，用身体和双手稳稳地固定住大钐刀杆，然后在身前用力一挥，一大片草就被整齐地割倒到一块，再用力一挥，又一大片草被整齐地压在前面那堆草上……就这样一刀接着一刀向前挥舞着，直到一片草地到头，这叫"开趟子"。一趟子到头，再返回来，将刀杆夹到另一边腋下，打草趟子的另一面，这叫"背趟子"。一开一背，一趟子草才算完活儿。如果是两个人一起打草，一个人在前面开趟子，一个人在后面背趟子，一次就能完成一趟子草。

草趟子有长有短，有时候一片草场很大，一趟子草就能长达三五十米。说起来简单，操作起来却并非易事。抡大钐刀时，最难掌握的就是平衡了，稍不留意，大钐刀面就会走偏。有时，刀面会斜着向上或向下走。向上走还好一点儿，如果向下走，钐刀头就会扎进泥土里。向下用力越大，对身体的损伤越大，许多新手都出现过把钐刀扎弯或扭伤手腕子的现象。

过了十点钟，阳光渐渐毒辣起来，身上的汗水就不停地往外流淌了。咸滋滋的汗水很快就把衣服湿透了，黏黏糊糊的，泛白的汗渍杀得肉皮子像针扎一样疼。实在热得受不了，他们干脆就只穿一条裤子和一件上衣，可他们还是觉得闷热难忍，又不敢频繁地去喝水，因为从家里带来的水是有限的。所有打草的人都很少去小便，即便有了尿，也只是一点点。体内的水分绝大多数是从汗毛孔流出并蒸发掉的。

由于紧贴在身上的衣服始终是热乎乎、湿漉漉的，干活儿的人会很不舒服。但即便是这样，赵有才也不让他们再往下脱衣服了，说毒辣的阳光会把他们的皮肤晒爆皮的。

无边的田野上，人们偶尔还能远远地望见一些弯曲的人影，冷眼看上去他们就像漂在流动的水里，实则是抖动的气浪扭曲了他们的本来面目。望着同样挥舞着大钐刀的他们，人们会常常产生幻觉，仿佛天地间架起了一个巨大的火炉，太阳就是那炙热的炉火，草地上的芸芸众生都变成了被炙烤着的肉干。

父亲打草的动作远不如老叔好看，赵二良回忆起老叔打草的样子：一身肌肉的老叔汗流浃背地抡着大钐刀，巨大的利刃将蒿草拦腰斩断，所过之处，身后就留下了三米多宽的草趟子，并向田野深处无限延伸下去，场面还是很壮观的。伴随着悦耳的"唰唰"声，生机勃勃、亭亭玉立的蒿草瞬间变成了整齐划一的死草，它们沉静、柔顺地以尸体的形式卧倒在田野上，没有机会做任何的挣扎，同时释放出无比浓烈清新的草香味……这种景象总能让观看着的赵二良激动不已，觉得那浓烈清新的草香味其实就是蒿草们血液的味道，那"唰唰"声也是极具征服意味的声音，那分明就是一种很男人的行为和很雄性的声音……赵二良总能从老叔身上学到一些技能。

总体来说，打草毕竟是一项枯燥、乏味、艰苦的工作。对赵大良和赵二良来说，唯一的乐趣也许就是盼望着中午的到来，就能坐在马车篷子底下开心地野餐一顿了。因为打草一出去就是一大天，起大早走，贪大黑归。人们要准备好干粮、咸菜和水，有时还要带上香瓜、黄瓜、大葱和大酱等佐餐。

为了下午的活儿能干好，吃饱喝足，睡了一觉后，赵有才起身把磨石拿了出来，他把所有备用的大钐刀通通磨了一遍。

八月是最炎热的季节，尤其是午后，更是热得令人难以忍受。广袤的大荒甸子上只有没膝深的蒿草，方圆几十里地没有一棵可乘凉的大树，打草的人只好毫无遮拦地置身于烈烈骄阳之下……由于紫外线的存在，打草人并不是永远都可以光着膀子的，更多的时候必须穿上长袖的外衣，热乎乎的浸透了酸汗的棉布衣服裹在身上要多难受有多难受。皮糙肉厚的赵有才早已习惯了风吹雨打太阳晒，年轻的哥俩明显皮薄肉嫩，汗水从他们的身体里蒸发出来，在被烘干之前还要死命地抓住脸和后脖颈儿不放，直杀得他们火辣辣地疼。

打完草，还要码垛。要先把三五个或几十个不等的"草趟子"堆成"草码子"，再把草码子集中到一处，形成一个草垛，本次打草也就宣告结束了。赵有才这次打草很高兴，说最后这点儿活他自己干就行了，让两个儿子去海兰江边凉快凉快。

那天实在太热了，不谙水性的哥俩不由自主地脱掉鞋子、挽起裤腿来到海兰江边趟水玩。玩着玩着，走在前面的赵大良渐渐胆子大了起来，向江水的更深处走去。没想到刚走出几步，他的身体就像突然间失去控制一样滑向了江心。

"二良子！"赵大良把手伸向离岸边更近一些的赵二良。

"大哥！"哪能眼看着大哥被江水冲走呢？赵二良下意识地跑过去拉住了赵大良伸过来的手。

可是，赵二良并没能让赵大良停下来，原来那里有一个锅底状的巨大斜坡。转瞬间，江水就从赵二良的小腿肚子漫到了胸口处，让他越来越喘不上气来。前边更深处的赵大良借助赵二良的手臂才能将头挣扎出水面喊"救命"。就这样，在江水流速、身体惯性和巨大斜坡的共同作用下，手拉手的哥俩万分惊恐地被江水裹挟着，一步步滑向了深渊……

当时，赵有才正在江岸边割着蒿草，当他发现江水中挣扎的儿子们之后，就拎着大钐刀跑了过来。然而，整天四处游走的赵有才没有时间学会游泳。他在江岸上急得团团转，先是挥舞着大钐刀，怒火中烧地命令两个儿子如何如何……无济于事之后，赵有才就开始了更无济于事的捶胸顿足、呼天喊地，最后哭得声嘶力竭……赵二良至今认为那天的赵有才是他有生以来看到的最绝望、最无奈的男人。

眼瞅着两个活生生的儿子就要没影儿了，眼瞅着就要完了，一切都完了……

可后面发生的事情，让坚持唯物主义的赵二良不得不唯心地确信：骨肉亲人之间一定存在着心灵感应。关键时刻，又是老叔赶来了，本来该在稻田里忙碌的老叔骑着那匹红色大马，遥远而意外地狂奔着赶来了。

老叔没来得及下马，而是和大红马一起直接跃进了波涛汹涌的海兰江……

江水湍急，老叔冒着巨大的生命危险把两个侄子一个一个从虎口一样的旋涡里拉了出来，再拼尽全身力气把他们一个一个托举到江岸上。最后，精疲力竭的老叔自己险些被永远地留在汹涌的旋涡里，搭救老叔的是他那匹极其通人性的大红马。

事后，一向讲究三纲五常的老叔破天荒地给了他的大哥赵有才一记十分响亮的大嘴巴子，还凶狠地向他大哥怒吼着："你是干啥吃的！这么大个人是废物吗？我两个侄子要是真没了，我要你的命！"

赵二良觉得老叔打赵有才这个大嘴巴子就像为自己报了仇，但又和赵有才打自己的那个大嘴巴子不太一样。

小哥俩又经历了一场死里逃生。

赵二良要去省城上学的前一天，赵有才为赵二良大张旗鼓地搞了一场升学宴。

金稻村毕竟首次有人考上了省城师范大学中文系。虽然是著名的复读生考上的，但也是重点大学的学生了。在金稻村，这是一个纪录，还是值得好好庆贺一番的。二儿子总算遂了心意，赵有才就想弄出点儿动静。趁村主任刘喜善高兴，赵有才就把升学宴安排到村委会来办。赵有才还通过和俞站长的关系，把活龙镇政府的张助理也给请来了。

刘主任把村委会新买的大喇叭也给支上了，赵有才一大早就兴奋地喊着："金稻村的父老乡亲们！今天是个大喜的日子！不仅是我们老赵家的大喜日子，也是咱金稻村的大喜日子。今年，我们家的赵二良考上了省重点大学——省城师范大学中文系，这在咱金稻村是史无前例的……空前！前无古人是肯定了，绝不绝后就不好说了！"

在村委会播放的《桔梗谣》《阿里郎》的传统乐曲声中，村民们越聚越多，还兴高采烈地跳起了农乐舞。

赵有才吵吵八火儿了一大早上，到了升学宴正式开场时反倒没啥可说的了。

"那个……那个……下面，有请活龙镇张助理讲讲话吧！"赵有才见到领导就紧张的毛病又犯了。

张助理讲完话，俞站长也被拉到台上讲话。

张助理和俞站长讲话之后，就有柳红梅等几个村民上前来递送红包。

赵有才说："都是穷乡亲，礼我就不收了。我今天请大家来就是图个高兴，图个乐呵。"

"这哪是送礼呀？十块二十块的就是这么点儿意思，这也是金稻村多年的规矩了，都得支持孩子们考大学。快拿着，二良子，好好学习，以后肯定能有大出息。"柳红梅说。

邻居崔银花也拿出了红包，话里掺着沙子："赵有才，你少整那出儿！

我还不知道你呀？这个钱你还真能收上，谁让你们家又出了个大学生呢？这家什的，比我们多收两回红包了。"崔银花说着，把红包塞进了赵二良的口袋里，"拿着吧，二良子，好好学习，天天向上！别像你爸似的就知道四处闲逛。"

金快手也表里不一地说："二良子，好好学习，天天向上，以后挣大钱、当大官。那赶似的了！"说着，也将红包往赵二良的口袋里塞。

"那我们就不客气了，走，咱们敬酒去。"赵有才领着赵二良挨桌给领导和乡亲们敬起酒来。

全福爷拿出红包时，赵有才坚决不要："全福叔呀，都知道你们家的具体情况，挺困难的，你心意到了就行了。"

"一码是一码，这是我们全家的一点儿心意，钱又不多。"全福爷硬是把十块钱塞给了赵有才。

赵有才无奈地摇摇头，说："那……那我就先存着，等将来大顺子结婚的。"

全福爷欲言又止，坐到座位上去了。

"等着大顺子结婚吧，这赵有才可真能支啊，那赶似的了……"金快手的话让村民们发出一阵哄笑。

在赵二良升学宴的尾声，老叔竟然在不怎么富裕的金稻村奢侈了一回，买了十挂被村人称作"十响一咕咚"的鞭炮放起来了。老叔激动得泪流满面，说："老赵家又出息了一个大学生！"还说："我两个侄子福大命大造化大，将来肯定都能有大出息！"老叔那惊心动魄的十挂鞭炮响彻金稻村，经久不息……

第十五章　异样初恋

不知不觉中，赵二良长大了，也长高了。无论是身材，还是长相，赵二良都越来越酷似他老叔赵有志。

赵二良临走时，老叔把他精心制作的那个"瞎掰"送给了赵二良。

大难不死的赵二良带着老叔的"瞎掰"来到省城上大学了。虽然大学生活非常丰富多彩，但有关老叔的往事却没有一丝一毫地模糊。赵二良还是常常想起老叔，念起老叔的种种好处。一有空闲，赵二良仍会心有余悸地回忆起在那真真切切的生死关头，老叔救他和大哥时惊心动魄的场面……

赵二良和身边的同班同学相比还是很出色的，很快就当上了班长，两个月后，还进了学生会。漂亮的城市姑娘、学习委员姜婷婷似乎也对他产生了好感，经常对他偷偷地微笑。直到大半年后，姜婷婷进一步走进赵二良的视野，他对老叔的思念之情才淡了一些。

三八妇女节这天晚上，在年级辅导员的提议下，中文系团委专门为女同学们举办了一场别开生面的假面舞会。赵二良在这次假面舞会上和姜婷婷有了第一次"亲密接触"。那天晚上，舞技一般的赵二良几乎和班上每个女同学都跳了舞。他想，和他跳过舞的女同学中有一个必定是姜婷婷。

大家都戴着漂亮的面具,加上灯光、音响等干扰,真的很难分出谁是谁。他只是尽量去多邀请和姜婷婷个头儿相仿的女生来跳舞,这样,和姜婷婷跳舞的概率就会更大些。

直到后来大家都跳得热气腾腾了,才有人提出摘下面具。赵二良终于抓到了一次机会,得以和姜婷婷真正面对面地跳了一次舞,那是舞会的最后一曲——《友谊地久天长》,跳得赵二良耳热心跳……

那天晚上的歌舞实在太美妙了,夜已经很深了,大学校园里的舞会只能到此为止。赵二良多想再和姜婷婷跳一曲啊,但他们在这个晚上不再有机会了。

这天夜里,赵二良总有种莫名的激动,久久不能入睡,仍然沉浸在无法言说的美好中。

清明节前夕,在团省委的倡议下,全省大学生联合会组织了一次为社会无偿献血的活动。省城师范大学为了体现一所重点大学的精神风貌,校团委也决定参与这次社会性的无偿献血活动。

经过自愿报名、体检、验血等程序,赵二良班里最后只有四个人被选中。巧合的是,男生里身为班长的赵二良和团支书崔铁龙被选中了,女生里则是姜婷婷和一个叫夏清爽的女孩被选中了。姜婷婷居然和自己一样被选中了,这让赵二良有了一种他们很有缘分的感觉。

大家都是第一次献血,心里既紧张又兴奋。大学生无偿献血,绝大多数人都抱着治病救人的良好目的。赵二良觉得自己长大成人了,能为别人做贡献了。每当想到这些,赵二良心里就滋生出一种崇高感来。

赵二良和姜婷婷之间交往的加深,与其说是在献血过程中,不如说是在献血后的休养过程中。

班里有四名同学光荣地参与到这次献血活动中,没献血的同学们当然要表现出关心和爱护同学的情意。为了给这四名为集体争了光的"选手"补养身体,同学们争相为这四个人搞伙食、弄小灶。

大约有一个月的时间,四个人经常一起用餐。这期间,赵二良不仅深深地体验到了集体的温暖,也深深地感受到了来自姜婷婷的少女情怀。

四个人在一起吃饭半个月后,每当姜婷婷有意无意地把自己碗中的肉夹给赵二良时,赵二良心里都要轰轰烈烈地震荡一次,还让赵二良想起了当年金快手给他吃的肥肉。

几次之后,赵二良发现了一个证明自己不是自作多情的细节——同样是男生,姜婷婷却从来没把肉夹给崔铁龙。对赵二良来说,这个细节多么能说明问题呀!他为这个细节激动不已。

突然间,赵二良觉得有一种很甜很甜的东西从什么地方流进身体里,一直流到心脏的深处去。于是,赵二良就有了一段倍感新鲜的幸福时光。虽然姜婷婷每次都说她不爱吃肉,尤其不爱吃肥肉。

好像夏清爽有时也一边叽咕着"不能吃肥肉",一边把自己碗里的肉夹一些给崔铁龙,然而沉浸在幸福中的赵二良没有太留意。那是他们的事,与自己没有任何关系。

接着,就到了令同学们期待的五一野游。在崔铁龙等人的精心组织下,5月1日,全班同学来到了城市远郊的公园踏青。

正是丁香花盛开的季节,那天很多人都被略带苦涩的丁香花的香味陶醉了。尤其对恋情处于"月朦胧鸟朦胧"阶段的赵二良和姜婷婷来说,这次野游就像是专门为他们两个人安排的一样。

敏感些的同学其实早就把欲盖弥彰的他们看在了眼里。在同学们别出心裁地提出举行男女拔河比赛时,赵二良和姜婷婷分别被有意安排在男女两队的第一位,他们的手第一次那样紧地握到了一起,致使赵二良在整个比赛过程中心脏都狂跳不止。他想,姜婷婷的心跳一定也是一样快的,看来那同样是一颗很好的心脏啊!

最终,排在第二位的女生可能是故意脱手,姜婷婷就像小羊羔一样被男生们拉了过来,整个人扑到了赵二良的怀里。

大家摔倒了,赵二良和姜婷婷身下还压着几个后面的男生,有个男生就开起了玩笑:"你们俩的事,别把我们垫在底下呀!"

说得大家哈哈大笑,滚作一团。玩闹时的气氛毕竟轻松,大家能开平时根本无法想象的玩笑。

比赛结束很长时间了,赵二良和姜婷婷的脸还是格外红。大家一致认为,这绝不仅仅是拔河比赛累的。

那天赵二良虽然表面看上去很狼狈,但他感觉就像过年一样高兴。他回来后好久都舍不得洗自己的汗手,似乎双手上还散发着姜婷婷的香气。

他觉得这股香气远远比公园里怒放着的丁香花好闻。

虽然两个人都没有特意表白什么，但两个人就这样心照不宣地越走越近了，这让赵二良内心十分陶醉！赵二良又不由自主地在心底感谢起老叔来，要不是老叔在上学前又一次救了自己的命，如今哪还有认识大美女姜婷婷的机会呀？他常常想，要不要把心爱的"瞎掰"送给姜婷婷呢？但又觉得还没到时候。

赵二良的幸福时光好像仅仅持续了一个多月。对亢奋中的赵二良来说，一个多月就像普通人的一天一样短暂。

6月1日，赵二良生日前一天的中午，因为下午没课，他正准备换球鞋去球场踢球时，姜婷婷出乎意料地来到男生宿舍找他。

赵二良见来找他的人竟是姜婷婷，一时愣住了："你……你是来找我的吗？你……你有事吗？"

"你今天下午有空吗？如果有空陪我上趟街好吗？"姜婷婷很不自然地说。

"有，有空啊，我当然有空。"赵二良受宠若惊，好半天才反应过来姜婷婷真的是来找他的，只是没想到她这么快就公开来找他了。

多日来，赵二良虽深深地喜欢着姜婷婷，可从来没有公开表达过。所以如今姜婷婷主动上门来约他出去，他就像在梦中，有些眩晕似的。

赵二良虽然觉得怪怪的，但他还是心脏狂跳着和姜婷婷走出了校园，向城市的公共汽车站走去。

上公共汽车时，赵二良的大手突然被一只温软的小手抓住，这让他有些不知所措。他有生以来第一次和一个女孩子像恋人那样手拉着手，只觉得那只小手就像一件精致的工艺品。他嗓子眼儿发紧，一时说不出话来。

姜婷婷也没有说话，时间就那么一分一秒地延续着……

过了好久，姜婷婷才说："我想换块桌布，再买把雨伞，我看你平时很有鉴赏力，一定懂得审美，所以就劳你大驾和我一起来了。"

赵二良觉得姜婷婷的借口挺牵强，拉着手的感觉也变得更加不真实起来。

但不管牵强不牵强、真实不真实，赵二良此时确实拥有了一种被很多人称作"幸福"的东西。

他们几乎走遍了城市最大的百货商店的每一层，仅仅是为了买姜婷婷说的那两样小物品。

后来，赵二良想到曾经与自己同寝住了快一年的董学兄就要毕业离校了，顺便给他买个什么作纪念吧，两个人就又来到专门卖文具的一个柜台前。

就在赵二良犹豫买什么时，姜婷婷说："我也很敬重董学兄，也应该送他点儿什么礼物。同学之间送礼物，都买笔记本之类的东西，没啥意思。要不咱们把钱合在一起，给董学兄买个稍好一点儿的礼物吧。"

"行啊，我咋没想到呢？"赵二良又莫名地激动起来。

赵二良不是没想到，准确地说，他是没敢那么想。一男一女两个人合送一个礼物给学兄，这意味着什么呢？赵二良心脏狂乱地跳动着，迫不及待地执行着姜婷婷的建议，生怕姜婷婷突然再改变主意。

很快，他们就合伙给董学兄买了一个精装大笔记本。赵二良身上带着笔，他们在笔记本上写下了共同的赠言，最后的落款是：赵二良、姜婷婷。

赵二良写字时手有些颤抖，虽然写得不太满意，但赵二良觉得这是他有生以来写的最重要、最难忘的字，有种见证历史的味道；这是他和姜婷婷的名字第一次这么近地出现在公开场合，这个漂亮的大笔记本很快就会到董学兄手里，然后很多同学都会看到……

两个人整整转了一下午，回来时他们没有像来时那样乘坐公共汽车，而是走着回来的。他们一直手拉着手，像梦一样，赵二良一次次怀疑这一切不是真的。可接下来，事实告诉他这一切的确不是真的。在拐向校园的那条小路上，善良的姜婷婷突然抽回了她的小手，说出了她一直想说却不忍心说的话。

姜婷婷说："其实……我第一时间就和我爸说了我们俩的事，没想到他不同意。这些天我一直在努力做着我爸的工作，可我爸还是坚决不同意啊，我不告诉他就好了。"

赵二良觉得姜婷婷的声音有些发抖。

姜婷婷接着又说："我爸的同事还给我介绍了一个家在本市的，他就在咱校读研，名叫安永强……"

赵二良的大脑好像突然间变得麻木了，只是一遍遍说着不想说的话：

"是吗？是吗？那……祝福你们，祝福你们，真的祝福你们……"在突如其来的打击下，赵二良就像什么也不会说了。就好像一个人还没来得及高兴完，突然被要求马上得哭，让人一时间有些不知所措了。

姜婷婷最后说："我也是下了很长时间的决心后才来找你的，别人也许会在背后议论我，但我觉得我该以这种方式和你告别。马上就要期末考试了，千万不要因此影响你的考试成绩。我一直怕影响你复习考试，本打算等考试结束放暑假前找你谈这些，我真的没办法啊！"十九岁的姜婷婷突然变得十分成熟，话说得既面对现实，又通情达理。

因为姜婷婷在这之前的一系列表现让赵二良觉得不是很正常，直觉让他从一开始就预感到姜婷婷可能有特殊的话要说。所以，他一直能表现得很克制、很冷静。他只是感觉，自己此时非常羡慕那个未曾谋面的叫作安永强的男人。

虽然已是夕阳西下且略有微风，可赵二良还是觉得天是那样的闷热。对呀，6月份了，早已不是春季了。赵二良在这时才意识到这年的春季结束了，夏季早已经悄悄地开始了。他无奈地望着姜婷婷，望着她那随风飘舞的秀发，他还没来得及仔细欣赏，姜婷婷就已经和自己告别了。

赵二良和姜婷婷回来时最后那一段路走得极慢，因为他知道，当那只温柔的小手收回去之后，就再也不会伸出来了。他与她走在一起的机会也许不会再有了，接下来的分手也许将意味着永远失去。"夕阳无限好，只是近黄昏。"赵二良望了望夕阳，没想到这两句古诗对年轻人来说也会有同样的意味。

但不论如何，这个下午是赵二良过得最美好、最激动的一个下午。遗憾的是，握住那只美妙的小手对他来说是第一次，也是最后一次，那风中美丽的长发也将越飘越远……

6月2日，赵二良过二十一岁生日。姜婷婷又出乎意料地送给他一条手织的长围脖，说这是她一直想给他的礼物，就是一直没机会送出手。姜婷婷的意思是，虽然她和赵二良不能走到一起了，但总不能将给他准备的长围脖转送给安永强吧？想来想去，她还是决定送给赵二良做个青春期的纪念。那时，校园里男生们正流行扎长围脖，越长越好。男生们扎的长围脖只有少数是母亲给织的，绝大多数都是女朋友给织的。很多时候，长围脖只是装饰性地搭在男生们的肩膀上，男生们得到更多的是内心深处的温暖。

赵二良虽然很失落，但是当他拿到姜婷婷亲手织的长围脖时，心底还是不由自主地生出一股暖流来。

当天晚自习下课后，即将离校的董学兄也来参加了同学们为赵二良举办的生日晚会。董学兄被大家逼着唱了一首《友谊地久天长》，临走时还说了一些鼓励同学们进步的话，说得就像一场精彩的演讲。同学们几乎异口同声地说："董学兄真不愧为高年级的学生会干部，说话就是有水平啊！"

赵二良是在董学兄出门之后，在走廊里把那个大笔记本送给他的。

董学兄拿到赵二良和姜婷婷合送的大笔记本后，先是诡秘地一笑，然后半开玩笑地说："二良老弟，祝贺你们！郎才女貌啊，你可要好好珍惜呀！"

赵二良没想到董学兄会这么说，一时不知说什么好。当天晚上，他拿着生日留言册又到董学兄的寝室找他签名，红着脸和他说清了一切……

解除误会之后，董学兄好像比赵二良还要难过，说："你把留言册先放我这儿吧，过一会再来取。"董学兄于当天晚上在赵二良的生日留言册上写了一首题为《将心向明月》的长诗，长诗的最后两句还借用了两句古诗："我将我心向明月，奈何明月照沟渠。"

这首长诗成了董学兄为赵二良写的初恋结语……

可以说，本来喜欢种水稻的赵二良是被赵有才逼着考上省城师大中文系的，赵二良在学习这个问题上一直承受着赵有才的"严管"和"摧残"。直到考上中文系之后，远离了赵有才的视线，"严管"和"摧残"才得以减轻。但不幸的是，赵二良仍然活在赵有才转嫁给他的梦想中，他已经被引向了文学之路，而不是去自己梦想的北方农业大学进一步研究水稻。赵二良每天在省城师大的教学楼和图书馆里学习文学理论，看中外名著，课余时间再去听讲座、搞诗会……他一直保持着写作的习惯，在同学中也以文笔好而著称。赵二良虽然是被赵有才逼上文学之路的，但是在这条路上，他越走越远了。

第十六章　阴差阳错

在赵二良懵懵懂懂的第一次恋爱宣告失败的时候，马上就要大学毕业的赵大良正和新认识的对象打得火热。女方叫于玲，在省城的一家民营企业上班。

两个人刚处上对象，又赶上大学毕业季同学们聚餐多，于玲就整天像个尾巴一样紧紧跟着赵大良，生怕他跑掉似的。

善于交际的于玲很快就和赵大良的同学们混熟了。在酒桌上，天生活泼的于玲常常伏在沉默寡言的赵大良肩上半真半假地说："我就喜欢你们这些搞美术的，别看表面上一个个脏兮兮的，但都很有内秀，都很有性格。"说到这儿，于玲好像有些不好意思了，觉得有变相夸奖赵大良之嫌，就又补充说："不过，我们大良除外。是不是，大良？"于玲挺着丰满的胸脯天真地歪着头问赵大良时，她觉得自己相当谦虚谨慎，心里想着：我沉默寡言的赵大良多有城府啊，这些同学中将来最有出息的说不定就是我的赵大良呢！

看着于玲那股欲盖弥彰的虚荣劲儿，同学们很是为赵大良捏把汗，觉得赵大良的实际情况和于玲对他的看法不太一致。赵大良是那种平凡的好人，他的画儿也如其人。于玲活泼可爱，人也蛮性感漂亮，大家一点儿也不嫉妒赵大良，就是隐约觉得将来他们俩生活在一起不是很合适似的。

可是不久，赵大良和于玲就正式宣布交往了，而且据说双方家长都同意，等赵大良毕业了两个人就结婚。这样，大家就只有祝贺的份儿了。

那段时间，就要从艺术学院美术系毕业的赵大良除了参加同学聚会，就是四处寻找工作。于玲当然也要跟着。于玲在一家民营企业工作，她对自己的工作很满意。但她对赵大良的工作要求可就高多了，以后不当画家，也得当官，在她看来，赵大良可不是一般的人才。

每天，于玲风风火火地拉着赵大良四处奔走。她就像推销着优秀产品一样到处推销着赵大良。用人单位稍有犹豫，于玲就会拉着赵大良"拜拜"走人。

他们还只能看到事情的表象，还远远没有弄清事情的实质。直到碰了足够多的软钉子，吃了足够多的闭门羹，他们才多多少少了解了一点儿真实的人类社会。随着被婉言谢绝次数的增多，他们才渐渐明白，原来他们只不过是自己非常重视自己罢了。

赵有才虽然对赵大良学美术专业很失望，但还是希望大儿子毕业后能留在省城工作。见赵大良迟迟找不到工作单位，他虽然嘴上叨咕着"让你当初不听话，学中文系就好找工作了"，但还是背着弟弟赵有志的"良心稻子"去平安县文化馆找了康主任。赵有才想，康主任已经是康馆长了，省文化馆里肯定有熟人，熟人好办事。

康馆长一向是个热心人，又是老乡又是老师的，就算赵有才不背好吃的大米来找，康馆长也一样会给牵线的。正是因为康馆长牵了线，赵大良才得以去参加省城某区文化馆的员工招聘考试。

如果早知道信息，其实报名并不太难，难的是笔试得考进前九名。只有进入九人面试名单，才有机会成为最后被录取的三个人选。一共有五十多人报考呢，别说前三名，就是考进前九名也是非常渺茫的。但康馆长很乐观，他在电话里对赵有才说："咱走一步看一步，第一步先考进前九名，再说下一步。"

本来赵大良考了第十名，极其幸运的是前九名中临时出了个空缺——一个参考者又有了更好的去处，据说是签证办下来出国了。赵大良这个原本陪榜的应聘者也得到了意外的晋升，作为替补挤进了九人面试名单。

下一步咋办呢？高兴之余，赵有才又犯起难来。

热心的康馆长说他只能帮到这步了，下一步就得自己想办法了。

赵有才没有别的办法，就又回金稻村背了两回"良心稻子"……

最后，是于玲的老爸出面，动用积攒了大半辈子的人脉，赵大良的工作才总算有了着落。总之，通过人求人、人再求人，在多方面的合力运作下，赵大良才幸运地以面试第三名的成绩来到了某区文化馆，当上了美术部的业务干部。

上班第一天，是一个四十岁左右的男人接待的赵大良。他就是美术部的顾三平主任。

"小伙子，你以后就在这屋办公。那张桌子是你的，还有那个茶杯也是你的。"顾主任笑容可掬地指着面对一扇窗户的一张办公桌说，亲切的声音让赵大良觉得很温暖。

赵大良礼貌地微笑着，站在那张桌子旁边，无限感激地望着顾主任。

"请坐，站着干啥？年轻人，这么客气。"顾主任说。

赵大良这才笑着坐下了。

顾主任吸了一口烟，接着说："好了，慢慢你就会在实际工作中体会到你需要加强哪方面的知识。你刚来，自己有什么事情没办妥，可以去办。"顾主任笑着挥挥手。

"我没别的事了，顾主任。"赵大良很认真，他觉得自己是来上班的，挺光荣的。虽然一时不知道干啥，但他还是在办公桌前牢牢地坐住了。

这时，赵大良看到窗外天空中飞着一群鸽子，很生动的阵势，伴有阵阵嘹亮的鸽哨……

"业余时间多搞点儿创作也可以，年轻人爱好多点儿也好。"顾主任一边摸出腰上那串钥匙，一边说，"不过，干咱们这行可不同于专业画家，专业画家画好画儿就可以了，咱们美术部全称叫美术辅导部，咱们的工作主要是为业余爱好美术的群众服务。"

赵大良正想说"自己都画不好，咋去辅导"时，看到顾主任搬出的厚厚的卷本，辩论的想法瞬间不翼而飞了。他没敢问卷柜里一共存有多少年的合订卷，斜了一眼那巨大无比的铁柜，可真够大的，不禁心有余悸。赵大良这时像有些顿悟了：从艺术学院油画系毕业来到区文化馆美术辅导部，表面上看好像非常对口，其实也不尽然。一个人想干的工作，与他干着的工作是两码事。这也许就是理想和现实的区别所在。赵大良一点点接受了这个环境，心想："噢，原来是这么回事。"

"好，你先看着吧，我得去开个会。"顾主任夹着包走出去。走到门口，顾主任又折回来补上一句："大良啊，咱们部还有几位同志，等他们来的时候我再给你介绍。"

"好的，谢谢顾主任！"赵大良又礼貌地站了起来。

"你坐你坐，不要客气。"顾主任这才匆匆走了。

赵大良后来才知道，区文化馆除了美术辅导部，还有文学创作辅导部、群众文化调研部、文艺辅导部、办公室和财务室五个部门。别看人们整天忙忙碌碌的，但大事并不多。

全馆三十多人，美术部算上赵大良一共是六个人。一个老同志长期病休在家；一个不经常上班的年轻女子在家休产假；一个年龄四十开外、特别能忽悠的男人叫老谭，他一天天看上去也挺忙活的，但更多的是为他自己的事忙活；还有一个就是著名的画家吕大神，他是个真正超凡脱俗的人，对区文化馆的名和利一概不感兴趣，整天一副神龙见首不见尾的状态；只有顾主任一个人，整天为了单位忙着搞活动……

不过，赵大良上班当天并不知道这些。那天，他过得还是很愉快的。赵大良一直坐在自己的办公桌前，翻阅那些群众美术作品汇集。顾主任的话萦绕在他的耳边："年轻人，要干一行爱一行。"

自从赵大良和赵二良先后上了大学，两个人只有放寒暑假才有机会回到金稻村。只有在这个时候，喜欢研究水稻的赵二良才能面对面地和老叔谈起水稻。

每次他们都会谈到水稻有了什么新品种，国家又有了什么新政策。每次老叔都是越说越兴奋，说好日子就要到来了……

然而，正当老叔雄心勃勃地想承包更多的稻田时，李勇浩从监狱里出来了。因无法再去参军，他只好回家继续务农。面对国家不断出台的农村新政策，李勇浩也认为机会来了，他要当种粮大户，要挣大钱。

为了求高产、多卖钱，李勇浩和马胜利等人把很多村民的稻田承包到手，全部种上化肥、打农药的高产水稻。李勇浩还为了扩大羊群规模，无节制地放牧羊群，破坏草地。马胜利也为了一点儿眼前利益，偷着低价贩卖黑土。当然了，更多的时候马胜利卖的是别人家地里的黑土。

李勇浩成了老叔包地的最大障碍。李勇浩本来还想进村委会呢，可他身上毕竟有污点，只能争当种粮大户了。

刘主任、全福爷和老叔认为李勇浩是在钻政策空子，都不赞同李勇浩这一系列急功近利的掠夺式做法。老叔说得最直接："庄稼人得善待土地，得种良心稻子。"因为包地的事，老叔和李勇浩结下了很深的梁子。

老叔自己没有跟赵二良说这些情况，是赵有才告诉赵二良的。赵有才还说："今年雨水大，李勇浩为了救自己的农药水稻，在上游放水，竟然淹了你老叔就要出成果的新品种绿色水稻田，和当年上小学时用化肥烧死你和朴铸成试验田的情景极其相似。你小子幸亏离开了金稻村，否则，和李勇浩在一起种水稻，你就没个好儿。"

第十七章　加急电报

很长一段时间，赵二良都过着"中文系、图书馆、宿舍楼"三点一线的校园生活。但他一刻也没有停止对姜婷婷的思念，姜婷婷现在做什么呢？她真的在和那个叫安永强的谈恋爱吗？

这天中午，赵二良怎么也睡不着觉，他烦躁地从床上爬起来，机械地拿起书包，懒散地向图书馆走去。大中午的，到图书馆干什么去呢？看书？他不知道自己能不能看进去，反正出来走走总比闷在床上好。

在去图书馆的路上，赵二良竟偶遇了姜婷婷。当时姜婷婷长发飘飘地走在他前面，不知不觉中，赵二良竟鬼使神差地跟随着姜婷婷来到中文系教学楼，而他本该去图书馆的，却绕了很大的一个弯儿。

赵二良不远不近地跟着姜婷婷走到中文系的三楼，准备上四楼时，姜婷婷突然转过身来，像是又要下楼。

姜婷婷苗条的身躯、飘逸的长发、美丽的面容……尤其那双线条绝妙的小腿，格外让赵二良有种震撼感。一时间，他竟不会走路了，他就静静地站在三楼的楼梯口处，盯着这个恍如天降的靓丽女孩……

姜婷婷好像还没有注意到赵二良的存在，仍落落大方地沿着楼梯往下走。

姜婷婷绝对不会想到赵二良会有什么行动，连赵二良自己也对自己的行动感到惊诧万分，他竟一下将姜婷婷拦腰抱住了。

姜婷婷一时被赵二良突如其来的行动弄得不知所措，她轻轻地"啊"了一声，然后就是奋力地挣扎……

赵二良自己也因这意想不到的局面而倍感慌乱。他想：如果姜婷婷挣脱的话，她一定会气冲冲地走掉，永远不会再理他……赵二良有些后悔，骂自己这样做真是比驴还蠢啊！此时的他似乎只知道紧紧地抱住姜婷婷不松手，生怕一松手她就会从手中跑掉，然后永远消失了一样。

赵二良也许就是因为害怕出现这样的结果，才紧紧地抱了姜婷婷那么长时间，任凭她拼命地挣扎……赵二良的心在狂跳着："我怎么有这么大的胆子呀？光天化日之下，在中文系明晃晃的楼梯上……"

"来人了。"这时姜婷婷红着脸说。

赵二良愣神时，姜婷婷挣脱了。她并没有跑，而是愤愤地望着他，喘着粗气。

赵二良看到了来自那美丽双目的谴责。

"对不起，真的对不起！我……"赵二良一时间出奇地笨拙起来。

"我不是和你说过我已经有男朋友了吗？"姜婷婷突然问。

"对……对不起。"赵二良惊慌地答。

"你以为谁都能乱抱吗？"姜婷婷愤怒地转身离去。

"我……"赵二良尴尬地站在楼梯口。

赵二良为了证明自己是真心的，是情不自禁的，在当天晚上又把姜婷婷找出来向她解释……

后来，与其说赵二良和姜婷婷重新有了联系，不如说赵二良受到了姜婷婷高傲的审判。赵二良似乎一直在解释，自己那天为什么那么冲动……

姜婷婷则一直高傲地说："我爸说，除非你能找到工作并且留在省城，否则咱俩的事想都别想。"

赵二良一直没能再拉到姜婷婷那只温柔的小手，只能和她偶尔出来走一走。

就在赵二良整天为最终得到姜婷婷而争取留在省城时，姜婷婷又一次主动来告诉他，说她一开始就没看上安永强，跟他一天也没处。但她爸还是坚决不同意她和赵二良之间的事，让她一心学习，个人的事就先不要考虑了。

赵二良觉得自己一点儿也不能去恨姜婷婷她爸。他想这也许就是命运吧，只能默默地把对姜婷婷的爱写在他那厚厚的日记本里……

又是一个飘雪的日子。北国飘雪的日子不足为奇，但赵二良却心情极不平静。因为他前一天晚上收到一份极其意外的加急电报，是父亲赵有才发来的，电报内容只有简单的六个字：祖母病危，速归。

正好考完最后一科必修课，赵二良可以和辅导员老师说一下，提前放假回家探望祖母，但他还有些放心不下姜婷婷。一直忙于期末考试，赵二良已经好多天没见到姜婷婷了，回家前他想见她一面。

赵二良把姜婷婷从宿舍里找出来，姜婷婷说这是最后一次。两个人一直默默地走在雪中，谁也不说话，脚下的雪发出压抑的声音。

天上飘着小雪，城市是白色的，赵二良和姜婷婷走在省城的大街上，如同穿行在荒原中……

这天赵二良好像什么也说不出来，他急得发疯，一直把那封加急电报攥在手里。

两个人一起来到城郊那家幽静的咖啡屋。姜婷婷像又长大了几岁，说了许多赵二良觉得她不应该会说的话。姜婷婷说，现在这个社会光有爱是不够的，人要看得远一些，应该把握住命运中的一些机会，多接触外面的世界……长痛不如短痛，两个人还是友好分手吧。

赵二良最终也没有办法改变姜婷婷的决定。最后，姜婷婷还是高傲地走了，带着她那头飘逸的长发走了。姜婷婷踏着唰唰响的城郊积雪，走向远方的城市，夕阳映照着她蹚起的伤痕般的一道红色雪线……赵二良远远地望着姜婷婷连同那道红色雪线，觉得她踏出的是一条鲜艳的血河。她那红色的登山服就是夕阳下那条鲜艳血河的源头。

那么长一段时间，赵二良都想追回姜婷婷那飘摇的影子，紧紧地抓住她的手……最后，赵二良还是没有动，任凭姜婷婷铁石心肠般地隐没在西天暗红色的苍茫之中。

城郊的雪地上只剩下赵二良和姜婷婷残留的脚印时，他似乎才又想起那份加急电报。赵二良展开皱皱巴巴的电报纸，看着上面的电文，再一次焦急起来。赵二良为了省钱从来不坐出租车，可这次他迫不及待地拦住了一辆路过的出租车，去了火车站。他恨不能立刻就登上开往家乡金稻村的火车！

那天从早到晚，赵二良一共错过了四趟开往家乡的火车，他只能赶上第二天凌晨三点那辆慢车了。

"祖母病危，速归。"赵二良一直在心里默念着这六个字的电文。

冬天的火车站里乌烟瘴气地挤满了南来北往的过客，好像所有人都在咳嗽。赵二良觉得与其在车站里站着，还不如到外面走走。

那天赵二良才知道雪后的夜晚也许是最让人难熬的。风把地上的雪扬到他脸上时，赵二良对雪有了新的理解，那天晚上，彻底改变了他自童年以来对雪的一贯印象。

那天的火车走得慢，汽车走得也慢，像被冻住了。再一个黄昏的时候，赵二良才被带到北方的家乡，这里的雪似乎更坚硬。那天赵二良没注意自己到底走了多长的雪路，好像也没看见什么行人，他看到的第一个人就是他的祖母。祖母那时刚刚从老叔家的炕上被抬下来，正停在地上一条窄窄的担架上。老人家静静的，直直的，已经去世了。

当老叔发现惊呆在门口的赵二良时，冲过来对他说："二侄子，你可算回来了！你咋不早回来一会儿？就在半个小时以前，你奶奶还在等着你。在她抱大的孙子中，她死前唯独没有看到你。她那时不愿意这么遗憾地走，最后实在坚持不住了才闭上眼睛。我喊着你二孙子回来了，你奶奶竟又睁开了眼睛，可是她没看着你，走的时候很失望……"

老叔的话听起来挺唯心的，但赵二良相信那是真的，老叔从来不会夸张。只是他觉得老叔本不该在这个时候说这些。这个时候本该顾不上说这些，本该一直失声痛哭，或忙着张罗后事，至少应指使他把什么东西拿过来，让他尽尽孙子的义务……可是，老叔却在那应该忙乱的时候不厌其烦地叙述了这些，让赵二良那么直直地僵立着，心一阵阵剧烈抖动，直到无地自容。老叔一定不知道他为什么回来晚，当时他宁愿老叔知道这一切，那样的话，他也许能好受一些。

"现在坐车的人多，二侄子一定是没挤上火车，二侄子急坏了吧。"一向孝顺的老叔眼里含着泪，又宽容地望着赵二良说。

"嗯，人太多了，没挤上头一趟火车。"赵二良不知道是对他老叔说谎，还是对躺着的祖母说谎，他不知道自己为什么要说谎。谎言并没有使自己解脱，赵二良低下头来，心里一下酸起来，长长一串泪水从他那不常流泪的眼角奔出。在赵二良二十多岁的记忆中，他头一次任自己的眼泪如此公开、如此自由地流淌……

赵二良也许就是从这个场面以后变得麻木的。

家人都跑前跑后忙个不停，赵二良则一直像个客人一样站在一旁。赵二良望着早已赶回来的大哥，感到万分惭愧。在祖母抱大的两个考上大学的孙子中，他最沉，而这时他却觉得自己最轻；他所在的大学离家最近，而他却没有赶回来看上祖母最后一眼……大家都在说，祖母是念叨着他走的。

赵二良几次隐约听老婶向亲友们说："二良子从小跟奶奶感情就深，匆匆赶回来，可就差那么一步，到底没看着……"他想捂住自己的耳朵。

那天晚上，天又飘起雪来，祖母的遗体就停在灵棚里。赵二良有几个小时独守在灵棚外边，他跪在雪地上，机械地一把接一把地为祖母烧纸钱。他知道烧多少都没用，可他又没有别的补偿办法。火烤化了落在他头上的雪，雪水混着泪水在他脸上流着……

祖母做人刚强，走得也刚强，她不愿意给别人添麻烦，包括她自己的儿孙。她一天也没用别人看护就匆匆地走了。她带着赵大良和赵二良那些稚气未消的话——"我们长大挣钱给奶奶花"，幸福地走了。老叔说："你奶奶走前总让我给她读你从学校寄回来的信，我忙时，她就一个人不厌其烦地看那些不知看了多少遍的照片……"

如果祖母活着，赵二良真的能像自己说的那样做吗？连祖母临死前看他一眼这个小小的要求，他都不肯满足她，而这又算得上什么要求呢？赵二良没脸再为自己想什么安慰自己的理由，他的祖母在这个冬天死了，这必将永远留在他的记忆中。

好在祖母走得足够体面，来了许多送她的人。赵二良知道，绝大多数人不是冲着赵有才来的，都是冲着老叔来的。

开学后，赵二良沉浸在追忆祖母的状态里，很长一段时间，对任何事都提不起兴致，也不再去找姜婷婷了。姜婷婷知道他的祖母去世了，心里过意不去，时常来找他，想帮他走出低谷。随着两个人接触次数增多，姜婷婷似乎回心转意了，恍恍惚惚中，两个人又磕磕绊绊地重新走到了一起。

　　就要大学毕业了，赵二良二十四周岁的生日，也许是他过得最为隆重的生日了。赵二良在浪漫的乐曲中一口气吹灭了二十四根小蜡烛，吃了姜婷婷买的生日蛋糕，收到了同学们送的众多精美纪念品。姜婷婷还锦上添花地在第二天又送给他一副珍贵的围棋。围棋是市面上见不到的极品云子，据姜婷婷说，是她爸的一个日本朋友送的。姜婷婷还说，好在她爸不会下围棋，否则她也许就无法要来了。

　　赵二良想象不出姜婷婷是如何从她爸手里把围棋要来的，但有一点可以肯定，姜婷婷的爸爸绝对不会想到姜婷婷会把这么好的围棋送给他。姜婷婷的爸爸不准姜婷婷在上大学的时候谈恋爱，而赵二良却与姜婷婷的爸爸对着干。赵二良是多么不想与姜婷婷的爸爸为敌啊！姜婷婷的爸爸是科长，习惯说了算，赵二良怎么能是他的对手呢？

　　赵二良把自己最心爱的"瞎掰"作为回赠，送给了姜婷婷。姜婷婷惊奇地摆弄着这个精致的物件，一副爱不释手的样子。

　　显然，这时的赵二良还没有看清这个充满着欲望的城市，他仍徘徊在这个城市的边缘，他的爱情也仅仅是人生边缘的不太成熟的爱情，可以说，那爱情还是极具象征意味的。

第十八章 天降好运

就要走出校门的赵二良正经历着一场毫无底气的爱情，再加上大学生在省城就业越来越难，心神不宁的赵二良一度很想回家去和老叔开发有机水稻。

就在赵二良犹豫不决的时候，赵有才又背着老叔种的"良心稻子"来到了省城。

赵有才坚决要求赵二良留在省城，说姜婷婷可是打着灯笼都难找的好姑娘，就是为了这么好的姑娘也得留下来。赵有才又从康馆长那里要来了省文化厅一位处长的电话，说那位处长认识的人多，非常有路子。接下来，赵有才就留在省城一个多月，按照那位处长提供的线索，一直帮赵二良找人，联系工作。

眼下的省城，大学毕业生就业更加困难了。虽然社会上急需人才，但哪怕是名牌大学品学兼优的高才生，就业也是非常困难的。别说人人眼红、趋之若鹜的政府机关，就连普通的企事业单位都是人满为患。大学毕业生每年都在大幅度增加，而用人岗位却基本上还是那些，每年空出的岗位少之又少。

后来那位处长也没办法了，说他官太小了，认识的人毕竟能力有限，已经尽到他的最大力量。

赵有才不甘心地直拍脑门:"怎么中文系毕业也这么难找工作呢?"又煎熬了几天,眼看着弹尽粮绝了,赵二良只好让赵有才先回家去。赵有才怕赵二良随后也跟回去,临走前放下了狠话:"就算打工,你也要留在省城。你要是回去,可别怪我不认你这个儿子!"

赵二良心里毕竟装着姜婷婷,毕业后留在省城当然是首选。为了能尽快在眼下这个城市找个落脚点,赵二良经常去人才交流中心碰运气。招牌林立的人才交流中心里每天虽然一派热闹景象,但看上去求贤若渴的用人单位却百般挑剔。很多表面上急于招兵买马的用人单位都对招聘对象的学历、身高、性别甚至相貌有着明确的要求,那些要求既具体又苛刻。他们哪里是在寻找人才呀?人才交流中心反倒像一个走秀选美的舞台。好像也没人对他这个重点大学中文系的优秀毕业生感兴趣,赵二良每次来到人才交流中心,都会有种走进选美大赛现场的错觉。

一天中午,赵二良正在人才交流中心里吃着简单的盒饭,一家废品收购公司的工作人员拍了他一下,并塞给他一张招聘登记表,卷着舌头说:"一个月一千块,我们公司可以接收你这个大学生。"

赵二良受宠若惊,看到表格后又生出疑虑。就问眼前这个一脸肉的矮胖男人:"你们废品收购公司能用得上中文系的毕业生吗?"

矮胖男人一脸兴奋地说:"我们老板说了,学中文的干活儿虽然不一定行,但能满足我们公司所有人的虚荣心,给废品过秤的都是名牌大学毕业生,那得多牛啊……"

"你让我去你们单位给废品过秤?"赵二良半信半疑地问。

"我看你在这儿转悠好几天了,闲着也是闲着,跟你闹着玩呢,还当真啦?我没猜错,你可真是个书呆子,哈哈……"矮胖男人看来是喝酒了,边说边大笑起来。

赵二良将拿在手里的招聘登记表慢慢地撕成碎片,然后扔向人声鼎沸的人才交流中心大厅,并对矮胖男人说:"我要是你们废品公司的老板,我会让你第一个消失在人海中!"赵二良故意装出很威风的样子,说完立即转身走开了。

矮胖男人愣在那里,张了半天嘴,半天才缓过神来,说:"让我消失在人海中？小样儿吧，你得有那个本事才行！"

赵二良装出来的威风并没坚持多久，走出人才交流中心大门他就回归了文弱书生的本来面目。他一路无奈地摇着头：也许中文专业在这个注重现实的世界里很多余，人们早就不需要文学来滋养心灵了，人们只需要记住眼前的存款密码和顶头上司的电话号码，只需要把握住眼前的现实，无需想象未来……

赵二良为找工作单位而四处打探着，一晃已经奔波了两个多月。他几乎走遍了市里所有与文字有关的大大小小的事业单位，却没有一家单位肯收留他。他虽然得到了无数次亲切的握手和无数个可掬的笑容，但那些亲切的握手和可掬的笑容好像都在表达着同一个意思——我们这里确实很想得到你这样的人才，可是我们这里的编制有限，真是太遗憾了……

赵二良最后能够阴差阳错地到文化报社来上班，绝对是件极其幸运的事。一天下午，正当赵二良像无头苍蝇一样到处联系用人单位时，他意外地在文化报社楼梯口碰上了在一次校外文企活动中认识的罗大哥。两年多没见了，罗大哥好像更有派头了。据罗大哥自己讲，他现在已经是一个文化产业中心的老总了，经常来文化报社办事，和文化报社的领导关系非常铁……

唠了好半天，赵二良仍然不太清楚罗大哥的具体身世，也不知道他的具体名字叫什么。那就还叫他罗大哥吧，只要不妨碍说话办事就行。

罗大哥一看就是刚刚喝过大酒，一身的酒气，印象中一向盛气凌人的罗大哥今天却对赵二良表现出异样的热情。听说赵二良正在急着找工作，他简单地看了几眼赵二良的个人简历，就表现出什么事都不在话下的样子，满口答应帮忙："你想不想来文化报社上班？罗大哥跟这儿的一把手陈社长是哥们儿。你还是优秀毕业生？还是党员？一点儿问题都没有，这事罗大哥肯定能帮上你。"罗大哥说完，就拉着赵二良来到了三楼陈社长的办公室。

陈社长正好在，见是罗大哥，就起身让座。罗大哥还没坐稳，就大着舌头指着赵二良说："这是我的一个小哥们儿，品学兼优，优秀毕业生，党员，今年师大中文系毕业，陈社长您看看能不能帮个忙啊？"

"罗总推荐的优秀人才，我必须得重视啊！罗总今天咋这么客气呢？"说着，陈社长给罗大哥倒了一杯茶。

看来，罗大哥和陈社长真的有些交情，罗大哥只是几句顺水人情似的客套话，陈社长就认真了，说："还是优秀毕业生、党员呢？小伙子肯定差不了啊，我马上就找人来办。"陈社长说着就给手下的人事处长打了个电话，然后就让赵二良尽快把个人材料送交给人事处的金处长。

有些事情真是无法预测，天上有时真的能掉下馅饼来，而且还是个大大的馅饼！赵二良当然不会错过这样难得的好机会，所谓的个人材料早在半年前就已经准备好了，一直随身携带着呢。赵二良就直接去拜见了人事处的金处长。事情一点儿都没耽搁，也就避免了所谓的夜长梦多。

事后，罗大哥醒酒了，几次主动打电话盘问赵二良去文化报社工作的事，不再说这件事好办了，话里话外地想要人情。赵二良当然听懂了罗大哥的意思，就说过些日子抽空去感谢他。他不是不想马上去感谢，而是兜里实在没有钱了。赵二良一度想到去找姜婷婷借钱，但马上就打消了这个念头，姜婷婷哪有钱啊？她得向她爸要，她爸正嫌弃他穷呢，他可不能让她爸找到借口；赵二良又想到在区文化馆工作的赵大良，要不去大哥那借点儿？早于自己几年毕业的大哥是个有名的"妻管严"，家里的日子也一直过得相当紧巴。对大哥来说，借钱这种事就算是大事了，大事都是大嫂于玲说了算。就算大哥手里有钱，他也说了不算。想到这儿，赵二良只好又打消了这个念头。最后，他决定，还是自力更生吧，自己去挣。运气还算好，赵二良在郊区的一个小建筑工地上找到一份筛沙子的苦力活儿。

赵二良一天筛五车沙子，筛一车给五块钱。

直到一个月后，两手磨出大血泡的赵二良才给罗大哥买了两条中华烟、两瓶西凤酒送过去。虽然赵二良已经把当月的饭钱都掏出来倾其所有了，但罗大哥还是因为大事办成却没能得到应有的回报而大发雷霆，甚至当面损了他一通，说他太不懂事了，还优秀毕业生呢，狗屁都不是！

据说后来罗大哥还给陈社长打了个电话，说别看赵二良这小子是优秀毕业生，人品上还是有点儿问题，他不想帮这个忙了，也不必陈社长再多费心了云云。好在人事处做事高效、认真的金处长太拿陈社长的话当令了，赵二良入职的全部事宜已经彻底办完了。

本来是件很好的事，却因为赵二良破坏了"游戏规则"而害得大家都不怎么舒服，尤其是罗大哥，更是相当不舒服。回过头来，赵二良仔细想想也是啊，人家罗大哥是应该生气，是应该发火。这年头儿，找个工作多难啊，找个好工作更是难上加难。鬼都知道，说你如何优秀，那只不过是对方同意接收后的漂亮借口，并不是一个大学生找工作的真正砝码。这么大的人生大事罗大哥都帮忙给办成了，事后就给人家送了两条中华烟和两瓶西凤酒？这实在有些说不过去呀！唉，要怪只能怪自己是个穷大学生，真的没有办法、没有能力啊！只能等以后有机会再回报罗大哥了。骂就骂吧，总得让罗大哥解解气。

在这个不见兔子不撒鹰的时代，谁还敢相信和指望一个人以后会如何啊？但在赵二良这里肯定会有以后的，无论如何，赵二良对罗大哥永远心存感激。赵二良也多次暗暗地在心里发誓：以后有机会一定要好好报答罗大哥，一定！

连赵二良都感觉自己运气太好了，回头想想好像哪个环节都不太真实，但事情确确实实已经办成了。赵二良是个有工作的人啦，是个货真价实的文化报社工作人员啦……回想起这个结果得以实现的来龙去脉，他真是有些后怕啊！

在大学生就业如此艰难的时代背景下，赵二良能到文化报社上班算得上一步登天了。但让赵二良感到不舒服的是，人还没上班，自己就先撒了个弥天大谎。因为文化报社暂时无力解决家在外地的大学毕业生的住宿问题，如果赵二良自己不能解决住宿问题，原则上就不能要他这个外地人。为了能让文化报社最终稳妥地接收自己，赵二良对那位办事严谨的人事处金处长说了谎话，说自己虽然是个外地人，但目前在城里有房子住，是在区文化馆工作的大哥借给自己的。而实际上，赵二良根本就没有房子住，连他大哥都在租房子住呢。

赵二良大学毕业来到文化报社后，就一直忙得没有时间再回金稻村了。老叔每年过年都不忘让赵有才从金稻村给两个侄子背来"良心稻子"。

由于赵二良一直过着单身的日子，赵大良家里又没地方住，只是在有了急事或者过年的时候，赵有才才会从金稻村来到省城。

第十九章　太想站直

赵大良虽然侥幸留在了省城并来到旱涝保收的区文化馆这个事业单位，但跟一些大学同学相比，没根没底的赵大良还是每况愈下。这一点，是随着参加工作后同学们不断聚会而逐渐显现出来的。

赵大良一向是个话语不多、老实本分的厚道人，上大学时学的是油画。学生们都是因为有些天赋才聚到一起来的，赵大良的天赋在乡下显得突出，在大学里就不那么显山露水了。大家都是油画系学生，你描我也描，你画我也画，除了几个绝对高手，基本上是齐头并进的。赵大良的油画说不上太好，可也说不上太差，比上不足，比下有余，还算说得过去。

可是，参加工作后这几年就不同了，有根有底、处事活泛的大学同学一个个都混得人模狗样儿的。赵大良的窘态就显眼了许多。原来班上画得最差的"王老笨"都能把日元成百万地挣到手了，而赵大良却连个省美术家协会的会员都没弄上呢。

赵大良就是人们常说的那种不太会走动和运作关系的人，对他来说，平平淡淡地活着倒也没啥。只是他那得来不易的媳妇儿于玲越来越让赵大良感到为难。好在于玲不是搞美术的圈里人，她要是圈里人就更坏了，那样的话，她就会看出赵大良比她想象的要平庸许多。

婚后，于玲仍旧热衷参加赵大良的同学聚会。与以往不同的是她更大方了，一有机会，她的眼睛就转来转去地研究赵大良的同学。时间长了，于玲就发现了一些问题。今天你请客，明天他请客，迎来送往的，和赵大良交往的这些人好像个个都是主角，唯独她家赵大良一直像个配角似的。总是这样，于玲就有些不悦，对赵大良也日渐冷淡。有时，在赵大良看来，于玲莫名其妙地就生气了，本来好好的，怎么说不高兴就不高兴了呢？开始赵大良不知道是怎么回事，后来就知道了。但知道了也没办法解决问题，只能哄于玲别生气。

为了避免于玲生气，赵大良就尽量不带她参加同学们或者朋友们的聚会了。但于玲有时还是能赶上。

有一次同学聚会，大家喝完酒已经很晚了，送来送去的，都送走了，最后就剩下赵大良和于玲两口子了。北方冬季的夜晚吹着冷飕飕的风，于玲觉得很不是滋味。赵大良一般不打出租车，就张罗坐公共汽车回家。于玲生气了，硬是连公共汽车也不坐了。十几里地的长路，两个人一前一后硬是走回家去的。回到家后于玲和赵大良大闹了一场。于玲说："以后你们同学聚会这种破事我不去了，跟你丢不起那人！"并发誓不再参与赵大良的任何活动。

面对于玲，一向唯唯诺诺的赵大良越来越无可奈何。他除了好言相劝，真就什么也说不出来了，憋了一肚子气，直到后半夜也没睡着觉。

两口子吵归吵、闹归闹，并没耽误孩子出生。很快，赵大良和于玲就有了宝贝儿子大乐。

听说儿媳妇给自己生了个大胖孙子，赵有才第一时间就拎着土鸡、背着老叔给的"良心稻子"，从金稻村赶到省城来。

赵二良去接站。一出检票口，赵二良就发现赵有才脸上带着少见的笑容。

赵二良忙从赵有才背上接过那一袋子大米。赵有才手上就只剩下了两只土鸡。

赵二良扛着大米说："爸，我大哥家虽然离这不远，但咱们还是打车吧！平时我从不打车，咱们今天东西多，还是打车合算。"

赵有才说："咱俩大老爷们呢！轮流扛着呗，路又不远，花那冤枉钱干啥？"

赵二良看着五十多岁就满脸皱纹的赵有才，又看了看路上行色匆匆的路人，心里很不是滋味。

一路上，赵有才的话也比平时多了，说："你哥不听话归不听话，毕竟让我有了大孙子。"还说："以后一定争取让我大孙子考上大学中文系，可不能再学画画儿了。"

后来，赵有才还让赵二良一定要和对象姜婷婷好好处，争取早点儿结婚……

赵二良想到了姜婷婷为难的样子和姜婷婷她爸常用来形容他的"上无片瓦，下无立锥之地"，只好无奈地说："爸呀，其实我这对象还是八字没一撇的事呢。"

赵有才不解地看着赵二良，说："二良啊，你可不能胡来！"

赵二良说："爸，别急啊！我是说我还没想这事呢。"

赵有才说："不想长远点儿可不行，你看，趁着你老子还不算老，还能帮你一把呢。"

赵二良心里想说种好有机水稻就能改变眼前的贫困现状，嘴上却说："我是不想让你为我遭罪了，我想改变这些。"

赵有才说："遭啥罪了？你爸就要抱上大胖孙子了！"

赵二良若有所思地说："我会努力的。"

来到赵大良家的楼下，赵二良从上衣口袋里掏出写有赵大良家地址的纸条核对着："没错，就是这儿。"

赵有才和赵二良拖拖拉拉地终于上到了七楼。赵有才把两只土鸡放下，擦了几把汗，刚要敲门，没想到鸡把绳子扑腾开了，两只鸡都挣脱出来，咯咯咯地叫着往楼梯上跑去，赵有才赶紧去抓。这一抓不要紧，一时间弄得土鸡连飞带叫，走廊里飞起了灰尘……

正在屋里帮着照看小孩的于玲妈听到外面的吵闹声，就跟于玲小声抱怨着："你这儿是什么居住环境啊，怎么还鸡飞狗叫的？可别把孩子吓着。"说着，她轻手轻脚地走到门边把门打开一条缝察看。

这一察看不要紧，一只土鸡大摇大摆地直奔房门跑过来，吓得她一下关上门，没想到正好夹住了那只土鸡。

赵有才趁机抓住土鸡塞进麻袋，用脚踩住袋口："哎，我说大妹子，能不能帮忙扎上袋口，我倒出手再抓另一只鸡去。"

于玲妈笑了："我是你亲家母！"

赵有才一细瞅，脑中闪出赵大良拿回家的照片中于玲妈的形象，认出是亲家，他马上说："哎哟，亲家啊，你在这儿呢？来，帮个手吧！"

赵有才说着把一只土鸡往于玲妈手里一塞，就要下楼抓另一只土鸡。

于玲妈手里拎着土鸡，放也不是，拿也不是，一脸的惊慌。

赵有才跑下一层楼梯，恰好碰到下班回来的赵大良，他已经和弟弟赵二良一起抓住了那只不停挣扎的土鸡。

赵大良、赵二良和赵有才亲热地往楼上走。

见一下子来了这么多人，于玲妈有些不高兴。

赵大良早习惯了丈母娘的处事风格，并没往心里去，说："妈，我爸看他大孙子来了。看，这是我们家乡的土鸡，炖了给于玲吃吧，肯定下奶，大乐这下可有福了。"

于玲妈像开玩笑似的说："看着一大堆东西，实际上值不了几个钱，早市又不是没有卖的。是不是呀，亲家？"

赵有才脸上有些尴尬，赵大良连忙拉着父亲往屋里走："爸，你大孙子可带劲儿①了。"

赵有才刚要进屋看孙子，于玲妈又左拦右挡了一番："你这一身凉气，不能离孩子太近的。"

赵有才用手抹着头上的汗："哪儿还有凉气啊！看，全是热气。"

于玲妈嫌弃地瞅着赵有才擦汗的手："你这手又抓鸡又抓米的！"又瞅瞅赵有才的一身衣服，说："坐了一路车，又没换衣服没洗手的，容易带来病菌。"

赵大良为难地瞅着丈母娘，想说什么又忍住了，赶紧拽着赵有才去洗手间洗手。

赵有才随着赵大良来到洗手间，脸色也变得难看起来。

---

① 带劲儿：方言，非常好，非常漂亮。

赵大良关上洗手间的门，小声跟赵有才说："爸，别跟她一般见识！等会儿她就走了，你就可劲儿看你大孙子，看个够！"

赵有才长叹一口气："你小子呀！行，爸明白，我才不会跟她一般见识呢。"

赵大良又安慰道："爸，不管她咋地，这是你大孙子没错，谁养还不是养呢？"

赵有才仔细地洗着手，随着哗哗的水声，镜子里又晃过他骄傲的模样：我这大孙子可是一出生就在省城啊！

赵有才这么想着，心里才好受了一些……

赵大良越是想在于玲面前站直，就越是站不直，在家庭里的各种权力就更谈不上了。这些年，赵大良在画画儿上也没少努力，就是没有太大的成果，也没有顶硬的获奖证书。没有成果，没有证书，就不好评职称；评不上职称，工资也就上不去。要不努努力当个小官吧？可在区文化馆当官又能当上多大个官？

后来，赵大良和于玲的关系越来越紧张，赵大良觉得不采取点儿措施看来真就不行了。

从本质上讲，赵大良绝对不是那种想当官的人。他自己也知道，自己性子太直，天生就不是当官的那块材料。赵大良现在有了当小官这种想法，绝对和于玲婚后的变化有关。最根本的原因是赵大良想在于玲面前站直些，好巩固自己作为丈夫的家庭地位。

在区文化馆，当馆长、副馆长，赵大良这辈子就别想了。就是当馆长、副馆长手下的各部室主任，凭赵大良现有的水平也很难胜任。所以说赵大良想在区文化馆当上个小官，基本上没什么机会。再加上他所在的美术部现主任顾三平并不比他大多少，除非顾三平提升或调走，否则赵大良根本就没有机会。

急于在媳妇儿面前证明自己的赵大良很快就来到了没人愿意去的"业大"，当上了"业大"教务处的副主任。这里所说的"业大"其实就是区文化馆和市职工业余大学联合主办的"市业大美术分校"。市职工业余大学教务处的副主任相当于副科长，而"业大美术分校"的教务处副主任也就是那么个叫法吧,一个有名无实的称呼而已。实际上,连"相当于副科"这个概念也没有。

但不管这个副主任相当于啥,并不耽误有人当着于玲的面叫赵大良"赵主任"。整天被人赵主任长、赵主任短地叫着,让赵大良很是受用了一段时间。

赵大良姓赵名大良,以前一直都是有名无姓。大学的同学们叫他大良,单位的同事们也叫他大良,很多人都以为他姓"梁"呢;现在不同了,来来往往的学生都尊敬地叫他赵主任。赵大良想,还是当主任好,要不姓都叫没了。这些年什么人都"大良大良"地叫着,其实就是对自己这种啥也不是的人没有办法的尊称。不然还是啥呢?赵大良像一下什么都明白了,对当官的意义也茅塞顿开般地理解上去了。

就这样,赵大良过上了一段很幸福的"赵主任"的日子。

让赵大良没想到的是,在自己去"业大"还不到两年,美术部主任顾三平竟然要调走了。据顾三平本人说,他要去区美术馆当副馆长。看来顾三平调走的可能性已经相当大了,赵大良知道顾三平是那种很有路数的人,没有把握的事他一般不会说。他一旦说了,就意味着事情已经办得差不多了。

区文化馆美术部主任,是真正的美术人并不怎么看在眼里的小官。但在对这个位置心仪已久的赵大良眼里,这却是个无比重要的位置。眼下突然就出现了这么一个难得的好机会,赵大良想,要是抓住这个机会,努把力,先当上副主任,目前在区文化馆也就算行了。以后有机会再当上主任,这辈子也就算行了。赵大良当然十分清楚,他目前这个说有就有、说没有就没有的"业大"教务处副主任,和名正言顺的区文化馆美术部副主任可是无法同日而语的。再说了,当美术部副主任还不耽搁赵大良搞自己的绘画专业呢。

虽然看上去可能性不大,但赵大良的想法也不是没有道理的空想。他对区文化馆美术部再了解不过了,顾三平这么一走,除了既不想当官也不想评职称的吕大神,剩下的人中,不仅老的老、小的小,而且有大学本科学历的人还真就没有了。这正是美术部青黄不接的关键时刻,如果这个时候能回到美术部工作,先当上副主任主持工作,有了资历以后,未来的主任位置也就非他莫属了。除非从外面调人，那就另当别论了。赵大良不想失去这个千载难逢的好机会。

为了这件事，赵大良好几宿没睡好觉。眼前真的摆着一个好机会呀，怎么运作一下呢？如今赵大良也知道凡事需要运作了。

想来想去，赵大良还是决定先给主管美术部的陈副馆长打个电话，从他口中透透风再说。赵大良这步走得很对，主管部门的副馆长这关的确是重要的。

赵大良在电话里说尽了好话，甚至把于玲如何瞧不起他这种家庭隐私也一五一十地说给了陈副馆长。

听了赵大良的掏心窝子话，陈副馆长很受感动。领导没想到手下的人在家里正受着这样的气，就在电话里说可以帮赵大良考虑考虑这件事。

当天晚上，赵大良就背着于玲，买了厚礼来到陈副馆长家表达谢意。

陈副馆长说："我说大良啊，都是一个单位的同事，你这是客气啥呢？"陈副馆长一感动，还在自家楼下的小酒馆请赵大良喝了酒，在酒桌上又说："大良啊，你的为人和水平我还是了解的，我这关肯定没问题，等顾三平一走，我一定马上就向一把手肖馆长力荐你当副主任。"

从小酒馆出来时，赵大良已经泪流满面了。"知我者，陈馆长也……"赵大良突然想起了电视剧《西游记》的主题曲：你挑着担，我牵着马……

之后，赵大良又找了主管"业大"的张副馆长，声泪俱下地说明了自己的意思。

张副馆长和陈副馆长的意见就有些不同了。张副馆长有两个出发点：一是从赵大良的实际情况出发，觉得赵大良不一定能行，回去也是白回去；二是从"业大"目前人手紧缺的现状出发，认为赵大良还是留在"业大"比较妥当，可以人尽其才。有些话，张副馆长还不好直说，就一遍一遍苦口婆心地劝他："大良啊，在我这儿干，不是挺好的吗？走啥呀走？"

赵大良就可怜巴巴地求张副馆长给他一次机会。

说到最后，张副馆长为了留下赵大良，还下一步可以给他扶扶正，提拔他当"业大"教务处主任。

此时已铁了心要走的赵大良哪里还在意"业大"的什么主任、副主任，就说："这次就算是上刀山、下火海，我赵大良也要试一次，您还是让我回到区文化馆美术部吧。"

最后弄得张副馆长很不高兴，他只好说："那就随你便吧，事后你别后悔就行。"张副馆长一向是个公私分明的人，赵大良丝毫不担心他会在一把手肖馆长面前说他的坏话。

赵大良就感恩戴德地紧紧握住了张副馆长的手。此情此景又让赵大良想起了电视剧《西游记》主题曲里的最后两句：敢问路在何方？路在脚下。

紧接着，赵大良应该趁热打铁再去找肖馆长才对。但赵大良在这里暴露出了他穷人的小气来，他不想再多送一份礼了。当然，也许赵大良送礼，肖馆长还不要呢。但赵大良在这里就是缺少了一个极其重要的环节，这也许是他犯下的致命错误。

要不咋说赵大良不适合当官呢，有些礼节上的事情他真的不明白。赵大良在升职这件事上太依赖陈副馆长了，连象征性地征求肖馆长意见的过场都没有。而此时最为不妙的是肖馆长正看陈副馆长不顺眼呢。肖馆长在一次中层干部会议上有过一次讲话，话里话外就曾流露出对陈副馆长的不满，只是没明说要把他拿下来。肖馆长原话是这样说的："有的人，总是自以为是，办事耍小聪明。我今年一共让他办了五件事，可一件事也没办明白。"在座的几位主任都知道肖馆长是在说陈副馆长，但谁也没把这话反馈给陈副馆长。所以陈副馆长一直不知道肖馆长对他已经有了成见，相反，陈副馆长还以为自己是肖馆长的得力干将呢。

接下来，就是由陈副馆长来具体运作赵大良的事。

馆务会上，陈副馆长说美术部缺人，想让赵大良回来，肖馆长并没有反对。赵大良本来就是美术部的人，又是搞油画创作的，回来就回来吧。

但后来等顾三平调走了，陈副馆长推荐美术部副主任人选时，情况就不一样了。陈副馆长越是力荐的人选就越是遭到反对，没有一个人为他帮腔。肖馆长说："最合适的人选是吕大神，但人家不干。大良还太年轻，也没画出啥大名气。"最后，馆班子研究决定提拔五十岁的老关（大号关德才，人送外号"关大忽悠"）当美术部副主任并主持工作。说老关虽然高中毕业没有大学文凭，国画水平也一般，但是他搞大型活动还是有一定经验的。再说了，老关毕竟年龄大，场面上的事能张罗，多少还能压得住场子。非常时期，用人也要不拘一格。

这样，赵大良就一度被悬了起来，又和原来一样了，仍然是美术部的普通一兵。"业大"那边也不好回去了，赵大良又什么也不是了。赵大良就像突然间丢掉了很多东西，那段时间里，他可真上了大火了，嘴角一直是溃烂的。

对当官很敏感的于玲很快就弄清了事情的本来面目，说赵大良啥也不是，净瞎胡整……

赵大良也清楚自己的媳妇儿于玲就是那种很势利的小市民，但他不能失去她，依他目前的水平，也只配娶这样的媳妇儿。失去她，赵大良连这样的媳妇儿也找不着。所以在大家的眼里，赵大良手里就像捧了个刺猬，却又一直不肯也舍不得放手。就像人们常说的那样：刺猬扎手是扎手，但那好歹是一块肉啊。

没当成美术部副主任这件事，使赵大良刻骨铭心般地尝到了一次鸡飞蛋打的滋味。同时，也使赵大良和于玲的关系走到了危险的边缘。

路在何方？此时的赵大良真是一脸迷茫。

第二十章　看清自己

常言道："做糖不甜，做醋可酸。"在赵二良去文化报社上班这件事上，罗大哥事后毕竟说了闲话，赵二良后来又经过几番周折，才得以正式上班。

"赵二良真是好事连连啊！不仅入了党，还有个漂亮对象，又找到了一份好工作。"在同学们眼中，赵二良绝对是个幸福的人。可实际上，他的处境并不是表面上这样美好。找工作的事就不说了，单说人人羡慕的漂亮对象吧，到目前为止，姜婷婷的家人并不待见他，也并没有认可他。姜婷婷她爸就曾当着赵二良的面说过："一个一心想种有机水稻的乡下人，能有什么大出息？上无片瓦，下无立锥之地。在省城没有房子就想娶我女儿？想都别想！"

姜婷婷她爸是个科长，赵二良去过她家几次，她爸从来没有想听他说话的意思。赵二良根本没有机会说自己的生活会好起来，也根本没有机会和她爸解释生活还有诗和远方。

去文化报社报到那天，一个中年人接待了赵二良，他就是文化报社策划部的潘主任。

"咱们这里是报社，在完成工作任务的情况下，也可以发展自己的特长。听说你还喜欢搞点儿文学创作？年轻人嘛，爱好广泛点儿是好事，哈哈……"潘主任谈笑风生，像唠家常一样把报社的规章制度向赵二良宣布了一遍。

"不过，在文化报社干文案工作可不同于文学创作，文学创作可以胡编滥造，文案工作可来不得半点儿虚伪。工作时间做不完你也可以带回家去做。你家离单位远不？"

"呃……不远，不远。"赵二良几乎被潘主任最后那一句给问蒙了。他哪有家呀？当初为了能被这个单位接收，自己才不得不撒谎说同城有亲大哥，大哥家有房子住。而实际上，赵二良这些天一直都在他同学的宿舍里寄居着呢。

"不远就好，不远就好，那你先忙去吧。"潘主任说。

后来赵二良才知道，办公室里除了他和几个后勤人员，其他同事的年龄基本都在四十岁以上。他差不多是这里最年轻、最没资历的，也是最没水平的。要他来，就是因为这里缺一个抄抄写写、收发跑腿儿的人。

不过，在赵二良不知道这些时，他过得还是很愉快的。他还在心中暗想：等我混出个样子来，一定带着姜婷婷回家乡去看看老叔，老赵家的后代已经成为城里的文化人了，已经今非昔比了……

两个月后的一天下午，赵二良接到姜婷婷兴冲冲打来的电话。姜婷婷在电话里说："二良，房子我给你租到了，一个月才二百块钱，多便宜呀！"

赵二良的月工资只有六百三十六块钱，每个月拿出二百块钱房租，剩下的四百三十六块钱只够买饭票，理发和洗澡都难了。但一想到有自己的小房住了，赵二良心里还是很高兴的，他能想象出姜婷婷笑起来时那两个漂亮的酒窝，就说："真的吗？在哪儿？"

"在荷花湖新村，是我同学的哥哥的同事的什么亲戚的，我也说不清，管他呢，反正租来了。"姜婷婷娇声娇气地说，"这回你可以安心地做你的文案工作啦。"

"明天就能搬过去，我把车都给你借好了。对了，今晚咱俩看电影去，听说美国片《乱世佳人》又重映了，一直没机会看，人家说这片子可好啦。五点半，老地方见，拜拜！"姜婷婷兴致勃勃的，声音春风一样来，又春风一样去了。

《乱世佳人》赵二良早就看过了。不过，好电影多看一遍也不是坏事。他最高兴的是姜婷婷为他租到了房子，这确实是一件好事。这几年城市的房子越来越难租，姜婷婷可真有两下子。赵二良想，这回他就不用流浪了，他和姜婷婷也有幽会的地方了……一下午他都是在一种无可名状的喜悦中度过的。

赵二良又掐着手指头算了好几遍，六百三十六块钱的工资里拿出二百块钱的房租，还剩四百三十六块钱，平时再写点儿稿子，日子还是能过得下去的……

所有人都下班走了，等待赴约的赵二良又看了下手表，才四点二十几分。他无所事事地用目光搜寻着窗外的鸽群，可经常出现在窗外的那群鸽子此时却没有在天空中飞翔。赵二良觉得它们的影子好像还在，竟然有滋有味地对着天空看了好半天。

快五点了，赵二良觉得该走了。他一边吹着欢快的口哨，一边擦亮皮鞋，理顺头发，披上大衣。

下楼，蹬车……

宽敞的街道，清爽的晚风……

看完电影出来后，姜婷婷显然被《乱世佳人》中女主角的不幸遭遇感染了，她一度沉默着，老半天才说了一句话："人这一生可真不可预测呀。"

赵二良不知道她说这句话时具体想到影片的哪一段情节，就安慰她说："电影和现实生活毕竟还存在着一定的距离，再说那是战争背景下的悲剧，现在是和平年代，那么认真干吗？"

"战争真可怕，要是在和平年代哪能有那样无法挽回的悲剧。那个女人真够可怜。"姜婷婷温柔起来，并把一只小手伸到赵二良的大衣兜里，说，"今天真冷。"姜婷婷娇滴滴地为自己的举动找借口，似乎天不冷她的手就不会放到赵二良的兜里。

赵二良这时觉得自己似乎是个巨大的港湾，而姜婷婷是那小小的渔船。他觉得姜婷婷已经是自己的妻子，或者就要成为自己的新娘了，一股难以言说的幸福感涌上心头。

赵二良和姜婷婷相拥着走在城市凛冽的风中，谁也不愿分开。在这一刻，他们似乎什么也不怕，什么也不缺，共同拥有着一片圣洁。赵二良由衷地觉得他与姜婷婷有种风雨同舟、患难与共的感觉。

他们徘徊在那条上学时就已非常熟悉的小道上，像一直在寻找着自己的家，尽管城市的寒风时刻在告诉着他们根本就没有什么家……

后来，赵二良驻足凝望起城市四面八方密密麻麻的小方块儿。那真是一片房间的浩海。那浩海是由无数个平凡的小房间组成的。许许多多的小房间让他眼花缭乱，深深浅浅浓浓淡淡的灯光正从那无数的小房间射向他，向一个无家可归者傲慢地炫耀着。然后，它们再把那些实实在在的倾慕汇集在城市深邃的夜空中。这么多小房间没有一个肯把他和姜婷婷收进去，似乎所有的房间都麻木着脸把他们远远地抛在外面不予理睬。此时，赵二良多么希望他能拥有它们当中最小最小的一个，哪怕只能容纳两个站着的人，让他能拥抱着姜婷婷温暖地享受一次宁静的爱情，使那爱情不会因来往的行人而中断，不会被街道上过往的车辆所打扰，也不会给那些暂时没有爱情的目击者以不良影响……赵二良深切地企望那浩瀚的灯海。

姜婷婷好像也看懂了赵二良的心情，她更加温柔地依偎在他的身上，一直放在他大衣兜里的小手也变得潮乎乎的。赵二良只能想入非非地握紧她的手，迎着从城市楼群缝隙不断袭来的野蛮十足的冬风，内心有一股躁动和膨胀……

赵二良和姜婷婷似乎都想到了他们常去的那条僻静的小街，那里有一棵很高的大赤松，那棵大赤松的后面很适合幽会。于是，他们的脚步就向着那个共同的目标迈进了……可是，两个和他们的处境差不多的恋人正热烈地占领着那棵大赤松。一种无形的失落感涌上心头，撕扯着赵二良的躁动和膨胀……

"九点半了……"姜婷婷终于说出了这句令赵二良无法接受又不得不接受的话，"时间太晚了，我得回家了。"姜婷婷的声音很软。

赵二良明知道姜婷婷早就该回家了，可他不知道为什么这样难以接受这个现实。他好像被姜婷婷温柔的话语给严重地伤害了。躁动和膨胀急剧化为愤怒和不满，同时，他也责问自己：难道你还想让姜婷婷在这寒冷的街上陪你一夜吗？

"你今天晚上去哪儿住？"走到姜婷婷家门口时，姜婷婷体谅而无奈地问了赵二良一句。

"再说吧,你快上楼吧。"赵二良尽力隐藏着他那莫名其妙的伤感,只有他知道自己内心是个什么样子。话虽这么说,可他心里却固执而无理地希望姜婷婷能留下来。他也说不清自己是怎么了,过去孤独留下的后遗症吗?他说不清,他明知姜婷婷不可能留下来,却寄予了极大的希望。好像他今夜不和姜婷婷在一起,明天姜婷婷就要在这个世界上消失了一样……

"要是你找不到住的地方就来我家,怎么也不能在外面冻一宿呀。别犯傻,反正明天就有家了,就这一个晚上咋也能过去,千万别在外面冻着,噢?"姜婷婷像看透了赵二良的心思,临上楼前又补充几句。

其实,姜婷婷应该知道,赵二良是绝不会到她家借宿的。赵二良的性格不允许他那么做。姜婷婷她爸一直因为赵二良家在乡下没有住房而不同意他们恋爱的事,赵二良能腆着脸到她爸的眼皮底下投宿吗?就是冻死,赵二良也不会去的。

想起姜婷婷她爸一直因为他条件不好而不同意他们恋爱的事,赵二良又心烦意乱起来。不过,他还是答应了姜婷婷,独自走向通往师大的街上,那种躁动和膨胀终于绝望地跌落了,心中弥漫着一种苦涩……

这天也许是上帝精心安排的,几个同学处正巧都没有空床了。赵二良就把最后的赌注压到省工会的老牛那里,老牛的集体宿舍放着四张床,通常只有他一个人住。

巧的是,老牛的对象刚好从家乡来了。赵二良敲门时,两个人正亲得火热。老牛在惊恐万分之后,红着脸向赵二良表示爱莫能助,老牛的大眼睛似乎在乞求赵二良别给他添乱……

赵二良连说对不起,装出一副极轻松、极不成问题的样子从老牛那里出来,说:"好办,好办,我再回学校看看。"赵二良明知宿舍门早已被守门的老太太锁死了。

这时已经是夜里十一点钟了,赵二良无处可去,只好在大街上漫无目的地转悠着。他有一股难以遏制的愤怒,不是因为老牛不让他留宿,他知道老牛有难处,而是因为他自己,他不能恨姜婷婷,也不能恨姜婷婷她爸……

在这个沉沉冬夜,为了使自己得到安慰,越二良想尽办法让自己在外面过得合乎情理。突然，他想到，何不去看一场通宵电影呢？不管怎么说，赵二良觉得这是一个聪明的选择。心中的火气顿时消了许多，就当今天晚上专门出来看通宵电影不行吗？

可是，他走过好几条繁华的街道，都没有发现放通宵电影的电影院。又走了几条街，仍没有。这时，赵二良才猛然想起来，今天既不是节假日，也不是周末，根本不可能有哪家电影院放映通宵电影。他的心情又变得恶劣，暗骂自己愚蠢至极。

街上的车辆和行人明显少了，路灯泛着白赤赤的光，使这个北国城市的冬夜更显凄凉。赵二良不由得在心里埋怨起姜婷婷来："还恋人呢，竟不能陪着我走一走，就忍心把我一个人扔在外面，自己躲到温暖的房间里做梦，这叫什么恋人……"

北风刺透了赵二良并不很厚的棉衣。他能到哪里去呢？他总不能站在大街上吧。花钱去住店？可又没带身份证，据说又在严打，弄不好被当作什么流窜犯扭送到公安局去，不行。对，去火车站，那里人多，在候车室的长椅子上过一夜还是没问题的。赵二良心里亮了一下，顶着北风，徒步向火车站走去。

路是漫长的，赵二良呼着白色气体朝火车站走着。有没有夜班公共汽车，他没注意。他觉得在这无奈的冬夜能走向一个明确的目的地，这件事本身就很不错了，再说，走的过程也同样是在消耗这漫长的冬夜。

然而，火车站的景象并不是他想象的那样。赵二良麻木着脸来到火车站巨大的候车室时，里面的人使他感觉更加凄凉，他们几乎都是无家可归者或暂时无家可归者。他因已冻得双脚生疼，才不顾一切地挤到一个长条椅子上坐下，别无选择地和污浊的人群共同呼吸着候车室内酸臭的空气，接受狼狈不堪的、困倦得扭曲了的面孔。

赵二良不知是从什么时候开始注视从对面椅子底下伸出的那只脏脚的。那是一个衣衫褴褛的中年男人的脚，脚上极不负责任地套着一只磨得发光的破翻毛皮鞋。从那只脚开始，他的目光延伸到椅子底下，能看到中年男人乱糟糟、灰涩涩的头发极散乱地伏在地上，油腻腻的袖口底下传出那种破罐子破摔的呼噜声……赵二良感到整个空间所有的浊气都是从中年男人那里弥散开的。候车室里神情最好的人，不过是那些坚持着没睡着的人，但目光都直愣愣的，让他联想到看过的小说中描写的那些难民……

稍稍温暖过来一些之后，赵二良再也无法坚持坐下去了。他感到自己实际上每天都和这些人一样狼狈，只是这些人表现得充分、真实，而自己却常把衣服洗干净，把皮鞋擦亮……比如，在刚才打算住旅店这个问题上，自己以没带身份证为借口，其实更重要的是他舍不得花十几块钱，而他却以巧妙的方式放弃了那种选择。他终于看清了自己，他就是一直以类似的方式隐藏着真实面目。

赵二良顿悟般突然看清了自己，可他宁愿没有看清自己。他后悔今天晚上来这儿，夜晚的火车站和白天的火车站有着巨大的差异，他怎么忽略了这一点呢……

赵二良是匆匆逃离火车站拥挤的候车室的。他宁愿在大街上挨冻，也不愿再忍受那些人、那些眼神、那些表情和那些令人窒息的评头论足……

时针已指向后半夜两点钟，强硬的西北风刮在脸上像针扎一样疼，星星也被冻得像打着寒战似的。为了保证不被冻僵，赵二良一直都在剧烈地运动，他来往奔跑于城市最宽敞的那条街上……

这一夜，赵二良好像从里到外经历了一次洗劫。这次深入骨髓的洗劫一直像阴云一样伴随着他后来的日子。

也许赵二良对生活和他自身的清醒认识就是在那一夜开始的。他至今都在怀疑，难道说一个夜晚真的能给一个人带来这么大的变化吗？

第二天搬家时，赵二良从头到尾都好像处于一种半麻木状态。他丝毫没有感觉到他原来设想中的那种温馨和幸福，反倒对生活更加恐慌。他尽量掩饰着自己消沉的情绪，尽量不让兴致勃勃的姜婷婷看出什么。

"哎？我忘了问你，你昨天晚上在哪儿住的？后半夜我睡不着觉还惦记你呢。"姜婷婷用审视的眼神盯住赵二良问。

"男生四宿舍。"赵二良平静地撒了个谎。

"有地方啊？"姜婷婷又问。

"没有，和同学挤了一宿，睡不着，看了差不多一夜小说。"赵二良越说谎，心里就越感到委屈，也就越气愤。他一向是个大大咧咧的人，这回不知怎么了，心中的气总是咽不下，而又不知道到底找谁去发泄。

"我说你眼睛怎么通红呢，看书也不能成宿看哪，以后可别这样看书了，听见没？"姜婷婷半警告半撒娇地说。

赵二良安装起台灯来，不再和姜婷婷说话。

过了一会儿，姜婷婷轻轻拍了赵二良一下说："不过，今天晚上你就有自己的小窝儿了。"说完还调皮地冲着他笑。

赵二良却一点儿开玩笑的心情都没有，就像仍甩不掉昨天夜里沉重的负载。为了不扫姜婷婷的兴，他还很富有牺牲精神地回了一句："这回我可不再是丧家之犬了。"话语间流露出来一丝苦笑。

姜婷婷不知道他的内心创伤，开心地哈哈笑起来："真有意思，堂堂中文系毕业生，竟能把自己比喻成狗，太有水平了！刚才我要是说你这回有个洞了，你不得变成小耗子呀，哈哈哈……"说完，姜婷婷笑得更开心了。

赵二良平时就不怎么爱笑，姜婷婷也没看出他是因为心情郁闷而不笑，又接着笑了半天……几乎是一边笑着，一边帮他把小屋收拾干净的。

赵二良的东西不多，绝大部分是书。姜婷婷把他那些大学四年省吃俭用买来的书一本本分类摆在书架上，又把剩下那些杂物分装在几只纸箱里。他们忙完已经是晚上七点多了。

这时，赵二良的肚子咕咕叫起来，他这才想起，他和姜婷婷连中午饭也没吃呢，就出去买回来一些罐头、香肠、面包、汽水等东西。姜婷婷真饿了，竟也和他一样，吃得狼吞虎咽。

外面已经一片漆黑。如果在昨天，赵二良一定觉得和姜婷婷是在天堂里了。在这宁静柔和的世界里，只有他和心爱的女友姜婷婷！两个人的世界，再亲密、再和谐不过了。这是多么真实、温暖的一个小房间呀！难道这不是他们昨天晚上站在大街上眺望的千千万万个令人眼花缭乱的小房间中的一个吗？他不是一直企望在这个城市里拥有一个能把自己和姜婷婷收容进去的小房间吗？可眼下，赵二良好像突然变成了另外一个人。他甚至不想碰姜婷婷的手一下，不知为什么，他连伪装都不肯了。过去，他是多么希望和姜婷婷单独在一起呀，愿意不知疲倦地紧紧拥抱着姜婷婷！在大街上，在公共汽车上，在任何他和姜婷婷同时出现的公共场所，他都打心里希望能拥抱着她，可那些时候他不好意思那样做，别人用锐利的目光监视着他，像保护着姜婷婷，他怎敢对抗那睽睽的众目？

而在这柔和的晚上，静谧的小房间里，只有赵二良和姜婷婷两个人，姜婷婷又是那样温柔多情。他能从姜婷婷的眼睛里读到她在希望他那样做，可他却像突然变成了一个呆子。

赵二良漫不经心地翻着一本厚书似看非看，像在等待姜婷婷随时提出：时间不早了，我得走了。他自己也大骂着自己："我他妈到底是怎么了？就因为昨天晚上的事？还是男子汉呢，太没有肚量了吧！"但赵二良还是无法从行动上说服自己，仍漫不经心地翻着手中的书……

那天晚上，姜婷婷是不很愉快地和赵二良告别的。

"那我走了，你挺累的，早点儿睡吧，不用送我了。"姜婷婷看上去挺委屈，但她不会对赵二良说明她为什么委屈。难道能说因为男朋友没有拥抱她、没有亲吻她，她就生气了吗？这话对一个女孩子来说实在说不出口，任何一个正常的女孩子都不会把这当成生气的理由对男朋友讲出来的。可是，没有别的原因，姜婷婷气哄哄地走了，绝对没有别的原因了。

那天晚上，赵二良的胸口闷极了，说不出当时的心情。当他意识到姜婷婷已经生气了，企图补救但已为时过晚。赵二良沉默着送走姜婷婷，回来后独自坐在椅子上好久，心里像让什么给抓着似的……

赵二良有了小屋之后，姜婷婷并不像他之前想象的那样常来。这也许与他那天突如其来的冷漠情绪有关。姜婷婷好像让赵二良那天制造出来的凄凉吓怕了，或者姜婷婷就是要以冷对冷制裁一下他。姜婷婷一共就来过他的小屋两次：一次是帮他搬家；另一次是有个同学找不到他，就找到了姜婷婷，姜婷婷把那个同学送到他这里来了。

赵二良和姜婷婷之间也不像从前那样没事开开玩笑了，毕业后不到一年，他们像都长了好几岁。姜婷婷不像以前那样轻视金钱了，当她看到赵二良每个月都要交付二百元钱的房租时，也很有感慨地说："工资的三分之一没了，人活在世上太难了。"姜婷婷没再说过二百元钱的房租便宜。

生活也许就是这样一点儿一点儿向每个人展开的，生活本身并不浪漫。每次，赵二良从工资中拿出将近三分之一去交付房租时，他的心理负担都在无形中加重一次。对全部工资只有六百三十六元的他来说，生活确实不好再谈潇洒。交完房租，每个月还要交水费、电费、煤气费等，他穿什么、吃什么？还能陪姜婷婷出去玩吗？这些，赵二良从来不敢认真地去算、去想，他尽量回避着它们。在这种烦躁的状态下，他即使有时间，也根本没有心情写小说。这一点，姜婷婷也观察到了，她不像从前那样督促赵二良好好写小说了。也许姜婷婷也意识到了，生活不同于小说，人不能只生活在小说中。

那段时间，赵二良不止一次地幻想：如果父母在这个城市该有多好，老叔在这里也行啊！

在赵二良最困难的时候，老叔从乡下给他寄来五百元钱。他并没有向老叔要过钱，也从未向老叔透露过自己的困境。不知老叔于千里之遥怎么知道了他侄子的艰难，老叔又是怎么知道他的地址的呢？赵二良一直唯心地认为，这是一种特殊的骨血感应。收到老叔的汇款时，他心里不知是一种什么滋味。想起老叔刚毅的脊背起伏于炎炎烈日之下，赵二良禁不住流出热泪。老叔无声的援助竟让他感到一种莫大的耻辱和自责。赵二良从小到大不知花了老叔多少钱，可他头一次在心灵深处下了这样的决心：老叔，您的恩情，当侄子的一定会报！

这一切赵二良都不好让姜婷婷知道。他常无缘无故地发火，姜婷婷自然无法理解。

有一次，赵二良终于把姜婷婷惹火了，姜婷婷头一次对他说出这样一番话："我图啥呀？家里不给我好气受，你又这么喜怒无常地折磨我。你到底哪里好哇？上无片瓦，下无立锥之地……"

姜婷婷一番实实在在的肺腑之言却激起了赵二良正欲喷发的怒火："对呀，你说得对，你说得太对了！你今天不说我也正想告诉你呢，我要啥没啥，一无所有！你看不上我就算了，趁早去找个有钱的主儿吧！"赵二良的驴脾气上来了，他不知道自己在这个问题上为什么这样敏感，也许因为自己真的穷？在这个问题上，他的神经已脆弱到极点，经不住一点儿风吹草动。

赵二良一直认为姜婷婷很天真，还没有设身处地体验到自己的真实处境，他一直害怕姜婷婷也同他一样看清自己的窘态。赵二良没想到姜婷婷会说出这样一番话，句句命中他的自尊心和虚荣心，他感到自己彻底地被她击碎了。

姜婷婷气得脸煞白，喘了半天粗气后才说："你以为我找不到有钱的吗？你以为世界上没有既有钱又有文化的男人吗？你以为只有你一个男人活得高尚吗？你以为你有什么了不起吗……"

姜婷婷头一次这样很不尊重地和赵二良说话，这让赵二良感到极其陌生。难道这是两个相爱的人在谈话吗？别扯了，世界上根本就不存在什么真正的爱情！

"姜婷婷，要不我们分手吧，过这样的日子，我还不如回家和老叔种水稻呢！"赵二良竟像狮子一样吼了起来。

赵二良觉得姜婷婷一定会哭，但她却没有哭。姜婷婷冷冷地望着他，好半天，她猛然转身，头也不回地走了。姜婷婷走得那么有力，那么坚决。如果说刚才她说的话是出于一时冲动，但她离开时前前后后的一系列动作却十分冷静。

赵二良茫然地望着姜婷婷渐远的背影，开始后悔了，真想屈尊一下，喊回她，可怎么也喊不出声来，他的胸口像被什么破烂东西堵住了一样。

赵二良没想到，姜婷婷从此竟真的和他分手了。

连赵二良自己都不敢相信这一切是真的。和一切有价值的东西毁灭的结果一样，不管那东西产生的过程有多么复杂，多么不容易，毁灭到只剩下结果的时候都是一样的简单。没有了，分手了，和满是心血的细节相比，最后的结局简单得令人窒息。赵二良把满腔热血都倾注在了姜婷婷身上，如果能用某种测量爱情的仪器透视姜婷婷，肯定能看到无数个真诚的赵二良，而姜婷婷就这样义无反顾地带着那些个他走了！

于是，从前的大街小巷、从前的绿水红船、从前的林荫踏青、从前的风来雨去……只能在记忆中化为平静的雕塑。只有那个"瞎掰"好像总不死心，常在午夜时分固执地怂恿他去梦想破镜重圆。

不久，赵二良就听说姜婷婷她爸给她找了一个既有钱又有才的男朋友。赵二良相当长一段时间心里极不是滋味……他一度想把那个心爱的"瞎掰"要回来，可是他一直没有再见到姜婷婷。

没过几天，赵二良就搬出了姜婷婷为他租的那个小房，他在郊区又重新租了一个。这样，赵二良上班没多久就变成了一个心事重重的单身汉。

第二十一章　疲于奔命

不知赵有才回金稻村是怎么吹嘘的，金稻村的乡亲们一致认为赵大良在省城当着文化干部，赵二良在省城当着新闻记者，在省城办点儿什么事都不成问题了。小时候给过赵二良白肉吃，又借给过他学费的金快手口口声声说对他有过恩情。金快手相中了省农机局新到的一种手扶拖拉机，但自己手上没有那么多钱，就想让赵二良帮着走后门儿赊一台。金快手不顾老叔劝阻，直接挎着一筐鸡蛋杀到省城来了。

乡里乡亲的，赵二良虽然不喜欢金快手，但还是让大哥做通了大嫂于玲的工作，安排他住在了大哥家，好吃好喝好招待，每天晚上还要炒上几个好菜，喝上两杯好酒……

费了好大劲，赵二良总算打听到了大学同学孙福强在省农机局给局长当秘书。孙福强上学时和赵二良的关系并不算太好，可为了偿还金快手的人情，赵二良还是硬着头皮去求了孙福强。

这天，赵二良第一次低三下四地去找孙福强，去找他从来都没看得起的那个同学，想为金快手赊一台手扶拖拉机。金快手为了办成事，又把从金稻村挎来的那筐鸡蛋重新挎了起来，非要同去不可，赵二良也只好同意了。

金快手在孙福强面前点头哈腰的样子让一向极度自尊的赵二良很是痛苦。因为上大学时赵二良是学生会干部，而孙福强就是个"二混子"，两个人一直都很对立。仍然没啥水平的孙福强一脸严肃、一嘴官腔，好说歹说最后总算给了赵二良一个不小的面子，答应破例赊给金快手一台手扶拖拉机，但秋收后得马上付钱。又是签字又是画押的，整个过程中，孙福强家娇生惯养的小泰迪狗一直在很没有礼貌地乱叫着……

很长时间以后，赵二良能淡化大学同学的羞辱，但始终无法淡化来自那只小泰迪狗的羞辱。更让赵二良心酸的是，过后金快手不仅没对赵二良表示任何谢意，反倒跟赵有才说："那台手扶拖拉机可是买贵了，没过半年就降价了，买得不合适，还白瞎了我一大筐笨鸡蛋。唉，看来你家二良子只会念大书，论做买卖还是不行啊，那赶似的了！"

最后，还是老叔说了句公道话："你不是提前用了半年了吗？多打了好几千斤稻子咋不说呢？"

还有一次，活龙镇俞站长的外甥参加高考，分数不太高，在可上可下之间。俞站长不光是赵有才的伯乐，当年赵大良找工作时还帮忙牵过线呢。赵有才就让俞站长给赵二良打电话，看看赵二良能不能帮忙找找人。俞站长在电话里说："市场经济，我都明白，办事都得请客花钱什么的，这些都不是问题。"俞站长让赵二良把该花的钱先垫上，必要时他马上就带钱过来。

刚入社会没两年的赵二良自己都朝不保夕，怎么有决定另一个人能不能上大学的能力呢？但俞站长的电话打来了，没办法也得想办法。可怜巴巴的乡下孩子达到大学的录取分数线不容易，赵二良就和赵大良找了很多老师和同学，通过人托人，人再托人，最后总算求爷爷告奶奶把事给办成了。不算欠下的众多人情，赵二良和赵大良光是现金就花了三千多。

不久，俞站长真的感恩戴德地带着钱来到了省城，到学校看完外甥，还要顺便看看省城新开发的主要景点，赵二良和赵大良就又跑前跑后地接待了他好几天。如果不是吃住在赵大良家，还会花掉更多的钱。

临走时，俞站长自觉很大度地甩给赵二良和赵大良两千块钱，说："让你们哥俩费心了，今儿个高兴，就多给你们拿点儿吧。我就不另外给孩子买东西了，剩下的钱你们哥俩给孩子买点儿啥得了。"

俞站长的举动让当时月收入只有六百多块钱的赵二良有种被噎住的感觉。他和大哥面面相觑了好半天，才不得不把那两千块钱接了过来。事后，他们哥俩只好每人又凑了六百多块钱还债。

接下来又经历过很多事以后，赵二良和大哥才终于理解了俞站长，同时他们也明白了一个道理：省城里的他们和金稻村乃至活龙镇的穷苦乡亲们对"请客"和"花钱"的理解是不同的，那绝对是天上和人间两种不同的概念……

就当他们哥俩救助了一个穷困的乡村大学生吧！

过了好长一段时间，他们哥俩才把这笔债务还清了。这件事让于玲相当不高兴，一有花钱的事就挂在嘴上。

赵二良幸运地来到文化报社，按理说应该珍惜机会好好工作才对。可是连他自己都没想到，上班没多久，他就暗暗打起了跳槽的主意。赵二良并不是觉得做文案工作有啥不舒服，只是觉得大学中文系四年的书像是白念了。同样是从事文字工作，给别人做文案和从事自己爱好的文学创作可是截然不同的。赵二良不想让自己学了多年的专业白白地荒废掉。而他现在费了好大的劲，才勉强挤进文化报社，就是来天天做文案的，就是要把他多年来所学的文学专业一下子全部荒废掉。

好在赵二良不久又有了一个新的发现：文化局下面有一份叫《文化传播》的文学杂志，到那里当个文学编辑，业余时间又能搞搞自己爱好的文学创作，还是挺好的。对呀，找机会跳槽吧！不是说树挪死人挪活吗？赵二良就很想到《文化传播》杂志社去。他的这种想法并非不现实，《文化传播》杂志社毕竟是同一系统的一个基层单位，在中国人的理念中，从上面到下面去还是相对容易一些的。

为了留给领导和同事们一个好的印象，赵二良来文化报社上班后，工作还是非常卖力的。对曾担任省城师大中文系学生会宣传部部长的赵二良来说，给领导们写不需要多少文采的讲话稿，不是什么太困难的事。这样，赵二良在文化报社暂时就成了一个有奋斗目标的人，仍旧是一个同事们印象中很有理想、很有抱负、很想进步的好青年。

单位里，宫海生是赵二良唯一能说点儿心里话的朋友。一次闲聊时，宫海生对赵二良说："虽然咱们都是有理想的人，但也得学会审时度势。要想在文化报社混下去，你就必须得机灵点儿。"

说到底，赵二良这种小人物总是左右为难，表现太好会遭人嫉妒，表现不好会被说不行，总是不可避免地处在尴尬位置。就算知道自己这种处境也毫无办法，因为自己根本没有能力改变自己的命运。能够做到的只有时刻给自己提个醒，还是小心点儿吧！

有时，赵二良真想马上就去《文化传播》杂志社，可手握生杀大权的潘主任总是不冷不热地说着场面话。那些看似有理有据的话，如同无数个看不见的枷锁，牢牢地套在赵二良的脖子及四肢上。

坐在办公桌前，赵二良每天面对的是一大堆材料和文件。他每天的工作就是要根据这些东西，按照潘主任的意思，给报社的活动做文案。赵二良不知道小小的报社为什么总要做活动，而且总是要求做出不少于八千字或者一万字的文案，有时甚至更长。

赵二良觉得如果再这样下去，他就要被那些讲话稿淹死了。为了拯救自己，有些天他忙完工作就强迫自己拿出文学作品来看，试图以此来激发自己以前的写作热情。在赵有才的长期要求下，赵二良从前是有写作习惯的，现在不得不在潘主任面前伪装成没有那种"不良习惯"的人。日子久了，写作习惯就真的不见了。

相比之下，赵二良更爱看有关水稻种植技术的书。每天早晨上班，赵二良都出来得很早。他骑着自行车从在市郊租住的房子出发，到了市区就要下来推着自行车走上一段路。赵二良并不喜欢看琳琅满目的橱窗陈列品和街头穿梭不停的各种豪华轿车，他想利用早晨这段宝贵时光看一些关于水稻种植技术的书，也相当于换换脑。

由于每天早上都能专心看上一个小时左右的"换脑书"，赵二良就了解到了更多有关水稻种植的新知识——

水稻虽然喜湿、喜热，但是它的适应能力还是很强的。这种古老而又年轻的农作物，在世界各地都被广泛种植。在中国，水稻在不同地区均有种植，不同的地区有不同的自然环境，水土气候也各不相同，水稻的种植品种、熟制也就有所不同。因此，各地水稻的亩产量就不一样，不可一概而论。

东北的气候四季分明，夏季高温多雨，冬季严寒。也正因如此，东北水稻从播种到收割必须在夏、秋两季完成。同时，东北只能种植单季水稻，最迟要在五月份插秧，只有这样，才能保证水稻在生长期间所需的充足热量和水分。东北夏季时间较短，所以种植的水稻只能是早熟品种。为了保证五月份水稻插秧，农民得在三月份左右进行大棚育苗，这正是科学技术在农业方面的具体应用。好在东北是雨热同季，这一点对种植水稻也至关重要。

到了20世纪60年代，我国的水稻种植技术还没有得到根本性的改进，水稻的亩产量依旧很低。为了解决我国这个人口大国的吃饭问题，改进水稻品种、增加水稻产量就成了亟待解决的重大问题，转机出现在20世纪70年代……

国庆节前一天，还剩五分钟就下班了，潘主任急匆匆地来到赵二良的办公室。赵二良和宫海生刚铺上棋盘，棋子还没来得及落下，见潘主任进来，两个人都僵在那里。赵二良和宫海生没想到已经出门的潘主任能在这个时候突然杀回来。

潘主任在屋里走了一圈，表情非常严肃："没下班就玩，这哪儿行啊？"

赵二良和宫海生就露出一副尴尬的表情，要把围棋收起来。

"都铺上了，就别收了。"潘主任又突然间笑容可掬起来，"年轻人，谁都愿意玩，以后再玩可得等到下班以后，这影响多不好？今天就这么着吧。"

赵二良和宫海生觉得潘主任这人还是挺通情达理的，就很感谢领导，说以后注意。

潘主任还和蔼可亲地站在桌旁看着他们下围棋，见赵二良很随便就按上一个黑子，还半开玩笑地问了句："赵二良，你会不会下呀？看电视上的围棋选手下一个棋子有时候要想上好半天呢。"

轮到宫海生落子了，他像是在故意配合潘主任，煞有介事地举着白棋晃来晃去，寻找着最佳位置……

"对，得想一会儿再落棋子，这才像下围棋的样子。"潘主任笑着点评之后，又恰到好处地布置给赵二良一项工作，"对了，小赵，我这有一项临时工作要落实给你。国庆节后，局里要召开工作总结报告会，得把我们单位一年来取得的成绩拢一拢，在会上谈谈。我看这样吧，今天你就尽情地玩，玩到几点我都没意见。国庆节休息这几天，你挤出点儿时间来，写个万儿八千字的稿子就行。这也是检验你水平的时候，你是咱们师大中文系的毕业生，我看不会有啥问题。给，这是咱们单位一年来的工作业绩材料。"

这时，赵二良才注意到，潘主任一直背在身后的手里还掐着一个鼓鼓溜溜的文件袋呢。

潘主任把文件袋放在赵二良的桌子上，说："你们玩吧，我得走了。不过今后要注意，可不能没下班就开玩。尤其是宫海生，还是科长呢！"潘主任半真半假、半严肃半开玩笑地说完后就出去了。

宫海生伸了一下舌头，暗作苦相。确认潘主任走远后，宫海生才说："你宫哥我要是不会下围棋，今天非得和潘主任顶起来不可，那可就是拿鸡蛋碰石头，彻底坏菜啦，啥事都得三思而后行……"

既然是领导布置的工作，赵二良又有什么可说的呢？他只是觉得潘主任应该配个秘书才是。赵二良顶讨厌临时被抓住写材料这类事。这段时间，他连小说都没写，却像被抓壮丁似的写这种令人头疼的工作总结，心中有一百个不愿意。但赵二良又实在不想让领导说自己没有水平，要写就得写好。起码，他不想给中文系大学生丢面子，更不想给母校抹黑。

心中有事的赵二良国庆节这天也没过好，同学结婚闹了整个白天，看来潘主任要的工作总结只能指望晚上了。整整一夜，赵二良都在翻阅那些乱七八糟的业绩材料。

更可恨的是，酒后的赵二良一直不能将杂乱无章的业绩材料理出个头绪来。直到天亮，他才前言不搭后语地写了十几页文字。连他自己都觉得驴唇不对马嘴，潘主任能满意才怪呢。赵二良也说不清自己这次为啥这样无能，难道就把这十几页不知所云的文字交给潘主任吗？潘主任看后肯定要大骂省城师大中文系的毕业生啥也不是！还是学生干部呢！

"我没写行不行？对！我没写。我没写你不能说我没有水平吧？"赵二良心说。他不想给母校抹黑。第二天，在楼下包子铺吃早饭时，他暗暗地做了决定。

国庆节后一上班，潘主任就找赵二良要工作总结。在办公室里，潘主任脸上的笑容瞬间转化为怒容的全部细节，赵二良都看得一清二楚。赵二良连说："对不住了潘主任,实在对不住了潘主任……同学结婚时我喝多了，都怪我这记性不好啊！这么大的事我咋给忘了呢？"

潘主任气得把桌子拍得山响："这怎么能行呢？安排的工作都完不成，现在的年轻人咋这样？就这还想提干呢？可真够呛啊！"

潘主任那天的总结汇报肯定是应付过去了，因为那天潘主任开会回来还拎回个奖状呢。不过，赵二良觉得潘主任肯定因为这事恨透了他。

然而，事后潘主任对赵二良的态度一点儿也没像他想象的那样，和以往没什么不同。有时，潘主任还故意和赵二良开开玩笑。潘主任的宽宏大量使赵二良反倒觉得自己像个小人，大有对不住潘主任之感。这件事之后，赵二良对本职工作的态度日渐认真起来。

不过从那以后，潘主任也没再提起赵二良提干和晋级的事，分配给他的活却越来越多了。本来满怀希望要改善处境的赵二良，觉得自己越来越像个无关痛痒的存在。

白天太忙，利用晚上下班后的时间看看书是个不错的选择。赵二良就把出租房里的好书都搬到办公室里来。下班后，他也不急于马上回去，反正回去也是一个人，看会儿书再回去不是一样吗？还能躲过下班时的车流晚高峰。有时，好书是会令人爱不释手的，赵二良实在饿急了，就跑到楼下的食杂店买个面包、火腿肠什么的,再跑上来边吃边接着看。很多情况下，赵二良都是一边看书一边解决了晚饭。这样做的好处是，赵二良能多看一会儿书。常常是直到睡觉前，他才骑着自行车回到郊区的住处……

后来，赵二良还为自己制订了一个读书计划。他把要看的书分别放在三个小抽屉里，而把单位的文件、信函、通知、总结一类的东西放在下面的大柜里。一有空闲，他就可以随便拉开一个抽屉,翻看他想看的某部作品。

但在规定的上班时间，赵二良的读书效果并不理想。每当他全身心地投入一部优秀的文学作品中，领略那妙趣无穷的艺术之美时，总是被来自四面八方的干扰打断。有时是收发室的人来送当天的报纸或信件；有时是隔壁办公室的人来喊他接电话；有时是别的处室里的人坐累了到他办公室来闲聊；而更多的时候则是潘主任突然急三火四地走进来，给他布置新的无比重要的工作任务。

文化报社不同于一般的事业单位，容不得任何人开小差。如果有人知道你利用上班时间阅读与本职工作无关的文学作品，一定会很快反映到上级领导那里去，事后就会有人说你不务正业，起码要说你用公家的时间干了自己私人的活儿。

赵二良曾领略过报社人那可怕的"同情"，有了些经验的他决定不再让任何同事知道自己在做什么，包括和自己最要好的同事宫海生。

赵二良读着抽屉里的文学作品，每天都像在打游击战。准确一点儿说，他就像在光天化日之下行窃。所以天长日久，赵二良的精神状态都受到了影响。又由于经常被各种突发情况打扰，没人来的时候，赵二良也要经常神经质地停下来四处张望，观察有没有人可能突然来到自己身边。有时，就像打入敌人内部的一个地下党。

说来也怪，就像老天有眼，赵二良每次都能成功地躲过同事们的视线，顺利地从正看着的文学作品中脱离出来。时间长了，赵二良就像拥有了这样一种偷读本能，他就算看书看得再投入，也能提前判断出有人要来了。

渐渐地，赵二良还恢复了一点儿在大学读书时养成的写作习惯，多多少少地还写出了一点儿东西，偶尔会有小说、散文等作品在省、市级的报刊上发表，也就偶尔能被一些看报纸的同事看到。

潘主任看到后，总是不咸不淡地说："这年头儿，小说、散文什么的比从前好发多了，写东西的人越来越少，发东西的报刊却越来越多。市场经济时代，过去那种浓厚的文学氛围早就被冲淡了，现在在报纸杂志上发表个作品可比我们那时候容易多了。小赵啊，你文笔好，这都很正常。但可别太认真喽，咱们都是凡人，写不出世界名著的，主要还是得干好咱们的本职工作……"

赵二良也就没太认真地笑了笑，心里说不出是一种什么感觉。

新年聚餐，赵二良借着酒兴，把本来需要三个人干的活儿，一个人接了下来。同时做三个文案，真是不做不知道，一做吓一跳。

赵二良工作到后半夜时，不知是酒醒了，还是写累了，怎么也做不下去了。简直就是要命啊！实际操作起来可比赵二良想象的难多了。当时怎么就没想到呢？一时冲动怎么就都接下来了呢？为啥不留给潘主任一份呢？赵二良后悔极了。

为了有个良好的写作环境，赵二良第二天上午就转移到办公室来了。假日里的文化报社和平时大不一样，除了值班室里的老翟头儿，就没有别人了，很适合一个急得焦头烂额的人赶稿子。就这样，赵二良新年的三天假期都是在办公室里度过的。他三天做了三个文案。

在这三天超强度工作的空隙里，烦躁不安的赵二良第一次注意到了城市的一大风景——烦躁不安的车流……

赵二良本来已经渐渐淡忘了金稻村黑土大地上的辛苦日子，但在文化报社不如意的生活却让他时常陷入回忆。这样的日子正好能勾起那些如烟的往事，使他回想起亲爱的老叔……

第二十二章　挣点外快

　　赵二良虽然早就想跳槽，可是一直没有跳成。一年以后，赵二良只是把助理编辑前面的"助理"两个字去掉了。
　　不知为什么，赵二良的活儿没少干，却没能得到相应的待遇。潘主任在说他有才的同时，一直也没忘记说他不务正业。直到现在，潘主任仍然时常半开玩笑地说："其实赵二良的文案多数情况下做得也就一般般。能力是有，就是不太上心，整天就想着鼓捣自己的小说和报告文学。"
　　时间长了，赵二良多多少少还是感觉到些什么，明知潘主任是在有意压制他，也不好说出来。其实，赵二良一点儿野心都没有，他只想在文化报社当个普通的编辑，有时间搞点儿自己喜欢的文学创作，就挺好了。白天，尤其是在阳光明媚的日子，赵二良从来没有睡午觉的习惯。他常常想起远在金稻村的老叔，老叔的"良心稻子"种得还好吧？但愿他今年能有个好收成。赵二良也经常想起老叔的"瞎掰"，经常想起姜婷婷……
　　正在赵二良经常想起姜婷婷，尤其想把老叔的"瞎掰"要回来时，好心的宫海生突然打来电话，说要给赵二良介绍个对象。宫海生在电话里说："咱明天上午就到文化广场去和女方见一下面。二良你好好收拾收拾，最好事先去洗洗澡、理理发，尤其要刮刮胡子。"宫海生办事一向很认真。

赵二良觉得宫海生一直对自己不错，他又是985大学历史系毕业的高才生，眼光也能靠谱，就满心欢喜地答应了。

不知为什么，又不是第一次有人给自己介绍对象了，但赵二良竟突然紧张起来，一夜都没睡着觉。他有一种预感，这回自己有可能真的要成家了……

第二天要见面时，赵二良仍然是慌慌张张的，思维方式也变得古怪起来，心里不时地在想：不能再这样下去了，自己是不是人们常说的那种高不成低不就的"老大难"呀？找对象又不是选美，差不多的就行了。

在约好的咖啡厅见面时，赵二良发现女方竟然是姜婷婷！

这个宫海生啊！赵二良没想到他会这样用心良苦地为一个同事着想。

赵二良的心底第一时间就涌起了一股久违的暖流，心想：其实姜婷婷这些年的处境比自己难多了，她一定是顶着家里的巨大压力再次回头的……

这样想着，赵二良的心柔软起来。姜婷婷说得对，每个人活着都不容易，都是在苦苦求索中，自己以后一定要好好对待这个饱受煎熬的善良女子。姜婷婷她爸的想法也是可以理解的，天底下哪个当父母的不希望自己的女儿嫁给一个条件好的男人呢？

两个人相处时，赵二良说了一大堆好听的话，最后还半开玩笑地说："婷婷，咱看在心爱的'瞎掰'面上也不能分手啊！是不是啊？"

姜婷婷也半开玩笑地说："我真是看在那个'瞎掰'的面上才回头的……"

两个人年龄都不小了，这年新年刚过，磕磕绊绊重新走到一起的赵二良和姜婷婷登记结婚了。好在最关键时刻，就算姜婷婷她爸不太满意赵二良做自己的女婿，但他还是给女儿提供了半套房子当嫁妆。之所以说是半套房子，是因为房子是个插间，两家住在一起，共用一个厨房，共用一个卫生间。虽然那只是个插间，共同出入一个房门的对门又是四口之家，但对本没有房子结婚的赵二良来说，这已经非常不错了。一个上无片瓦、下无立锥之地的城市外来人，突然间有了一个自己的小房子，这让事事不如意的赵二良一度沉浸在幸福之中。

对门的人家姓张，张大爷和张大娘老两口带着儿子张石头和女儿张花朵一起过。有时做好吃的（多数情况下是饺子），张大娘都要给他们端过来一碗，说给两个孩子尝尝，两家人表面上相处得还算融洽。

由于生活压力太大，两个人一直没有条件要孩子。直到结婚十年后的年底，姜婷婷意外怀孕了，两个人才生了宝贝女儿小悦。赵二良白天去上班，晚上回来还要照看小悦，抽空还得写点儿换钱花的企业宣传稿，也有人管那叫报告文学。赵二良突然觉得日子过得越来越紧凑，更没有回老家金稻村的机会了。

赵二良开始并没觉得两家住一套房子有啥别扭，他的别扭感是从小悦出生后才开始加重的。随着小悦的成长，赵二良突然感到他们的生存空间变得狭窄了。

赵二良早在金稻村时就听到过民间关于"四大别扭"的说法，说是"扛铁锅，走斜坡，背大肚子，上错车"，没想到城市里也有对"四大别扭"的总结，说是"同行俩美女，遇上好哥仨，隔墙蹲厕所，一屋住两家"。早上起来等着上厕所虽然尴尬，但还是能克服的。都是大人了，大家都客客气气地谦让着。无法调和的是日常生活中那些无处不在的细节。由于两家人的作息时间不同，张石头经常在单位加班，有时半夜回来，有时凌晨才回来。上了一天的班，人家回来后总得吃点儿饭吧，就会弄得厨房叮叮当当响上一阵子。大人好说，就算被惊醒了好梦，翻个身还可以接着睡。小悦就不好办了，本来睡觉就费劲的她，好不容易睡着了，这时就会睡意全无。伴着对门不好意思的道歉声，小悦哇哇地哭闹起来。有时，竟要一直哭闹到天明……

这样的日子长了，赵二良就非常想有一套只属于自己一家的房子。为了改善居住条件，赵二良的业余时间从此变得格外珍贵起来，他开始四处奔波，为个体老板写过人物传记，为文化报社拉过广告，还为一家企业当过企划经理……

赵二良就是在这个时候认识许广明的。据许广明自己说，和赵二良所在的文化类小报不同，他可是综合大报《都市晚报》的副刊记者。有时候，许广明会让赵二良陪自己去某个厂家为报社联系广告。时间长了，赵二良对许广明的日常业务也就不太陌生了。

据许广明说，他是985大学中文系新闻专业毕业的。许广明油嘴滑舌的言谈确实像一个搞新闻工作的，但他说话时常犯的明显的语言文字错误却与985大学中文系毕业生的水平相去甚远。比如"毫无没意义"呀，"不甚入耳"呀，"如火如荼"呀，等等，类似的还有很多；再比如"参差不齐""尴尬无比""联袂出演""时光荏苒"等常见词语，许广明都经常读错。赵二良觉得许广明不太像正规大学中文系毕业的，文字基础明显太差了。但这也不好说，这年头儿，大学生之间的差距有时也是相当大的。哪怕是同班同学，好的还能给差的当老师呢。赵二良无心去考证许广明是不是985大学中文系毕业的，985大学中文系毕业的多了，潘主任也是985大学中文系毕业的。他心想：你愿意哪儿毕业就哪儿毕业吧，我又不是你的社长，关我什么事呢？

看样子，许广明通过为报社拉广告赚了一些提成，进进出出总是坐出租车。旁观许广明办事也可以看出来，他确实是个精明人。比如大家都知道，到企业去拉赞助并不容易成功，许广明却经常能得手。一般情况下，许广明很少主动找总经理或厂长提钱的事，总是说能帮人家办些别的事，把总经理或厂长处成了"哥们儿"，最后总经理或厂长碍不住面子，只好出些钱做点儿可做可不做的广告。许广明也从来不做一锤子买卖的事，每次都要给总经理或厂长一些"实惠"，除了企业应得的利益，还要给总经理或厂长个人足够的回扣。逢年过节的，有时还给寄张贺卡什么的，东西虽不值几个钱，却能弄得人家心里热乎乎的。你要实，他就装得比你更实；你要虚，他也能比你更云里雾里。

许广明对别人说话爱撒谎，赵二良不想干涉，也无权干涉。他只是觉得许广明对自己说话还不算太离谱。最起码，赵二良觉得他还是能说些实话的，这也是他能和许广明长期往来的关键所在。

这一回，许广明把赵二良领到一家小酒馆，说这里物美价廉，老板娘和蔼可亲，还说今天有中超联赛，他们可以在这里边看足球边喝小酒……

由于酒喝得很到位，许广明就在酒桌上和赵二良说了他最应该保密的实话："咱哥们儿我真人面前不说假话，都是老朋友了，说假话已经毫无没意义啦！其实我许广明和你并不一样，虽说我许广明兜里也揣个大学文凭，但这文凭是个啥，我自己最清楚。"喝完一杯酒，许广明又趴在赵二良的耳朵边小声说："不瞒二良你说，哥们儿这文凭是花一万块钱买来的假文凭，可千万别跟外人说，目前为止可就你一个人知道啊。"

赵二良对假文凭早有耳闻，也不觉得怎么奇怪，就很不在意地说："这年头儿，只要能在社会上混得开，有没有文凭能咋？就更不在乎真假了。"

"二良，你可别这么说，你有真本事，不觉得咋样。像我这样的人，没有什么真本事，再没有个假文凭，能在报社混到今天吗？说句到家的话，连试用的机会都没有啊。"许广明一边吃菜，一边很实在地说。

"我有什么真本事啊？哪赶得上你呀，在社会上混得如鱼得水，我还得向你学习呢。"赵二良说的是真心话。

"哎，你是不是太谦虚了？我觉得你可不一般。要不咱们俩调换调换？让我当你，你来当我？"许广明很认真地说，"不过这是办不到的事。我们要是能调换一下，那可太好了，你重点大学毕业，既有文凭，又有水平……嗨！那哥们儿我可就真的如虎添翼啦，可就真的成了能人啦！"

许广明兴奋地和赵二良连干了几杯白酒，又说了一大堆更实在的掏心窝的话。两个人喝完一瓶白酒之后，许广明又让老板娘上了十二瓶啤酒。

许广明喝醉了，就又说出了赵二良怎么也想不到的话。赵二良第一次听到许广明很详细地讲到他娘。开始时，许广明像是羞于面子，一遍遍莫名其妙地重复："我本是个农村人，一想起我娘，我就难受……"后来，许广明在赵二良好奇的追问下，陆续地讲述了许多家事："……我爹身体不好，我四岁那年我爹就死了，我娘一个人拉扯四个孩子，吃的苦太多了。为了能供我们上学，我娘可称得上忍辱负重。我记事的时候，有个叫郭歪子的暴发户常常欺负我娘。"许广明的泪水流到脸上，他摘下眼镜擦了擦眼睛，然后一口干掉满满一杯啤酒，接着说："那是我一生都忘不掉的，我娘那无奈的眼神让我多少个夜晚从睡梦中惊醒，那次对我的打击太大了。二良，你没摊上，你不知道啊！那天，提前放学回家的我轻手轻脚地来到窗前，本想给我娘一个惊喜，告诉她我又得了全班第一名！可是，可是我看到的却是我娘不想让我看到的样子……"许广明又喝下一杯酒，表情更加痛苦，好半天才说："我看见郭歪子一边系着裤腰带，一边把一张破旧的五元钞票摔到还躺在炕上的我娘身上。"

又过了一会儿,许广明接着说:"我娘就是用郭歪子那张破旧的五元钞票给我交了上学期欠下的学费。可是从那以后,我的学习成绩直线下降,我不想再继续读书了,总有一种想离家出走的念头。最后我终于和我娘说了我的想法,我娘从来没打过我,可那天我娘却给了我一个大嘴巴子……最后,我还是离开了家乡,来到了眼前这个城市。"

赵二良听得泪眼模糊,想起他老叔供他念书也不容易,也喝下了一大杯酒。

接下来,许广明又伤心地说到自己的现状:"唉,其实我在报社广告部的工作不过是临时聘用,人事档案也没在报社。谁知道啥时候就不兴拉广告了,那时我许广明这个高中都没念完的人还上哪儿挣钱去?这两年的广告就远不如前几年好拉了,报纸的发行量越来越大了,提成也一压再压,据说下半年仅仅能提百分之三了,日子越来越不好过呀!"

"咋也比我们挣死工资的强吧?这就不错了,你就知足吧!来,为了你现在的好日子干杯!"赵二良像是在鼓励许广明。

"还是为你干杯吧。二良,我跟你可比不了,你有正经大学文凭,有正式工作,退休了还有养老金,能享受公费医疗,我呢?我不干就得坐吃山空,要是摊上个病儿灾儿的,我这样的人就得彻底'扣听'。"许广明最后用了一句麻将术语。

"你一年挣我十年的工资,四五年就挣我一辈子的工资了。再说还是自己有钱看病痛快,你没看见公费医疗排那个长队吧?那天我去开点儿感冒药,三块四毛钱的药差点儿开一天,还不如到就近的药店买点儿了。就算得了大病,公费医疗在用药上也有报销范围。前一段时间我们单位的宫海生得了胸膜炎,公费医疗住院。但医院只给开一般的消炎药,要想好得快,就得打更好的药。最后,宫海生还是自己掏的药钱。"前几天,赵二良听刚出院的宫海生发了一大堆牢骚。

"唉,反正我也想开了,有机会就捞吧,能捞多少是捞多少,最好能一下捞够我许广明一辈子花的。唉,不论怎么说,像我这样的人还是心底发虚呀……来,干杯吧!"说着,许广明和赵二良又喝了一大杯啤酒。

不管许广明在别人面前怎么虚伪,在赵二良面前他还是很真实的。从小酒馆出来，许广明把赵二良送上出租车后，自己也打车走了。

当出租车来到单位楼下时，计价器上显示金额是十五元，有些醉意的赵二良翻遍所有衣袋才凑出十二块钱，他觉得自己好像赤身裸体地在那个等待发车的司机面前演绎了一次穷酸……最后，那个司机像是可怜他，又像是挖苦他，说："实在没钱，我白拉你一趟也行，就当学雷锋了……不过，你得事先跟我说没有钱啊，要不我这雷锋做得还不够真实呀。"

赵二良不知道自己当时是怎么走下那辆出租车的。

"没有钱你也可以下海做买卖呀，谁拦着你了呢？"在单位楼下摆地摊的小贩目睹了这一切，对赵二良说。来来往往的人群好像也在戏弄着赵二良。

赵二良被激得不知如何发泄心中的愤怒："做买卖！说得多容易呀？那么做我就没有机关公职了！我能轻易舍弃目前这份得来不易的工作吗？我爸会同意吗？！我从童年开始，用了近二十年的时光不断努力，才打败了成千上万个竞争者，拼死拼活地挤进这个城市。我爸又是求人又是送礼也没给我办成工作，自己好不容易才挤进了文化报社……"

现在，让已过而立之年的赵二良重新选择、重新开始，他好像真的办不到。在这个需要更多勇气的问题上，赵二良不得不承认自己是个懦夫。他无法潇洒，真的无法潇洒，生活不允许他这种人潇洒。最后，赵二良瘫软地坐在办公室的黑皮椅子上，想：以后也跟许广明多出去跑跑吧，多挣一点儿钱吧……

以后的日子里，许广明好像和赵二良的关系又拉近了很多。有时，许广明还求赵二良跟自己出去采访，帮自己写稿子，大多是给企业写的专访或报告文学之类的东西。但更多的情况是，许广明把企业的基本材料拿来，赵二良贪点儿黑，起点儿早，在自己的办公室里就写完了。

一般情况下，文章只署许广明一个人的名字。个别时候，许广明也要求赵二良一同署名，说这样企业会觉得更真实、更隆重。开始时，每写一篇文章，许广明给赵二良五百块钱。后来写的次数多了，许广明也不好意思自己拿太多，就给他八百。有一次，一篇文章居然在一家大报上发表了，企业领导非常高兴，不知给了许广明多少好处，许广明回来竟然给了赵二良一千块钱。

给许广明当枪手虽然能捞一点儿外快，但还远不能脱贫。日子一长，赵二良也时常想：正经师大中文系毕业的高才生，给一个手持假文凭的小混混打下手，悲哀不说，也可耻呀！他又暗自决定：既然不能脱贫，以后就别做这低三下四的事了。

第二十三章　农民兄弟

　　国庆节后一上班，许广明竟直接来到赵二良的办公室找他。因为当时潘主任的门开着，他正坐在办公室里看稿子，许广明就趴在赵二良的耳朵边说："昨晚我回家时都快十二点了，没想到山城粮库的侯主任把电话打到我家来了，问省国际旅行社最近是不是又要搞一期赴欧洲的考察活动，还问通过我介绍过去一共得花多少钱。我以前管他要广告费他都不肯出，没想到他却肯为了出国出大钱。对咱来说，那不是一样吗？旅行社给咱的提成还更高呢。我按旅行社的最高价报的，他都没嫌多，我看这事绝对有戏。"
　　这时，潘主任把门关上了。许广明的声音就高了八度，接着说："就是山城那地方太远了，大秋天的，我实在不愿意一个人往山里跑。要不你陪我走一趟？这事算咱俩的，事成之后，一人一半。弄好了，一人能得两千。"
　　赵二良皱了皱眉，抠了抠耳朵，面带难色，心想：自己刚刚下过决心不再干这活，还去？
　　"我说哥们儿，这可是十有八九能成的事啊。上哪儿去找这样的好事啊？又不用你写专访，出去旅游一趟，两千块钱就到手了！"许广明又说。
　　赵二良仍有些顾忌，心想：文化报社这段时间好像没啥大事，编辑部又来了个大学生,自己撒个谎请两天假,潘主任肯定也能给。可万一成不了,不是白白搭了时间和路费吗……

"哎呀!无论成与不成,来回的车费我都给你出还不行吗?就当我请你出去旅趟游,行了吧?"许广明像看透了赵二良的心思,弄出一脸哥们儿不见外的表情。

赵二良没好意思马上就说行,但以沉默表示同意了。其实,赵二良觉得更重要的是,这回出去和以往有本质上的不同,事情成不成没关系,关键在于这次自己终于不再是枪手,有了和许广明"平起平坐"的感觉。

赵二良和许广明一起出差,这已不是头一次。许广明属于那种到哪儿都不寂寞的人,加上心情不错,路上他就更加健谈。许广明不仅和赵二良有说有笑,也不断地和周围的乘客们搭着话茬儿。

许广明对自己所在的城市乃至全国有些特点的事都记得很清楚,这一点儿与他报社记者的身份还是很一致的。加上他讲起来还能添枝加叶地进行二次创作,所以身边的听众都很愿意听他白话。

许广明这一路就讲起了形形色色的贪官。无论大官小官,许广明都能讲出合适的典型人物。经过添油加醋的夸张演绎,许广明把贪官污吏的故事编得活灵活现……

赵二明和许广明在山城县下车时已是晚上九点多钟了。许广明有个特点,面对越不熟的人,他就越能摆谱。许广明事先就在电话里说好了让侯主任派人接站。都这个时候了,手举着写有"许广明"牌子的几个人还等在出站口。

许广明连说"不好意思"后,还是很好意思地吃了侯主任准备的丰盛晚餐。吃完饭,两个人被安排到山城县最好的宾馆——山城宾馆。

赵二良和许广明是第二天上午八点四十分与那个姓侯的粮库主任见面的。侯主任极热情,许广明很快就和他混得很铁。人和人之间的关系铁了之后,什么事都好办了,说话时拐弯抹角的地方也少了。许广明和侯主任很快就进入了实质性话题,而许广明让赵二良事先准备的那种循序渐进的采访方式此时就派不上用场了。事情没有什么难度,一度使赵二良有种手足无措的感觉。

许广明没像以往那样忽忽悠悠，而是采取"你实我更实"的方式，他开门见山地问："侯大哥，说实的吧，这次能出多少？电话里说的那个数？"

侯主任想了想，说："出多少钱倒不是最主要的，上边主管领导也好说，都是哥们儿。主要是粮库对工人们得有个说法。拿公款旅游去？这肯定不行，日后是要出问题的，侯大哥这主任还想当下去呢，大家心里不舒服，侯大哥这主任还咋当啊？哈哈哈哈……"侯主任的笑声憨厚朴实。

还没到吃午饭时间，侯主任就把许广明和赵二良领到餐厅。粮库的中层干部也来作陪，伙食标准很高，热情招待两位来访的省里记者。

许广明在喝酒方面很有一套，在事情尚未十拿九稳的相持阶段，他从不多喝。彼此还不太熟悉，许广明很容易就能装出酒量欠佳的样子。这样，在"粮库方"感情深厚的轮番进攻下，号称能喝点儿酒的赵二良很快就被拿下了。

上厕所时，许广明对赵二良说："别怕，坚持住，你就放开了喝，下午看我的。"

赵二良点头答应时，脸差点儿贴到卫生间的白色瓷砖上。

侯主任酒量惊人，所以在午饭结束的时候，除了许广明以外，另一个看上去没啥问题的就是侯主任了。

下午，两位省里来的记者继续在主任室采访侯主任。

赵二良喝多了，不一会儿就倚在沙发上睡着了。

侯主任在手下人倒好茶水退出去之后，从抽屉里拿出一个红包塞给许广明："许老弟，侯大哥不会亏待你的，这件事你就看着办，帮我想想办法，先不能提钱，出国费用我只能个人先垫上，等出国回来后，在报纸上发文章，到时候再以版面费的形式提出钱来。"

许广明看了一眼熟睡的赵二良，把红包揣进口袋，小声说："侯大哥，这次我个人挣不挣钱都无所谓，咱绝对不能让侯大哥因小失大误了前程。从长远考虑，这件事正经得好好运作运作，好好研究研究。"说完，许广明点上一支烟，呈思考状。

侯主任拍着许广明的肩膀说："老弟真讲究，你这个朋友大哥交定了。"

过了一会儿，许广明把赵二良叫醒了。因为侯主任手头儿没有什么像样的事迹材料，所以赵二良拿手的采访程序仍要派上用场。赵二良揉着惺松睡眼，不情愿但又不好表现出来，只好很正式地采访起侯主任。

整整忙了一个下午，赵二良总算为侯主任搞出了一篇六千字的专访。许广明根据这篇杜撰多于实际的专访，又拿出了一个貌似切实可行的方案。

侯主任听后相当激动，也相当满意。当天晚上的酒宴更加高档，更加丰盛。

喝酒时依然由中午那些人作陪，许广明总能在恰到好处的时候提起省里某某领导对山城粮库的高度评价，说某某领导还有来见一见侯主任的打算，以显得山城粮库在省领导那里已经很有位置。

侯主任则表现得很谦虚，连说："哪里哪里，活儿都是大家干的，铲地总得有个打头的吧。"

过了一会儿，许广明又抓住一个很好的时机，说："省里这次能请侯主任免费到欧洲考察，说明侯主任领导有方啊。"

侯主任就又连说："不敢当，不敢当，我侯某何德何能？都是大伙儿给面子，抬举我呢。"

直到这时，陪酒的中层干部们才明白两位记者的真正来意，原来侯主任已经名声在外啦，这才叫真人不露相啊！

酒足饭饱之后，侯主任问许广明和赵二良："两位大记者很辛苦，晚上是不是找两个女孩子陪着去跳跳舞？酒喝得不少，跳跳舞，解解酒。"说着，侯主任一挥手，粮库那辆奥迪车就开过来了，车里已经坐着两个年轻女子。侯主任把两个人让上车，吩咐司机到某某夜总会，然后又一挥手，奥迪车便风一样地驶向山城夜幕深处……

第三天早晨七点半，司机来接许广明和赵二良用早饭，赵二良暗自观察了一下许广明，觉得他明显有些疲乏。而许广明却连声说昨晚睡得挺好，睡到了自然醒。

侯主任要了一桌小菜和各种面食，正坐在桌旁等候，许广明和赵二良进来时，侯主任站起来把两个人让到座位上，说："给二位准备了早饭，简简单单，不成敬意。"

赵二良从侯主任格外热情的笑容里看到一种询问，像是在问：昨晚过得不错吧？但侯主任不明着问。赵二良又不好表明自己除了跳跳舞，别的什么也没干。所以，在许广明连连说早餐味道不错的时候，赵二良却觉得早餐吃得没滋没味。

上午九点钟，侯主任召开了山城粮库全体职工大会。大会表面上是由办公室孟科长主持，实际上是许广明一手操办的。孟科长首先非常郑重地把六千字的专访宣读了一遍，并按照许广明的意思一再强调省里好几家报纸都抢着要发表这篇稿子。然后，孟科长又把许广明和侯主任一起研制的"邀请函"严肃地朗诵一遍："山城粮库主任侯海涛同志……为了实现企业间的横向交流与合作，促进企业的发展，省里选择效益比较好的先进企业领导免费出国考察并举行经验交流会……报到时间：本月21日；地点：省宾馆三楼。"

侯主任最后做总结性发言："……省里对我们山城粮库很关照，也很信任，所以在名额十分有限的情况下想到了我们。实际上我们远没有省里印象中的那么好，这一点我们自己应该清楚。但我们不能让省里失望，一定要干出个样子给省里看看……我一定要好好珍惜这次机会，把我们的牌子打出去，再把别人好的经验带回来，振兴咱们山城粮库！这次事情来得突然，我走得急点儿，粮库的工作全靠大家了。有诸位在，我也就放心了！"侯主任讲得极实在，双眼充满感情，几乎和每个部下都眼神交流了不止十次。

按事先的商定，侯主任说最好能赶上下周一那批出国。许广明和赵二良也希望越早越好，所以"邀请函"上的报到日期就定在本月21日（本周五）。侯主任周五到省国际旅行社报到，周六参加体检，周日上街买行装，下周一从从容容上飞机……这一切，许广明已为侯主任安排得有条不紊。

赵二良已经连续两个晚上没有睡好觉了，20日这天，从早晨起来他就不太精神。迷迷糊糊中，他听许广明说侯主任得喝了中午的饯行酒才能出发，他这一上午就有种度日如年的感觉。如果没有即将到手的两千块钱支撑着，他早就挺不住了。

总算挺到了中午，出乎意料的是，饯行宴上并没有大鱼大肉，而是按照侯主任的意思，上了四大盆土豆炖茄子和大葱、干豆腐、水萝卜、小白菜等一系列蘸酱菜。来的人很多，其中还有几个一线老工人。上的酒也不高级，是当地产的最便宜的"大高粱"。除了开车的司机外，大家都喝得超量了。

酒喝得多，话也就多。侯主任一行出发时已是下午三点钟。办公室孟科长也将随车到省里为侯主任送行。

车快出发时，许广明掰着手指头算了算时间，说："到省城咋也得后半夜。"

司机很不赞同地接了许广明的话茬儿："用不了那么久，奥迪车可比火车快多了，也比一般的轿车快，晚上八点钟之前肯定能到省城。"

许广明听后挺高兴，笑着说："那么快呀，能开到一百六十迈？"

司机自豪地说："太能了，路上车少还能更快呢。"

许广明心情好，一上车就开始给大伙儿讲笑话……

天黑之前，奥迪车确实跑得很快。晚上六点钟的时候，行程果然过半了。可是，随着天空逐渐暗淡，对面开过的车辆亮起车灯时，奥迪车的速度明显慢了下来。

这时，许广明开始一遍遍地看他新买的夜光表，叨咕着："八点之前肯定到不了，照这个速度，咋的也得九点钟以后……"

许广明叨咕时，司机一句话也没说，但许广明能感觉到他在不断加大油门。许广明就轻轻捏了东倒西歪的赵二良一把，把嘴巴紧紧贴在他的耳朵上得意地说："我是在故意将他呢，照这个速度跑下去，八点半就能到省城。"

车祸是在晚上七点十五分发生的，地点是在距离省城一百五十公里的吉祥市郊外的小石桥上。也许是司机太在乎这位叫许广明的省报记者的叨咕，或者司机恨透了这个油嘴滑舌的家伙而耍了阴谋。总之，在小石桥上，奥迪轿车撞在与其同向而行的一辆马车上。尖锐的急刹车声和惯性造成的前倾，导致车内每个昏昏欲睡的人都瞬间清醒过来。大家没顾得上查看身体是否疼痛，就迅速从车上跑下来。小石桥不太高，大约三米的样子，桥下有一米多深的水，暮秋时节，水面上结着铜钱厚的薄冰。

由于天已经黑下来了，几个人下车后在桥面上基本没看见什么，只见奥迪车的半个前脸凹进去了，不知是什么漏了，黑乎乎地流了一地液体。直到扑通扑通的水声把每个人的视线都引到桥下时，大家才发现了车祸的核心部分：被撞的那辆马车连人带车都已经落到桥下的冰水里，人和马正在冰水里拼命挣扎着……

桥下的人和马的状况虽惨，但都还活着，桥上的人便纷纷往桥下跑。

赶马车的是两个农民兄弟，大家来到桥下时，已经爬上岸的哥哥正往上拉他的弟弟。那弟弟看样子伤得不轻，哼哼唧唧地直叫。

侯主任跑在最前头，犹豫了一下，还是一步跳进冰水里从下边抬起那弟弟。跑在第二的孟科长也一脚水里、一脚水外地做接应。许广明和赵二良则在岸上抓住那弟弟冰凉的裤管和衣袖……

接着，大家七手八脚地把一直泡在水里的马和车也拖到了岸上来。三匹马中，外套和里套的两匹马看不出太明显的外伤，只是那匹驾辕的大红马伤得厉害，两条前腿血流如注。大红马疼得浑身肌肉乱跳，"扑哧扑哧"喘着粗气，打着响鼻儿。

许广明颇有同情心地对赵二良说："这也就是牲口，要是人，早完了。"

赵二良没吱声，看着那匹大红马，他想起了老叔的那匹大红马。赵二良又回头望望路边一坐一卧、满身泥水、瑟瑟发抖的两个农民兄弟，又想起了老叔家的大弟和小弟。过了半天，他才说："都这样了，咱们就别让侯主任去了。"

"事儿可千万别闹大喽。"许广明旋即表现出焦急来，匆匆忙忙向那两个农民兄弟跑去。

由于已近晚上八点钟，路上过往车辆稀少。大家只好望眼欲穿地等待远方蝇头车灯缓缓靠近……

侯主任的确是个经历过大事的人，紧张归紧张，但一点儿也没有因为紧张而表现出任何手足无措。等车的时候，侯主任非常从容地决定行程不变，让孟科长和司机留下来处理后事。

许广明和司机跑到桥头向驶近的车辆招手时，赵二良听见侯主任小声吩咐孟科长："……车修好了再开回去，不管花多少钱，不能让粮库的其他人知道，修车的费用想办法先欠着，以后有机会再走账……"

一辆吉普车终于被许广明和司机拦住了。侯主任出了很高的价钱，车主才肯载他们去临近的吉祥市。

在赵二良犹豫是同去还是搭车回省城时，侯主任招呼他："一起上车走吧，挤一挤，到吉祥市车就多了。"

医院的抢救工作开始后，侯主任把许广明和赵二良安排到医院值班室的里间。做完X光检查，等着出结果时，侯主任来到许广明和赵二良这里，一进屋就说："两位老弟，实在对不起了，大哥让你们跟着受罪了。"

许广明愣愣地望着侯主任，以为他决定不去省城了呢。

"如果明天报不上名，周一这批还能走上吗？"侯主任的这句话让许广明心里又有了底。

"恐怕不行。"许广明神色焦急地说，"那小子咋样了？"

赵二良又想起了大弟和小弟，一度在心中祈祷着：只要那两个农民兄弟都平安无事就好，哪怕自己那两千块钱不挣也行。

"撞得是挺严重，不好说呀！那小子缓过劲儿来准得讹我，这以后要没完没了地要这要那，山城粮库不就损失大了吗？"侯主任说得语重心长。

"看来咱们真得想点儿应对措施，咋也不能让两个农民给讹上。"许广明说。

"可明明是咱撞的人家，还是在桥上，咱们没理呀！"侯主任无可奈何地说。

"实在不行，咱们可以说他们违章行驶呀。"许广明说，"现在桥上啥痕迹也没有，就说他们左侧逆向行驶。"

"那人家能承认吗？"侯主任一脸诚实地说。

"我们是记者，我们可以作证啊。是不是，二良？"许广明这时拉了赵二良一下。

"警察也不是吃干饭的，人家一看就能看出来，我们的车头撞在了人家的车尾上，刹车痕迹还在桥面上摆着呢，明明就是在右侧……"侯主任焦急地说。

"要不这样，等一会儿我吓唬吓唬那两个小子，让他们识时务一些，就说我们的车是执行重要任务的省报记者采访车。"许广明说。

"赔车赔马都行，半死不活的人最成问题。那穷小子要是讹我终身抚养，还不如一次性多给他点儿钱呢。"侯主任最后说。

这时，检查结果出来了。值班医生让许广明去病房找农民哥哥来看片子，自己则毕恭毕敬地将侯主任拉进医务室。侯主任随手关了一下门，但门没有关严。赵二良能听到他们在里面小声说着什么，但听不清具体内容，直到许广明领着农民哥哥到来之前的几秒钟，他们才从医务室里走出来。

"小兄弟伤得不严重，除了轻微脑震荡之外，只是小腿轻度骨折。"值班医生手里拿着两张胶片比比画画地对农民哥哥说，然后又向农民哥哥很认真地解释了好几遍胶片。

赵二良觉得侯主任表面看上去轻松，心里一定很紧张。因为值班医生走后，他又小声地问了许广明一句："那小子一会儿要是大喊大叫，使劲索赔可咋办？"

许广明斜了农民哥哥一眼，声音很大地对侯主任说："眼看着省报的采访任务完不成，这可要耽误大事了，省报领导肯定要追究责任的。"许广明故意提了两次"省报"，目的是使自己及侯主任显得很强大，很有背景。

在抬农民弟弟进手术室时，在走廊里，那个满脸朴实的农民弟弟抓住赵二良的手，紧张地问："大哥，求求你了，你告诉我个实底吧，我以后还能不能种地了？我得干活儿挣钱娶媳妇儿呀，大哥，我才十九啊……"

赵二良顿感鼻子发酸，觉得他太像老家种水稻的小弟了，就连连点头："放心吧，你肯定还能干活儿。"

"以后不会耽误干活儿？腿吃劲也行？"农民哥哥也很憨厚地盯住赵二良，就像这事全由他说了算。

赵二良没再说什么，只是不停地点头。

侯主任很顺利地一次性了结了这场意外的车祸：花了一千二百元赔了那匹驾辕的残马；一次性支付农民兄弟医药费五百元；说那挂破铁车根本没咋样，被撞坏的是价值几十万元的奥迪轿车，责任就不追究了，就自己修自己的车吧……

值班医生肯定也拿到钱了，他一直把侯主任一行送到医院大门口，很是谦逊、友好，能让人想起毫不利己、专门利人的医生楷模。侯主任在医院大门口又花三百元租了一辆出租车，包车开往省城。

侯主任如期登上了出国考察团的飞机，许广明和赵二良也如数拿到了旅行社的四千元提成。但赵二良一直想找机会把自己的两千元钱送给那两个农民兄弟。

赵二良总是能从那两个农民兄弟身上联想到在金稻村种水稻的大弟和

小弟，联想到老叔老婶等家乡亲人。那场车祸之后，无论许广明再找赵二良去哪儿，他都不肯去了，他宁愿去送快递，也不愿去挣这种回扣了……

自从赵二良做起了兼职快递员，多多少少还是能挣到几个辛苦钱。姜婷婷就经常把赵二良挣来的血汗钱拿出来数上一遍又一遍……

这天，赵二良在单位忙活了一白天，又到快递公司忙活了半晚上，回到家时已经快九点了。姜婷婷早已经做好了饭菜，就等着赵二良回来吃呢。赵二良一进门，姜婷婷就神秘兮兮地冲他笑个没完。见到自己爱吃的排骨炖豆角，赵二良感觉身体也不累了，心情也好了起来，就问姜婷婷："你在笑啥呢？"

"你猜，咱家现在有多少钱了？"姜婷婷问。

"咱家哪有钱啊？"赵二良一边啃着排骨，一边说。

"正好五万了。"

"有五万啦？！"

"是啊，这可是咱们一点点攒的呀。再攒点儿，咱们就可以交上首付，换套两室一厅的房子啦！"

"是啊！"

"换套独门独户的！"

"女儿的儿童床也有地方放啦！"

两个人越说越兴奋……

第二十四章　静水流深

赵大良觉得，既然自己不是当官的料，那就还是想办法评上副高职称吧。

区文化馆是个清水衙门，评职称这种事就算是大事了。别看平时闲谈中职称是无关紧要的事，可一到动真格①的时候，很多人的眼睛就立刻变红了。用区文化馆文学创作辅导干部周独见的话说，区文化馆是个"庙小妖风大，池浅王八多"的鬼地方，这话有时也不过分。

一晃，赵大良在区文化馆当美术辅导干部十五年了。这些年他虽然没辅导出来几个像样的学生，但是在油画创作上一直还是很努力的。大成绩没有，小成绩还是有一些的。他在专业上和原主任顾三平比当然不行，但和现主任老关比那就强多了。和本次评副高职称的重要竞争对手大刘比，赵大良也是绰绰有余的。赵大良的作品多次参加过全省美术展，还获得过多种奖项呢。按理说，赵大良去年就应该评上副高职称，最后他却出人意料地把机会让给了调研部就要退休的老于。老于为了在退休之前把副高职称弄到手，几乎跟赵大良争到"黔驴技穷"的地步。赵大良最后能把职称

---

① 动真格：方言，真正去做，实实在在地做。

让给老于，与老于自己认为的顽强争取毫无关系，完全出于赵大良对那代人的恻隐之心——那代人中的一些人没有机会读到更多的书，但却跟头把式①地创建了区文化馆并干了一辈子，苦劳大于功劳。所以对赵大良来说，这次评上副高职称如探囊取物，评上很正常。

当不上美术部主任，先评上副高职称也行啊！在事业单位，职称就相当于金钱和地位，一直被所有人看重。区文化馆参加评职称的人往往分为两种——一种是腹中空空的假文化人，自从他们阴差阳错地混进文化圈之日起就陷入尴尬境地，又不具备跳槽的能力，只得硬撑门面；一种是手上有"货"的真文化人，他们把职称当作社会对自己的认可，较劲的时候难免据理力争。说时下什么都毛②，尤其职称毛得厉害，评上评不上能咋的？话虽这样说，可真没评上时，虚头巴脑③地到一起就又会说，这么毛还没整上，要是不毛呢？

赵大良觉得参加评选会的意义并不大，只要在投票之前赶到就不碍事。选谁不选谁，赵大良几乎去年就琢磨出来了，来早来晚仅仅是个态度问题。他也没比平时紧张多少，和往日一样先送儿子上学，回来时，为了省五角钱还坐了大公汽。路上有些堵车，导致他迟到了二十分钟。

赵大良是一路小跑着来到区文化馆三楼会议室的。

赵大良进来时，肖馆长正巧说到副高职称这块："……经过再三争取，市文化局最终给咱们馆三个指标。这次咱们馆申报副高的有五位同志，看来竞争还是相当激烈的……"

赵大良并不觉得事情像肖馆长的面部表情那样严峻。他拎着一把折叠椅，随便找个空地坐了下来。

当肖馆长传达完文件内容，再次强调评副高竞争激烈时，坐在赵大良前面的周独见回过头来说："就你们副高这块还有点儿评职称的味道，但远谈不上激烈。那几个人不是明摆着吗？够就上，不够就坚决不能上。要

---

① 跟头把式：方言，形容连滚带爬的样子，也指竭尽全力地做事。

② 毛：方言，太多了，不值钱。

③ 虚头巴脑：方言，指人不实在，很虚伪。

是像我们中级那样,三个人申报,给四个指标,那还叫激烈吗?那叫没劲!"

接着,肖馆长让办公室盖主任讲一讲具体的评选步骤。

盖主任年年搞这项工作,已经轻车熟路:"先由参加本年度职称评聘的同志宣读业务报告,然后进行无记名投票式民主推选,馆里综合推选结果再报到上级主管部门。"讲完步骤,盖主任问肖馆长:"咱这就开始?"

"开始吧。"说完,肖馆长看了看旁边的陈副馆长和张副馆长。

陈副馆长和张副馆长都点头:"开始吧。"

区文化馆人很熟悉的、象征意味很浓的宣读开始了。

其实,参加投票的人心中早已有数,都是一个单位的人,谁啥样谁不清楚?大多数人是无奈地等着漫长的宣读结束之后在推荐表上画上圈好完事大吉。

宣读之前,周独见已在地上扔了好几个烟头。轮到他时,他并未拿事先准备好的那一叠厚厚的业绩报告,只是信口说了几篇最具说服力的小说发在何处、选在何处、又获何奖。

周独见的简短发言引得吕大神等人齐声喝彩:"这样就对了,捞点儿干的就行,一个鸡蛋总比一筐鸡粪值钱……"

"这才叫鸡蛋壳揩屁股——喊里咔嚓。"吕大神等人的话引起了一大片笑声,使昏昏欲睡的区文化馆人精神了一会儿。

周独见回来后继续扔烟头,显得更加无所事事。他先是和吕大神侃了一会儿《周易》,侃不过吕大神就伸着懒腰回过头来和赵大良分析副高的最后人选。

赵大良也正没意思,就伸着脖子应和着。

"副高有三个指标,你占一个不用说了。我给你分析分析另外那两个人选。"无聊的环境竟使周独见在他一向不感兴趣的事上津津乐道起来,大有平时谈论重大足球比赛中哪队能小组出线的架势。

"这还用分析,大刘和老金呗,我还以为你要发表啥高见呢。"赵大良不无失望地说。

"事情要这么简单还叫区文化馆啦?看来大良兄你还是不太了解区文化馆啊。"周独见诡秘地微笑一下,"大良兄你说的可能是投票推选的结果。"

"是投票推选的结果不就得了?这还说啥了。"赵大良说。

"区文化馆的职称有几回是按照投票推选的结果定的？区文化馆的事不办出点儿区文化馆的怪味来，还叫区文化馆吗？"周独见说。

"大刘去年的成绩仅次于我，这几年没少培养声乐人才，去年年底又得个全省群众歌唱大赛一等奖，人家比我大五岁呢，整好了能排在我前面，这回评上副高有问题吗？"赵大良说。

"那老金呢？"周独见摆出一副极认真的样子。

"老金咋的老金，虽说不出特别好，可也说不出特别不好。搞群众文化研究的再有水平也难显山露水，老金大半辈子扑在群众文化研究上，兢兢业业，一丝不苟。他年年都参加省里的群众文化理论研讨会，虽说那些荣誉证书的档次一般，但也是省级奖励。老金再不济也是名牌大学毕业呀！五十多岁的人了，你小子凭什么不让人家评上副高？"赵大良把伸出去的脖子收了回来。

"错了，你全说错了。"周独见盯着赵大良的眼睛平静异常地说，"另外两个人选恰恰是你淘汰的那两位。副高的最后结果将是——赵大良、季春艳和齐长河。"

"不可能吧？你这纯属逆向思维。就算是逆向思维，也没你这种逆法的。"赵大良连连摇头，大有不屑讨论的意思。

周独见没有接着赵大良的话说，沉默了半天，才声音极低却很郑重地说："结果肯定是这样的，我也不过是几分钟之前才突然真正理解了肖馆长所说的'激烈'。"

这时，个人业绩宣读全部结束，盖主任开始由前往后给大家发推荐表，会议室内有些嘈杂。

"你根据啥下的这个结论？"看着周独见认真的样子，赵大良问。

拿到推荐表之后，两个人飞快地填完就交回了盖主任手里。盖主任半开玩笑地说："这么快就填完了，别把不该选的选上。"

周独见也半开玩笑地说："区文化馆总是先民主后集中，民主时整错了，集中时也能调整回来。"

盖主任表情复杂地笑了一下。

这时，肖馆长宣布散会，说不公开唱票了，馆里将根据群众推选和平时表现在一周后拿出评定结果。

"咋样？肯定是那么回事了，咱们不妨就等着瞧。"周独见第一个站起身来，好像突然兴致全无，随着人流往外走去……

散会后，很多人都凑到美术部，侃了一阵。有人开始张罗中午该谁请客，也有人提议让吕大神算一算，在座的谁能评上职称谁请。

时近中午，大家的肚子也叫了，不想再耽误时间，就都盯住了赵大良。

"那就这么的，咱就一个一个来，今天头号种子选手大良先请，明天再找二号种子选手。"周独见惯用体育术语说话。

赵大良无奈，把手伸进上衣口袋摸了一下，别说，今天兜里还真带了点儿钱。他说："不过，话可说明白，在座的很多人都有请客的资格，大伙儿都饿了，我就先请吧。"

晚上五点半，赵大良才带着满身酒气回到家。一进门，媳妇儿于玲就劈头盖脸地问他："孩子你也不接，让你给孩子买辆小自行车，你都买几天了？小车呢？"

赵大良自觉理亏，挤出一脸笑容，不想跟于玲理论，就厚着脸皮往里走。不料，于玲伸出手来："把钱还给我，明天我买去！"

赵大良无奈，兜里掏不出钱来就得实话实说："那钱让我花了，中午请同事们喝酒了。"

于玲勃然大怒："啥？！你再说一遍，你是大款哪，说请客就请客！谁给了你这么大的权力啊？"

照理说于玲这么多年应该对文化界这种既穷又酸的"哥儿几个小酌"有所理解，可这几年，于玲变得更像一个家庭妇女了。

赵大良早已培养出对付于玲的一种耐心，就说："今天可不同往常，今天这客请得光荣，是这么回事儿……"赵大良就把评职称的事一五一十地说了一遍。

"你两年前就说能评上，到现在也没看你挣回那副高职称的钱来。这事都是领导说了算，你总请那些小白人儿[①]喝酒有用吗？你别总给我来这套，把钱给我拿回来！"于玲还是不依不饶。

---

① 小白人儿：方言，普通人，没有职务的人。

"就算领导同意，群众都不选你，你也白扯①。再说，我们同事之间的关系都还不错，毕竟大家还看得起咱，说明咱做得还行。"赵大良说。

"拉倒吧！反正儿子的小车你得给我买回来！"于玲的声音高亢而尖锐。

这时，门铃响了。赵大良回手把门打开，进来的是他的大舅哥于利。

"我在门口听半天了，你们可别吵了，也不怕让邻居听了笑话，不就是要给我大外甥买辆小自行车吗？这事包在我身上了。"于利把门关上后，一边说一边从钱夹里拿出三张百元钞票，"就买叫'好孩子'的那种名牌儿，百货大楼有卖的，二百八十八元一辆。"

赵大良忙说："不用不用。"

可于玲还是把钱接到手里，说："这是他大舅给大外甥的，也不是给咱俩的。儿子，快过来谢谢大舅。"

大乐就从里屋跑出来谢了大舅。

于利中文系毕业，在杂志社干了十多年编辑也没整出啥名堂，三年前和领导干了一仗，就辞职干起了建筑装饰买卖。家里人都说他胡闹，可他却挣到了一点儿钱。人富了，说话却越来越难听。

于利是在发了小财之后才越来越看不惯赵大良的，赵大良也是在于利小富起来之后越来越反感他的。于利说赵大良死脑筋，赵大良则说于利不务正业。他们之间不像从前那样还有点儿共同语言，现在是彼此轻蔑。所以表面的兄友弟恭也需要双方的共同伪装。

"你今天咋这么闲？"赵大良没话找话地说。

"我上广州了，刚下飞机，这不，我给你们带回了广州腊肠，路上我又买了一只金华火腿，一会儿你下去拎几瓶啤酒上来……"于利说着从旅行袋里掏出一大堆东西。

赵大良不知道广州腊肠啥价钱，只知道金华火腿三十多块钱一斤，不是工薪阶层所能享用的。虽然觉得借于利的光品尝一直没舍得买的东西很不舒服，但他还是面带微笑地下楼买啤酒去了。

酒喝得差不多的时候，就又提到了赵大良评职称的事。

先是于利说："人生啊，归纳起来不外乎这两大块：一是这名，二是

---

① 白扯：方言，没有用，白费力气。

这利。人呢，都与这名利相关，大致分为四等：一等人，名利双收；二等人，有名无利；三等人，有利无名；最惨的就是这第四等，是既无名又无利，中国绝大多数老百姓都在这里呢。我这辈子是功也成不了，名也就不了喽，先混上三等人再说吧。妹夫得好好干，五年之内弄上副教授，五十岁之前争取当上正教授，咋也得奔二等人使劲。"

赵大良知道于利这是在挖苦他，就算自己这次评上了副高，于利也不会高看他多少，但评上总比没评上好看一些，就解释说："今年我评上副高职称基本没啥问题，今天中午同事们把我的喜酒都喝了。"

"你们单位领导到场了吗？"于利喝了一口酒问。

"这个时候哪能请单位领导呢？再说评职称也犯不着巴结单位领导啊。"赵大良说。

"这你就大错特错了，你今年呀，还是评不上，不信咱就等着瞧。"于利喝点儿酒就更喜欢给别人盖棺定论了。

"等着瞧就等着瞧，我今年要是评不上副高，我这'赵'字就倒着写！"赵大良跟于利争论的多数时候都忍气吞声，他很少跟于利针锋相对地叫过号，今天也是借点儿酒劲发发心中憋闷多年的怨气。

"文化口儿我也不是没待过，我咋就不信，你三十多岁，和单位领导又没啥特殊关系，那副高就能给你？你以为事情那么简单呢？你今年要是能评上副高，我就一辈子不结婚！"于利也越说越激动。

"好，咱们一言为定！"

"一言为定！"

赵大良和于利都激动地干了一杯酒。

于利气呼呼地走了之后，一直袖手旁观的于玲说："其实大哥也希望你能有出息，你不好，他能借着好光啊？"

"那谁知道啊？"赵大良突然觉得生活无聊透顶……

赵大良请客那天晚上，区文化馆回家最晚的是大刘。大刘在自己的办公室里睡到晚上九点多才有些醒过酒来。大刘想起中午喝完酒时，他要买单，可后赶来的盖主任说啥也不让的事。盖主任肯定知道内情，他坚决不让自己买单，证明自己评职称的事没戏了！大刘推开门就急匆匆地大步往外走，弄得走廊里响声雷动。

突如其来的响声把值班的肖馆长吓了一跳。肖馆长从值班室里匆匆赶出来，正好在黑咕隆咚的走廊里和大刘撞个满怀。

"呀！肖馆长，我正想打电话找你呢！我问你，你凭啥不让我进……进副高？"大刘说话仍有些醉意。

"你说什么呀？这是哪儿跟哪儿呀？你咋还没走呢，大刘？"肖馆长问。

"我就问你为啥不让我进副高？说别的都没用。"大刘红着眼睛盯着肖馆长。

"职称是大家评的，又不是我一个人说了算。再说了，最后结果还没出来，你听谁说的这副高就没有你大刘？"肖馆长说。

"你就别跟我绕圈子了，你这么大个馆长，还等我和你不客气是咋的！"大刘火愣愣地喊着说。

"有话咱进屋坐下慢慢说，着急能解决问题吗？来，进来。"肖馆长把大刘让进值班室。

大刘就坐到值班室的单人床上，情绪仍然激动："肖馆长，你是快六十岁的人了，有些话我不好跟你喊。我大刘今年也四十五岁了，这么多年一直像牛一样为区文化馆奔波，不该要的我什么时候要过？不该拿的我什么时候拿过？这是啥事儿啊，区文化馆是不是太不把我姓刘的当人了？！"

"大刘，你也是区文化馆的老人了，区文化馆的什么事你都了解，凡事都有个方方面面，不能意气用事。"肖馆长说得语重心长。

大刘张了张嘴，没说出话来，就操起电话，噼噼啪啪地一阵狠按。

肖馆长以为他往自己家里打电话，就把话暂停下来，把一本正在看的什么书从桌子上收起来。

正当肖馆长琢磨是否给大刘倒杯水时，大刘突然大喊起来："姓张的，你少跟我打官腔！研究个屁，副高没我大刘的，我和你没完！"

大刘摔下电话，又要拨打陈副馆长家的电话时，被肖馆长拦住了："大刘，你放下电话，别和张副馆长喊呀。谁说这次副高肯定就没有你了？谁说了？"

"我又不是傻子，还用谁说吗？肖馆长，我给你面子了吧？你实话实说吧，今天中午你们是不是研究了副高人选？是不是没有我？我相信你不会说谎，是不是？"大刘仍死死地抓着电话不放。

"这……这只是初步意向，还没最后定呢。"肖馆长好像对大刘的问话没啥心理准备。

"等生米做成了熟饭，当众公布结果时算是最后定吗？"大刘瞪着血红的眼睛说。

肖馆长这才意识到对付大刘的难度，就说："话不能这么说，这么说话容易伤人，事不还得靠人办吗？"

后来，大刘和肖馆长之间的对话逐渐平静了。

肖馆长一再强调，明天要进一步探讨副高职称的人选问题，还要研究后备干部的人选……

大刘则把中午如何要喝酒，盖主任如何不让他结账的事说了一遍……

快十一点了，大刘才张罗走："不好意思，耽误肖馆长休息了，我得走了。"

肖馆长送走大刘，闩上门，关了灯，仰躺在值班室的木床上长出一口气。他想，盖主任的嘴不严倒是办了件好事，要是闷到当众公布那天，区文化馆不出大乱子才怪呢！从大刘这脾气看，他哥哥打人那事，看来也不是虚传的。唉，今天领教了。夜已经很深了，肖馆长却毫无困意，想人这一辈子真不易呀，当这个清汤寡水的馆长干啥呢？人到底图个啥呢？要退休了还差点儿出事情……肖馆长又想到季春艳，评她升副高，大家也不能服，就看大家往不往自己这张老脸上吐唾沫了……

第二天早晨一上班，赵大良在走廊里碰上大刘。大刘极不好意思地拍了拍赵大良的肩膀，表情与昨天喝酒后判若两人："昨天喝得也太多了，七八个人喝了五瓶白酒外加一箱啤酒，那不扯呢吗？"

"是喝得不少。昨天我看你躺在办公室的沙发上睡着了，我寻思让你睡一会儿吧，就没叫你，你睡到几点走的？"赵大良问。

"别提昨天晚上了，没把人给折腾死。我到家都十一点多了，车子都干马路牙子①上去了，看把这胳膊摔的。得回走得晚，要赶上下班高峰时走，非得干汽车轱辘底下去不可。"大刘说着把袖口往上撩了撩。

---

① 马路牙子：方言，指马路边石。

赵大良看到大刘的左胳膊肘上确实破了一块皮，就冲他同情地笑笑："以后咱们可别往死里喝了，身体是本钱啊。"

"那可不。酒装在瓶子里啥事都没有，装在肚子里可就不好说了。"大刘笑笑，又说："人都是好人，酒是王八犊子呀！"

赵大良也笑了一下，没再说什么。

赵大良要送孩子上学，来得也不早，到区文化馆已经九点多钟了。区文化馆这地方就是这么怪，好像从有区文化馆那天就这样，一天天就这么上午、下午地过。赵大良画了那么多张画儿，竟没有一笔是在区文化馆里画的，都是晚上回家或者利用节假日休息时间画的。八年多的区文化馆生活，赵大良已经习惯于如何以区文化馆特有的方式消耗掉整个白天。

赵大良和往常一样，打开办公室的门，坐下来把昨天的日报又翻了一遍，看完报缝和报角的小广告，就边等今天的日报边这屋那屋地走走、转转。

除了馆长室的三位馆长都按时到岗外，其他部室的工作人员基本还没来呢，好像只有各部室的主任和刚才的赵大良一样，正手拎着旧报纸无所事事地枯坐着。

赵大良就迈着方步从走廊的尽头往回走。再次经过馆长室时，他发现馆长室的门关得严严的，但并不妨碍张副馆长很大的说话声传出来："这事可不一般，我倒不是怕他大刘的威胁，我就是觉得这事儿犯不上啊！"

"我昨天就说大刘的哥哥就是这个脾气，是吧？"陈副馆长的声音远不如张副馆长的大。

赵大良不好停在门口继续听，只知道是评职称这件事上出了问题。大刘没评上？真让周独见这小子说中了？大刘肯定不能服啊！正好，这时收发室送报纸的来了，赵大良就回到自己的办公室看今天的报纸。

十点钟以后，走廊里的人声才渐渐多了一些。区文化馆常来上班的人这个时候陆陆续续地都来了。接着，区文化馆就不如刚才安静了，电话也多了，事情也多了。区文化馆一天中短暂而热闹的场面终于开始了。一般情况下，这样的情景能持续到十一点半左右。

后来，人们就都凑到吕大神这屋来了，大家海阔天空地侃了半天，觉得没啥意思了，就有人提议还是让吕大神和周独见来几个段子吧。

正说着，大刘笑容满面地进来了。他一进屋就说："别空着肚子闲扯啦，走走走，今天该轮到我请客了，走。"说着就把人挨个儿往外推。

有人请客，大家都高兴，就笑着往外走。

赵大良上午的时候无意中听到了从馆长室里传出的对话，大刘现在来请客，证明大刘职称的事没啥问题了，也笑呵呵地跟着大刘往外走。

只有周独见和吕大神表情迟疑地对视了一下，之后周独见说："昨天喝得太多了，今天是不是先缓一天啊？就别连着喝了。"

吕大神也说："昨天吐了大半宿，到现在胃还不好受呢，要不改天吧？"

"那哪行啊，昨天大良的酒你们都喝了，今天我大刘的酒咋就不喝啦？你们这不是瞧不起我大刘吗？"大刘硬是把周独见和吕大神推出了办公室。

大刘又特意上楼找到盖主任，说："还得是昨天中午的原班人马，一个也不能少。"

还是荣达酒店，要的酒菜也基本上和昨天的差不多。

落座以后，周独见就奚落盖主任："你昨天不是说明年这个时候喝大刘的酒吗？怎么今天就来喝了？"

盖主任被周独见问得满脸通红："我……我没说呀，我多咱说了？"

"盖主任，你跟我装糊涂是不是？你昨天说的话今天就不承认了是不是？"周独见站起来，要拉盖主任坐到自己旁边来。

盖主任说："我昨天说的是明天这个时候，这不正是吗？"他把"天"说得很轻，并做出一脸求饶的表情，顺从地拿着酒杯坐到周独见身边。

周独见顺势掐了盖主任的脖子一下，半开玩笑地说："你小子到啥时候都能当上好人。不过我得告诉你，以后别馆长说啥就跟着说啥，别以为馆长说的都是真理，真理往往掌握在人民群众的手里呢。"

"你厉害，我不跟你犟，这一套一套的。来，咱们还是喝酒吧！酒是粮食精，越喝越年轻。"盖主任笑呵呵地说着，把大家的酒都满上了。

不知是因为昨天酒喝多了的缘故，还是因为今天的酒师出无名，一顿酒喝得平平淡淡，毫无高潮可言。区文化馆人喝酒往往都要喝透，这么喝酒太不像区文化馆人的喝酒风格了。除了一向能喝酒的盖主任喝了半斤白酒外，其他人好像都没怎么喝。

周独见说："我有一本新书要出，出版社要得紧，下午得继续写小说呢。"不一会儿，他就撤了。

半个小时后，吕大神也说："有个日本画商下午要来看画儿，我也得先走一步。"

余下这些人，不仅说话不行，喝酒上也没有多大战斗力了。尽管大刘还在继续劝酒，但是大家都像提不起精神似的。就这样，大刘高高兴兴安排的酒席没有持续多久，距下午上班还有半个多小时呢，人们就都各找各的借口散去了。

赵大良刚回到办公室就被盖主任喊到楼上去了，盖主任说馆长们要找他谈话。

赵大良一进馆长室，三位馆长就笑着让他坐下。赵大良想，肯定是自己的职称评上了，馆长们这是要告诉他了，就笑着坐下来。

"大良，你这几年没少捅咕①啊，作品画了不少哇！"张副馆长不见外地拍着赵大良的肩膀，接着又表情严肃地说，"大良的东西正经不错，这几年省级奖也没少拿。"

"在文化馆的人缘也不错呀，评职称得票最多。"陈副馆长也笑着说。

"大良行，才三十多岁，大有前途。"肖馆长说。

赵大良不善言辞，就说："还不行，照行的差得远呢。"

肖馆长就说："别谦虚，这已经相当不错了。"

三位馆长和赵大良说笑了半天，才由陈副馆长挑头儿谈到了正题。

"大良啊，关于职称的事，我们三位馆长想和你谈谈。现在我就代表馆领导班子和你说说馆里的意思。其实呢，我不说你也知道，咱们馆里今年的副高指标少，报的人又多，馆里决定还是以大局为重，年轻的让年长的。当然，不是说年轻的就不够格，不是那个意思。是说年轻的以后机会还多，也不差那么两三年。尤其像大良你这样务实的年轻人，以后机会更多，是不是？"陈副馆长微笑着望着赵大良，像在征求意见，又像在宣布馆里的决定。

赵大良没想到会是这样，心里不是滋味，又不知该怎么说，就勉强笑着说："这事……这事还是领导说了算。"

---

① 捅咕：方言，此处指悄悄地做。

"这次没评上不是说你大良不够格，绝不是，实在是指标太紧张，没有办法。"张副馆长总能在很适宜的时候说话。

赵大良想说点儿啥，张了张嘴又咽了回去，仍木木地微笑着。

馆长们又陪赵大良就一些馆内无关痛痒的事说笑了一番。

赵大良坐了一会儿，觉得没啥意思，就站起来说："还有别的事没有？如果没别的事我就走了。"

馆长们说："那就走吧，没别的事了。"

赵大良苦笑着走到门口时，肖馆长又问了一句："大良，你对馆里的决定有没有啥想法呀？"

"没啥想法，只是……只是事先没想到。"赵大良一边往外走一边回答肖馆长的问话。

"可不要有啥想法呀。"赵大良走到门外了，肖馆长又说了一句。

赵大良整个下午过得无精打采，想起上午的大刘，又想起周独见和吕大神中午喝酒时的异常表现。赵大良想到大刘可能争取到了职称，可为什么想不到他大刘上，自己就要下呢？

赵大良想起周独见投票那天的预言，觉得周独见确实精明。

赵大良又觉得吕大神也确实和一般人不一样……

赵大良到家时，于玲正兴致勃勃地扶着儿子骑刚买回来的小车。于玲咯咯咯地笑着，一会儿让儿子往左，一会儿让儿子往右，见赵大良进来就用办喜事一样的表情说："大良你看，多好，儿子骑得多好！车也是个价呀，二百八十八呀，跟大人的车一个价。看，你快看啊！"

赵大良心里正烦，就说："哎呀，不就一辆小车嘛，看见了。"

"你这人是不是有病啊？！见人家高兴咋就那么难受呢！"于玲一下子兴致全无，下厨房叮叮当当地做饭去了。

赵大良没滋没味地吃完晚饭后就到自己的小画室里去了，直到于玲没好气地招呼他睡觉才到大屋来。

"你跟谁生气呢？我怎么惹你了？"于玲似乎不想继续冷战了，语气不是那么强硬地主动找话说。

"没跟你生气，谁有闲心跟你生气？"赵大良也尽量将声音放得平和些。

"那你怎么那个熊样呢？"于玲问。

"唉！职称又没戏了。"赵大良叹了一口气说。

"啥？！"于玲像没听懂，双眼紧盯住赵大良。

"馆里决定把职称让给大刘了。"赵大良说。

"我不管你'赵'字是否倒着写，你得把请客那钱给我拿回来。说你白扯吧，这回怎么样？总觉得自己不错，不还啥也不是？"于玲说。

赵大良这才想起前一天晚上和大舅哥于利发的誓。对呀，不是发誓说这次评不上职称，"赵"字倒着写吗？咋忘了呢？

赵大良整整一夜辗转反侧，心口燥热。他倒不是怕"赵"字倒着写，他实在是不想在这个重要问题上败给大舅哥这种人。

黎明前的黑暗中，赵大良终于想到了他那个叫周爽的大学女同学。好吧，只能这样做了，要想不败给大舅哥，这是目前唯一的办法，也是没有办法的办法。

第二十五章　老叔来了

赵二良家的小区这段时间正在做着老旧小区美化工程，一些农民工正挂在林立的楼体外作业。他匆匆走出家门，差点儿和对门邻居张大娘撞上。张大娘问："这一天天忙三火四①的，大周六的也不休息？"

"等我交上首付，买下一套小房子就不兼职送快递了。休息就没办法凑上房子的首付了，凑上之后还得还房贷呢，我哪有资格休息呀。"赵二良苦笑着说。

张大娘说："依我看哪，旧楼美化完了还得涨价。"

赵二良抬头望了望高高的楼群："可别再涨了。对了，大娘，你帮我看着点儿，对面楼那个墙面上有个废弃的空调洞，那里有一个鸟窝，里面的小鸟还没长大，可别让工人们给堵死了！"

"你自己的房子还没个着落呢，起早贪黑地送快递，咋还有那份闲心？好好好，我帮你照看着，快去忙吧。"

七月是这个北方城市里一年中最炎热的时候，赵二良大汗淋漓地穿梭在大街小巷，一上午都在忙着送快递。临近中午时，赵大良打来电话："二

---

① 忙三火四：方言，非常繁忙的样子。

良子啊，老叔从乡下来了。"

"老叔已经到了吗？在你那儿呢？"赵二良喘着粗气问。

"我在单位加班呢，咱爸刚才给我打了电话，说老叔乘的那趟火车今天下午四点二十到。"

赵二良想，老叔真的来了？他很惊讶。他和大哥在省城这十几年来，金稻村的亲戚说不来也基本都来过一两次了，唯独老叔没有来过。因为老叔性格随祖母，是那种不愿意给别人添麻烦的人。老叔一向认为进城就是要来麻烦别人，他一直不来与这有关。老叔在乡下也是这样，从来不去麻烦别人。可是，老叔今天怎么突然来了呢？

"老叔这次是一个人来吗？他是来办事，还是……"赵二良问。

赵大良在电话那头不很清晰地说："爸说老叔的身体出了点儿状况，说是要到省城来看病……"

赵二良觉得下午又多了一件必须办的事："那……那咱得去火车站接站呀。"

"这可怎么办呢？我手上正在忙着布置明天的儿童画展，下午恐怕脱不开身。我看这样吧，实在不行，就得你去车站接老叔了。你家里不方便的话，你就把咱老叔直接领到我家去也行。我今天就算晚也晚不到哪儿去，你大嫂下班差不多能准时回家。实在没办法，就得这样了。二良子，我撂了。"赵大良电话里表现出挺着急的样子，说完就匆匆挂了电话。

赵二良接赵大良电话时，手里也正拿着一大堆快件，快递公司经理说今晚之前必须送完。本来他就觉得时间相当紧张，这下就更要命了。赵二良本指望他大哥去接老叔呢，可他大哥却把接老叔的任务交给了他。

作为城市的外来人，成就点儿事业本来就不容易，城市生活节奏快，每个人都挺忙。人们早已经不习惯陌生人甚至是亲人介入自己的生活了。虽然赵二良也不太喜欢乡下来人，但他和大哥还是不太一样。赵二良觉得大哥有事也好，没事也罢，多半还是故意推脱。在很多事上他都能够明显感觉得到，大哥确实有点儿害怕乡下来人，时间一长，竟养成了"能拖就拖，拖一会儿是一会儿"的怪毛病。都是亲兄弟，赵二良又能说什么呢？

不过话又说回来，加上还有一个厉害的嫂子，赵二良有时也挺同情赵大良的。说句心里话，又何尝是大哥一个人害怕乡下来人呢？和他处境相似的人们，比如自己一些家在外地的同事们，情况也都差不多。坦诚地说，连赵二良自己有时也很畏惧乡下来的亲人们。人家大老远地投奔来了，你就得无条件全方位地接待，可是你的接待水平远远达不到人家坐在乡下火炕上想象的那个标准。赵二良一直闹不清楚人家为什么把进城的他们想象得那么好，其实，他们时刻都有一种活不起的感觉。最后，常常是把自己折腾得够呛，人家还不太满意……

赵二良又想起了帮金快手买手扶拖拉机的事，想起了帮俞站长的外甥上大学的事，想起了帮金稻村的亲戚找工作的事……

想到这里，赵二良又觉得有些对不住就要到来的老叔了。老叔和那些一般意义上的乡下亲戚还是不同的。老叔是那种不愿意麻烦别人的人，一向都很倔强。如今老叔终于要来"麻烦"他们了，肯定是实在没有别的办法了。再说，老叔除了是亲老叔之外，还救过他们兄弟俩的命呢。老叔可和那些一般的乡下亲戚不一样，和人们印象中一般的乡下人也不一样。老叔英俊洒脱，为人刚强。

赵二良好多年没看见老叔了。整个中午，赵二良都深深地沉浸在那些难忘的往事之中……尤其是老叔骑着大红马驰骋在雪地里，还有跃进大河里拯救他们兄弟俩的场景，总是浮现在赵二良的眼前。

赵二良还试图想象那属于老叔的当年情景：在那遥远的北方乡村大地上，晚归的村路上，英俊的老叔骑着红色大马趟起一路尘土……那时的老叔比赵二良后来在电影院里看到的美国西部牛仔还要剽悍许多，老叔骑着的那匹红色大马凝聚了他对马这种动物的一切美好想象……

赵二良没时间去吃饭，就买了一份盒饭，一边吃一边送快件，一边还发誓一样跟自己说着："千万千万不能忙忘了，今天再忙也得准时去接老叔啊……"

整个中午和大半个下午，赵二良都过得相当忙乱，时间似乎把他挤得要窒息了。但即使这样，他还是没能把那些快件送完。

眼看就要到四点钟了，坐小公共汽车从赵二良的单位到火车站至少也得二十分钟，他才匆匆地把小一点儿的快件装进包里，准备晚上再送。

出发前，赵二良还给远在市郊工作的姜婷婷挂了个电话，告诉她："老叔从乡下来了，我得去接站，可能得晚回去一会儿，还得你去接女儿。"

赵二良怕她有什么想法，还特意强调："就是曾经救过我和大哥命的那个老叔来了。"

"早上不是说好了吗？我今天下午值班，五点之前根本就走不了。你今天必须得去接孩子，实在不行，你就让大哥去接老叔吧。"姜婷婷在电话里一副很着急的样子。

赵二良说："大哥今天正好有事脱不开身，都说好了，我今天必须得去火车站接老叔。女儿只能由你去接了，晚点儿就晚点儿吧，你好好和托儿所的阿姨解释一下。"

姜婷婷好像不太高兴，说："咱孩子太小，人家阿姨本来就不想收，咱还不按时去接，人家得多闹心？赵大良咋总那么忙呢？轮大襟儿①也该轮到他了。他家离火车站才几步远啊？再说，他家的房子也比咱们的宽敞一些……"

"大哥确实是有工作脱不开身，你别小肚鸡肠的！"就像姜婷婷伤害了赵二良对老叔的感情，他突然不耐烦地在电话里埋怨起了姜婷婷，然后就重重地撂了电话。

赵二良紧赶慢赶，总算踩着点儿赶到了火车站。

这时，候车室的广播里正在播放老叔坐的那趟列车大约晚点四十分钟的消息。赵二良长舒一口气，也好，火车晚点就晚点吧，总比自己来晚了强啊。这样想着，他就靠在出站口旁边的铁栏杆上，把没送完的快件拿出来和客户预约送件时间。

赵二良一边打电话，一边想着如何安排老叔的住宿问题：就算大哥家离这儿近，也别去了，他家是一室一厅，也不是很宽敞。再加上大嫂于玲这段时间正在教小侄子弹钢琴，钢琴放在客厅里，老叔要去住的话，还得把钢琴搬来搬去的，也不方便。干脆，还是让老叔到自己那儿搭地铺对付几宿吧。

赵二良家虽然是两室一厨一卫，但是两家住。人都不错，就是六口人共用一厨一卫不太方便。不过，老叔又不是外人，还是那种不在乎吃苦的人。

---

① 轮大襟儿：方言，按一定次序排列。

七月份的天气，在地板上睡上几宿又算得了什么？不行的话，他就和姜婷婷、小悦睡在地板上，让老叔睡在床上……

五点十分了，出站口处的人渐渐多起来，赵二良收起电话，往出站口处凑了凑。从下车的人中打听到，老叔所乘的那次列车还是没有进站。

赵二良就又退了回来，和之前一样靠在铁栏杆上，这样可以同时关注几个出站口。他一边扫视着从出站口出来的人一边想：老叔得了啥病呢？老叔一向吃苦耐劳，这些年，我们老家那一带的盐碱地得到了开发，许多旱田都已改成了水田。据乡下来的亲戚们说，老叔和年轻时一样，一直热衷于种有机水稻，可能干了，整天兴高采烈地开垦着水稻田呢。老叔的胃一直不太好，肯定是胃出了什么毛病……

赵二良颇有些无聊地扫视着车站外面滚动播放的各种新闻和广告。其中有中央领导去海兰江畔视察的画面，这让原本无聊的赵二良一度兴奋起来……

又过了十几分钟，广播里说老叔乘坐的那趟列车进站了。这回，赵二良听得清清楚楚。

赵二良开始一个个仔细打量着从出站口涌出的旅客，审视着那一张张因长途旅行而憔悴不堪的面孔。说起来，他和老叔正经有好多年没见面了，老叔一定老了吧？是不是都变了模样啊？

人都走得差不多了，可赵二良还没发现老叔。是老叔没赶上车吗？还是……赵二良开始着急了，有了一种望眼欲穿的感觉。

不再有旅客从出站口出来了，出站口和车站的地下通道之间的广场上也不再有旅客了，赵二良仍然没有发现老叔。就在他犹豫是否到站前广场搜寻一下，最后向车站里回望一眼时，他猛然看见地下通道缓慢地并排走出三个人来，两个年轻人各扛着一个沉甸甸的大布袋子并搀扶着一位老者。赵二良一时没认出那位老者，也没认出那两个身体被压变形的年轻人。但他的目光却被他们牢牢地吸引住了。难道那位老者就是老叔？那两个年轻人就是老叔的两个儿子——他的大弟和小弟？

最后，直觉告诉赵二良：今天要接的人应该就是他们。

这时，他们刚刚看到赵二良，冲他招着手，脚步也比先前快了一些。

肯定就是他们了。赵二良迎上前去，亲热地轮流握住他们的手，一时好像不会说话了，竟说出了平时很多人见面时乏味的套话："多长时间没看着你们了，都快认不出来了。你们挺好的？家里都挺好的？"

"挺好的，都挺好的。"老叔艰难地微笑时，赵二良终于捕捉到了他多年前的影子。

小弟还是那么会说话："二良哥，我一眼就认出你来了！咋还这么年轻呢？城里人和乡下人就是不一样，城里人可真禁老呀，看你小弟我，都快成小老头了。"小弟的话说得极其亲切，一下就拉近了时间和空间造成的距离。

"走在大街上我也能认出二良哥来。"不太爱说话的大弟也说。

"二侄子呀，你也挺好的？老叔到底还是来麻烦你了。"老叔声音极低沉地说。

"老叔你这话说哪儿去了？到了你侄儿这里还有啥客气的。你就放心吧，无论如何，我们都会竭尽全力给你把病治好的，你不是有两个大学毕业的侄子在省城工作吗？看个病多大个事儿。"赵二良亲热地握住老叔的手，说得轻松加愉快。

老叔眼中好像闪着泪花："唉，人老了，不中用啦。你们都挺忙的，我这又来给你们添乱。"老叔说完想忍住咳嗽，可他没能忍住。

在老叔咳嗽时，赵二良叫了一辆出租车，分别把他们让进去。他让老叔坐在前边，他和大弟、小弟坐在了后边。

出租车开起来后，大弟趴在赵二良的耳边说："二良哥，我得先告诉你，乡医院说我爸得的是肺结核，县医院根据拍的片子说他得的是肺癌。现在就得看省里的医院怎么确诊了，眼下我们跟我爸说的就是肺结核。"

"我老叔得的不是胃病啊？"赵二良想说，但没说出来。他觉得脑袋一阵轰鸣。

"二良哥，咱家离这儿挺远的吧？"这时，会说话的小弟问。

赵二良好像是突然间改变主意的。就在那一瞬间，他突然决定不把他们带到家里去了。他显得有些慌乱地说："挺远，正经挺远呢，咱家离这里可远着呢。咱们还是先找个住的地方吧。"赵二良这时也感到了自己的不自然。

"老叔，我家地方太小，我大哥那儿也不怎么宽敞。城里不比乡下，我们还处于创业阶段,都没混上大房子呢,一家就那么十几平方米的地儿,没办法,咱们就得住旅店了。"赵二良边解释边让司机往省医院的方向开。因为他无法把患有肺结核病的老叔带回家去,尽管他不愿意怀疑老叔得的是肺癌,但他那十几平方米的小屋里还生活着年幼的女儿呢,他不为自己着想,也得为女儿着想啊。真的,他真的一点儿这方面的心理准备也没有,他无论如何也没想到他老叔得的是这类病。

"行,咱们就住店,住店吧。"老叔也像没啥心理准备,但又必须得表个态一样地对赵二良说。

"二良哥,那今天就看不成病了吧?"小弟有些急切地问。

"看不成了,都五点四十多了,医院早下班了。"赵二良无可奈何地说。

"那就得多住一天了。"小弟有些失望。

四个人在省医院招待所下了车。住旅店是要身份证的,可他们三个人只有老叔带了身份证。显然,他们在来之前并没有做住店的准备。所以赵二良在为他们办理住店手续时就遇到了麻烦,服务员只肯给有身份证的他老叔办理住宿登记手续。

"美女,他们是一起的,他们是父子关系,两个儿子是来照顾生病的父亲的。乡下人不容易啊,美女,求您帮个忙吧……"赵二良说了老半天好话,服务员才很给面子地回了一句:"除非那两个人有派出所开的证明。"

赵二良问:"哪个派出所?"此时的赵二良同样不想把两个弟弟或其中的一个弟弟带回家里去住,赵二良觉得他们身上也像布满了肺结核的病菌似的,他宁愿为他们出住宿费。

不知为什么,女服务员似乎并不欢迎招待所来更多的顾客,这在市场经济时代相当少见。她过了半天才说:"红星派出所呗。"

"就是人民广场那个?"赵二良马上意识到他问的问题相当愚蠢,但已经晚了。

"市里一共有几个红星派出所?你这人咋这么磨叽①呢?"女服务员不耐烦的声音一点儿也不出乎他的预料。

赵二良的户口就落在红星派出所。三年前他住单身公寓时,认识红星

---

① 磨叽:方言,办事翻来覆去,不利索,不干脆。

派出所一个姓孙的户籍员，这么晚了，不知道他下班了没有。赵二良就叫了辆出租车直奔红星派出所。

谢天谢地，那个姓孙的户籍员仍然在，并且又赶上他值夜班。赵二良就把刚买的一盒红塔山扔给了他，说想要开个证明。

"都是哥们儿，你的事就是我的事，你还这么客气，拿烟干啥？"姓孙的户籍员拍了赵二良一下。

这么晚了，如果没有认识人，这种事按理说应该很难办成。可事情顺利得几乎令赵二良难以置信，他竟然很快就开回了红星派出所的治安证明。

赵二良一回来，小弟就满脸敬佩地笑着说："我二良哥可真没白在省城混这么多年，这么一会儿，派出所的证明说开就开回来了，真行啊，我二良哥真行啊！"

从小弟的表情上看，他无疑是在说他的二良哥"神通广大"，也许他没想起或不会说这个好听的词。

小弟充满敬佩的表情使赵二良一度非常紧张。实际上，赵二良还是相当了解他自己的，他远远没有小弟想象的那样有能力、有道行。他就很认真地解释说："行什么行啊！你二良哥还是个小人物，之所以这么快办下来，是因为碰巧有个我认识的人在红星派出所当户籍员，正巧又赶上他值夜班。"说完，他僵硬地笑了笑。

"二良哥，其实我们两个都好说，只要我爸能住下就行了，你又何必跑了一趟派出所呢？这可太麻烦你了。"大弟看着他说。

"这儿的住宿费是最便宜的了，你二哥和大哥没本事，都还没混上宽敞的房子呢，真没法请你们到家里去住，条件不允许呀。"赵二良望着两个弟弟抱歉地说。

安排妥当之后，赵二良在附近的一家小酒馆给老叔和两个弟弟接风。

吃饭过程中，赵二良突然想起得让大哥过来陪老叔吃个饭。为了省钱，赵二良就用饭店的座机给大哥挂电话，手机关机，就又打了大哥家里的座机。电话是大嫂于玲接的，她气哄哄地说大哥还没回来呢。赵二良就把老叔他们住的房间号告诉了大嫂，让她转告一下大哥。

回来后，赵二良解释说大哥今天太忙了，不一定能来了。怕老叔他们误会,赵二良还向他们解释了一遍大哥没能来接站的具体原因。

老叔就说:"你们现在正是人生最好的时候,能不忙吗?老叔不挑这个,你们已经帮了不少忙了。老叔能怪你们吗?要怪就怪老叔这身子骨儿不争气,还得上病了。"

"老叔,哪能这么说呢?人吃五谷杂粮,谁能保证总也不生病啊?"赵二良说。

"这人真是老了,不中用了。"老叔说。

"老叔才五十出头,还是中年人呢。你来一块瘦的吧,我现在也不爱吃肥肉了。"赵二良说着给老叔夹了一块排骨。

小弟说:"二良哥,肥的给我吃,我喜欢吃肥的。"

赵二良夹了一块肥的给小弟:"能吃就多吃点儿。唉,看见你们我就想起了小时候……"

老叔说:"二良子小时候爱吃肉,尤其是肥肉,管那叫白肉。"

赵二良想起了往事:"唉,那时候穷,也是真馋啊。记得有一回,金快手就特意夹着一块白肉当众让我出了丑呢!"

大弟笑着说:"金快手也总爱逗势我们。"

老叔说:"那个金快手啊,有好心却没个正形。那时候其实大人们也馋肉,他自己舍不得吃,好心留给你了,却非要找个乐子。"

"唉,那时候小啊,丢人。"赵二良说。

"金快手后来又拿白肉来逗你时,终于让我逮着了。"老叔笑着说。

"你狠狠地给了他一拳头。从那以后,他再也不敢让我出洋相了……"赵二良也笑着说。

大弟说:"二良哥,不管怎么说,现在日子还是越过越见亮儿①了。"

赵二良说:"是啊,现在大米、白肉想吃多少就有多少,反倒吃不了多少了。"

大弟拍了拍身边的那袋大米说:"二良哥,等明天你尝尝咱家的大米,饭店这大米饭可不能比。"

小弟说:"二良哥,这米是用你老叔亲手种的'良心稻子'打出来的,

---

① 见亮儿:方言,快要成功。

这是有钱也不一定能买到的顶级良心大米,真的。"

"那肯定是,老叔种的还用说了。这大米,我得一粒一粒慢慢品呢。老叔那种稻经验可是金不换的。老叔,我一直有个不现实的梦想,就是有一天能和你一起去种'良心稻子'。"

提起种"良心稻子",老叔脸上明显高兴起来,止住咳嗽打起精神说:"种水稻的事我可在行。当年你没有机会回去种水稻,眼下住在城里了,就更没有机会回去种水稻喽。"

赵二良说:"老叔,可我总是做这样的梦呢,总能梦着和你一起种有机水稻。现在我有女儿了,也明白了你为啥坚持种'良心稻子',知道你就是要费尽心思把水稻种好,人得有个人样,水稻得有个水稻样。"

"那就回去和老叔一起种水稻吧!"老叔大笑着说。

"真想回去啊!"赵二良说着向每个人敬了一杯酒,竟然兴奋地连干了三杯啤酒。

亲人相见格外亲,大家喝完最后一瓶啤酒后,赵二良说:"今天咱就简单吃点儿,你们坐这么长时间车也累了,还是让老叔早点儿歇着吧。"

小弟问:"咱们不等大哥啦?"

赵二良说:"不等了,大哥这段时间太忙了,手机关机,刚才打电话还没回家,估计来不了了。"

老叔说:"都是老叔这身子骨儿不争气呀,你们本来就忙,我又跑来给你们添麻烦了。"

"老叔,哪能这么说呢?"赵二良说着就去服务台结账。

老叔示意大弟去结,大弟就跟了过来:"二良哥,我来结吧。"

赵二良说:"到这儿了,必须得我来呀。"大弟就没再争抢。

吃完饭已将近八点钟,赵二良又回招待所陪老叔唠了一会儿家常。这时,赵二良的手机响了一下,是姜婷婷给他发的信息:"回来时别忘了给小悦买奶粉。"

"是不是谁找你有事呀?快去忙吧,可别误了正事。"老叔很为赵二良着急。

"没事,都下班了还有啥正事。"赵二良虽然很想回家帮姜婷婷照顾女儿，但又不忍心撇下老叔和两个弟弟。

又坐了一会儿，手机又响时，赵二良终于坐不住了，就不好意思地说："老叔，我得回去了，孩子太小，你侄媳妇儿一个人还真不行，明天我带她们娘俩来看你。"

老叔极难为情地挣扎着坐起来："哎呀，看我这记性，是不中用了。我怎么都忘了呢？二侄子你赶快回去吧，孩子还小，你媳妇儿上一天班儿也够累的，兴许晚饭还没吃到嘴里去呢！快回去吧，我就怕来了麻烦你们，这不正是？对了，没啥给你们拿的，临来你老婶给装了点儿大米……"老叔一边把一袋子大米拿给赵二良，一边又剧烈地咳嗽起来。

赵二良说："大老远的，还拿这个干啥？"

老叔边咳嗽边说："没……没啥好拿的，就是这么……这么个意思吧。"

"那我就先走了，明天早上再来。"赵二良说着就匆忙往出走。

大弟和小弟送他到楼梯口，赵二良让他们留步，大弟坚持出来送他。

路上，赵二良又问了大弟家里目前的一些情况和打算，大弟一开始遮遮掩掩不肯说，最后才吞吞吐吐地说："……这些话我真不该说，我和小弟现在都很困难，也不怕二良哥笑话，农民挣点儿钱太难了。为了给我盖房子、说媳妇儿，辛苦了一辈子的我爸也差不多倾尽了所有的积蓄，他要是得了肺结核，我和小弟就是倾家荡产也得想办法治，要真是得上了肺癌……真不是我们当儿子的不孝顺，我们也就……也就只能等着他老人家死了……"

赵二良听得很震惊，也很难受。想来想去他也没有更好的办法，就说："是啊，实际上我们当侄子的也帮不上什么太大的忙。在别人看来，我们大学毕业能留在省城各方面都不错了。实际上我们又有什么，也不过是工薪阶层。不过大弟，你也别着急上火，先确诊，完了再说。你毕竟还有两个哥哥在省城混呢。"

大弟似乎还想说点儿什么，但他没有说。

回家的路上，赵二良尽力回忆着大弟下车后的种种举止，虽然在付宿费和饭费时大弟也一直在和他争着买单，但大弟每次都没有底气坚持到底。大弟天生不是那种虚头巴脑的人，从这些细节上赵二良也足以看出他目前经济上确实很拮据。

第二十六章　城市蜗居

晚上九点多了，赵二良才回到家里。姜婷婷果然还没有吃上晚饭，小悦正在哭闹。

还没等赵二良换完拖鞋，迎出来接他的姜婷婷见他手上并没有奶粉，突然变得急躁起来："孩子都快饿死了，让你买的奶粉买哪儿去了？"

赵二良只觉得脑袋"嗡"的一下，他怎么会把这么重要的事给忘了个一干二净呢？

姜婷婷的奶水不足，小悦一直离不开奶粉。说起来也怪，一般的奶粉她还吃不消，倒吃惯了大批发市场上才有的那种具有特殊味道的"高钙奶粉"。可是这个时候了，大批发市场早关门了。再说，预计买十袋奶粉的那两百块钱，从下午到晚上已经被赵二良花得差不多了。

姜婷婷没像赵二良预想的那样第一时间问问老叔的情况，这令他很意外。赵二良虽然心里不很痛快，但他还是很自觉地到楼下的食杂店买了一袋普通奶粉。

赵二良把奶粉袋剪开，熟练地用小勺舀一些奶粉放到杯里，又把温水倒进去，再将调匀的温奶小心翼翼地倒进奶瓶中……

"你们家总来人，总有事。"姜婷婷一边悠着已经睡着的小悦一边说。

赵二良想说，我们家就这样，谁家没有个三亲六故的？但他还是没有说出来。他只是说："我愿意让他们来麻烦我呀？"他看了看女儿，强压住心头之火。

小悦睡一小会儿就醒一次，小嘴直吮被角，显然是饿了。可当姜婷婷把装有普通奶粉的奶瓶子放到她嘴边时，她只是狠狠地吮了几口又马上吐出来，不停地哭着……

屋子小，又不太通风。看着姜婷婷被汗湿透了的后背，赵二良又觉得很对不住她。自从有了小悦，姜婷婷起早贪黑，白天上班，晚上回来还要带孩子。她早已不再是从前那个女大学生了，也不再是从前那个娇气十足的独生女了。

可是，又有什么办法呢？他们目前的处境就是这样。也许他们应该满足才是，在很多人眼里，这已经相当不错了。在这个拥挤的城市里，有多少年轻人连这样的小房子还没有呢。

赵二良更多地还是想起了他们同甘共苦、一路走来的种种不易。他来到厨房给一直不太高兴的姜婷婷做了一碗热汤面，还打了两个荷包蛋。

姜婷婷毕竟有文化、有修养，也不是那种得理不饶人的人，吃了热汤面和荷包蛋——还必须分给赵二良一个荷包蛋，也就好人儿一个了。姜婷婷还一边吃一边热情地打听起老叔的情况："老叔住哪儿了？咋不带回咱们家来住呢？"她的问话反倒显得赵二良对自己的亲人不够热情了。

赵二良说："我担心老叔得的是肺结核，怕传染，就不好让他和两个弟弟来家里住了。"

"来那么多人啊？肺结核？那可得抓紧治呀！"姜婷婷显得有些着急。

"再抓紧也得等明天医院大夫上班呀。"这时，赵二良感到他和姜婷婷真的还是相亲相爱的一家人。

狭小的房间里，赵二良伏案写着一份报社的策划文案。姜婷婷哄着不肯睡觉的女儿。

赵二良挠头琢磨时，看到姜婷婷冲他挑挑眉，示意女儿要睡着了。

姜婷婷越悠越慢，渐渐停下来。然后，她和赵二良轻手轻脚地抬起小毛巾被的四角，又摇晃了几下，才慢慢地把小悦往儿童床上转移。

两个人放下小悦后，放松地呼了口长气，脸上慢慢露出微笑。接着，赵二良和姜婷婷唠起了一些有关老叔和两个弟弟的事……

深夜了，姜婷婷还帮着赵二良做起了报社急着要的文案。她戴上眼镜，很认真的样子。

突然，外面响起几声肆无忌惮的敲门声，一个男声响起："爸，开门，开门哪，我忘带钥匙了。"

小悦一个激灵醒了，哇哇大哭起来。

对面房门打开，张大娘一边往出走，一边不满地责怪："又哭上了，这么晚了也不好好哄孩子睡觉，这不影响别人休息吗？"

赵二良和姜婷婷赶紧扯起小毛巾被，继续悠着小悦，用愤怒却无声的表情忍受着。

过了一会儿，姜婷婷都快睡着了，可小悦虽说不哭不闹了，却仍然眨着大眼睛瞅来瞅去。

赵二良起身过来小声说："媳妇儿，你先去睡，我自己悠会儿，等她睡安稳了再叫你。"

姜婷婷迷迷糊糊地摇了摇头说："没事，我再悠会儿，等你把策划文案写完一起睡吧。"

姜婷婷的目光扫过小房间的照片墙：两个人穿学士服的合影、毕业照、结婚照……最后目光落在了墙角的"瞎掰"上，那个"瞎掰"依旧精致得出奇。

小悦的眼睛半张半合，又快睡着时，赵二良的手机突然震动起来。

小悦又委屈地小声哼着，赵二良赶紧接起手机。

姜婷婷小声抱怨："是谁呀？真是的，大半夜的还打电话？二良，你就不能整个静音吗？"

赵二良指着手机说："是大哥，准是有啥急事。"赵二良接了手机后，轻手轻脚地出了房间，进了卫生间："大哥，啥事？"

赵大良声音极小："二良子，没吵醒小悦吧？"

赵二良迟疑了一下："没有。大哥，有啥急事？快说吧。"

"没啥急事，我刚刚到家，今天没时间去见老叔了。我就是惦记着老叔的事，才这么晚给你打电话问问。"

赵二良在电话里把老叔目前的情况详细地和大哥说了一遍，最后还让大哥多联系一下熟人，找个权威专家，尽量让老叔早点儿看上病。

已经是后半夜两点多了。赵二良和姜婷婷又轮番悠着小悦，总算重新把小悦哄睡着了。

赵二良却翻来覆去睡不着，目光也一度落在了墙角的"瞎掰"上。他有些自责地想着：刚留在省城时，他还真说过让老叔来，领老叔好好逛逛呢。可这些年太忙了，要不是老叔真来了，他甚至都要把老叔给忘记了。可老叔这次来是看病的，唉……没想到看个病又是这么难。

姜婷婷迷迷糊糊地拉住赵二良的手说："二良，我感觉你这一宿叹了很多回气了，谈恋爱时你跟我讲过和老叔感情好，我知道。这次老叔来看病，你就多陪陪他吧，孩子有我呢。"

赵二良说："我就是有点儿担心，不知道得招待老叔他们几天呢，怕耽误工作，更怕快递公司找别人顶我。"

"那也得睡觉啊。"姜婷婷说着就睡着了。

第二天一早，伴着窗外小鸟的叫声，小悦睁开了眼睛在找人。姜婷婷打了个哈欠，瞅了小悦一眼。

赵二良轻声跟姜婷婷说："媳妇儿，大周末的，你再睡会儿吧，我给小悦冲奶粉，陪她玩会儿。"

赵二良在儿童床边拿着玩具逗着小悦。几声尖锐的鸟叫声，把赵二良的目光拉扯到窗外。赵二良抱起小悦，来到卧室朝北的窗户边上，看对面楼墙上的空调管道孔里的那个鸟窝。

赵二良伸手指向窗外，感慨道："小悦啊，你看，那就是麻雀的家，虽然看上去有点儿寄人篱下的感觉，但那毕竟是它们在这个钢筋水泥的城市里最为理想的家了。看到没，那两只麻雀有了自己的孩子，像爸爸妈妈一样呢，它们忙忙碌碌的，正从洞口飞进飞出打食养小崽儿呢。"

小悦瞅着赵二良，奶声奶气地咯咯笑着。

早饭时，吃着用老叔拿来的"良心稻子"做出的大米饭，姜婷婷说："怪不得老叔管这叫'良心稻子'，可真好吃呀！这么好吃的大米一定很贵吧？"

赵二良也感慨道："这么好的大米，可就是卖不上好价钱呢。"

"咋也得比市面上的普通大米贵吧？"

"并不贵，好像顶多也就是两三块钱一斤。"

"不会吧？这么好的大米都得不到消费者的认可？"

"是啊。"赵二良回忆起小时候,老叔家的早饭往往就是前一天晚上的剩饭。但那时的隔夜饭是软的,而现在的大米饭一凉了马上就变硬,问题就出在品质上。而种出这金子般粮食的人却受着大穷啊。想到这些时,赵二良心中又有了回家创业的冲动,他真想把这么好吃的大米推广出去啊。

赵二良还回忆起老叔曾经站在稻田里,弯腰拔起一丛稻子说:"看,这黑色的泥巴是不是比较松散,只有这样的泥土才能长出好稻子,好稻子才能做出好吃的大米饭。"

赵大良昨天晚上没来见老叔,说是在忙儿童画展。而实际上,他是去找大学同学办职称的事了……

昨天快下班时,心事重重的赵大良在去找女同学周爽之前,又硬着头皮来到馆长室。赵大良把目前职称对他的重要性说了一遍,甚至还很费劲地把他跟大舅哥之间的过码儿①也说了一遍。赵大良想:如果馆里能帮他这一把,他又何必去找周爽走后门儿呢?

可馆长们听了之后,只是和气地笑着。

张副馆长说:"大良啊,你说的还挺有意思呢。"

陈副馆长说:"大良啊,你还有比这更充分的理由吗?"

肖馆长说:"那天不是跟你谈过了嘛,馆班子会已经通过的事,不能随便改的。大良啊,你年轻,好好干,以后机会多着呢。"

"我想最后问一句,我这次一点儿可能性都没有了吗?"赵大良临走时又问了一句。

"没有了,馆里已经研究完了,都定了,下周一就开全馆大会公布。大良啊,这次就这么着吧。"肖馆长自己都觉得说得语重心长。

赵大良先给周爽打了个电话,说:"我一会儿到你单位去,找你办点儿个人的事。"然后下楼骑着自行车往周爽所在的市文化局赶去。

离市文化局还挺远呢,赵大良就碰上了出来迎接他的周爽。

"有什么要紧的事呀,你这么个大才子,还能求着我?"相貌平平的周爽看赵大良时,还是上大学时看他的那种欣赏的目光。

---

① 过码儿:方言,有交情,一般指金钱或物质上的往来。

"是评职称的事。听说你跟王局长关系不错,王局长给说句话肯定能行,我就找你来了。咱们都老同学,你就帮帮我吧。"赵大良在周爽面前,又找到了那种久违的优越感,本想客客气气地求人家,可是又完全不会了。

"有事了才知道来找我,平时连个招呼都不打,生怕谁赖着你似的。"周爽红着脸幽幽地说。

"这不是找你来了吗?"赵大良说。

"职称的事一会儿再说,先帮我把单位分的苹果送回家吧,我正愁没有人帮我往六楼扛呢。"周爽拉了赵大良一下就往单位走。

赵大良想说,你咋还不找个男人结婚呢?但没好说出口,又一想,周爽怎么不想找个男人,不过是高不成低不就而已。

赵大良帮周爽把一箱苹果背到六楼已是气喘吁吁。周爽让赵大良在沙发上坐下歇一会儿,她自己去厨房给赵大良倒水去了。

周爽拿了杯水美滋滋地回来,说:"有劳大才子了,我得做点儿好吃的招待一下你呀。"

赵大良忙说:"不早了,我这就走,你可千万别客气。"

"客气啥呀,老同学好久没见面了,吃顿晚饭还不正常吗?你以为我真费事操办呀,家里有啥是啥了。再说咱们还没谈你职称的事呢。"周爽说着就进厨房了。

吃饭时,两个人碰了无数次杯,赵大良总算喝下去一瓶啤酒。赵大良想,女人和女人真不一样啊,有的女人秀色可餐,而另外一些女人和她一起吃饭都没吸引力。

当赵大良再次想走而没来得及说出口时,周爽说出了赵大良意料之外的肺腑之言:"……你说我跟局长关系不错,你以为我就那么容易?要是有个年轻英俊的男人娶我,你以为我不知道怎样去做个好女人吗?你以为我容易呀,每天在机关里装出高傲,装出笑容,我真的不知道我这样能坚持多久……"

赵大良突然觉得眼前的周爽不是印象中的那个周爽了,没想到表面看上去总是乐观不知愁的周爽内心深处承受着这样沉重的压力。虽然周爽是个很普通的女人,但赵大良还是多多少少滋生出一些怜香惜玉的感觉。

所以后来周爽毫无底气地提出和赵大良拥抱一下以实现心中的梦想

时，赵大良没忍心拒绝她。赵大良只是觉得他这么做不是和心爱的女人拥抱在一起，而是在完成一项不太想做但又必须得做的工作，从一开始就期待着事情的结束。

晚上回家看到于玲时，赵大良又觉得很对不住她，就想尽量说点儿好听的："我今天找我同学办事去了，职称的事大有希望。"

"是吗？你也学会找人办事了？"因为赵大良晚回来一直气呼呼的于玲竟然"扑哧"一下笑出了声，"这就对了，早就应该这么做。"

"这不是没有别的办法了嘛，你以为求人那么容易？"赵大良说。

"以后学会多求人，办事就容易啦。"于玲笑得眉飞色舞。

第二十七章　艰难住院

赵二良家对面楼的施工架子已经搭好，工人们已经开始清理墙面。

听着小鸟啾啾鸣叫，走出楼道的赵二良停下脚步，问楼下乘凉的张大娘："大娘，你说这暖房子工程能不能把原来的空调洞留着啊？"

张大娘说："怎么可能留那个？透风的呀！"

"可是那里面有小鸟啊。"

"二良呀，人都顾不过来，你还顾着鸟啊？你没看附近几个做完保暖工程的小区，都让人认不出来了，什么野广告、脱落的墙皮、人为的伤疤……都不见了，真是太好啦！对了，听说做完暖房子工程，房子不仅保温，还隔音呢。"

赵二良听出张大娘话中有话，忙解释："昨天没买到孩子爱喝的奶粉，所以孩子哭闹得厉害，今天就好了。"

正说着，赵大良打来电话："二良子，你联系到能帮上忙的人没有啊？"

赵二良说："我和姜婷婷把能求的人都求了，现在还没找到合适的人呢。"

"唉，我估计你也是没找到呢，要有你早告诉我了。"赵大良说。

"大哥，你那边有希望吗？"赵二良问。

"自从跟你说完,我就一直在联系人,找了所有我能求得上的人,但现在还没看到可能性呢。唉,这样下去,他们得等到什么时候啊?"

"大哥,等到啥时候也得等啊。"

"二良子,今天还得你陪着老叔他们,你领他们出去溜达溜达,尽量别去花钱的景点啊!"

听赵二良没说话,赵大良等了几秒钟又说:"二良,我说这话,你别觉得我又怎么怎么不舍得花钱,忘恩负义,好像不近人情似的。你说我要是光寻思那些,怎么动情怎么煽情的,然后办正事的时候爱莫能助,顶啥用?一起哭咱也不能把天上的馅饼哭下来呀,咱不还得面对冰冷的现实嘛!咱不得把钱花在刀刃上吗?"

"我……实在不行我就天天去医院排队吧。"赵二良说。

"唉,我也没别的意思,就怕咱们亲兄弟的,你想多了。那个……看病这个事啊,不到万不得已的时候,我不能求你大嫂这边的人,主要是我一求人就得付出人情,然后这个人情费就瞒不了她。但是真到了万不得已的时候,我也舍得出我这张脸求你大嫂,人家毕竟是坐地户,关系多些。你等我信儿吧,咱走一步看一步。"

赵二良先到单位点了个卯,然后就来到了老叔他们住的宾馆。一进门,大弟就迎了上来:"二良哥,我可着急了,又没敢给你打电话问。今天能不能看上病呀?"

赵二良忙说:"我和大哥,还有你两个嫂子,都全力联系着呢,都等着回信呢。反正你们这趟不就是看病和看景两件事吗?哪个先哪个后,其实都一样。走吧,我先带你们出去溜达溜达,看看省城的风景。"

小弟说:"二良哥,你对你老叔太好了,还要带他逛逛省城呀?荷花湖呀,月亮潭呀,以前只是在电视上看见过。"

老叔说:"二良啊,老叔给你们添麻烦了。既然暂时看不上病,你就先忙你的去,不用非得陪着我,让你大弟、小弟领着我在这附近走走就行了。自从你们哥俩来了省城,我就在电视里留意着呢,啥都看到了。"

"老叔,电视上看的哪能跟真的看到的感觉一样呢,我刚来省城那阵儿就说过,以后要领你来省城看看呢,一直没实现,这回终于有机会了。走吧。"

小弟说:"爸,你不是一直说来了就听二良哥的安排吗?咋又不听了呢?"

老叔又一阵咳嗽,待停下来,才说:"二侄子,那就听你的安排,看看。"

大弟小声说:"二哥,我爸今早没吃下几口饭,不知他能不能走动。还是看完病再说吧。"

赵二良说:"宾馆前台有轮椅。"

省城的景点就那么几个,但头一次来到省城的老叔毕竟没看过。赵二良推着坐着轮椅的老叔和大弟、小弟在荷花湖边上游玩……

赵二良和老叔的话题总是离不开水稻,游玩时也在说着水稻。

赵二良想起吃早饭时和姜婷婷说起大米的事,就问老叔:"现在城市超市里的大米每斤在三块钱左右,好一些的能卖到六块钱以上,老叔你的'良心稻子'在金稻村能卖多少钱一斤?"

老叔笑笑说:"一直卖不上价,才两块多钱一斤。"

果然和赵二良猜的一样。赵二良觉得眼前的老叔好可怜。

看见湖边树上成群的麻雀,老叔不再说水稻了:"我发现省城里的麻雀比乡下都多。为什么金稻村的麻雀越来越少了?因为麻雀在乡村已经无法生存下去了。农药和化肥的大量使用是一个原因,有些农民为了防范鸟类偷食种子,种地的时候,很多种子都是泡过农药的。长时间没食儿吃,麻雀才不得不逃离乡村,飞到城里来了。"

赵二良说:"麻雀很难在城市里找到昆虫和谷类,更多的是捡拾城里人的残羹剩饭。麻雀的羽毛本来是褐色的,但城市里的工业污染使麻雀的羽毛变成了黑灰色。"

赵二良再次和老叔谈到种水稻时,老叔又明显精神了许多,眼睛里也闪现出多日不见的光泽。

水稻产量的不断提高取决于水稻品种的不断改良,这是老叔最感兴趣的话题。

赵二良说:"我早就知道,水稻有好多个品种呢。可以分为籼稻和粳稻,也可分为早稻、中稻和晚稻,糯稻和非糯稻。而且科学家们还在研究更新的水稻品种。"

老叔说："我一直关注一种独特的水稻——海水稻。海水稻的进化品种更适合在金稻村的黑土地上种。但最大的问题是海水稻产量低、口感差。如何改良它，或者如何种植改良后的优质粳稻，是目前最让人头疼的问题……"

赵二良说："书上说，最新开发出来的水稻品种叫超级杂交水稻，亩产量能大大增加。书上还说，不久的将来，第三期超级杂交水稻就能研发出来，亩产量最高能达到九百公斤！"

老叔说："亩产九百公斤，那是上化肥的水稻。金稻村目前不上化肥的有机水稻亩产量最高的也能达到五百斤了。现在国家政策更好了，鼓励乡村土地流转，还支持成立农民合作社，我以后争取整合上一百亩水稻田，都种上优质高产的新品种'良心稻子'……"

赵二良还用手机和老叔一起看了几段视频，已经有农民使用大小收割机灵活机动地收割水稻，还有的农民使用新型土鸭杀虫法大面积种植有机水稻，产量也很可观……

看完几段视频，老叔更来了兴致，说："最近这几年，政府又投资近三十亿，活龙灌区工程已经进入田间配套工程建设的最后阶段。这个工程可以引入海兰江水，大面积灌溉稻田，还会大大改变部分地区长久使用地下水灌溉的情况。金稻村正好处于第三积温带下限，由于成熟度不够，以前很多优质高产品种不能种。现在用海兰江水灌溉，水温提高了，成熟度就上来了，很多优质高产的品种可以放心大胆地种了。"

赵二良突然想起了李勇浩，就问老叔："李勇浩还是从前那个样子吗？"

"可不就是这个李勇浩嘛，他也想整合全村的水稻田，还要种上化肥、打农药的高产稻子。"提到李勇浩，老叔的目光好像一下子暗淡了许多。

沉默了好半天，老叔又说："为了扩大养殖规模，李勇浩还无节制地放牧羊群，破坏了草地。马胜利还是在偷着挖黑土非法出售，李勇浩经常和他混在一起……"

赵大良虽然没有时间陪护老叔，但下班回家后也一直在为给老叔找专家治病的事四处打探着。赵大良在卫生间里又发了几条信息后，才回到房间边辅导儿子大乐写作业，边不时地盯着手机屏幕看。

开了静音的手机一闪,一条信息进来了。赵大良拿起手机又闪进了卫生间。

在旁边整理着衣物的于玲看着赵大良又一次垂头丧气出来时,讽刺道:"我说了吧,赵大良,你没那金刚钻就不要揽瓷器活!你看,如果你职称评上了,是不是就能往上走一个台阶?不仅工资能上一个档次,画的画儿是不是也跟着上个档次?如果你能当上主任,慢慢再当上副馆长,那样你认识的人是不是也多一些?那你找人看病住院是不是就更有门路了呀?"

赵大良说:"这都得慢慢来,走一步看一步吧,我最关心的是眼前能不能让老叔早点儿找专家看上病。媳妇儿,你是讲道理的人,你说不管谁花钱,那早一天看上病都是省钱的,早一天把他们打发走,咱们也早一天省心呀。要不,你再帮我想想门路吧,实在不行,就问问咱家大哥吧。"

正说着,于玲的手机响了起来,她按了免提键。

"我是你大哥。"

"大哥啊,你是说评职称的事你有门路是吧?"

"啊,人家说再不做工作就晚了。"

"嗯嗯,你中午吃饭的时候了解到的?那得让大良到饭店结账,我是讲道理的呀!那个见面再和他详细说是吧?好的好的,我马上让大良去。"

于玲挂了电话后对赵大良说:"你看我办事多透明,赶紧去买单吧,我哥说你评职称的事有眉目了,他朋友认识上面的人,能给帮着说说话。大哥刚请了人家吃饭,让你过去再跟你说说具体怎么运作。"

赵大良说:"我这回评职称用不着再找其他人了,我硬件全够了,也找过在市文化局工作的同学帮着说话了,我不是说了吗?我辅导的学生得奖了比我自己的画儿得奖了都有用,我是美术辅导部的,辅导奖最重要。不像以前,我是真差个奖,别人做做工作就有可能把我顶下去。"

于玲说:"赵大良你都这么大岁数了,能不能别那么天真?这次你的奖硬了,竞争也依然激烈,只要有利益在,啥竞争不激烈?我跟你说,你得仔细问问大哥,找人最怕找出岔子,整准了再出钱。这次我肯出一万。"

赵大良很吃惊:"你肯出一万?你舍得花呀?"

"大哥说这事至少得一万块钱。"

"大哥太黑了吧?不值!"

"我掂量过了,值!"

赵大良思忖片刻："那……那我就去吧。"

于玲拉住赵大良说："你跟大哥说准了再给钱啊！记住，不见兔子别撒鹰。"说着，她递给赵大良一张银行卡。

饭店包房里，于利坐在杯盘狼藉的餐桌边上。见赵大良来了，他冲着账单一扬脖："先结了账再唠。你说我妹妹挺精明的一个人，她怎么就看上你了呢？你除了会画画儿还能干个啥？画画儿你倒是画点儿能卖钱的，画上个副教授职称啊？"

赵大良苦笑道："这不快画上了嘛。"

"我跟你说，我这不是想帮你，我实在是看我妹吃苦我难受，我是想帮我妹，帮我外甥大乐，你知道不？"于利叼着烟说。

赵大良脸上的表情几番变化："你要这么说话，我这个账还真就不结了。我也不用你帮我找人帮忙评职称了，我今天没心情听你说这些。"

"赵大良，你还真硬气上了，要不是为了帮我妹子，我去费那个事？"

"这事我早就想清楚了，我这个职称要真靠你评上，那我赵大良这辈子在你家人面前就真不是个人了。"

"不靠我，那你就多余来了。"

赵大良犹豫了一下："我之所以还是来了，其实是想问问你另外的事能不能帮上忙。那个忙的性质和职称这个忙的性质是两码事。"

于利挑了挑眉毛："还得是个'帮'字吧？穷亲戚看病的事吧？听我妹叨咕了一嘴。没问题，你把账单结了再说。"

赵大良屈辱地拿着单子出去了。再次回来时，于利正拎着两个打包的菜盒出了包房门："这两个菜基本没动，拿回去晚上吃吧。都在你买的单里，别浪费了。"

赵大良强忍着接过菜盒："大哥，我老叔从乡下来了，想找专家看病，确诊一下到底是不是肺癌。你看能不能找到熟人尽早住上院，越快越好，他们着急回去。"

于利一本正经地说："让专家看病就比较难了，要是想住上院，那就是难上加难相当难，运气好你等个五六天，运气不好你等个十天半个月也有可能。"

"那得先看上病，得走一步看一步呀。"

"那走一步和走两步的人情可不一样。你要走一步，那你这顿饭也不够，再加个数。"说着，于利举了一个手指头，"如果接下来你还要走第二步，再加这个数。"他又换成了一个巴掌。

"咱还算亲戚呢，你是真黑呀！"

"还是我妹子那句话，你得讲道理呀，我又不是医生，医院也不是我开的，我也是求人的，要搭人情的。如果你连道理都不讲，下次可没人帮你了。"

这时，赵大良的电话响了起来，是赵二良打来的。

"二良子呀，别跟催命似的，我正想着办法呢。"

"大哥，我就是想告诉你，有办法了。咱老叔今晚就能看上病了。"

"啥？二良子，你在做梦吧？"

"大哥，真的，我兼职的快递公司里的一个哥们儿给出的好招儿。"

"啥招儿？"

"我说了老叔的情况，他问老叔发烧不，结果我一问大弟，大弟说老叔最近一直低烧。我哥们儿说发烧那就好办，让下半夜去医院挂发热急诊，就夸张点儿说疼得受不了了。"赵二良说。

赵大良忙问："急诊有没有专家呀？"

赵二良说："那不知道，主要是把相关的检查，比如肺部的CT啥的给做上，现在做CT三五个小时后就能打出报告来，在急诊那儿边打点滴边等，等天亮了，急诊那如果能确认结果，说没啥事，那乌云就全散了。如果急诊那边不好确诊或者来不及确认结果，也就直接转门诊了，就能看上病了。"

赵大良说："这倒真是个好招儿。"

赵二良说："这是最省时间的办法了，如果有事到时候再说。这还真得跟你常说的似的，走一步看一步。"

"二良子，你这电话打得太及时了，就按这个办法来吧。"

于利见赵大良撂下电话，说："赵大良，你就别磨磨叽叽的了，要办事你就麻溜①给人情费，我可忙着呢。"

---

① 麻溜：方言，干活动作干净利落，不拖泥带水。

芬芳大地

206

赵大良收好手机，瞅了瞅大舅哥，把手里的两盒菜往他手里一塞："第一步就先不麻烦你了，这顿饭算我白请你的。"

"我们家人都是讲道理的，等你麻烦我第二步的时候这顿饭还是顶数的。还有评职称的事，你想好了，麻烦我的时候，这个也是可以顶数的。"于利说。

赵大良冷笑了一声，扭头就走。

于利对着赵大良的背影喊："哎，如果你职称的事靠你自己今年真能整上的话，我上你家倒着走给你看。哼，我看你就没那个本事！"

第二十八章　正式确诊

半夜，省医院发热急诊室里，护士给老叔打上点滴，临出门时说："留一个家属陪护，其余的人到外面等着。"

大弟对小弟说："我陪着爸，你和二良哥先回去，能睡就睡会儿吧。"

小弟说："那就让二良哥先回家去，我在外面等你。"

赵二良说："大弟，这么的，我俩在外面大树下的长椅那儿等着，有事你就找我俩去。"

赵二良和小弟来到急诊室门外的大树下，躺在了长椅上。赵二良疲惫地打了个哈欠，小弟沉重地叹了口气。

"小弟呀，别太担心，睡一会儿吧。"

"二良哥，我睡不着，其实我心里挺害怕的。"

"小弟，咱得往好了想。对了，这两天说这说那的，说得最多的都是从前的事，当着老叔的面，也不好细问。那个，我老叔这身体不舒服是什么时候开始的？"

"你老叔你还不知道？有病不吃药，干活不要命。现在啥都发展得贼快，就连咱老家那边的盐碱地也被开发利用上了，老多低产旱田都被改造成了水田。以前父老乡亲们一年到头也吃不上几回大米干饭，现在可好了，家家户户都种起了水稻。你老叔就整天兴致勃勃地带着大伙儿开垦那大片大片的盐碱地，梦想着有一天自己也能承包二十垧的水稻田种'良心稻子'。"

"依老叔的性格，那还不是早晚的事？老叔也太要强了，是不是累病的呀？"

"你老叔半年前突然咯血，大伙儿就劝他上县里瞧瞧，可他还坚持呢，说啥也不去。说一把老骨头了，没那么金贵，不如省下钱给就要出世的大孙子换糖球吃。"

赵二良坐了起来："已经半年了？"

小弟也坐了起来："嗯。那天半夜，你老叔疼得直砸炕沿，实在挺不住了才同意我们套车拉他上乡医院。乡医院说是肺结核，可是吃药打针一个多礼拜也没见效。没招儿了，我们才坐汽车上县医院看，县医院拍了片子后初步诊断是肺癌！当时我们哥俩都傻眼了！这可咋整啊？咋整啊……我们不敢相信，后来就又想到省里的大医院，可我们能指望谁呀，只能来省城找最有出息的大哥和二哥……"

小弟沉默了一会儿又说："你老叔原本不同意到省城来看病，他怕麻烦你和大哥。我们也不想来，只是……"

赵二良安慰小弟说："别着急，最后的结果还没出来，有可能就是肺结核或者肺炎呢。不管咋样，小弟，我和大哥都会尽最大力量的。"话说出口，赵二良又感觉自己的底气不是很足，就重新躺下说："小弟，你还是先睡一会儿吧，白天好替换一会儿你哥，我白天也得去单位顶一会儿呢。"

这边的发热急诊注射厅里，护士拔下最后的点滴，对旁边站着的大弟说："检查结果应该出来了，去取回来问问医生吧，如果需要继续治疗就得转到正常门诊，如果不需要的话就可以带病人回去了。"

大弟去发热急诊内科办公室取回了检查报告单，递给了医生。

医生拿着报告单看了一会儿，打量了大弟一下："你是病人的家属？"

大弟有些紧张，说："我是病人的儿子，老大，大儿子。我爸……"

医生说："从CT检查结果看，初步判断是肺癌晚期的可能性比较大。咱这边是急诊，现在这情况，病人要想继续在这儿确诊和治疗呢，就得转到门诊那边了。"

大弟愣了一会儿，缓了缓说："大夫，那接下来呢，接下来得怎么做才能救救我爸呀？"

医生说："住院，进一步确诊，先手术再化疗。我的判断是病人在时间上耽误不起，想办法尽快住院吧。"

见大弟不知所措地站着不走，医生问："怎么，不着急呀？"

大弟回过神："着急，太着急了。"

"你说，你们为什么不早给病人检查呢？在癌细胞扩散前做手术的话，至少能维持五年。当儿子的舍不得花钱给老爹看病，是不是？一个老爹养活好几个儿子，好几个儿子最后不管一个老爹。"医生说。

大弟不知说啥好："我……"

"自己要是定不下来，就赶紧回去找家里人商量吧。"医生最后说。

大弟回到发热急诊注射厅时，原本躺在病床上睡着的老叔已经醒了，看到大弟回来，他支撑着身体坐了起来。

大弟抹了下眼睛，挤出笑脸，摸摸老叔的额头："爸，烧还真退下去了。"

老叔看着大弟手里拿着的报告单："老大，爸刚才问护士，说你去找医生了，出结果了吧？爸得的到底是啥病？"

大弟极力控制着情绪但还是没能把话说顺："这……这是急诊，医生说初步结果就是……就是类似肺结核，但比一般的肺结核重。"

老叔盯着大弟："那咱……"

"医生说……说治疗的话，得……得转那边的门诊，然后住院治。"大弟还是有些吞吞吐吐。

老叔问："那咱是非得在这儿治？"

大弟说："这……这病比一般的结核重嘛，咱来都来了，等会儿和大哥、二哥再商量商量。"

老叔犹豫了一会儿说："那……那还是尽量能不麻烦他们就不麻烦他们。"

大弟说："爸，我知道。咱们走吧，他们在外面等着呢。"

老叔这才知道赵二良没走："啊？这在外面蹲这么长时间。唉，都跟着我遭罪了。"

发热急诊门外，小弟已经坐在椅子上了，正有些着急地往门口张望着。

看到老叔和大弟走出来，小弟推了赵二良一下："二良哥，你老叔他们出来了。"

赵二良揉着眼睛时，小弟已起身向门口跑去。小弟上前扶住老叔，急切地问大弟："哥，咋样？出结果了？"

赵二良也跑了过来："大弟，没啥大事吧？"

大弟瞅了瞅老叔，迟疑了一下："大夫说比一般的肺结核重点儿，说得先转正常门诊，然后再尽快办住院。"

小弟说："不是肺……我都担心死了，这下好了。"

赵二良说："没啥大事就好，我就说老叔吉人天相，让你别太担心吧。"

小弟说："二良哥，那咱们就带你老叔去专家门诊吧？"

赵二良迟疑了一下："咱们得挂专家门诊啊？我先带你们去看看吧。"

老叔说："二良呀，又得给你添麻烦啦。"

来到门诊部看到了长长的队伍，小弟问："二良哥，这人山人海的，啥时候能排上啊？"

赵二良说："我再给大哥打个电话商量一下。"说着他走到一边打电话去了。

回来时，小弟迎上去："二良哥，咋样？能优先看上不？"

赵二良叹了口气："大医院就这样，排着等着，咱是赶上老叔发烧，半夜看发热急诊才省了时间。这想住院更是得等。小弟，刚才我跟大哥也通过电话了，今天周一呢，我俩都得先回单位。大哥说他马上托关系找人，中午他争取过来，让你们先回宾馆等着。"

小弟有些着急："还得等呀？"

老叔说："听你二哥的。"

赵二良赶回报社还是迟到了太长时间。

潘主任拿着赵二良交的策划文案，火气很大地说："赵二良，你看看你这个策划案，什么水准？还赶上个周末，思考的时间很充分呀，你就整出这么个玩意儿对付呢？你家亲戚来看病你就可以耽误单位的工作了？你家亲戚给你开工资啊？你家要是七大姑八大姨挨个儿来，你就挨个儿陪着？我告诉你，咱这文化报社是民营企业，可不是什么慈善机构。你明天要是整不出另一个可行的新方案来，你就收拾收拾走人。我告诉你，早听说你还在外面兼着什么职呢，你可搞清楚，文化报社可不是给你一心二用当备胎的地方。"

与此同时，赵大良坐在美术部的办公室里，手指头不由自主地敲打着办公桌上的玻璃板，琢磨了好半天，才鼓足勇气拨打了大舅哥的手机，但马上又挂断了。

突然，手机响了起来，是赵二良的电话。

赵大良迅速接起电话："二良子，找着能办住院的人啦？"

赵二良说："唉，大哥，我这一上午电话都静音了，没敢动一下。午休了我才敢拿起手机来。我那个文案领导不太满意，全力重整呢，可昨晚我也没睡上多大会儿，脑袋里真是乱成一锅粥了。大哥，既然你大舅哥能找到人，咱就求他吧，人情费我出，我现在就给姜婷婷打电话让她转钱。再这么拖下去，就不仅是人情费这点儿事了。"

"你先别跟姜婷婷说了，你大嫂有张一万元的卡放我这儿，办职称用的，我先用来办老叔住院的事吧，事后咱俩还是均摊，这是咱俩的老叔，又不是你一个人的老叔。你下午就安心工作吧，我请假。但下班后你得接上，我得去接大乐放学，不能耽误。"赵大良说完咬了咬牙，还是拨通了大舅哥的电话。

电话那边传来大舅哥轻蔑的声音："啊哟，赵大良，你不怕'赵'字倒着写呀？"

"不是倒着写不倒着写的事！我寻思呢，你们家都是讲道理的人，饭我都买单了，留着顶别的事也不太好，就还是办我老叔住院的事吧。"

"听这话，你第一步是办完了呗？"

"办完了，第二步你能不能办吧，能办就按你说的数，不能办我再找别人。"

"等我电话吧。哎，对了，这事我妹子知道不？"

"她暂时不知道，因为这钱是我老叔他们自己掏，我觉得没必要告诉她，她知道了瞎琢磨容易添堵，你说呢？"

于利迟疑了一下："那就继续不让她知道呗。"

下午，赵大良和大弟带着住院相关资料来到医院大厅与等候在这里的老叔和小弟汇合。小弟看到他们走过来，赶紧起身迎了上去："大良哥，咋样？"

"住院手续办好了。"

"大良哥，你可太厉害了，有你在我们可真是有靠山了。我刚才打听了，在这里办住院可难了。"

"赶巧儿，我大舅哥正好有个高中同学的大学同学在这儿工作，又赶上有个加床的临时出了点儿意外取消了。"

大弟过去边拎包边问小弟："宾馆那儿退好房了？没落下啥东西吧？"

小弟说："都检查好了。"

赵大良说："病房只能让一个人陪护，你们还得有个人住外面，等会儿二良下班过来让他帮你们在这附近找宾馆吧。老叔，先让大弟和小弟领你去病房，明天主治医生一来，咱们就能开始治疗了。大乐放学了，我得去接他，还得陪他去课外班，就不能陪你们了。"

老叔说："大侄子，你快去忙吧，老叔净给你们添麻烦了。"

下班后，赵二良匆匆赶到医院住院部已经六点多了。找到老叔的病房，赵二良从门上的小玻璃窗往里看了看，搜寻到老叔和小弟。赵二良正要推门进去，突然看到门旁不远处的椅子上有个人，脑袋深深埋进了双手间。赵二良觉得那人好像是大弟，就走上前轻轻拍了一下："是大弟吗？"

椅子上的人果然是大弟，他抬起头来，一脸愁苦："二良哥，你可来了。"

"大弟，白天我单位实在走不开，这一下班我就往这儿赶，我先进去看看老叔。"

大弟咬了咬嘴唇说："二良哥，你先别进去，我在这儿坐着就是等你呢，有些话我必须得现在跟你说。"

赵二良问："下午主治医生又说什么了？"

"二良哥，我还是到楼下跟你说吧。"

赵二良有种不好的预感："大弟，有啥事你就说出来吧，省得我着急。"

"二良哥，我早上没跟你们说实话，其实急诊那边的大夫说我爸得的是肺癌……"

赵二良一惊："啥？肺癌？你……"

大弟流出了眼泪："二良哥，我没第一时间告诉你们，也是怕你们着急……"平静了一会儿，大弟声音很低地说："其实，县里确诊后我对我爸的病就已经绝望了。我们是农民,我们怎么有能力治疗癌症这种病呢?那时我就想:爸,你只能等着慢慢死去了,你一辈子再能干、再要强、再倔强也没有用了,谁让你是个只会种'良心稻子'的农民啊?谁让你不争气的儿子同样是没有能力、没有钱的农民啊?"

赵二良鼻子一酸:"大弟……"

大弟接着说:"二良哥,后来我又想,我爸从来没有去过省城,就带我爸去省城走一趟吧,让他看看他最想看的人民大街也行啊。我压根儿就没敢想是来治病,只敢想是来走一趟,顺路再看看病,万一不是癌症呢。可是……可是省城的医院再一次宣布我爸得的是癌症……这一点儿也没出我的预料,一点儿也不意外。从那一刻开始,我渐渐地不敢再正视我爸那孤独无助的眼神了。我从来没见过我爸有那样的眼神,二良哥你也知道,我爸从来不愿求别人的……但是他现在真的在求他的儿子呀!我爸瞅我的眼神和瞅别人的眼神不一样,这一点我时刻都能感觉到。他为我付出那么多,我是他的长子,他一定认为他的命就掌握在他的长子手里,可他可怜的长子什么也不能为他做呀!二良哥,真的,如果我死能换来我爸活,我都愿意。二良哥,咱们说他得的是肺结核,你以为他相信了吗?他只是没有勇气相信他得的是肺癌,他最了解他的大儿子,他的大儿子拿什么给他治癌症呀?我爸的眼神只有我能看懂……"大弟的声音越来越低,可句句让赵二良撕心裂肺。大弟一向老实厚道,赵二良知道大弟说的话毫无水分。平时说话时也是这样,憨厚的大弟和会说话的小弟面对他,对老叔的提法都是不一样的:小弟总是说"你老叔",大弟则是说"我爸"。

赵二良问:"急诊的医生具体是怎么说的啊?"

"大夫说,从CT检查结果看,判断是肺癌晚期。"

"还是肺癌晚期?"

"嗯,大夫让想办法尽快住院,进一步确诊,先手术,再化疗。"

"大弟,大夫还说了什么?我是说,现在治疗还来得及吧?"

"大夫说如果在癌细胞扩散前做手术的话至少能维持五年。可现在……"大弟的声音越来越低。

大弟没有直接说他需要哥哥们帮他一把,但赵二良似乎有这样一种感觉：一双颤抖的手一直在向他和大哥伸举着，就像他在上下班的路上见到的那种无能为力的乞讨人的手。

赵二良说不清心中是一种什么滋味，他真的能像刚接到他们时说的那样尽力去帮助他们吗？做到什么程度才算"尽最大力量"呢？他好像正在回避着什么，虽然口头上仍很客套地说着："先别着急，不是还得再进一步确诊吗？再看看这边的医生怎么说，我和大哥再想办法。"

"二良哥，这几天可把你和大良哥折腾够呛，都是当弟弟的无能啊。走，咱先去食堂吃饭吧。"大弟尽量表现得轻松一些。

他们把饭打到老叔的病房里。老叔说他不饿，没吃几口就放下了，一遍遍跟赵二良说："二侄子，你和你大哥都有一大摊子工作呢。年轻，正是人生最好的时候，也是最扛劲儿①的时候，赶快忙去吧，千万别把你们的正事给耽搁了。我这不是已经住上院了嘛，已经把你们折腾够呛了，你下午赶紧回单位上班去吧。"

赵二良说："下班后没啥大事，我坐一会儿再走。"

后来，赵二良留意观察了老叔，觉得大弟的话很准确。虽然大家都瞒着老叔，说他得的是肺结核，但从老叔间或流露出的表情看，他就像早已清楚自己得了什么病一样。老叔偶尔挂在面部的表情是那种知道自己生命有限的人所特有的表情，是绝对的对生存下去的渴望。尤其是在赵二良按照老叔的意思要离开病房和他告别时的那一瞬间，赵二良终于看懂了老叔那种近乎贪婪的目光，表面是一种大气憨厚的拒绝，实质却是一种小心翼翼的求助。赵二良有生以来第一次觉得他的老叔也是惧怕死亡的，以前他一直错误地认为老叔冒死救他们很正常，因为老叔给他的印象生来就是那种"一不怕苦、二不怕死"、勤劳勇敢的人。

赵二良嘴上说没啥大事，心里却为快递公司这两天积下的活儿着急。他一路小跑一路想着：当初老叔多次冒死救他和大哥的时候，不正是他现在这个年龄吗？用老叔自己的话说，不正是"人生最好的时候"吗？而年轻的老叔为了他的两个侄子，却能纵缰跃马，义无反顾……

---

① 扛劲儿：方言，有耐力，坚强。

赵二良来到快递公司没有急着上楼，而是坐在马路牙子上先给赵大良发了一条信息：大弟之前没说实话，急诊那边的医生说老叔的病是肺癌晚期。你什么时候方便联系我一下，我先把快递公司积压下的快件送完。

发完信息，赵二良这才往车上一趟一趟地装着大包小箱的快递……直到最后一车货装好后，赵二良坐在小车上拿起手机看，还是没有大哥的回复信息。

值班的同事看到赵二良没走，就问："二良子，你冲不冲澡？今天咋不着急回家啦？不冲澡我可锁门睡觉啦。"

赵二良又看了眼手机说："冲，得冲，太晚了回家冲会影响邻居休息的。"

直到赵二良冲澡时，赵大良的电话才打来。赵二良关上水龙头，拽过毛巾擦擦手，急忙接起电话："大哥呀，我正冲澡呢，你说。"

赵大良在自家卫生间里压低声音说："我说二良子啊，大弟表面上看着挺憨厚的，实际上这不是耍咱们呢吗？今天办住院交费的时候，我看他掏钱那费劲的样儿我还真寻思了，带的钱好像不多呀，够不够呀？咋的，咱们招待着，帮忙看上病住上院了，还得咱俩掏钱给接着治病呀？退一万步说，肺结核行，咱能帮着治，可这是肺癌呀，晚期呀！"赵大良的声音没控制住，把他自己也吓了一跳，他贴着卫生间的门听了听。

"大哥，大弟不是那样的人，他不能是耍咱们，他就是没办法了。"

"二良子，他没办法咱俩就有办法吗？我跟你说，我同学大老肥他爹就是肺癌晚期，手术后在肿瘤医院化疗呢。三个月，花进去三十多万了！大老肥一张画儿能卖好几万，有钱，认他爹剩下的日子'一寸光阴一寸金'地过。可咱俩有啥呀？"

"那咱俩……"

"我的意思是啥呢，咱们一家人不说两家话，咱们实话实说……老叔跟大老肥他爹比不了，人家父子俩有大房子，有豪车，还有好几百万存款呢，老叔哪有钱啊？老叔的两个儿子也没钱，最后没招儿了，说好听点儿，不就得跟咱们借吗？你说咱们借不借吧？两个弟弟根本就不具备偿还能力，咱们借给他们钱，咱们又怎么办？再说咱们也真没啥钱啊。我这儿除了你嫂子让我办职称的一万块钱，小金库只剩两千多了，你大嫂把着的钱就不用打主意了。你呢？就算弟妹同意拿钱，又有多少？"

赵二良迟疑道："我到家再跟姜婷婷商量吧，看能拿出多少钱……"

赵大良说："行，那你就商量去。明天早上我再找我大舅哥，让他找人帮忙，跟医生问出两句实话，然后再做下一步打算，走一步看一步吧。"

赵二良到家时已经十点多了。小台灯的光亮下，姜婷婷正打着瞌睡。

赵二良进屋后，轻手轻脚地走到女儿的小床边，看着睡得正香甜的女儿，把盖在她肚子上的小毛巾往上拉了拉。

姜婷婷揉着眼睛："二良，我一个人哄孩子，做不了饭只能订外卖了。老叔咋样啊？还得几天呀？"

犹豫了一下，赵二良还是鼓足了勇气："媳妇儿啊，老叔已经确诊了，真的是肺癌，并且还是晚期。医生让住院治疗，两个弟弟都没有太多的钱，看来关键时候，咱们还真得借给他们点儿钱用呢。"

姜婷婷惊讶得张大了嘴巴："肺癌？晚期？不是肺结核呀？太可怕了，你咋不早点儿告诉我呢，我还以为老叔得的是普通的肺结核呢。"

赵二良说："我不是怕你跟着上火嘛。"

姜婷婷沉默了许久后，满怀深情又不乏理性地说："咱家现在确实有五万块钱，如果这五万块钱真能救了老叔的命，别说借，就是给，咱也得拿出来。可是，如果用这五万块钱只是起到让一个癌症晚期患者多活几天的作用，我真的觉得有些不太值得了，你说呢？"

赵二良说："唉，可是这个癌症晚期患者是我老叔啊！"

"其实，不用我说，你自己也清楚咱们这五万块钱是怎么一块钱一块钱积攒的。当然,这只是我个人的看法,不一定对。如果你觉得必须得拿钱，银行卡就在抽屉里，那你就拿去，我也绝不反对。人心都是肉长的，谁还没有个骨肉亲人呢？再说老叔还是你和大哥的救命恩人呢。"

"是啊，大眼瞪小眼地看着老叔得病了不给治，让老叔等死？不是那么回事啊……"

过了一会儿，姜婷婷又说："在我们生活的这个城市里，有这五万块钱实际上跟过去说的穷光蛋是一码事，只是我们不忍心承认罢了。如果没有这件事我还从来没有认真想过这些，你说万一我们自己或者我们的父母病倒了，我们又能怎么办呢？"

夜已经很深了，赵二良毫无困意：老叔这病，治还是不治？治吧，还真就没钱；不治吧，那也说不过去呀……赵二良，你的最大能力有多大？你有能力拯救谁呀？你有能力抵御灾难吗？你只是尚未摊上灾难而已，你连自己都拯救不了！

天刚亮，赵二良就起床了。在卫生间洗脸时，赵二良偶然发现自己头上已经有了几根白发，他想：一定跟刚刚过去的这个无奈的夜晚有关。

天可真热啊！大清早也没凉快多少。心乱如麻的赵二良拧开水龙头，把头伸过去冲了一会儿。

对门张大爷推开卫生间的门，拉着脸说："我说二良子呀，我站在门口可有一会儿了，你洗个头这么浪费水可不行呀，咱们可是分摊水费的。"

赵二良吓了一跳，拧上水龙头，抓过毛巾擦了擦头，忙说："张大爷，我刚才头疼得厉害，就多冲了一会儿。可这也顶不上冲一次澡的水量，我平时可都是在外面冲完澡后才回来的。"

张大爷坚持说："不管因为什么，你浪费水那都是不对的。"

赵二良只好说："张大爷，我知道了，是我不对，下次一定注意。"

"两家走一个水表，可不得多注意点儿咋的？"张大爷这才不轻不重地把门关上了。

第二十九章　秘密操作

赵二良起了个大早去了医院，打了饭送到老叔的病房里。

赵二良推门进来："老叔，昨晚睡得好吧？我把饭给你打来了。"

老叔说："二侄子啊，老叔不饿，你大弟和小弟去食堂了，一会儿就回来了，你快去单位上班吧。"

"老叔，时间还来得及，我坐一会儿再走。"

老叔慈爱地瞅着赵二良，习惯性地说起了水稻⋯⋯

爷俩唠了半天，赵二良才不得不去上班了。

心里一直惦记着老叔，直到午休前，赵二良总算完成了新的策划文案，匆匆拿去给潘主任看。

潘主任表情严肃地看完，又盯着紧张的赵二良看了看："你看，这弹簧使劲儿压下去弹回来的力就是大点儿，这回这个方案果然比上一个强了一点儿。"

赵二良如释重负地长出了一口气："潘主任，那我就按这个准备去了。"说着，他就要走。

潘主任叫住赵二良："等等，我说可以了吗？我只是说比上一个强一点儿！"

赵二良问："那……您的意思？"

潘主任一脸不高兴："抓紧去调研，马上再拿出一个新方案来！"

赵二良虽然压力很大，但毕竟可以以调研为借口从单位跑出来。他来到医院住院部楼下停自行车时，赵大良打来电话："二良子啊，你今天下午咋也得请个假了，咱俩都去医院吧，把老叔的事解决一下。"

"大哥，我就在住院部楼下呢，我那个方案又没通过，潘主任让我去调研再弄个新方案，我就趁机跑医院来了。"赵二良说。

"那好那好，我现在就往医院赶。我边走边跟你说啊，这一上午我都忙活死了，虽然没见着我大舅哥，可我已经好话说尽了。二良子，我大舅哥回过来的话是这样的，说主治医生把同学求的事很当回事，今早一上班就看了咱老叔所有的检查报告，认为咱老叔目前的情况得马上手术，就让手下给尽快安排，可听说咱老叔他们没预交手术费，说是还没凑上呢。你看，大弟他们就是没有多少钱。"

"是，他们要有钱就不用求咱们帮忙了。"

"二良了，我大舅哥又来来回回地让人帮着套了点儿实话，医生最后才说，像老叔这种情况，顶多也就能再活半年，一个月、两个月也是可能的，治疗价值不是很大了。"

"大哥，医生真这么说的呀？咱老叔才五十一呀！"

"唉，我当时脑袋忽悠一下子，咱老叔这不完了吗？咱们也不能就这样让他等着死啊！可是后来，我冷静下来还是觉得确实没办法了。昨晚我就一直琢磨，治，不就是让病人多活那么几天吗？等人走了，让子女们都背上沉重的债务？这到底值不值呢？人道不人道呢？盲目地尽孝道，负债抢救没有存活希望的癌症晚期患者就人道了吗？"

"可我们总不能跟大弟和小弟说就这样吧，救不了，回去等死吧？老叔总是用那种无助的目光盯着大弟，大弟的心理压力相当大。救吧，没有钱；不救吧，又不忍心。"

"我们怎么能直接去劝这种事呢？这事得让医生去做工作。对了，我大舅哥还帮咱们分析了目前面临的形势：现在情况已经相当紧急了，最好还是抓紧让老叔他们回老家去。有一个首要问题，就是设法让大弟决定放弃治疗。"

"这种话大弟怎么能说出口？"

"当然，大弟自己不能说不治了，这样有不孝之嫌；咱们当侄子的就更不能张罗打退堂鼓，那样也显得无情无义；只能去做主治医生的工作，让主治医生从医疗的角度来当众说服大弟放弃治疗才是最好的办法。"

"医生怎么可能那么说呢？"

"我大舅哥说，是人就有七情六欲，就免不了人间烟火，事在人为。二良子，你可别多想，在这件事上，我们真是一点儿办法也没有了，我们还不具备那份能力啊，这也是没有办法的办法。"

"大哥，这么做好吗？"赵二良往楼上瞅了瞅，"我咋觉得老叔好像在远处看着我呢。"

"现在也没有更好的办法呀，咱们都正当壮年，还得好好过日子呢。"

"可是，大哥，当年老叔冒死救咱俩的时候，不也正是他人生最好的时候吗？他可是毫不犹豫呀……"

"行了二良子，我还没跟你说呢，我大舅哥还说，咱老叔目前这个身体状况，说不行就有可能不行，万一不行在省城里，火葬场接收外地人的手续可相当烦琐，弄不好咱们还得雇车往乡下运呢，大热的天，费劲着呢，整不好，车都雇不着。让他说的，我现在都担心啊，咱老叔要真'老'在这儿可咋办啊？"

"不可能那么快吧？"

"二良子，咱可不是见死不救，还是那句话，咱确实没有这个能力呀！就这样吧，没有别的办法呀，这事真得快点儿办呢，我再给我大舅哥'磕一个'，让他找人跟主治医生打个招呼。二良子，医院见吧。"

赵二良徘徊在老叔的病房外，犹豫着，迟迟没有推门进去。最后，他坐在走廊的椅子上，掏出兜里的银行卡看了又看，又放了回去。

这时，护士推着小车过来给病房里的人换药打针。她推开门，看了看单子："2号病床还没预交手术费呀，赶紧交上，才能往前排呀。"

小弟说："嗯，我们尽快交，我们尽快交。"

护士推着小车又出来时，大弟跟在后面也出来了，发现坐在椅子上的人是赵二良后，大弟愁苦的脸上露出一丝惊喜："二良哥，你可来了，你咋不进去呢？我都急死了，上午医院让预交手术费，可我的钱没凑够……"

赵二良看着大弟满是求助和期待的眼睛，狠着心说："先别着急，再等等，大哥一会儿就能到，他在路上呢，我先进去看看老叔。"

病房里，老叔正打着点滴。老叔用另一边没打吊针的手拉着赵二良说："二侄子，你不用总陪着老叔，该上班得上班去呀。"

赵二良说："老叔，我下午不用去了。我们领导知道你在住院，给了我半天假。"赵二良说话时有些心虚，一直躲闪着老叔的目光。

老叔拉过赵二良的手，盯着他看了一会儿："二侄子，你说，国家政策越来越好了，老叔种的'良心稻子'是不是也越来越有指望了？"

唠了一会儿，老叔又突然说："二侄子，死，老叔倒是一点儿也不怕。老叔就是想看看大孙子长什么样儿，咋也得让老叔看看自己的大孙子再死呀。"

老叔说得很认真，像是在开玩笑，又不像在开玩笑。

老叔的话题怎么突然从"良心稻子"转到未来的大孙子了呢？赵二良听得心惊肉跳。

赵二良的神情也随着恍惚起来：是心灵感应？骨血反应？就像当年老叔从遥远的地方骑着骏马狂奔而来搭救他们一样？而这回却是反着来的。难道说老叔知道他和大哥的打算了？

这时，赵大良匆匆推开病房的门，赵二良和大弟、小弟迎了上去。

"老叔好点儿了吧？你看，没啥大事，打点儿药就见效了。"赵大良说完还冲赵二良使了个眼色，之后走过去给老叔削了个苹果。

没过一会儿，就有护士进来："2号床病人的家属，主治医生要跟你们说一下病人的治疗情况。"

除了老叔之外，赵家的四个男人都到三楼的主任室来了。

主治医生和其他几位医生早已等候在那里，他们一进屋，主治医生就吩咐一位值班大夫宣读了病人这两天的医疗报告和临床表现。

赵大良极不自然地坐下又起来，起来又坐下，心想：眼前这个主治医生就是电话里说的那个张主任吧？

值班大夫宣读完，叫了一声张主任，证明了赵大良的判断是对的。张主任这才说话了："唉，谁家有了病人谁都闹心，真是'有啥别有病，没啥别没钱'。这年头儿，老百姓得了癌症，谁家摊上都是要命的事。治吧，倾家荡产；不治吧，心如油煎。十指连心，都是亲人！"

听了这番话，大弟和小弟都极力克制着眼泪。

赵二良又捏了捏兜里的银行卡。

张主任瞅了几个人一圈，表情极其严肃地说："医院从不放弃对任何患者的治疗，医生的职责就是治病救人。然而，从一个医生的职业道德出发，我不得不深表同情地透露给患者家属真实情况，患者已是肺癌晚期。"

一时间，整个房间里鸦雀无声，就像所有人都窒息了一样。

张主任停了一会儿又说："鉴于患者已是肺癌晚期，并且癌细胞已多处转移，加上患者还是一位农民，家庭比较困难，我个人建议还是保守治疗吧，手术治疗的价值已经不是很大了……但下一步具体怎么治，我们还是要尊重患者家属的意见。"

大弟瞅瞅赵大良，又瞅瞅赵二良，又回头看看小弟，好半天才说："大夫，您看我爸这病是不是一点儿希望也没有了？我们是没钱，但哪怕有一点点希望，我们也不忍心放弃呀。大夫，既然您已经把实底都告诉我们了，还是请您帮我们出个主意吧，我们就听您的了。"

张主任表情复杂："这种事我不能替你们做主，治与不治，怎么治，还得你们自己定，交手术费、治疗费的是你们，还是你们回去商量吧。"

来到老叔病房外的走廊时，大弟好像突然间又没了主意："大良哥、二良哥，这是大事啊……你们说呢？"

过了一会儿，赵大良不得不表个态："主要是我老叔已经是肺癌晚期了，而且还多处转移了……要是早点儿确诊就好了。"

赵二良不敢抬头去看任何人。

大弟用征求意见的目光看看赵大良，又看看赵二良……

赵二良想躲开他的目光又没躲开时，大弟咬了咬牙说："大良哥、二良哥，那就得麻烦你们了，想法儿帮我多弄些止疼的药吧。我爸一辈子尽干活儿了，他真没享几天福，死前就让他少遭点儿罪吧。既然已经到了这步，我们还是回去吧。"大弟极其艰难地做出了最后的决定，说话时，眼泪就在他的眼圈里转着。

赵大良像怕大弟反悔似的立即说："那你们去跟我老叔说，就说刚才大夫说了这病回去治就行了，没必要在这儿治了。我呢，这就去跟主治大

223

夫说咱们的决定，然后就准备办出院手续吧。"

赵大良马上折回了主治医生的办公室，他敲了下门，走到正在电脑前工作的主治医生身边："张主任，谢谢您帮忙，我们还是决定不治了，现在就想办出院手续。"

张主任辨认了一下，问："你是赵大良吧？"

"是，我是。"赵大良点头。

张主任从抽屉里拿出一个信封递给赵大良，说："关于你们家的情况，你的朋友都跟我说了，凑不上手术费医院也不能硬留你们。这是你让别人转来的，请你拿回去，我从来不收患者的红包！"

赵二良和大弟、小弟走进病房时，躺着打点滴的老叔坐了起来，询问的目光在他们仨的脸上转了一圈。

赵二良的目光躲闪着，不知道还应当对他亲爱而可怜的老叔说些什么。

赵二良心想：老叔一定认为我们是为了拯救他而来的，他绝对不会想到我们会给他来这一手。

眼看老叔的目光越来越暗淡，小弟偷偷掐了大弟一下，大弟才艰难地说："爸，刚才几个大夫给会诊了一下，说咱这病也不严重……"

小弟也说："爸，大夫说了，咱没必要在这儿住院治，这儿的床位太紧张了，得留给病情严重的人……"

老叔愣了一下，随即目光又转到赵二良的脸上。赵二良极不情愿地冲老叔点了下头说："老叔啊，大夫……大夫是那么说的。"

老叔极突兀地微笑了一下，很坚决地拔掉手上的针头："那可太好了，老大，那咱就别在这儿占着地方了，赶紧给人倒出来。你现在就办出院手续去吧，然后就订票，我天天想着我那片稻田呢，这下可好啦，我也不用再麻烦两个侄子了。"

小弟说："爸，我大良哥已经去找大夫说了，等他回来吧。"

赵二良说："老叔，咱们也不用那么着急……"

这时，赵大良也急火火地回来了："老叔，张主任说了，让咱回去治。对了，二良子、大弟，你们俩抓紧去办出院手续吧，我得马上去整点儿特效药，尽量给老叔多整点儿。"

224

出院手续很快就办完了，赵二良领着老叔一家三口坐在住院部外的长椅上等待着大哥。

赵二良盯着"住院部"几个字看了一会儿，尴尬地说："老叔啊，这屋里太憋得慌了吧，医院真不是人住的地方，还是外面的空气好。"

脸上始终微笑着的老叔说："是啊，外面的空气比里面的好多了。哎呀，想家了，想家里的稻田啦！"

又一阵沉默后，小弟有点儿着急地小声问："二良哥，我大良哥咋还不回来呀？"

赵二良说："特效药没那么好整，不知能不能整到呢。"

赵二良看了看疲惫的老叔，对大弟说："要不我还是带老叔先到附近的宾馆住下吧！"

大弟正犹豫时，老叔坚定地说："二侄子，不用麻烦了，就让你大弟订票吧，能订上今天的就订今天的，不再等了。"

赵二良正为难时，赵大良的电话打了进来。赵二良忙问："大哥，咋样了？我们就在住院部外面的长椅上等着你呢，老叔说要订今天的票回去。"

"有眉目了！二良子，我找的大老肥，人家给他爸预留的药，我好说歹说人家才答应匀给我两盒，但得等到晚上六点之后才能送过来。对了，钱我也给人家打过去了，到时候大弟他们不给咱们钱，还是咱俩均摊。我跟你说个好事，我职称的事终于落地了，我评上副高职称了。这几天花的钱弄出的坑，我总算能拿职称评上的事填平了。我就跟你大嫂说，这职称是我花一万块钱办成的。剩下的钱我就充进我的小金库了，下次指不定咱家又哪个亲戚来呢。那个，你帮他们订票吧，稳妥起见，就订晚上八点之后的票，哪趟车能先走就订哪趟。订票的钱，千万别让他们自己拿，还是咱俩均摊。"

赵大良挂断电话好一会儿了，赵二良还一直听着手机的嘟嘟声……

小弟急切地问："二良哥，大良哥买到药了吗？"

赵二良这才回过神来，说："特效药挺难买的，大哥求了好几个人，才说给匀两盒，得六点之后才能送过来。"

小弟冲赵二良竖起大拇指说："还是我大良哥厉害！"

老叔说："二侄子，那就订七点之后的票吧，我看还是越早回去越好。"

"老叔，看得出来你真是想家了，真想你那片水稻田了啊。"赵二良心里很不是滋味。

大弟说："二良哥，我爸确实离不开他的水稻田。"

赵二良说："老叔，我大哥说为了保险起见，咋的也得订八点之后的票。我先查查车次，也别太着急，下次不一定啥时候能来呢，一会儿我再带你们逛逛，再看看省城的景点。"

老叔说："那就订八点以后的吧，越快越好。"

赵二良在手机上一番操作后，说："老叔，订好票了，八点五十多的那趟普快。"

老叔微笑着说："二侄子，老叔又麻烦你了。"

"老叔，你跟我客气啥？那个，这还没到四点，我还是先给你们找个宾馆歇一歇，咱们再找个特色小馆吃点儿饭，如果有时间就再看看荷花湖的夜景。"赵二良极不自然地说。

小弟说："二良哥，就别去宾馆花钱了，我们还没去过你家呢，也没见过二嫂和小侄女。就让你老叔去你家歇歇吧，再顺便吃点儿上车饺子行不行？"

赵二良说："也行，我给你二嫂打个电话，让她早点儿接孩子回来。"

老叔说："二良啊，就别麻烦你媳妇儿了，工作的事能不耽误就别耽误。再说了，孩子还小，老叔的病万一传染呢？"

赵二良说："那……那我就先不跟她说了。她呀，下班再接孩子，路上还天天堵车，到家还不一定几点呢。"

赵二良给姜婷婷发了条信息：媳妇儿，今天下班我还是不能回去做饭，你就带孩子去你妈那儿吃完再回来吧。

第三十章　匆匆送行

赵二良带老叔一家来到自家楼下时，暖房子工程正在施工。赵二良看向对面的楼房时，一个黑瘦工人已经把一块泡沫板抹满了胶泥，正准备按到那个洞孔上……那两只成年麻雀就盘旋在他们头上，叫得急切、悲惨……

因心中对老叔的内疚无处释放，看到这一幕，赵二良飞快地向前跑了几步，喊道："没听到鸟在叫吗？求求你了，就费点儿事，在泡沫板上割个圆孔，给鸟留个出口不行吗？"

黑瘦工人操着憨厚的东北口音说："大兄弟，不成啊。这怎么可能呢？城市楼体上的鸟窝多了去了，都留着，整个墙面不成筛子了吗？"

赵二良坚持说："咱们破破例不行吗？就留这一个。"

黑瘦工人再次举起那块泡沫板说："大兄弟，真不成。这怎么可能呢？"

"为什么不可能啊？"

"大兄弟，就是不可能。"

"实在不行，你帮我把小鸟掏出来行吧？"

"大兄弟，那你也养不活，麻雀崽儿气性老大了。俺是农村出来的，还是相当了解麻雀的。"

赵二良强忍住火气："难道就只能这样闷死它们吗？"

黑瘦工人说:"大兄弟,那啥……这是最好的结果了。说实话,俺也不忍心让小鸟们闷死啊,俺都不忍心细看啊!这不也是实在帮不上忙嘛。俺也只能敲一敲,尽量让能飞的都飞出来。"

赵二良怒吼起来:"扯淡!这有啥用啊?那小鸟刚开始长毛,哪会飞呀!"

黑瘦工人说:"大兄弟,再说,墙上留洞,工程验收时也通不过呀,那样的话工钱就没了,我们就白干了,我们还得养家糊口呢,大兄弟。"

说着,黑瘦工人就把手中的泡沫板向洞口按了下去。

赵二良的心剧烈地抖了一下,感到一阵眩晕:洞内那几只小鸟的最后时刻会是什么样子呢?再也等不来父母了,哪怕是一缕阳光、一点儿新鲜空气也没有了……

不一会儿,整面墙都变成白色的了,两只成年麻雀在白色泡沫板覆盖的楼房墙体附近疯狂地上下翻飞着,持续发出刺耳的嘶鸣……

赵二良带着老叔一家三口打开房门时,对门邻居张大娘听到声音走了出来:"哟,今天回来得早啊!"

赵二良说:"请了半天假,我老叔来了。"

张大娘向后看去,上下打量着:"是前几天来看病的那个吧?我都说了,病人不要往家里带了。外地人也不要小气,必要时宾馆也是要住的呀!"

小弟走上前问:"你是谁呀?我二良哥的家我们还不能来啦?"

大弟赶紧上去拉住了小弟。

赵二良忙解释道:"大娘,我家这一半地方还是我说了算的,这是我亲老叔,他的病也没啥大不了的,又不是传染病,现在已经出院了。"

张大娘说:"你那一半是你说了算,但这不是独门独户的房子,还是要互相照应的。要是我们也让一堆外人吃住到家里来,你家小孩子也是吃不消的。"

小弟气愤地说:"哎,这老太太欺负人是吧?"

张大娘说:"你这乡下人,你看看,这什么素质嘛?要好说好商量嘛!"

老叔说小弟:"老实待着,别给你二哥添乱。"

赵二良说:"大娘,他们今晚的火车,我们就待一会儿,我订了饺子,吃完上车饺子，我们就要去荷花湖看风景了。"

"这样最好了。"张大娘说着回屋去了。

吃完饺子，赵二良和大弟、小弟用轮椅推着老叔来到荷花湖，一边看风景一边等赵大良。

走了一圈儿，大家停在一个凉亭歇息时，赵大良匆匆跑来了。

小弟眼睛尖，迎了上去："大良哥，你可回来了。"

赵大良喘着粗气说："这特效药可难弄了，差点儿跑断了腿。"

大弟说："大良哥，亏得有你们在这儿呀。"

赵大良从包里掏出包着的药小心翼翼地递给大弟，小声说："放好了，关键时候再用。"

老叔说："大侄子，老叔临走临走又给你添麻烦了。"

"老叔，咱们谁跟谁呀？"赵大良又对推着轮椅的赵二良说，"二良子，让我也推一会儿老叔吧。"

赵大良推着轮椅说："老叔，那啥……一会儿二良子送你们，我就不送你们去火车站了，大乐今晚上游泳课，下课了我得去接。"

"大侄子啊，你就别陪老叔了，赶紧看着点儿孩子，游泳可不是个小事。"老叔又叫大弟，"老大，把你妈给带的那袋瓜子仁拿出来，让你大良哥带回家去。"

赵大良接过大弟递过来的一个布袋子，红着脸说："那我就先谢谢我老婶啦。"

老叔说："大侄子啊，这是咱自家种的，啥化肥农药都没有。"

小弟也笑着说："大良哥，这是我爸种的'良心瓜子'。"

赵大良说："那我得和家人一个粒一个粒地数着吃。"

老叔微笑着说："大侄子，等我的病好了，我就承包金稻村更多的水稻田，每年种上它二十垧地的有机水稻，再让你老婶炒更多的瓜子仁，到那时我再来看你们。"又说了会儿话后，老叔就微笑着和赵大良告别了……

在候车室里，快要进检票口时，老叔又从身边的包里拿出一个和给赵大良一样的袋子交到赵二良手里，微笑着说："二侄子，这是你老婶给你炒的瓜子仁，带回去给家人吃吧。"

赵二良说："老叔，替我谢谢老婶，我回去也和我大哥一样，和家人一个粒一个粒地数着吃。"

　　检票口处，老叔又微笑着挥手和赵二良告别了……

　　赵大良正陪着大乐写作业，在旁边织着毛衣的于玲的电话响了，是于利打来的。

　　于玲怕打扰大乐，就出去接了。接完电话回来，于玲就不高兴了，冷眼盯着赵大良。

　　赵大良发觉后，心里有些发毛。

　　于玲说话了："赵大良，我跟你讲道理，你不跟我讲道理呀！你是不是把用来办职称的钱花在给你老叔看病上了？"

　　赵大良苦笑着说："我跟你讲道理，我没有，我是想在睡觉前给你个惊喜。"

　　于玲说："我刚才查了银行卡，里面的一万块钱你转出去了，你这是给了我个惊吓呀！我大哥刚才也说了，不想再瞒着我了，说你求他办你老叔的事了。"

　　赵大良说："我是求他了，但没花我的钱呀，我老叔他们自己拿的钱。你想想，他们再没多少钱，那看病的钱总是能凑上一些的。"

　　"那卡里的钱呢？"

　　"那就是我今晚要给你的惊喜呀！我不是怕咱大哥不稳妥，还通过我大学同学找了别人嘛，这不，那边刚刚通知我，职称评上了。"

　　于玲转怒为笑："真的呀？那可太好了！你看，添麻烦的老叔一家刚走，病人带来的晦气就没了，晦气没了，这好事就来了！"

　　赵大良说："话可不能这么说。给你，这是老叔从乡下带来的瓜子仁，没有农药化肥的'良心瓜子'。"

　　于玲伸手一推："哎呀，一个破瓜子，谁稀罕啊？"

　　袋子掉到地上，袋口散开，瓜子仁散落了一地。

　　赵大良一边捡一边说："你看你，不吃就不吃，你咋还整一地呢……"

　　赵大良突然发现袋口露出一个破旧的信封。

　　于玲见赵大良不说话了，一边顺着他的目光看过去，一边问："什么呀？"

赵大良从袋子里拿出一个挺厚的信封。

于玲说:"呵呵,就一袋瓜子仁还掺了这么厚的纸。"

赵大良慢慢地打开信封,里面竟然是一沓人民币。

于玲愣了一下,眼睛一亮,说:"看这厚度是一万块钱呀。"

赵大良把钱拿出来,钱上面有一张纸,上面写着:给你们添麻烦了!谢谢!

此时的赵二良家也上演着类似的一幕。在熟睡的小悦的床边,坐着的赵二良和姜婷婷正捧着那个布袋子,看着那一万元钱和那张写着字的纸:给你们添麻烦了!谢谢!

第三十一章　求购中药

自从送走老叔以后，赵二良一连几天晚上都没有睡好，望着眼前的"瞎掰"，他总是想起老叔救自己和大哥时的那些片段，有时想着想着睡着了，却没多长时间就会突然醒来。

城里的生活虽然艰辛，除了正常上班，还要用业余时间打工，但赵二良不怕吃苦，也很少叹气。可现在，他的叹气声不仅多而且越发沉重了。

被赵二良翻来覆去搅得也睡不安稳的姜婷婷说："二良啊，你叹气叹得让人心疼。"

周五，赵二良做完兼职回来，吃了口剩饭，从衣兜里把这个月兼职挣到的钱掏出来交给姜婷婷时，姜婷婷沉默了一会儿说："二良，今天我们单位的张姐说，她姨夫得的也是肺癌，也已经是晚期了，虽然放弃了手术和化疗，但死马当活马医，在邻市一家疑难杂症医院找了一个老中医给配的中药，说是效果很好，本来之前人消瘦得厉害，吃了这个中药竟然胖了，脸上也见得到血色了。"

赵二良眼睛一亮："真的吗？"

"是真的，张姐跟她姨关系挺好的。"姜婷婷说着拿出一张纸递给赵二良，"这不，张姐把医院名字和电话号码都留给我了。张姐说，要是老叔本人直接去那儿，人家看到病人结合实际情况配药最好；要是病人不能去，拿检查的片子和检查报告去也行。"

赵二良说："不能告诉老叔他得了啥病，要是去，还是拿片子和检查报告去吧。婷婷，你再跟张姐确认一下那家医院的老中医是不是真的那么神，现在的骗子可太多了。"

姜婷婷说："二良，我确认过了，我今天下午特意请假买了水果和张姐去看了她姨夫。我们去的时候，张姐她姨正熬中药呢。二良，你就让大弟或小弟去给老叔买药试试呗。"

赵二良说："婷婷，你问没问这中药一天的量得多少钱？大弟和小弟……"

姜婷婷说："病情不一样，药的价格也不一样。我问了，跟手术的费用比那肯定是便宜多了，但跟平时的小病小灾比，肯定就不便宜了。"

听姜婷婷这么一说，赵二良就很想去看看。他沉默了一会儿说："老叔没有钱，也就只能保守治疗了。婷婷，如果这药真能像张姐说的那么神，不，哪怕不那么神，能多延续一段老叔的生命，让老叔少受一些痛苦，我……我想就足够了……"

姜婷婷说："二良，我听不得你一宿一宿地叹气。我知道，你是想说，你拿钱给老叔买中药。这几天我也想了，咱们攒下的这五万块钱也是你兼职卖苦力挣的，就由你决定该怎么花吧。这中药要是能缓解老叔的病情再好不过，更重要的是，我希望你以后想起这事不会后悔，因为你为你的老叔尽力了。"

赵二良知道，姜婷婷太想拥有属于自己的独立房子了，尤其是有了女儿之后，睡梦中的女儿经常被晚归邻居的敲门声和说话声惊醒。姜婷婷一直没给自己添啥新衣服，化妆品也是能省就省，就是期待着早点儿攒够换新房交首付的钱，从这个两家共用厨房和卫生间的小房子里搬出去。生活总是会有意想不到的变故，看来这个梦想还得慢慢去实现了。

第二天，当姜婷婷把装着五万块钱的大信封毫不犹豫地递给赵二良时，赵二良对亲情、对爱情又有了更深一层的理解。他爱这个家，爱他的姜婷婷听不得他暗夜里的叹息，而爱老叔的他又看不得一向要强的老叔眼里突现的躲闪和恐惧……

为了能够当天去当天回，少耽误一天工作，节省一天住宿费，赵二良坐的是凌晨两点去往邻市的第一趟车。赵二良想，四个多小时后到达邻市车站再坐公共汽车赶往那家疑难杂症医院，就能早点儿排上队了。

费劲巴力①地找到那家医院时，赵二良才发现他还是把事情想简单了。赵二良到医院时前面已经排了不少人，一打听才知道不少人前半夜就来排队了。正在赵二良着急地询问并盘算着当天能不能给老叔抓上药时，一个也在排队的病人家属告诉他，如果实在着急可以找号贩子买号。原来有的人专门挣倒腾号的钱，越省时间的号越贵。赵二良心里虽然骂着这些挣黑心钱的人，但又觉得他们也很遭罪、也很可怜。此时，赵二良只能无奈地妥协着，看看买第几号，既能当天抓上药返回去，又能花最少的买号钱。

终于赶在那位老中医下班前用老叔的各种化验单和CT片子给老叔抓上药后，赵二良才更无奈地知道，老中医一次只给抓七天的药量。人家说如果效果好，就继续吃；如果效果不明显，再调整。赵二良想：如果老叔吃这个药稍微有点儿效果，他七天后一定要再往返一次。虽然折腾下来挺遭罪的，但他也是吃过苦的人，遭点儿罪并不算啥。只是来回的车票钱和每次额外的买号钱还是让赵二良挺心疼的，要是省下来给老叔多买些药该多好呢。

赵二良在排队的过程中跟其他病人家属交流时才知道，许多病人为了治疗方便，就租住在医院附近。他感觉那些号贩子、卖饭的、租房的，都靠着这家医院吃饭，所谓"靠山吃山"。来这里的人大都得了正规大医院治不了的疑难杂症，或者是出不起高昂手术费的穷人。有些平时舍不得吃、舍不得穿的人攒下来的钱，花在能买得起的药上还是显得大方一些的。只是，在吃住上依然能省尽省。但凡有那么一点点效果，但凡有那么一点点生的希望，但凡有那么一点点条件，谁的家人不想试试呢？

赵二良再也挤不出时间把药送回金稻村了，他就用大客车往金稻村捎药，这边把药给大客车司机带上，那边大弟或小弟再到大客车停靠点找司机取药。

折腾两次之后，赵二良经过观察，琢磨明白了其中的弯弯绕绕。再去

---

① 费劲巴力：方言，十分费力气，卖力气。

买药时恰逢号贩子着急卖号，他就找了一个唠嗑唠熟了的病人家属，多买了一个号，拿回了两周的药量。赵二良也只能拎这些了，每副药的药量还是挺大的，两个大号编织袋子已经装得满满的了。

药捎回去快三周了，大弟来电话时说，本来拒绝吃药的老叔，听说这是赵二良的一个朋友帮忙，特意让身为中医的父亲根据老叔的病情给配的强身健体的调理药，不贵，没用几个钱，人家只收成本，老叔这才喝下了熬好的苦药汤。大弟还说，老叔吃了药后，看上去好像精神一些了。

既然大弟说老叔好像精神一些了，那就说明这药多少还是有点儿用的。赵二良希望老叔再吃一段时间这个药，大弟再来电话时能把"好像"两个字去掉，最好老叔能奇迹般地彻底精神起来……

自从经常去给老叔买中药，赵二良下班后打工的时间越来越长了，周六买药用掉的一天时间，他都得在一周的其他几天多干活补上。赵二良黑了，也瘦了。

赵二良第四次去买药时，姜婷婷说天气暖些了，她可以带着女儿陪他去。这样，赵二良就可以多买一个号，可以一次买回三周的药量，他也可以少折腾一次了。

两个人带着孩子在火车站吃盒饭时，还差点儿上当受骗。狡猾的小贩在纸板上写着"盒饭五元一份"，待赵二良和姜婷婷坐在桌边吃完结账时，小贩却说他们吃的盒饭是二十五元一份的，因为盛的时候加了两个肉丸子，需要多花二十元。赵二良仔细看了一下摊位上的牌子，五元的牌子旁边确实有个极不起眼的小牌子，写着挺小的"二十元"，二十元下面写着更小的需要凑近看才能看到的四个字——两个丸子。这就是在欺负生人。估计也是因为赵二良和姜婷婷拎着三个大编织袋子，加上急着坐车又带着孩子，小贩就把他俩当成没有根底的小地方出来的打工族来欺负了。

赵二良和姜婷婷与小贩理论时，里面走出一个眼露凶光的赤膊大汉。要是平时，赵二良也就忍了，毕竟这是外地。可是小贩真的太黑了，他这顿饭吃得太憋屈了。正在赵二良据理力争时，姜婷婷谎称女儿要撒尿，抱着女儿出去打了旁边的公用电话报了警。

还好，警察出警很快，不到两分钟就赶到了。

警察看着赵二良递过来的车票，离发车的时间没剩多久了，就说这事基本清楚了，剩下的就交给他们处理吧。

虽然赵二良希望这件事能处理得严格些，不再让其他人上当受骗，可是赶不上车，姜婷婷和孩子都得跟着在外面遭罪。"算了，下次买药时再看看这种糊弄人的牌子还在不在吧。"赵二良想。

多亏赵二良来过好几次了，对路线十分熟悉，他和姜婷婷抱着女儿一路飞奔，终于赶在停止检票前进了站……

五万块钱花掉一多半了，老叔到底见好了没有啊？大弟每次电话中都没落下"好像"两个字。

告不告诉老叔他到底得了啥病呢？要不要带老叔亲自去看看呢？赵二良虽然时间不多，但他还是决定先回去看看老叔，如果老叔吃了中药后真的见效了，精神很好，还是那个一不怕苦、二不怕死的老叔，就告诉他真相，再带他去那家医院让名医给好好配配药。

赵二良坐大客车来到活龙镇时，是小弟接的站。

一见面，赵二良就迫不及待地问起老叔的情况。

小弟说："我早就想告诉二良哥了，你大弟不让。其实，你老叔回来后并没见好，反倒一天一天地瘦下来了。"

"瘦下来了？"

"二良哥，你每次问你老叔好没好点儿，我们都说好像好点儿了。其实，我们那是骗你呢。"

"我老叔还疼吧？"

"你老叔独自待着时，他挺着不吃止疼药。人多时，疼得实在厉害了，才肯吃点儿。"

赵二良不知道再说什么，只好说："那也不能就这么硬挺着呀！"

小弟说："你大弟还在四处寻找偏方呢。这不，前天刚听说谁家的老人也得了同样的病，人家说吃了什么偏方见强了，他就又骑着自行车去讨要了。"

赵二良和老叔见面时，发现老叔的病情果然没有好转，确实明显见瘦了。

老叔看到赵二良时却强撑着坐了起来，说："吃了二侄子捎来的强身健体药，我的身体好像真的好多了。"

老叔还向赵二良确认了一遍："二侄子，你配的这强身健体药贵不贵呀？要是贵就不用再配了，我吃这么长时间了，也差不多了，不能天天补啊，又不是女人坐月子呢。"

赵二良说："不贵。说到底，里面各种虫啊草啊居多，单一味药哪个也不算稀奇，主要是搭配。中药调理就是慢功夫，慢慢见效。这就跟喝茶似的，咱还是喝得起的。老叔，你就慢慢喝吧，等喝完了，我再让那个老中医继续配。"

老叔沉默了好半天没有说话，好像在琢磨着什么，又好像一阵疼痛袭来，他在坚强地隐忍着。

眉头渐渐舒展开后，老叔说："年轻时一身力气，不怕累，也不怕穷，就怕扛不过命啊……"

老叔拉住赵二良的手，又沉默了半天，才说："现在人老了，没有那么大精气神了，除了'良心稻子'放不下，就没有多余的念想了。这人哪，也怪，身子骨儿不行了，心里的念想咋还那么强呢？"

老叔最后又说："我就快有大孙子了，你说这小子长得能像谁呢？我天天晚上都会想，这小子最好眼睛长得像他妈，他妈眼睛大，你大弟的眼睛小，千万别像你大弟。嗯，这鼻子呢，那得长得像你大弟……我做梦都能梦到他，虎头虎脑的，可像你小时候了……"

赵二良那天和老叔说了好多好多话……

心智早已经成熟的赵二良又一次和老叔促膝长谈，可他却觉得好像是第一次与老叔真正实现了心理上、情感上和灵魂上的沟通，然而这却是在老叔即将告别人世之时……

面对着生命所剩无几的老叔，赵二良看到了一个用生命践行种植"良心稻子"的农民，看到了一个面临生命终结时内心充满巨大遗憾和不甘的农民。赵二良好像也突然体会到一种巨大的遗憾：老叔吃苦耐劳地为"良心稻子"付出了大半辈子，他的执着精神难道真的说飘散就飘散了吗？……这不仅是一个普通农民的壮志未酬，更是一个真正农民的梦想的破碎啊！不会吧？也不应该啊！

和老叔的这次对话给赵二良的内心造成了巨大冲击,他心里就像发生了一场地震一样。也许正是这次强烈的冲击,才重新激起了赵二良的勇气,他要挣脱城市生活的种种牵扯和羁绊。

最后在大门外告别时,少言寡语的老婶只说了一句话:"我还没和他过够呢……"

一个月后,赵有才给赵大良和赵二良打来了一个冗长的电话,说老叔去世了,安静地死在了水稻田边上。说老叔最后那些天不再有那种求助的目光,他一直坚强地微笑着。每天让两个儿子用推车把他推到水稻田边,直到死那天,老叔仍在微笑着。他除了叨咕想看一眼大孙子,强调死后丧事从简,不许惊扰任何亲人,几乎一句多余的话也没有再说过。

又过了一个半月,大弟的儿子——老叔一直做梦都想看看的大孙子出世了。据说那大胖小子生得虎头虎脑、壮壮实实,见人就笑……论起来,那个孩子应该管赵二良叫二伯,赵二良应该高兴才是。可他隐隐约约感到心口有点儿疼,还有些慌张,就像害怕那个孩子真来叫他二伯似的。

冬天如期而至。赵二良一直没再见到那两只成年麻雀。它们是找到新的藏身之处了,还是已经气绝身亡了?

赵二良家温暖了许多,洁白如雪的西山墙上也不再反潮、长斑……但赵二良没事的时候还是经常从窗口向对面楼的拐角处张望。他好像越来越淡化了对面楼小区居民的真实存在,总是觉得对面不是居民楼,而是小鸟们的幽幽墓园……尤其在夜深人静时,他总能听见小鸟们在"嘤嘤嘤"地低泣着……

盯着墙角处放着的安静的"瞎掰",赵二良眼前又出现了微笑着的老叔,他正走在一望无垠、起伏翻滚的金色稻浪中。很多日子里,赵二良一直做着关于老叔的梦。梦中,勤劳、聪慧、善良、勇敢的老叔已经征服了盐碱大地,老叔手里捧着黄灿灿的"良心稻子",仍然微笑着……

老叔走后,赵二良心里好像一直在流泪,他总是愧疚地想:如果当初给老叔做手术的话,他的生命会不会延续得更长一些呢?那样就一定能看上他的大孙子一眼了吧?他就会走得少一些遗憾吧?

人们都说老叔是得癌症死的,可赵二良却觉得老叔死于一场温情脉脉的"谋杀",而那场拙劣的谋杀伪装得一点儿也不高明。

如果老叔不是被"谋杀"了,曾经三天三夜在稻田里连续"作战"的老叔还要为他的儿孙们种上二十垧地的"良心稻子"呢,老叔还要带着他用"良心稻子"换来的钱到省城看望孩子们呢。

这些年,老叔与天斗、与地斗,还要与强人李勇浩斗……如果自己能陪伴在老叔身边,和老叔一起战斗,一起扛着,老叔就不是孤军作战了,也就不会积劳成疾、壮志未酬、抱憾早逝了吧?自己当初为什么不坚持初心,去坚定地和老叔一起开发钟爱的有机水稻呢?自己为什么要听从父亲的安排,一步一步远离了黑土大地,跻身这个无根漂泊的城市呢?

老叔走得这么早,说到底还是因为贫穷。两个弟弟不能再守着黑土地受大穷了,不能让他们成为下一个老叔了!老叔的离世让赵二良猛然醒悟,他一定要替老叔实现梦想,回金稻村去种"良心稻子"。赵二良越来越觉得是贫穷让人扭曲变形了,他心里涌出一阵阵冲动,他一定要回家乡去完成老叔未竟的事业,去耕耘那片金色稻田……

可是,赵二良迟迟没能付诸行动。一是手上没有钱;二是女儿尚小,就算通情达理的姜婷婷同意,岳父岳母也不会同意的;三是担心父亲反对;四是因为李勇浩的存在,担心他会继续与自己作对,这也是最主要的原因。每当赵二良回想起老叔那天晚上讲到李勇浩的种种破坏时,回去创业的信心就不那么足了。这些年,赵二良确实一直在有意无意地回避着李勇浩。每每想到这些,赵二良就有一种儿时在"攻方城"游戏中被五马分尸的感觉。

是啊,女儿还小,哪能让姜婷婷一个人带着孩子过呢?慢慢地,这反倒成了赵二良表面上的最大借口。伴着忙忙碌碌的工作和生活,赵二良最初的冲动和长期的纠结又渐渐平息了。

第三十二章　久别重逢

正当赵二良经常无眠于午夜，犹豫是否回家创业的时候，朴铸成的电话突然从西北边陲打来了。

接电话时，赵二良正在焦头烂额地忙着给单位策划新的文案。

"请问，您是赵二良先生吗？"电话里传来一个很沧桑的中年男人的声音。

"我是赵二良，您是哪位？"报社每天这样的电话多了，赵二良并不想为此放下手里正干着的活儿。

"我可能是你的初中同学。是这样，我在一张报纸上看到一篇文章，署名是文化报社赵二良，我就查到了这个座机号码。"中年男人说话还算干练。

"初中同学？"赵二良一时没有缓过神儿来。

"我叫朴铸成，你是不是出生在金稻村？你那篇报告文学写了一个粮库主任出国考察的故事，挺有意思的……"中年男人有点儿迟疑。

"啊，你是朴铸成啊，这不是老乡、老同学嘛！"赵二良终于缓过神儿来了。

"二良子，我就觉得不会是重名嘛！文章写得那么好，肯定就是你呀！"朴铸成说话的语气也回到了当年。

"写得不好，让老同学见笑了。"赵二良一时不知该说什么好。

"好就是好，老同学你就不必客气了。这么说，你后来到底还是如愿以偿地考上大学中文系啦？如今还成大记者了……这些都没出乎我的意料，我真想马上就飞过去拜见你啊。"朴铸成的语气很亲切、很兴奋。

"什么大记者，不过就是临时拉了个广告。对了，你说飞过来？证明你离我这很远啊！你在哪儿高就呢？"两个人的距离好像被朴铸成的语气又拉近了许多，赵二良似乎也回到了当年。

"二良子，我目前在西北边陲阿勒泰，离你所在的东北城市确实不近呢。好了，大记者，我们联系上就好，我马上还有个任务，今天就不在这儿细说了。过一段儿我可能有机会去东北出趟差，到时候我一定去拜见你。"说完，朴铸成匆匆挂了电话。

失联二十年的朴铸成突然打来电话，赵二良真没想到。难道说朴铸成当年中考落榜后就去当兵了？不然，如今怎么能成为一名边防军人呢？又怎么会驻守在遥远的西北边陲阿勒泰呢？

接下来的日子里，赵二良几乎是在等待中度过的。他一直在耐心地等待着初中同学朴铸成前来"拜见"。赵有才就够严厉了，而朴铸成他爸比赵有才还要严厉许多呢。这些年，朴铸成又是如何过来的呢？等待中的赵二良不禁生出对朴铸成的种种苦难的想象……

半个月后一个周五的下午，朴铸成终于敲开了赵二良办公室的门。两个曾经历经磨难的"蹲级包子"，时隔二十年终于再次见面了。赵二良真有些认不出来眼前这个成熟男人就是当年的朴铸成，三十多岁的男人是一位现役军官，已经是一位看上去相当稳重的上校团长了。

"朴铸成！"赵二良紧紧握住他的手。赵二良是根据面前这个人某一瞬间的表情认出他是朴铸成的。朴铸成还保持着以前那个习惯，从不先说话，说话前总是用眼睛认真地注视着对方。赵二良觉得有一股乡情无法控制地涌上心头。

"二良子！你还没咋变模样啊！"一直注视着赵二良的朴铸成这才说话。赵二良能感觉到，朴铸成的内心深处也是相当激动的。

下班后，赵二良把朴铸成带到了单位楼下那家叫"小城故事"的酒馆。

两个老同学一边喝酒一边聊了起来。

"先说说你这大记者的成功之路吧！"朴铸成说。

"还是先说说你是咋当上大团长的吧！"赵二良说。

"都这个年纪了，当个团长有啥好说的？"朴铸成一副很认真的样子。

"我一直想知道这些年你是怎么过来的，别见外呀！"赵二良说。

"又是同乡又是同学的，我还见什么外？要是见外我就不来了。"朴铸成渐渐恢复了当年的语气，"那我就简单说说？"

"说说，详细说说。"赵二良边倒酒边恳求着。

"那就从最见不得人的事说起吧——那年，当我知道我没考上平安一中时，就一下子万念俱灰了。气话说是回家务农，其实我已经无路可走了。我万分沮丧地回到家时，没想到怒气冲天的我爸强硬地要求我继续回读。我的脾气也随我爸，死犟死犟的。三次参加中考都失败了，我哪还有脸再去当'蹲级包子'呀？我就说坚决不去。"

"我朴大伯同意了？"赵二良问。

"我爸就冲上来打我，命令我必须考上平安一中，以后再考上北方农业大学……"朴铸成说着喝了一口酒。

"是这样啊。"赵二良也喝了一口酒。

"我一动不动地站在原地任由他打骂，他一边打还一边问我去不去，我呢一直说不去不去打死也不去。我爸被气得咬破了自己的下嘴唇，鲜血直流。后来，我爸好像打不动了，竟然扑过来狠狠地咬了我一口……"

"我朴大伯还是那么凶啊？"赵二良想起了自己的父亲赵有才。

朴铸成再次端起一杯酒，像做了一个非常重要的决定似的，一饮而尽，然后竹筒倒豆子一般，把往事一股脑儿说了出来：

"我看我爸已经快被我给气疯了，我不能再犟了，就没命地向外挣扎，慌乱中竟然掰折了我爸的一根小拇指。我听见'嘎巴'一声，但我已经顾不过来了。

"我跑的时候，我爸就像凶神恶煞一样在后面追。我根本没有时间去跳过我家挡在大门口处的一米高的巨幅石棉瓦，直接从石棉瓦上跑了过去，留下了两个巨大的豁口。

"我就是以这样的方式离家出走了一段时间。我在同学家东游西逛了一个多月，才越来越觉得我爸说得对。虽然我喜欢种水稻，但是没有钱，也无法大面积种植有机水稻，确实没有什么出路啊。但我已经没脸再回家了，听说我爸被我气得大病了一场，还到医院拍了片子，接上了断指，半年以后才痊愈。

"后来，我联系到了邻县的一个普通高中，我和那个姓牛的校长谈了整整一个下午。我将我的身世和处境和盘托出，并说我决心在这里创造奇迹，希望牛校长能给我一次学习的机会。牛校长也许是被我的决心感动了，说他们学校的毕业生好久也没有考出像样的成绩了，每年顶多考上几个专科，已经连续好几年没有考上大学本科的学生了，他也正顶着来自上面教育局的巨大压力呢。牛校长为了实现我们共同的梦想，就破例收留了我这么一个外县来的借读生。

"好几个月之后，我爸才联系上我。他明显老了，像变了一个人，竟变成了人们印象中那种最慈祥的父亲。他不再打我了，也不再骂我了，好像不是我爸了。可惜，我爸那时已经是肝癌中晚期，他要看着我考上大学，可他仅仅又坚强地活了两年多，就匆匆走了。那两年里，我爸每学期都风雨不误地骑着自行车从一百多里地之外的六家子村来看我，给我送来换季衣服、学杂费和伙食费……当初我不离家出走就好了，这是我有生以来做的最后悔的一件事。"

"这么说，就算你三年后最终考上了大学，我朴大伯也无法看到了？"赵二良显得很多余地问了一句。

"这是我一生中最大的遗憾。我爸的肝病与为我操心有直接关系，他走那年才四十六岁。我专程回家找到了我爸那张折断小拇指的X光片子，看着那个裂纹，感觉比自己当年受伤的小拇指还疼，我是心里疼。以后的日子里，那张X光片子就一直挂在我宿舍的床头，我一抬头就能看到。我爸的突然离世让我痛心了好长一段时间，也让我迸发出了一股奇异的精神力量。为了我爸的梦想，我真是拼了。在邻县读普通高中最后那一年，我白天几乎没抬头看过天上的太阳。印象中，我的天空中只有后半夜的月亮和星星。"

"那你一定实现了我朴大伯的梦想，考上了大专以上的高校？"赵二良急切地问。

"我一直喜欢军校，第一志愿就报考了西北的一所军校想试试看。没想到竟然幸运地被录取了。哪像你呀，考上了平安一中就像被装进了保险箱，后来的一切就都顺理成章了。这些年我确实遭了不少罪，我就不一一细说了。"

"啊？你竟然考上了西北军事大学？那可是全国重点大学呀！你也太厉害啦！"赵二良感到震惊，一个普通高中的学生竟然能考上那么牛的大学？震惊之余，赵二良情不自禁地想象起来：当年离家在外、顶着巨大压力的朴铸成太难了，他的内心还一直疼痛着，他得付出超过常人多少倍的艰辛和血汗啊……

"我的第二志愿才报了我爸最希望我考的北方农业大学水稻专业，我爸最希望我将来成为农业技师，种好家乡的有机水稻。可惜没轮到北方农大录取我，这还真有点儿对不起我爸呀！"朴铸成不无遗憾地说。

"你考上了更好的大学，我朴大伯要知道一定会更高兴的！其实，咱们中考那年我也没有考上平安一中，我后来也回读了一年，也成了'蹲级包子'。"自惭形秽的赵二良故意举重若轻地说。

"我当时以为你考上了，是后来才知道发生了意外。那个临时规定太没道理了，太不公平了，人的命运都被更改了呀！"朴铸成极认真地说。

"也许被更改几次之后才是我们原本的命运呢。我们现在不是都很好吗？"赵二良再次举重若轻地说。

朴铸成像突然想起了什么："对了，二良子，中考落榜那年我真的去看你了。当时我并不知道你也没有考上平安一中。我看到你时，你正在抹你们家的房子呢。说实话，我当时很想帮你抹完房子再回家，我甚至希望看到我赵叔并求他和我爸说句话，让我爸别再逼我回读了。但我又觉得没有脸面对你，更没有脸面对我赵叔，我的超强自尊心是遗传自我爸的，我也没办法克服。"

"我家房后就是去六家子村的公路，你是路过我家房后吧？"赵二良感到有些意外。

"不，我是专门去看你的。"朴铸成的目光不容置疑，"只是我突然又改变了主意。我就那样把一条腿跨在自行车的大梁上，在路边看着你……"

"那又是为什么呢？"赵二良好奇起来。

"怎么说呢？其实是因为嫉妒。真的，我在很嫉妒地看着一个已经考上平安一中的人在满怀希望地干着手中的泥水活儿。当时我要是知道你也没考上，我一定会和你一起干活儿，帮你抹完房子的。我多么想和你一起同甘共苦啊！你不知道，我一直都老羡慕你了，你的语文和外语学得那么好，尤其是你的作文还写得那么好。"朴铸成说得极其认真。

"是啊，我家的房子总漏雨，万念俱灰的我被我爸逼着抹房子，我光顾着自己痛苦了，根本就没心思看旁边有没有人。"赵二良说。

"二良子，我以为你高兴得有些手舞足蹈，不小心把手指头弄出血时，我差一点儿就要冲上去帮你包扎，我都从自行车上跳下来了，好像我还把车撑子给支上了。后来，我看到你大哥和你妈，还有你的两个弟弟像宝贝一样把你围住了，我才重新跨上自行车的大梁，又看了你一会儿，才遗憾地离开了。"朴铸成说。

"没错，是有那么一回事。不过情况正好相反，我是由于心情实在太沮丧，在那没好气儿地用铁锹戳泥，是在歇斯底里地拿泥巴撒气呢。没想到铁锹把儿上有个钉子尖儿，生生把自己的手划了一个大口子。看来，有些事情眼见都不一定为实啊！"赵二良苦笑着说。

"我当时还以为你在幸福地憧憬未来呢，这事儿整的……"朴铸成也苦笑一下，接着说，"我是半年后才从一个同学那里偶然得知你也没考上平安一中的。而那时，我就更不能去看你了，因为我知道你也是个非常要面子的人，我不想看见你难过的样子。"

"我那时老没意思了，你不知道，我多想找个能理解我的人说说话呀。我不知道你在哪儿，可你知道我回读了，咋不抽空儿来看看我呀？"赵二良有种想急眼又不知跟谁急眼的感觉，事情的原委怎么会是这样的啊？

"其实，我考上军校那年又到过平安县，是从平安县城坐火车走的。那次本来还是有机会去见你的，但由于已经多年没有你的消息了，不知道你的境况如何，万一你当时的处境并不好呢？也同样是怕给你带来不必要的伤害……其实你那时正在平安一中幸福地读高三呢。"朴铸成也一脸的后悔。

"是啊，我们幼小的心灵都经历了太多的雪雨冰霜啊。"赵二良不想告诉朴铸成他的高三读得并不幸福，只好又一次苦笑。

"那你当初为什么选择到大西北去呢？"赵二良问出了这个他最想知道答案的问题。

朴铸成却说得极其简单："不是说好男儿志在四方嘛，军校毕业以后，我已是中共党员，就报名去援疆三年。后来，我之所以去了大西北，没有回到东北老家，是因为我发现大西北更贫困，那里更需要有人去建设，最终是那里的孩子把我留了下来。"

"孩子？你在大西北有了孩子？"赵二良不解地问。

朴铸成说："是这样的，我援疆期间在带领当地农民种粮食的同时，还教了当地孩子很多知识。三年后我准备回东北的那天，孩子们来为我送行。那天风很大，憨厚朴实的孩子们整齐地站在操场上，齐声朗诵了我教他们的《论语》：'子曰：学而时习之，不亦说乎？有朋自远方来，不亦乐乎？人不知而不愠，不亦君子乎？……'真诚而稚嫩的童声回荡在操场的大风里，让在场的所有人都动容了……"

朴铸成接着说："我没想到三年后的告别会那样艰难，我最后已经哽咽得说不出话来了。好像就是从那一刻开始，我改变了自己的决定：我要永远留在新疆！恍惚中我还感觉到，眼前的孩子们就像西北大地上随处可见的小胡杨树，他们在干燥的风沙中不断成长……"

"是这样啊！"赵二良说。

"对，就是这样，有时人生走向就是取决于一瞬间。在大西北，我一步一个脚印地从连队指导员干起，一直干到现在的上校团长。"

赵二良一度想仔细问问朴铸成，这些年是如何摸爬滚打闯过来的？但他没问。赵二良能想象到，朴铸成这些年会和当年读普通高中时一样，要付出更多的艰辛……朴铸成也没细问赵二良后来是如何复读、如何考上大学、又如何来到这里工作的……

他们有着共同的心理障碍，都不忍心去触碰对方已经愈合的"伤口"。那天晚上，他们还讲起了许多童年和少年时代的趣事。从金稻村中秋节的月饼说到五月节的鸡蛋，从平安四中冬日早晨冒烟的炉子说到晚自习停电后的蜡烛，从逃课出去打山雀说到天棚上的小麻雀，从坏小子李勇浩说到大美女尹香淑，又从班主任胡老师说到校领导关校长……

"其实，这些年我一直最好奇、最想知道的，还是你当年是如何帮我把李勇浩摆平的？你是怎么把话唠透的？"赵二良借着酒劲儿问道。

"真的没啥。有一天中午放学后，我就单独找到了李勇浩。我很认真地跟他说了我的意思，没想到他就给了我这个面子……从这一点上看，我还挺适合当个军人的。"朴铸成说得轻描淡写。

"就这么简单啊？"赵二良的好奇心并没有得到满足。

"真就这么简单。不过，当年李勇浩欺负你，我之所以肯为你出头，并不只是因为咱们是老乡，也不只是因为咱们父辈关系亲近，而是觉得咱俩的性格特别像，都特别要面子。你也一直很给我面子，一直亲切地叫我'铸成'，对别的同学，包括你表姐尹香淑你都是直呼大名的。最最重要的，还有一点……"朴铸成突然把话头儿打住了。

"还有更重要的？"赵二良又重新好奇起来，"难道说，你当初也喜欢我表姐尹香淑？"

"你说的那是李勇浩。我并不喜欢过多地当面夸奖别人，怎么说呢，对了，你还记得咱们班的全贤洙同学吧？你还记得他有篇获奖作文名叫《海兰江里的月亮》吧？我倒不是觉得全贤洙同学有点儿娘，这跟他个人性格无关，我是讨厌他那篇作文的腔调，那不就是朱自清那篇著名的散文《荷塘月色》的翻版吗？哪有你那篇《黑土地上的稻子》好啊？"朴铸成居然还记着这件事。

"那是我刻骨铭心的痛，我怎么能忘记呢？我还因与大奖擦肩而过遭到我爸一顿痛骂呢。全贤洙不仅得了全地区作文竞赛大奖，获得中考语文加10分的优待不说，学校还夸张地把全贤洙的作文用大红纸抄下来贴在教学楼的东房山头儿上，几乎全校的同学都围着看。记得我当时心里满是嫉妒和气愤，恨不得趁着没人时把它撕下来，可我没那个胆量，只好在心里暗自祈祷：老天爷，你咋就不下一场大雨呀？那些天我真的时时刻刻都盼着能刮起东南风，快快下起瓢泼大雨来呀……"赵二良自嘲说。

"二良子，你的痛，我都看在眼里。我也多次有把那张大红纸偷偷扯碎的冲动。我认为教咱们语文的赵老师偏心眼儿，他选送的全贤洙的那篇作文真的远远不如你那篇，我认为那次获得作文竞赛大奖的本应是你。我那时就认为你的文笔好，将来一定能有出息。我从小就喜欢看书，我那时就没看好全贤洙，我至今也没在公开的报刊上见过全贤洙的名字……"朴铸成说得义愤填膺。

"我可没你说的那么好。"赵二良被夸得有些不好意思。

"行了，就不说这些了，我已经说得太多了。唉，就因为你现在已经是大记者了，我才说了本不该说的话，就当给你提供点儿创作素材吧，咱们就此打住。不早了，来，咱哥俩就杯中酒了。"说着，朴铸成把酒杯端了起来，和赵二良碰杯后，一饮而尽。

赵二良也跟着杯空见底。

"对了，二良子，光说我了，也说说你吧？"朴铸成明显带上了酒意。

"我还是先来讲讲我老叔吧。来，服务员，再上两瓶啤酒！"这些天，赵二良一直沉浸在对老叔的追忆之中，就很想先来说说老叔。

"还喝？"

"不急，咱喝着看。"说着，赵二良就讲起了刚刚离世的老叔，把老叔从小到大对自己的恩情以及不久前来到省城看病的事都说了一遍……

朴铸成听了赵二良老叔的故事后，沉默了好久才说："你老叔和我爸都得了类似的病，我们的父辈活得可真是满腔执着、含辛茹苦啊！"

后来，赵二良才说起他自己。他说起自己城市生活中的种种不如意，说起童年的梦想在自己心中总是挥之不去，还说自己非常想回金稻村去完成老叔未竟的事业，去大面积种植有机水稻……

"二良子，你还别说，去做自己喜欢做的事，我觉得真的可行！"朴铸成"呼"地一下站了起来，"'东北熟，天下足'，都说东北是我国的大粮仓。这些年来，中央领导也一直在关注东北三省，始终牵挂着黑土地。之前总书记到海兰江畔光东村考察时，望着广袤的黑土大地嘱咐说，中国有十三亿多人口，只能靠自己稳住粮食生产。粮食也要打出品牌,这样才能价格好、效益好。"

"是啊，我国是个人口大国，粮食安全确实是个大问题。现在人们越来越讲究食品安全、讲究产品质量，所以我们不能光有产量，还得转变粮食的生产方式才行。"说到这，赵二良难免兴奋。

"是啊。只有稳定了粮食产量，提高了粮食质量，才能打造出优秀品牌，才能端牢饭碗，提高村民的收益，提升生活水平。"朴铸成说。

"你说得对。世界有三大黑土区，我国东北地区是其中之一，又是黄金玉米带、大豆之乡。但是，黑土高产丰产的同时，也面临着土地肥力透支的问题。如果不采取有效措施保护好黑土地，那我们怎样才能把这个稀缺的大宝贝留给子孙后代呢？"赵二良最关心的还是黑土地。

"所以说，我们必须一边耕作一边保护黑土地。利用的强度越大，越需要加强保护。"朴铸成说。

"据说，吉林省西北部的白城地区，以前就是一大片盐碱地。这些年，当地人对盐碱地进行了淡水稀释，再施以有机肥料，荒凉生地竟也被改造成了万顷良田。"赵二良说。

"我也知道。现在，那里长出了优质弱碱性水稻，助力吉林省粮食产量逐年提高，已连续几年产出了七百亿斤以上水稻。我感觉，照此发展，未来咱们省的粮食肯定会更多更好，离产出八百亿斤粮食的时候也会越来越近。希望全国产粮十大县都能在咱们省！"朴铸成越说越兴奋。

赵二良也越说越激动："是啊，时代在进步，粮食安全问题也越来越突出。为了维护国家粮食安全，咱们省不能只满足于成为我国的巨型粮仓，咱们真正要做的，是要成为我国的精品粮仓。不但要多产粮食，更要多产优质粮食，要让最优质的粮食进厨房、上餐桌。把一粒粒优质粮食，变成世人的美味。得让黑土地变成金土地，得让黑土地上的人真正富裕起来！"

"二良子，难怪你是大记者，知道的真不少啊，雄心也不小呢！"朴铸成说。

"要不我咋能说一直对种植有机水稻感兴趣呢？"赵二良笑着说。

赵二良突然想起了李勇浩，又说起了这些年来自李勇浩的巨大阻力，说："这么好的形势，这么好的机遇，我真想回金稻村去开发有机水稻啊！可就是担心这个李勇浩啊，我从小就有点儿怵他。"

朴铸成说："那是小时候的事了，现在我们都是成年人了。这个你倒不必太在意，关键是我赵叔，更关键的是你自己有没有这个决心。"

赵二良有些不好意思："决心时有时无，就是觉得处处都有难题啊。"

"难肯定是难，全国各地的乡村振兴都是一样的难。各地有各地的情况，但问题总是可以解决的。目前我国的乡村振兴战略就是农业要全面升级，农村要全面进步，农民要全面发展。看来，你必须得去直接面对李勇浩了，金稻村才有机会发生彻底的改变。"朴铸成说，"我记得习总书记在吉林的座谈会上还说过这样一句话——千难万难，只要重视就不难；大路小路，只有行动才有出路。"

"我觉得也是啊，十多年了，我真的一直有这个梦想，现在真是个大好机会！要不你陪我一起先回去考察考察？我就是不想一个人去面对李勇浩啊。"

"随着年龄的增长，我也总想回金稻村的稻田里看看呢，你说怪不怪呢？那咱们就一言为定！我陪你回去！"朴铸成斩钉截铁地说。

"那你就陪我一起回去走走。一言为定！"说着，赵二良把新上来的啤酒分别倒满。

"干？"

"干！"

两个人一直亢奋着，每人又喝了三瓶啤酒才各自回去休息。

可以说，是朴铸成的到来还有他的支持，才使赵二良最终坚定了重返金稻村的决心。

是啊，人活一世，为什么不去做自己最喜欢做的事呢？当晚回到家，赵二良就把激动的心情说给姜婷婷听，姜婷婷也被感染了，说坚决支持赵二良去实现梦想。

回乡的前夜，赵二良彻夜未眠，在外漂泊多年的他发自内心地想着金稻村，想着那片黑土大地，恨不得马上就出发，杀回老家去。无论金稻村好与不好，那都是他的老家啊，包括李勇浩曾经留给他的那些痛苦记忆……

第三十三章　另有谜底

赵二良租了一辆越野车。在通往家乡的国道上,越野车卷起一路烟尘,向金稻村驶去……

到金稻村之前,要路过平安县,朴铸成特别想去当年自己的"梦中天堂"平安一中看一眼,于是,他们就决定先到平安一中。

二十年不见,平安县城已经焕然一新了。赵二良和朴铸成连打听带问找了好半天,才找到了那条通往平安一中的新路。

星期天,平安一中的校园里没有多少人,显得有些空旷。二十年前的平安一中如今已经完全变了模样。虽然还在原来的位置,但已经被扩建成一个建筑群。成排的教学楼拔地而起,不再是二十年前那几幢小二楼了。面对着宏伟高大的教学楼,赵二良却觉得冷冰冰的,一点儿都不亲切。说来也怪,一大片高耸的红色大楼,咋远没有当年那几幢小二楼庄严和神圣呢?

没有机会在平安一中读过一天书的朴铸成,此时和赵二良的感受肯定不太一样。朴铸成仔细地审视着平安一中的每个角落,全身心地感受着这个曾经让他魂牵梦绕的地方。

"二良子,这些化学仪器原来就有吗?这里的书原来就这么多吗?那时就有单独的物理实验室吗……"朴铸成一直对平安一中充满好奇,不停地跟赵二良问这儿问那儿。

"是啊是啊,那是呗,要不咋叫平安一中呢……"为了不扫朴铸成的兴,赵二良就含糊其辞地说。其实,赵二良当年在这儿上学时并没有这些设备。

朴铸成在平安一中的校园里转了好久,一直是恋恋不舍的样子。后来,他竟来到校园边开满金达莱花的小树林里坐了下来,亲切地看着地上的蚂蚁们,蚂蚁们在忙忙碌碌地搬家……"这可真是个世外桃源般的好学校啊!"朴铸成仍在不停地感慨着。

天色暗下来了,朴铸成才张罗往出走。

路上,朴铸成说:"二良子,这几天喝得太多了,实在喝不动了,咱俩到你家就简单吃口饭,可别再喝酒了。"

赵二良立即表示不同意:"虽然我想给我爸来个突然袭击,但咱们咋也得少喝点儿。你有二十年没见我爸了吧?咱爷仨咋也得少喝点儿呀。"

半小时后,过了活龙镇,两个人就能远远地望见金稻村了。远处,在一波波绿色的稻浪消失的地方,隐约可见那道白茫茫的江水,那就是他们都熟悉的海兰江。赵二良突然觉得他们和那江水隔着的不只是看上去这几里地的朦胧空间,更多的是多年不见的浩瀚时间。

赵二良把车停在金稻村村口,准备给父亲打电话时,他们的目光同时定格在不远处那个红色的霓虹灯牌匾上。

"勇浩百姓烧烤店!"赵二良指着那个牌匾,几乎和朴铸成同时喊出声来。

"既然是这样,那咱们今晚就先见李勇浩吧。"说着,朴铸成就让赵二良把车开了过去。

"听我爸说过,李勇浩开了一个烧烤店。不过,咱们还是过后再来见李勇浩吧?"赵二良怯生生地说。

"二良子,你想回金稻村创业,李勇浩也是你必须面对的重要人物,越早见面越好,走吧。"朴铸成说着就下了车并大步流星向前走去,还回头冲赵二良笑了一下。

赵二良锁好车,有些迟疑地紧紧跟上朴铸成:"这李勇浩可是坐过牢的人啊,这些年一直和我老叔作对,我最后和他见面时也不愉快,一会儿见了面，不得打起来呀？"

"不会，咱们现在都是三十多岁的人了，那时咱们毕竟还都是小毛孩子。先别亮明身份，听我的。"上校团长说着话就推开了店门。

落座后，赵二良发现那个忙里忙外、看上去约有五十岁的店老板居然是李勇浩。依然高大的李勇浩虽然明显有些苍老了，古铜色的脸上已刻上了深深的皱纹，但依旧是条硬汉。若不是店名牌匾上有"勇浩"字样，赵二良绝不会第一时间认出眼前这个人就是李勇浩，那分明就是一位大众印象中的烤肉串的老师傅。

"欢迎光临小店！二位贵客晚上好，要烤什么就尽管点。"李勇浩不卑不亢地说着，递上了菜单。

"就来贵店最有特色的吧，我得好好研究研究菜单。"朴铸成肯定也认出了李勇浩，和赵二良对视一笑，拿着菜单煞有介事地翻看着。

"请二位慢慢看，慢慢点。"李勇浩微弯着身子说，同时吩咐唯一的女服务员，"快给二位客人上餐具。"

赵二良坐在侧面不时地偷偷端详李勇浩，想找到他从前的影子。通过仔细观察，赵二良终于还是找到了李勇浩上中学时的帅气影子，只是那帅气已经老了，带着岁月的沧桑。

"今天我们哥俩高兴，我正经得多点点儿菜呢。老板，您先忙您的，不必这么客气。"朴铸成故意把头低下说。

"顾客就是上帝嘛。"高大的李勇浩拿着点菜单和圆珠笔，仍然躬身等候着。

看着李勇浩一直很恭敬的样子，朴铸成实在过意不去了，终于不好意思再装下去了，就站起身来大声说："李勇浩，你好好看看我们俩是谁！"

"你们俩？是谁？"李勇浩惊讶地盯住他们仔细看。

"我们是你的初中同学！朴铸成和赵二良！"说着，赵二良也站了起来。"我就是你常说的那个王连举！"赵二良怕气氛尴尬，还有意开了句玩笑。

"朴铸成和赵二良？啊，真的是你们俩？噢，认出来了！我没仔细看，还以为是路过的领导呢。"李勇浩认出了他们，一脸惊奇，"真没想到会是你们俩呀，你们俩咋突然来到我这寒舍啦？"

"仔细看，你还是当年的李勇浩，更像李玉和啦！"赵二良说。

"朴小偷、王连举！你们俩不但不嫉恨我，还主动上门……怪不得你们都能当上公家人。"李勇浩很激动，"走，咱们挪到里面单间去。"

"坐哪儿都行，咱们谁也别客气，老同学见面可真不容易，咱们从来没坐在一起喝过酒呢，今天一定得好好喝点儿。"被让到单间后，朴铸成脱下军装说。

"没想到啊！真是没想到啊！过来，丫头！快给你两位叔叔上酒，上最好的白酒！"李勇浩极不自然地挓挲个手，手里还一直机械地捏着点菜单和圆珠笔。

刚才那个女服务员飞快地跑过来倒酒，边问两位叔叔好，边一脸乖巧地接过了老爸手上的点菜单和圆珠笔。

"这是我闺女，叫……叫李香淑，在活龙镇农机修配厂上班呢，下班后就给我当服务员。"李勇浩不好意思地解释着，"女儿都比我们当年大了，长得像她妈。"

"李香淑？"赵二良心里不由自主地一震，这才端详起女服务员，长得苗条漂亮，不知哪里长得真有点儿像当年的表姐尹香淑。

没有想象中那种仇人相见分外眼红的感觉，而是有一股暖暖的东西在赵二良的心底涌动着，三个人就像久别的亲人一样围坐在一起喝起酒来……

二十年了，都长大成人了，过去的伤害竟然都变成了美好的回忆和有趣的谈资。席间，三位老同学回忆起了许许多多陈年往事……并没有出现想象中的尴尬局面。

赵二良心想，也许这就是孩子和成人之间的最大差别吧？

酒喝得高兴，三个人也越唠越亲近。有些喝多了的李勇浩主动提起了当年那件难以启齿的往事："……那时我可真浑啊，但我喜欢尹香淑绝对是发自真心的。可是在所有人的心目中，我一个淘气包子怎么有资格喜欢那么优秀的女子呢？但喜欢就是喜欢，想瞒也瞒不了。不过，我爱的权利最后还是被文静的'拼命三郎'朴铸成同学给生生地剥夺了,哈哈哈……来！咱们还是干杯吧！没想到啊！真是没想到啊！"李勇浩有些不好意思起来。

"那时年少，不谙世事。再说了，英雄爱美人嘛！也正常。"朴铸成说。

"后来，从邻村来了个打工妹，看着顺眼，我就选她做了媳妇儿。只可惜她五年前患病走了。没想到啊！真是没想到啊！"说着李勇浩还把旁边的一个相框翻转过来。

赵二良虽然对这件事早有耳闻，但一直没近距离看过李勇浩的媳妇儿。这回他终于看清了相片里这个端庄秀气的女人，觉得李香淑长得确实像她妈。"你媳妇儿长得真的很像我表姐啊！"赵二良不禁脱口而出。

"唉，走了有五年了。咱们不看她了，喝酒。"说着，李勇浩又把相框转了过去。

"时间过得真快呀！一切就像发生在昨天一样！"三个人不断地碰杯。

"没想到啊！真是没想到啊！"这是李勇浩那天晚上说得最多的一句话。

在一次三个人长时间碰杯时，李勇浩紧紧地盯住了朴铸成的手指说："我说老同学啊，真是对不起了，你这伤指都怪我呀！"

"二十年前的事了，咱们就别再提它了。老同学好不容易见面了，高兴还来不及呢，咱们还是好好喝酒吧。"朴铸成张罗着提酒。

"对了，铸成，你之前跟我说有一天下午，你单独找到李勇浩说了你的意思，李勇浩就给了你面子，我总觉得事情不会这么简单吧？你的手好像也是那天受伤的吧？"见气氛如此和平，赵二良反倒认真起来。

"你的疑问是有道理的，哪是那么简单的事啊？"李勇浩突然语气沉重起来，"二良子啊，你知道当年比你们高一头壮一圈的我为什么会给铸成面子吗？你以为我觉得他数理化学得好就会给他面子吗？我会在乎别人的学习好不好吗？确实没有那么简单。"

"那到底是因为什么呢？"李勇浩的话更加勾起了赵二良的好奇心。

李勇浩一本正经地回忆起来："我当时是真的太喜欢你表姐尹香淑了，给她写了那么多封信……没办法，我不忍心去伤害她，我给你施压的唯一目的，就是要让尹香淑知道我有多么喜欢她。但总是事与愿违，结果总是与我的愿望背道而驰……现在想来，我当时真是太蠢了，当时咋就想不出别的好办法呢。二良子啊，你现在真的不恨我了吗？"

赵二良想对李勇浩说："其实当初美人也爱英雄。"但他没那么说，最后他是这么说的："我也没办法呀，尹香淑都挨我舅妈的揍了，当时就像我害了她似的。"

"她真的挨揍了？"李勇浩一脸的惊讶。

朴铸成笑着说:"咱们别整得那么沉重好不好?都过去二十年了,其实我一直不想说这件事,今天借着老同学的酒,还是说了吧。李勇浩当时确实太影响二良子的学习了,我不想眼看着二良子的前程毁了,我看在眼里急在心里,我太了解二良子的处境和我们的老爸了。还有一个更重要的原因是,当年我一直认为自己偏科不行了,而作文那么好、知识学得也相对全面的二良子将来一定会有出息的。我就经常有一种冲动,暗下决心:必要时我就得站出来和勇浩拼命了,就算我自己不行,也得让行的人考上重点高中啊。"

"你一向斯文内敛,怎么会想到动粗的?"赵二良仍然以为朴铸成说的是酒话。

"我一开始并没想动粗斗狠,我只是想找到勇浩跟他推心置腹地谈一谈,告诉他每个人都不容易。可是,当时的勇浩同学并不给我说这些话的机会呀。"说着,朴铸成哈哈大笑起来。

李勇浩不好意思地接过话茬儿说:"我还以为你朴铸成也看上尹香淑了呢,说你也不好好去照照镜子,你才多高的个儿啊……"

"你们是不是在开玩笑哇?"赵二良站了起来。

"二良子,我说的是真话,你坐下听我把话说完。"朴铸成认真起来。

李勇浩重新满上酒:"还是由我来说说那段往事吧。那是我第一次惨败,也是最有价值的惨败。"李勇浩停了一下,又点上了一支烟才接着说:"我至今还印象深刻:铸成见我油盐不进,还往歪了想,有一天中午放学后,他就在教学楼西房山头儿拉住我并一本正经地跟我说,我俩关系不错,要我看在他的面子上别再纠缠你和尹香淑,否则,就和我拼命。"

"这难道是真的?"赵二良没想到,他的好奇瞬间转化成了惊奇。

"二良子,说实话,铸成突然动硬的让我犹豫了好半天,记得居高临下的我一边剔着牙,一边歪着头嘲讽地反问他:'小朋友,凭什么呢?就凭你会在我面前装腔作势,还是凭你那一米六五的小个头儿?你有多大面子?'说着我就做出要动手的样子向他靠了过去。"李勇浩继续说。

"啊?难道说,你们真的动手啦?"赵二良更加惊奇。

朴铸成又开起了玩笑:"那时,咱既然都成为'蹲级包子'了,就没有什么可怕的,大不了就是鱼死网破呗。"

李勇浩的神情却越来越凝重了，他独自干下一杯酒接着讲："我李勇浩虽然浑，但是我知道铸成是个特别要面子的人。他那天找我摊牌，让我别再收拾你时，我说：'不收拾他难道收拾你吗？'说着我就要上去掰铸成的小拇指。没想到铸成却冷冷地说：'让我自己来吧！李勇浩，你总掰别人，你掰过自己的手指头吗？'我说：'我从不掰自己的手指头，我倒愿意看别人掰自己的手指头，那就不用我动手了，你自己掰吧。'没想到铸成真就自己掰了手指头。"

"这么说，你是自己把手指头掰疼了？"赵二良望着一脸笑容的朴铸成。

李勇浩继续说："铸成已经把手指头掰得不能再掰了，我并没有叫停他，反倒说：'你要是真能掰折了，我就答应你。'铸成狠狠地瞪着我说：'真的吗？'我说：'真的。'话音还没落，我就听见'嘎巴'一声，铸成疼得脸煞白直冒冷汗，依然冷冷地问我：'够了吗？'他这举动看得我目瞪口呆，直接跟定格一样站住了，我好像老半天才反应过来眼前发生了什么，连说：'够了！够了！我给你面子行了吧？'说完，我就转身飞快地跑掉了。我自己也知道，我那次跑得非常狼狈。我被彻底震撼了，至今还记着那'嘎巴'一声脆响，那响声太瘆人了……我李勇浩虽然一向强悍，但当时也不过就是个十六七岁的少年。"说着李勇浩又独自干下了一杯酒。

"你不是说你那根手指是搬桌子时不小心夹伤的吗？"赵二良盯着朴铸成的手指追问。虽然它早已经长好了，但还是略微弯曲了一点儿。

"还好，事情还不算最坏。好在勇浩在我下一步行动之前给足了我面子啊。"朴铸成笑着说。

"谁都会给一个不要命的人一些面子的。"李勇浩像在喃喃自语，"其实，铸成折断的手指是在拯救我呀。另外，我自己也知道，我配不上品学兼优的尹香淑。铸成的断指相当于又给了我一个借口，我还是就坡下驴吧。但是，说实话，我真的是太喜欢尹香淑了。那是我人生最好的时候，我人生最好的时候都不能追求一把尹香淑，我哪还有机会了？我真是不甘心啊……"

"原来是这样啊！为了能让我考上重点高中，铸成竟然把自己的命都当成赌注了！"赵二良喃喃自语着。

赵二良真的惊住了，心想：朴铸成这么聪明的人竟然也使用了最简单粗暴的办法，甚至还要与李勇浩以命相搏？他可真是孤注一掷了！赵二良还一直以为是朴铸成独特的人格魅力征服了李勇浩呢……

赵二良真的有些后怕,当初强硬的李勇浩万一不买朴铸成的账呢?依着朴铸成的倔脾气,折断的也许不只是一根小拇指了,后果将不堪设想……赵二良颤抖着手把最后的瓶中酒倒上。

后来,李勇浩喝多了,又说出了心底的话:"那时我还是有些膨胀,以为自己跑得快、跳得高、身体素质好就能参军。虽然我学习成绩不好,但我也有爱的权利……爱情无果的我总想发泄一腔怨气,又总是没地方发泄。自从赵二良向我转述尹香淑的那句'癞蛤蟆想吃天鹅肉'以后,我的脾气就更加暴躁了……报名参军那年,我看黄背头走后门儿来气,就出手打了他。因为下手太狠了,还犯了故意伤害罪,被判了三年……服刑期间,我还梦想着再去参军,创造机会再去见尹香淑呢。"

"真的呀?我以为你进去以后就断了念头呢。"朴铸成为了缓和气氛,开了句玩笑。

"出来以后我才不得不面对现实:部队根本就不会接收一个有前科的劳改释放犯。对呀,部队怎么可能要一个身上有污点的人呢?直到这时,我才突然意识到自己已经远离了人生的最大梦想,已经没有机会重新开始了。面对残酷的现实,我才最终断了那个固执的念头……那就当好农民吧,好好种水稻,挣到更多的钱,摆脱贫穷吧……"李勇浩说。

"刚出来时还不行,后来我才干得越来越好了,在种水稻的同时,我又做起了这个小买卖……混成今天这个样子,我到现在都后悔啊,我最对不起的是我妈,三十多岁就守寡的我妈为我操碎了心啊……"李勇浩又说。

李勇浩讲得赵二良的眼睛一阵阵潮湿。这时,他才注意到外面下起了大雨,他听到了轰隆隆的雷声,也看见了亮闪闪的闪电。

赵二良没想到多年后他们竟然在金稻村和李勇浩意外地有了这样一次心灵沟通:说起了当年的尹香淑,说起了断指事件……

三个老同学亲如兄弟一样又无数次地干掉杯中的酒,把《桔梗谣》和《阿里郎》唱了一遍又一遍……

可当赵二良说出回来的真正意图时,李勇浩却连连摇头说:"以前科技落后,没有化肥,只能用农家肥。那时水稻产量低,温饱都难以解决。

后来科技进步了，才用上化肥、喷上农药，既省力又省时，产量才上来了。二良子，你这样做是在倒退，产量上不来会亏本的。"

赵二良说："现在人们的生活水平整体提高了，人们更注重水稻的质量。"

李勇浩说："二良子，我说话可能不中听，那我也得直说。我一直认为种有机水稻就是扯淡，全中国的农民要是都种有机水稻，够吃吗？再说了，你离家在外久了可能不了解情况，咱金稻村人的思想觉悟啥样你不知道吗？没有利益，肯定不行！"

"可以承包乡亲们的土地啊。"赵二良说。

李勇浩说："我现在每年种一百多亩水稻，年产近二十万斤。你不知道我承包到手这些土地有多难。你说得容易，在金稻村能承包下这么多土地的，也就是我李勇浩吧！"

李勇浩还认真地说："老同学，你让我干啥都行，但大面积种水稻，当种粮大户，是我最后的人生梦想了，我怎么能放弃呀？"

见话题牵扯到了李勇浩的切身利益，赵二良只好暂时岔开："老同学，咱先不说这些了，咱们还是喝酒吧。"

夜太深了，再亲的老同学也得散了。当赵二良提出照单付账时，李勇浩竟然急眼了。赵二良这才隐约又见到了他当年要打架时的强悍模样，只是眼前的这个李勇浩与当年那个李勇浩的目的截然不同了。

借口外面还下着大雨，李勇浩不让他们走，他们只好又坐下来，继续喝酒，继续唱歌……

最后，李勇浩喝醉了，说："今天是我这么多年来最高兴的一天了。"就又说起了他当年也非常想参军的事，要求最后独唱一首《驼铃》，送给身为现役军人的老同学朴铸成。

嗓音浑厚的李勇浩放声高唱："战友啊战友，亲爱的弟兄，当心夜半北风寒，一路多保重……"让赵二良心中也注入了好大一股暖流。可能李勇浩没记住更多的歌词，就反复地唱这几句，他们竟然没有听够。

朴铸成出去解手时，李勇浩才小声地问赵二良："'红裙子'当年真的说我癞蛤蟆想吃天鹅肉吗？她现在还好吧？"

赵二良心里一震，他想告诉李勇浩那话其实是他编的，但他没法说。

赵二良只是回答了李勇浩后面的问题："'红裙子'还好，她在深圳的一所大学里当教授呢。"说这话时，赵二良突然有种沧海桑田的感觉。李勇浩想不到，朴铸成也想不到，谁也想不到，只有赵二良知道，当年"又红又专又漂亮"的尹香淑，如今婚姻生活并不幸福。真是三十年河东，三十年河西呀。她那当年海誓山盟的如意郎君在婚后不久就抛妻弃子另觅新欢去了。直到现在，尹香淑还是一个人带着女儿，她已经变了，不再相信世间会有什么真爱了……有一次，舅妈回东北探亲，说起尹香淑的婚变时，非常激动。说她肠子都悔青了，当初就不该给女儿做这个主。说那种说话天花乱坠的小白脸男人最不靠谱，压根儿就不该相信他。舅妈还说，她当初最不该干涉的就是女儿的恋爱自由，还真不如让女儿找了那个知根知底的李勇浩了，咋也不会被骗得这么惨吧……当然了，赵二良也知道这只不过是舅妈的气话而已。

李勇浩明显舒了一口气，喃喃地说："好，好。只要她好就好。她那么好，各方面都不会差的。"

李勇浩好像还想问前面那个问题，但他只是含糊地支吾了两声，没再问……后来，他突然间好像又想起了什么，跑进里屋拿出了一个又厚又旧的本子交给了赵二良："二良子，这是我当年狱中服刑时写的日记，差不多是我有生之年全部的文字记录了。放我这没啥用了，就送给你吧。你不是当年的王连举了，这回你可以光明正大地看，但你可千万别笑话我呀。"

赵二良仔细看才发现，这不正是当年李勇浩让自己捎给尹香淑的那个红皮日记本吗？李勇浩怎么还留着呢？虽然这个红皮日记本已经很旧了，但赵二良还是认出了它。他一时被弄得有些不知所措，好半天才说："这么珍贵的东西，你怎么舍得送给我呢？"

"快二十年了，我一直都没舍得扔掉它。原来它是空白的，现在已被我写满了字，送不了人了。听铸成说你现在已经是大记者了，没准儿它能给你提供一点儿一个大男人单相思的写作素材呢。我写得肯定不好，但一定真实。看完就撕了吧，也不怕你笑话了。"李勇浩酒后的方脸涨得通红，脸上雕刻似的纹路尽显沧桑。

赵二良笑笑说："那我可就真看啦。"

李勇浩又摸了一下红皮日记本，有些不舍的样子："你就拿去吧，放我这真没啥大用了。"

朴铸成回来了，一边抖着雨伞一边说："我说老同学们啊，已经凌晨一点多了，外面的雨小了，我们得撤了呀！"

"我这条件不好，我安排你们去住店吧。"李勇浩说。

这也正是赵二良的意思，他心想：这么晚了，父亲本来就不同意他回来种水稻，他可不想大半夜回去让赵有才生气，还是明天再说好，就也说："太晚了，今天就别回我家了。"

李勇浩把两位老同学安排到金稻村唯一的小旅馆里，强烈要求由他来买单，否则，还是急眼。

李勇浩把一切都为老同学办好之后，才默默地顶着小雨往回走。临走前他还说："好好休息吧，明天早晨我再来陪你们吃早饭。"

"你也好好休息，快回去吧。"朴铸成挥着手说。

"铸成，你学习那么好，为了一个与你相比并不出色的同学出头，甚至去拼命，你觉得值吗？"赵二良一直想追问朴铸成。回到房间后，赵二良拿起电话，但又放了回去，他实在不忍心再去打扰朴铸成了。赵二良忽然想起了他们见面那晚的酒桌上，朴铸成轻描淡写地说过那么一句话："从这一点上看，我还挺适合当个军人的。"现在想来，那是多么举重若轻的一句话啊。如果不是偶遇李勇浩并意外揭开当年"断指事件"的谜底，朴铸成那句轻描淡写的话就会永远是"断指事件"的终极答案。

赵二良又一次在心底无比崇敬地确认了他这位初中同学的军人身份，赵二良甚至一度对所有中国军人更有了一种信任和崇敬。有朴铸成这样的军人驻守在祖国的边疆，作为老同学的赵二良感到安心的同时，更感到无限荣光，他真切地感受到了一个优秀军人的稳重、内敛和淡定。这个人不像是当年那个被李勇浩逼着从金稻村出走到六家子村的弱小孩童啊！赵二良又一次真正理解了什么叫"三十年河东，三十年河西"。

那天晚上，赵二良严重失眠了。他翻来覆去睡不着觉，整整一夜都在一幕一幕地回想着当年，回想朴铸成那缠着白纱布的小拇指……赵二良认为，这里面不只有简单的惺惺相惜，还有更复杂的同病相怜。真的没想到，当年他要是考不上平安一中，继而放弃考大学的话，他最对不起的人并不是他的父亲，而是与他默默患难与共、仅仅做了一年同学的朴铸成！

后来，赵二良突然想起了李勇浩送给他的那个厚厚的红皮日记本，就坐到桌前翻看起来……赵二良以前只是看过李勇浩写给尹香淑的一封信，还没看过李勇浩这么多细密的文字。他简直被惊呆了，虽然都是密密麻麻的小字，但是每个字都写得一笔一画、工工整整。赵二良看到了一个大男人最认真的书写。厚厚的日记本，大概能有三百多页，满满都是李勇浩对他表姐尹香淑的真情思念，没有一句当初的肉麻直白的爱意表达，而是写得朴实自然……赵二良几乎不敢相信，印象中那么粗鲁刚硬的男人竟然能说出如此柔软的话语。他对李勇浩越来越有好感了，甚至觉得朴素真实的李勇浩都有些可爱了。说实话，李勇浩的什么地方长得还真有点儿像李玉和呢，而赵二良反倒觉得自己越来越像王连举了……赵二良又内疚起来。

自认为早已心智成熟的赵二良，竟被李勇浩那简单而执着的文字感动了。他边看边想：这不是一个男人最真最美的梦吗？是不是应该让那个被追求的人也看到这些文字呢？赵二良又不禁设想：如果当年他不那么痛恨"王连举"这个外号，不撒谎说尹香淑骂了李勇浩"癞蛤蟆想吃天鹅肉"，李勇浩的生命轨迹会是另外的走向吗？原本很欣赏李勇浩的表姐尹香淑的生命轨迹是不是也会受到一定的影响呢？如果李勇浩没因失去爱的机会而暴躁伤人，而是如愿参军了，他会不会变成另一个人？如果会，那他也就不会成为老叔和自己种"良心稻子"的最大阻力了吧……

赵二良把小旅馆的窗户全都打开了，虽然有风雨从窗外飘进来，但他还是一阵阵地感到有些窒息，有些透不过气来。

第三十四章　当面打脸

第二天吃完早饭已是上午九点半，告别了李勇浩，赵二良和朴铸成接下来就要面对赵有才了。李勇浩毕竟是外在阻力，赵有才才是核心障碍。

刚走上金稻村的那条主道，赵二良远远就看到自家门口聚集了不少人，载歌载舞的，像在搞什么庆典。走到近处才发现自家的木匠铺依然开着，并没啥变化，邻居家的"银花小酒馆"变成了"崔氏娱乐中心"。崔银花家门楣上挂起了一块新牌匾，上书"崔氏娱乐中心"六个大字，窗户上也贴着"开业大吉"。

赵二良对朴铸成说："先别动，咱俩还是在大树后面看个究竟再说。"

随着《阿里郎》的音乐声戛然而止，柳红梅拿着个小喇叭吆喝道："各位父老乡亲们，大家上午好！咱金稻村又有好事啦！今天啊，银花小酒馆升级为崔氏娱乐中心了，乔大蒙都给算好了，今天正是个开业大吉的好日子！以后啊，大家想跳个农乐舞、下个象棋、打个扑克、搓个麻将、推个牌九啥的，都来这儿就行！统统包圆儿！"伴着《桔梗谣》的音乐声，村民们稀稀拉拉地鼓着掌。

柳红梅接着又吆喝："我说大家伙儿啊，按规矩呢，各位都得随个小礼啥的，多了不挑，少了不嫌，没带现钱的也没关系，咱这能微信支付哈。

我就代表崔氏娱乐中心的崔银花主任,谢谢大家伙儿啦!大家伙儿看看,这个牌匾,这些桌子,都是人家马胜利随……随的礼。"

崔银花觉得不太好听,急忙帮着改词:"不是随礼,是赞助!是赞助的。"

柳红梅忙改口:"对,对,是马胜利赞助的。"柳红梅心里明知道这些旧麻将桌不过是马胜利卖黑土顶回来的烂账,他又顶给了崔银花当一部分稻田承包费,只是直说不好听罢了。

这时,马胜利来了,一进院就喊道:"银花小酒馆升级成崔氏娱乐中心啦,恭喜恭喜呀!"

崔银花忙过去拉住马胜利说:"金稻村的马大能人不仅提供赞助,还亲自捧场来啦?银花我也太有面子了!"

马胜利说:"银花过奖了,那是必须的!不过我说银花啊,今后你可别叫我什么马大能人了,不好听。"

崔银花猛然想起什么,说:"哎呀,可不是咋的,胜利未来还要进村委会呢,快请上座!红梅啊,赶紧给胜利弄个上座。"

这时,全福爷提着一大筐新鲜蔬菜赶来了。

崔银花"哎哟"一声:"全福叔也来捧场了!我这也太有面子了。"边说边接过大筐夸张地扒拉着里面的蔬菜:"你们大家伙儿瞅瞅,这可是全福叔亲手种的绿色蔬菜,是大棚种出来的无公害蔬菜,你们看看,多新鲜!"

全福爷突然拉过崔银花大声说:"我说银花啊,我还真以为你把小酒馆改成文化娱乐中心了呢,才现摘了蔬菜跑来祝贺。我看这里面还都是麻将桌呀!哪有画画儿的地方啊?这不就是你原来的麻将馆子扩大规模了吗?这可不行!"

崔银花忙说:"全福叔啊,看你说的!水稻田都让马胜利和李勇浩给承包了,我也不能天天干闲着呀!"

马胜利说:"全福爷呀,银花婶是天生做事的人,这不是闲不住嘛。再说了,这回小酒馆改成娱乐中心,主要就是从事文化娱乐活动了。"

崔银花说:"对,胜利说得对,这不都叫娱乐中心了嘛。文化就是娱乐,娱乐就是文化,以后这里就是金稻村的文化娱乐中心了。"

全福爷说:"叫啥不重要,下棋、打牌也不是不可以,重要的是不能用来开赌场,那可就伤风败俗了!"说完,他就倔哄哄地拎起大筐走了。

望着全福爷的背影，崔银花脸上挂不住了，说："全福叔你别走啊！这平时怪好的一个人，今天这是咋的了呢？咋跟隔壁赵有才一个调门儿了呢？"

　　这时，起早出去找木料的赵有才挤进人群："我就是想问问，你这崔氏娱乐中心到底是干啥用的？我咋闻出一股铜臭味呢？"

　　崔银花说："能闻着钱味就对了，没有钱咋办事儿？上面不是说让丰富群众文化生活吗？文化离不开娱乐，这又能娱乐又能挣钱，不是正好嘛。"

　　金快手说："银花说得对，打麻将就是娱乐，正经是传统文化娱乐活动呢，那赶似的了！"

　　赵有才说："打麻将是传统的娱乐活动不假。可你这是白玩呀，还是动钱的呀？"

　　金快手说："打麻将哪有白玩的？这老赵大哥呀，咋说话呢？"

　　"开这么大个场子，咋的也得象征性地收点儿费用吧？"说着，崔银花又要宣布开业，"我宣布……"

　　赵有才说："哎，先不能宣布，你说说，你是不是要把聚众赌博整大扯①呀？"

　　崔银花火了，高声喊道："赵有才！看在咱们邻居住着，我管你叫一声老赵大哥，你可别给脸不要脸！"

　　赵有才也火了："姓崔的，我告诉你，聚众赌博违反国法，是破坏精神文明的行为。你这只有娱乐，没有文化成分！"

　　崔银花说："精神文明？我看你是精神有病！一个臭木匠，写了几篇小杂文你跟我装啥有文化？"

　　"不光我有文化，我们家都有文化！"

　　"就算你们家有文化，俩儿子都大学毕业，又能咋地？你俩儿子在省城也没混咋样，要是混好了，你还能眈在金稻村干木工活儿？"

　　"啥？我今天就跟你说句实话吧，我家二良子昨天还来电话了呢，说过一阵子就接我去省城享清福！"赵有才发挥着自己的想象力。

　　"你就吹吧！谁信啊？"崔银花冷笑着说。

---

① 大扯：方言，严重了，把事情闹大了，复杂化了。

这时，赵二良走进人群："我说爸呀，你们可别吵吵了。"

赵有才就像不认识自己儿子了，愣了一下说："二良子？你……你不是说过一阵子回来接我吗？"

赵二良不会说谎："我没说过呀，我哪说过呀？"

崔银花突然放声大笑起来："你看看，你看看，二良子回来的事他根本就不知道，他就是在吹着唠呢！"

"爸，你看这是谁来了……"赵二良转身拉过朴铸成。

"赵叔，我是朴铸成，您还认识我吧？"朴铸成迎了过来。

赵有才终于找到了台阶，忙道："这不是好学生朴铸成吗？你回来啦，多少年没看见你了，快到我家去。"说着，赵有才就要拽着朴铸成往家走。

赵二良、朴铸成简单地和崔银花、金快手、马胜利等人打了一下招呼，就跟着赵有才回家去了。

马胜利和崔银花耳语了几句，崔银花就像摸透是咋回事了，嘲笑说："真是想一出是一出啊，啥爹啥儿子。离中午喝酒时间还早呢，大家可以先进屋娱乐一会儿。"

来到赵二良家里，当赵有才了解到朴铸成已经是上校团长，就更加敬佩了："你看看，你看看！你看看朴铸成，我们家二良子啥时候能有这么大的出息呢？"

朴铸成就说二良子也不错，已经是大记者了，还是个有大志向的人。

赵二良笑着说："我说爸呀，我也比以前有进步啦。"

"别叫我爸，你是我爸！这嘴巴子叫你给我扇的，啪啪地响啊！"当着朴铸成的面，赵有才明显在强忍着心中的怒火。

直到赵有才张罗好酒菜，三个人坐到酒桌上时，赵二良才趁赵有才高兴，说："爸呀！我是带着想法回来的，我是回来创业的。"

"撞墙吧！"赵有才感觉脑袋涨大了一圈，终于压不住火了，"你个混账东西！你想气死我不成？铸成大侄子，你听见了吧？我费劲巴力地把他供进了省城，可他不管不顾地又要跑回来瞎折腾，要回来当农民！"

朴铸成只好说话了："赵叔，您别急呀，我之所以和二良子一起回来，就是要和您探讨一下二良子回乡创业的事，这确实是一件大事。"

赵有才乍一听，没敢相信，怕自己没听清，忙问："铸成你说啥？难道你也支持他瞎扯淡？"

朴铸成就又认真地说了一遍："赵叔，二良子是认真的，我知道他的梦想一直就是种好有机水稻。"

赵有才这回听准了，说："二良还得在省城好好干，回来种地可不成！我说铸成啊，你有出息是不假，可你得把二良往正路上引啊，哪能鼓励他瞎胡闹呢？"

朴铸成说："赵叔，您咋能说二良是瞎胡闹呢？种有机水稻肯定有前途！金稻村种水稻一直有传统，现在国家政策这么好，正是乡村振兴的好时机啊！"

"爸，铸成说得对，咱金稻村的有机水稻有着悠久的历史，又拥有得天独厚的黑土地，我就是想接着老叔留下的茬口，继续大规模开发有机水稻。"赵二良也马上跟着说。

"你可得了吧，别提你老叔了，他到死也没在有机水稻上挣到多少钱！"赵有才说。

"爸，我们得坚持住啊。"

"就是瞎胡扯！你全福爷也一辈子坚持种有机水稻，到现在不还是穷得叮当响？我说不行就不行！"

赵二良说："爸呀，时代变了，咱的观念也得变啊！种有机水稻是正路子，也真的有发展潜力呀！"

赵有才说："你种有机水稻，当一辈子农民能有啥出息？在城里当干部，那才是正路子！"

赵二良说："爸呀！金稻村的有机水稻一代一代传承到现在不容易，如今国家对粮食安全越来越重视，这正是个大好时机呀。"

赵有才啥也听不进去了："我说不行就不行，你就别扯犊子了！"

赵二良说："爸，你当木匠还不懂吗？是啥料就适合做啥玩意儿。我不是那块料，你就别逼我当干部了，我就是要回家种有机水稻。"

赵有才说："啥？你说啥？种有机水稻能过上好日子吗？！"

朴铸成又说话了："赵叔啊，近年来，在乡村振兴的大背景下，国家越来越重视黑土地保护和粮食安全，提倡土地流转，鼓励规模经营，各种农民合作社正在不断涌现呢。"

赵二良也趁机说:"很多农村都在兴办特色产业,我们完全可以开发有机水稻产业。"

赵有才心里将信将疑,表面还是不肯松口:"就你赵二良,一没技术,二没资金,就能做成有机水稻产业?"

朴铸成说:"赵叔,二良子开发有机水稻产业肯定能行,虽然他当年没报考农业大学,但他从小到大一直在关注和研究着有机水稻,我确实看好他。目前虽然资金不足,但咱们可以分步整合土地,动员村民用土地入伙呀!我也想把手里的积蓄投资给二良子!"

赵有才说:"铸成啊,你说的是真心话还是客套话呀?难道二良子的想法真靠谱,不是在做大梦?我这些年供他考大学,让他毕业后留在省城,就是一心为了他有出息啊!"

朴铸成说:"赵叔,您让二良子上大学、留在省城都没错,最终不还是希望他能过上好日子吗?如果他干一心想干的事,又快乐又能致富,不也算过上好日子了吗?现在和以前不一样了,城乡逐渐一体化了,咱退一步说,万一二良子干不好,他可以随时回到城里去呀。"

赵有才犹豫着:"嗯……要是别人这么说,我可不信。铸成你在我心中可一直是个最实诚、最有正事的好孩子呀……"

赵二良见赵有才终于有了松口的迹象,忙说:"我爸虽然倔点儿,但我爸毕竟也是个明白事理的人,总算别过这个劲儿了。是不是,爸?"

"你少给我戴高帽子!这个劲儿我可轻易别不过去。"赵有才还是有些不甘心。

朴铸成恰到好处地说:"我赵叔就是有文化,还能发表杂文呢,就是开明!来,咱爷仨一起干一个!"说着,朴铸成礼貌地站起身来敬酒。

也许是喝了酒的缘故,赵有才眼睛有些发亮,说:"二良子,这事要是真能做成,那也算你有点儿出息!"

赵二良不失时机地说:"爸呀,只要你不反对,我就有信心了,咱们一言为定。来,咱们爷仨再干一杯!"说着,赵二良就要干杯。

赵有才忙阻止道:"你先别喝,这个事我还没正式同意呢。"

朴铸成机智地说:"来,赵叔,咱们还是把这杯酒干了吧。等您老人家正式同意那天，我在新疆再单敬您一杯！"

李勇浩还要把马胜利、二猴子、河稻穗等发小都找来晚上接着喝，但由于朴铸成的时间有限，当天下午，赵二良和朴铸成就急匆匆告别了金稻村。

"一路平安！"李勇浩挥着粗糙的大手向他们告别。

望着渐渐远去仍一直挥着大手的李勇浩，赵二良决定把那个红皮日记本寄给远在深圳的表姐尹香淑。因为它毕竟属于那个年代的他们，是他们最原始、最朴素、最真实也最苦涩的芳华，是他们的青春梦想……

路上，赵二良把那个红皮日记本拿给坐在副驾驶座位上的朴铸成，他竟然看得一路无话。

直到快进省城了，朴铸成才用低沉的语调说："这本日记很珍贵，我觉得还是尹香淑最应该看到它，主要是这里面充满着朴素而醇厚的真情啊。所有的文字不修饰、不造作，完全是内心情感的自然流露。但如果你表姐在深圳过得非常幸福，也就没必要再寄给她看了。"

"我已经决定把日记本寄给我表姐了。"赵二良说。

朴铸成看了赵二良一眼，叹了一口气。

接着，赵二良又简单地把尹香淑的现状讲给了朴铸成……

"真是可惜呀，我还是觉得他们之间的文化差距有点儿大，但没准儿真行呢。"过了一会儿，朴铸成说。

赵二良说："就是啊。"他莫名其妙地深深内疚开了，朴铸成的那根断指也越来越清晰起来……

也许是就要分开的缘故，进入城区以后，他们都没再说话。

朴铸成还要到东北的另外一个城市办事，赵二良就直接送他去了火车站。进站前，朴铸成再三劝阻赵二良留步，赵二良还是一直把他送到车站里面。他们都没再说什么，只是无比亲切地并肩走着。

当赵二良最后握住朴铸成的手时，还是什么话也说不出来。

朴铸成注视着赵二良，好半天才说："老同学，任重道远啊！我不能帮你啥大忙，也没啥送你的，就给你敬个军礼吧。"说着，一脸庄严的上校团长站出了立正姿势并发出雄浑的声音："西北边防某部六团上校团长朴铸成向我的初中同学，敬礼！"

就这样，在赵二良毫无准备的状态下，朴铸成十分干练地给赵二良——他的初中同学敬了一个十分标准的军礼。仓促中，赵二良还是注意到了朴铸成那明显弯曲的小拇指也正在尽力做到五指并拢……

敬礼完毕，朴铸成接着就是一个一百八十度的标准转身。他没再回头，就疾风一样向检票口走去。从朴铸成那倔强的背影上，赵二良觉得他已由东北的赤松树长成了西北的胡杨树，继而赵二良还联想到和军人有关的高大青松和钢铁长城……

赵二良觉得这不仅仅是来自初中同学的军礼，也是来自金稻村和六家子村的军礼，更是来自遥远的阿勒泰的军礼！这会是他有生以来获得的最高礼遇，没有之一。老同学神圣的军礼使已过而立之年的赵二良顷刻间泪眼婆娑。

大庭广众之下，一向很要面子的赵二良已顾不上自己的窘态，任由热泪在脸上肆意纵横，直至视野中的身影彻底消失……

第三十五章　回乡创业

半年后，姜婷婷做通了她爸妈的思想工作，她爸妈终于认识到赵二良是个有正事的人，同意赵二良创业期间让姜婷婷带着小悦回娘家住，这为赵二良解决了后顾之忧。最后，在姜婷婷的全力支持下，赵二良不仅拿走了家里的全部积蓄，还拿到了一笔小额创业贷款。

择一良辰吉日，赵二良租了一辆小货车，带上应该带的东西，又一次奔赴家乡。

这次，赵二良终于可以静下心来看看车窗外的风景了。茫茫的春雨中，银灰色的小货车穿行在绿色的东北大平原上，由北向南，从省城向金稻村飞驰着，车轮在路面上带起一片白雾。透过车窗，赵二良向车外辽阔的平原望去，大片大片的黑土地出现在视野之中。

小货车高速行驶，三个小时后就来到了平安县活龙镇地界。道路两旁晃过一排排苹果梨树，树的枝叶被雨水洗得油亮，有燕子掠过雾气腾腾的田野……眼前黄绿交错的平原就是著名的海兰江平原。在这块曾经肥得流油的黑土大地上，坐落着赵二良深爱的家乡。

在赵二良熟悉的这方小小的天地里，金稻村并没有什么大的变化。只是当年的小孩子长大了，不成熟的人变得成熟了，绝大多数人没有离开。

变化最大的是，金稻村周边的养殖场多了起来。草被牛羊吃光后，没有植被覆盖的大地看上去丑陋无比，还有大片大片的深深的土坑，据说那是有些人贩卖黑土后给大地留下的伤疤。

赵二良想，先别声张要大规模种有机水稻，还是得一点点来，不能打草惊蛇。他回到金稻村的当天就去了村委会，和刘主任很保守地说了自己回乡的打算——在金稻村开发绿色土鸭，带领大家共同致富。

见赵二良回来创业，刘主任非常高兴，当天下午就专门召开了村两委扩大会议，就赵二良回村养殖绿色土鸭事宜进行了通报，让大家一定要大力支持。

作为种粮大户代表，李勇浩也来参加了会议。李勇浩比当年成熟多了，一再表示："老同学回村创业，求之不得，求之不得呀！这是好事啊，一定全力支持。"

赵二良表达了对村委会和乡亲们的感谢。

刘主任又非常实在地说："只是金稻村的黑土地越来越贫瘠，盐碱度也越来越高了，村民们的人均年收入一直都没超过三千元。如今，全国都在抓乡村振兴，我这当主任的，压力挺大呀！真得靠你们这些年轻人，你回来带领大家致富真是太好啦！"

赵二良和大家谈了很多对未来的设想，还大胆地提出了接下来要创办农民专业合作社，将来会进一步整合土地资源，大规模开发新型有机水稻的想法，不过，目前还是得先从养绿色土鸭开始……

最后，为了让赵二良把绿色土鸭养好，刘主任还爽快地以最低价承包给赵二良一小片海兰江边的水草地。刘主任对赵二良说："二良子啊，就当村委会送你一份见面礼吧。你就放心大胆地干，金稻村村委会愿意为你提供全方位服务。"

人前人后，李勇浩也给足了赵二良面子，说有事就说，都是老同学。

赵二良暗想，李勇浩虽然表面上非常友好，但这个一直以来的强者会不会成为他实现梦想的障碍呢？在家乡的土地上创业，毕竟要牵扯到他的利益呀！这样想着，赵二良心中难免有些顾虑。

赵二良最终还是顶着多方压力艰难起步了，他带着老叔家的大弟和小弟养起了绿色土鸭……

见赵二良养起了绿色土鸭，赵有才气得大骂赵二良："你是不是疯了呀？你不是说回来开发有机水稻吗？怎么又一门心思地养起鸭子了？"

赵二良就把心里藏着的更大志向和赵有才说了一遍："绝不单纯是养土鸭，这和种有机水稻关系重大。养土鸭一是为大面积种植有机水稻做准备，二是也要做好绿色土鸭产业。"

赵有才还是半信半疑地摇着头："我看你就是胡扯！靠土鸭卖钱，这能行吗？"

伴着赵有才的质疑和声讨，赵二良带着两个弟弟把养鸭场初步建了起来。

这天，赵有才家悄无声息。赵有才好多天没心思写小杂文了，他蒙着被子，头朝里躺在炕上，妻子尹贤姬愁眉苦脸地坐在旁边织着毛袜子。

"他爸，你这不写作也不吃饭，咋也得喝点儿水吧？"尹贤姬轻轻推了推赵有才。

赵有才有气无力地说："喝什么水？喝西北风就够了。"

尹贤姬嗔怪道："这话让你说的，还不喝水改喝西北风了？咱二良打小儿就爱钻研有机水稻，是你一直不让他弄。这次他回来创业，又不是闲待着。人家是想干一番事业多挣点儿钱！"

赵有才说："等着他多挣钱吧。听说还贷了款。'贷款'是啥意思？没等挣钱呢，就拉上饥荒啦！"

尹贤姬不解地问："那不得有点儿投入的钱吗？"

赵有才说："啥叫'贷'你不知道？咱欠人家钱了，还得给利息，挺高的利息呢！再说了，整来整去的，没种上稻子，倒先养上鸭子了，说是为以后新法种稻做准备。一斤鸭肉死贵的，你说谁能买啊？弄不好不得赔本呀？那养饲料鸭子的多了去了，长得又快又便宜。你说，咱家二良子是不是越来越傻了啊？"

尹贤姬说："傻？傻能考上省城师大？"

赵有才说："不傻能好好的班不上？你说，这以后他还能当上作家吗？"

"我看你傻，你不吃饭不喝水，他就能把钱挣回来？你再不起来，你那木匠铺都得黄。"尹贤姬说。

外面不时传来猪叫。

赵有才着急地说:"哎呀,你能不能先管管咱家猪啊!"

尹贤姬起身正要推门出去,却赶上赵二良推门进来。

赵二良问:"妈,你这是要干啥去?"

尹贤姬说:"你爸让我喂猪去。"

赵二良看了看炕上躺着的赵有才,说:"爸,妈,我雇车拉回了第一批土鸭雏,你俩得马上帮我了,接下来可就鸭生蛋、蛋生鸭啦!"

"这么快就拉回来了?"赵有才扑棱一下坐起来,说完却因动作太快而一阵眩晕,又捂着脑袋躺了下去。

赵二良担心地走上前问:"爸,你这是咋的啦?"

尹贤姬说:"准是饿的呗。"

赵有才挣扎着说:"赶紧扶我起来,我得先吃点儿饭,要不哪有劲儿看鸭子啊!"

大弟和小弟也闻讯来到了金稻村外不远处的江边水草地,一家人忙活着,把一大群小土鸭雏分批放入简陋的养鸭场。

"二良子,你看这网眼大小行不行啊?这网也就只能防着咱的土鸭子飞不出去。"赵有才扯着网眼检查着。

"嗯,还能保证咱这土鸭子闲溜达多运动,吃点儿虫子,吃点儿杂食,起到为黑土地杀虫增肥的效果。"赵二良说。

"这哪像个正经的养鸭场啊?"赵有才叨咕着。

赵二良说:"爸,咱资金有限,慢慢来,咱这各种配套设施还得一点儿一点儿完善呢。"

赵有才忧虑地说:"我这搞写作的变成放土鸭子的了,不知人家咋笑话我呢!"

"爸,咱的土鸭子会越来越多,销路打开后,可比稿费多多了。看着吧,以后啊,那些笑话你的人就得变成羡慕你的人。"赵二良自信地说。

赵有才说:"还能挣到给我出一本杂文集的钱是咋的?"

赵二良说:"爸,出一本杂文集才几个钱,那不算啥。我希望有一天,咱们金稻村人都能挣到很多钱,生活中多点儿乐和甜,少点儿酸和苦。"

赵有才说:"二良子,你可真敢想啊!我寻思你别让咱家赔个老底朝天就行，把欠的钱还上，再少挣点儿也就行了。"

赵二良说："爸，你相信我，以后的日子肯定会越来越好的，不只是咱们一家，而是整个金稻村……"

周末，赵二良一家人正在养鸭场里忙活，一群小土鸭欢蹦乱跳地跑来跑去，赵有才和尹贤姬在撒着天然饲料。

正赶往崔氏娱乐中心的柳红梅骑着车子经过，她停下来问："二良子，你应该是调研好了才回来养土鸭的吧？"

"算是吧，通过控制养殖地的天然饲料比例，包括水面的浮萍、岸边的草籽儿、河里的小鱼小虾等，自然散养的绿色土鸭，纯天然无公害，肉味鲜美可口，一斤能卖到二十多块钱，我早把销路摸清了，行情基本稳定。"赵二良边干活儿边回应道。

"啧啧啧，二良子，这么养的土鸭子一斤能卖二十多块钱？"柳红梅满腹狐疑。

"对！"赵二良一脸坚定。

柳红梅嘲讽道："你那土鸭子是用金子喂的啊？"

赵二良说："不是，用金子那不得喂死了！这天然的饲料搭配有说道儿，红梅婶，这就跟你保媒拉纤一样，不专业不行。"

"那是，保媒拉纤我肯定专业。"柳红梅一脸得意之后，停了一下，又突然提高声调说："哎，对了，二良子，你咋不把土鸭子关窝里养呢？听说让土鸭子整天趴着长得可快了，还胖呢，那不更能多卖钱吗？"

赵有才说："红梅呀，这你就不懂了吧？放养土鸭就是为了让它们多运动的，太胖就不值钱了。"

"啊？土鸭子也得要身材好的才值钱啊？"柳红梅大笑起来。

赵有才说："红梅呀，应该是这个理：你想想，肉食鸡有咱自家养的笨鸡吃着香吗？"

柳红梅略一琢磨，说："那倒还是咱自家的笨鸡香。"

赵二良笑着跟柳红梅说："红梅婶，我爸说得对，自然放养再加上天然饲料，养出来的土鸭肉质紧实，营养均衡，味道独特，是那种肉食鸭不能相提并论的。"

"啥论不论的?你这要是一斤能卖二十多块钱,那长成了,这得一百多块钱一只吧,那这一大群加起来得卖多少钱啊?哎呀妈呀,这得多少钱啊?"柳红梅边说边指指点点、嘀嘀咕咕地算着。

赵二良说:"红梅婶,养的过程中发生啥情况还不好说呢,养成后也得看市场价格的浮动情况。"

柳红梅嘴里仍叨叨咕咕地算着,边掰着手指,边自言自语:"怪不得金快手惦记参与养土鸭这事呢!"

赵二良没听清,问:"谁惦记?"

"啊,没……没谁惦记。我,是我惦记,不,是金快手他们惦记着我咋没去打麻将呢!这,我得走啦!"柳红梅掩饰地打着马虎眼①。

赵二良说:"红梅婶,你慢点儿走!"

"我哪会慢走啊?"柳红梅嘴里叨咕着,哼着《桔梗谣》,骑着车子走了。

---

① 打着马虎眼:方言,有意遮掩。

第三十六章　于无声处

别看李勇浩这段时间表面平静，心里却一直波动着。赵二良这次回村后真的要大面积种植有机水稻吗？他说过，目前带着一些人养绿色土鸭只是开始，未来还要带领更多的人合作种水稻。

几个村民把地收回去入伙养上了鸭子，也让马胜利非常郁闷。有一天，马胜利在酒桌上和李勇浩说："老大，你目前可是金稻村的种粮大户啊，赵二良难道还想在咱这一亩三分地上刮起旋风吗？你表面上不跟他争已经给足了面子，他还想兴风作浪？绝不容他！"

这段时间以来，马胜利一直暗中密切关注着赵二良的一举一动……

这天，马胜利在崔银花家的养鸭场大棚外晃荡，突然有人喊河稻穗，听声音好像是赵二良。

河稻穗一边答应着，一边从大棚里跑出来。

马胜利闻声急忙躲到大棚后面藏了起来。这时，他果然看到赵二良从远处走了过来。

河稻穗迎了上去，说："二良哥，这段时间你累坏了吧？"

赵二良高兴地说："稻穗，你也跟着受累了。"

河稻穗说："这不是为了我们共同的养殖事业嘛。"

赵二良说:"天然放养、全程无添加剂的绿色土鸭,就是要比一般鸭子售价高啊。"

河稻穗说:"要不咋说得多费心、多出力呢。"

赵二良说:"对了稻穗,听说马胜利这段时间有事没事总来找你?"

河稻穗说:"上学时他就暗恋我,可我总觉得和他不是同路人。"

赵二良说:"稻穗,可能有些话我不该说,都是有家有业的人了,真得注意和他保持距离……"

马胜利实在听不下去了,就从大棚后面走了过来,怒道:"姓赵的,你咋里挑外撅①呢?保持距离你就应该远点儿煽着②!"

赵二良吓了一跳,争辩道:"马胜利,你这话是哪儿跟哪儿呀?"

马胜利说:"赵二良!你是不是自己想一脚踏两船啊?就把别人想歪了!你个城市失业者,你个'蹲级包子'!"说着,马胜利就向赵二良的面部打了一拳,血从赵二良的嘴角流了出来……

河稻穗忙上前拉开他们,说:"马胜利,你别打人啊!咋还动上手了呢?"

从大棚里急忙跑出来的崔银花见赵二良擦着嘴角的血,叫着:"哎呀妈呀!咋还打起来了!"

河稻穗问:"二良哥,用不用上卫生所呀?"

赵二良说:"不用,没事的。"

马胜利突然觉得自己在河稻穗面前有些失态,就语气缓和地说:"二良子,对不起,是我太鲁莽了。"

赵二良没再说什么,只觉得如箭穿胸,"城市失业者"和"蹲级包子"这两个词刺得他心疼肝也疼……

虽然困难重重,但赵二良还是很快就把金稻村的一些人组织起来了,培训他们养起了绿色土鸭。

养鸭子是很多金稻村民的拿手活儿,以柳红梅为代表的很多人这回都

---

① 里挑外撅:方言,挑拨,破坏团结。

② 远点儿煽着:方言,请人离远点儿,不要参与。

来了精神头儿。

赵二良不断地强调着绿色土鸭和普通土鸭的本质区别："咱们的绿色土鸭不是市场上常见的鸭子,是要走向高端市场的。咱们的特色就是生态、绿色……我之前已经初步探明了市场行情,只要我们抓住机遇,保质保量地把鸭子放养好,我们的绿色土鸭就能打入市场并用质量赢得市场,坚持下去就能闯出一条路来,金稻村的绿色土鸭就会成为优良品牌和发展抓手……"

赵二良一直走家串户地认真辅导着,全身心地实地操作着。他经常和鸭子在一起,身上总是湿淋淋的,已分不清是汗水还是泥水。

有一回,跟在身边的小弟把赵二良拉到一边小声说："二良哥,你别天天净辅导别人啊,差不多就行了。咱有那时间,自己多养点儿鸭子多好啊?别人卖鸭子,那钱又不给咱们。"

赵二良说："小弟呀,又小心眼儿了吧?我问你,你喜欢春天不?"

小弟说："我当然喜欢啊,春暖花开的,跟那死冷寒天比,春天多好啊!"

赵二良说："那我问你,就咱家花盆里一朵花在开,那是不是春天?"

小弟说："咱家那一朵花开不开跟春天有啥关系呀?"

赵二良说："对喽,一朵花开不是春,百花齐放才是春天来了,懂不?"

小弟笑着说："还是我二良哥格局大!"

赵二良也笑着说："这个必须有。"

小弟又说："金稻村的人多数不行,整天嘴里不离'东西南北风'的,那帮人赢的笑、输的闹,丑态百出。"

赵二良说："其实说到底,还是个'穷'字闹的,以后等咱们的绿色土鸭做出规模,做成产业,就会吸引更多的人来养鸭子,还能做许多相关的产品呢!要做的事多着呢,到时候哪个人还有闲心靠打麻将发小财啊?"

小弟说："二良哥,要是真有一天能像你说的那样,金稻村可就好了。"

赵二良说："肯定能成真,早晚的事。从小处看,有家人的支持,这是家庭的支持;往大处看,有村委会的支持,有国家政策的支持!绿色土鸭做出规模,很快就会让大家富裕起来的!"

小弟叹了口气说："可是现在离赚钱还远着呢,眼前咱们可都是在投入啊!"

赵二良劝道："小弟，你能不能别光看眼前，别光盯着钱！我今天能在这儿安心养鸭子，没有那些无私奉献的人和那么多来自方方面面的支持，我能吗？"

小弟说："可你这没日没夜地辅导大家，身体都快累坏了，我不是心疼你嘛！"

赵二良说："小弟，我再跟你说一遍，我回来不仅想让咱们自己家通过劳动富裕起来，也想让更多的金稻村人通过劳动富裕起来。"

小弟说："行啦，二良哥，我明白你的良苦用心了，我还是陪你做辅导去吧……"

第一批绿色土鸭终于长大了。去省城卖绿色土鸭时，赵二良和大弟没舍得雇专车，而是拼了一个晚上出发的大货车。两个人一路上小心翼翼地盯着鸭子，眼睛瞪得溜圆锃亮。

大弟小声说："二良哥，咱俩别都这么盯着，现在就这么跟打了鸡血似的，我估计到后半夜要够呛，到时候咱俩要一起来困劲儿，熬不住睡过去，这鸭子可就不保准了。"

赵二良说："咱俩轮班儿眯一会儿呗？我现在贼精神，眯不着，你先去歇着吧。"

大弟说："我现在眼睛也锃亮，要不你先眯会儿吧。"

"你……算了，我先眯一会儿。"赵二良说着把外套脱了。

大弟说："你咋还脱了？别感冒了。"

赵二良说："万一睡着了，一冷还能醒。"

两个人一晚上轮流看着鸭子，安全到了省城。省城的饭店验收后，绿色土鸭大受赞扬。赵二良和大弟都非常兴奋，不停地向主管验收的张经理推介着："我们金稻村不仅出产绿色土鸭，也出产'良心稻子'。金稻村人诚实肯干，不畏劳苦，做事认真，严格使用合同里规定的天然饲料，所以我们的绿色土鸭个个保质保量……"

张经理很快就和赵二良签订了一份长期收购合同。

绿色土鸭销售取得了成功，赵二良激动地第一时间就给柳红梅打电话报喜："红梅婶呀，咱们的绿色土鸭卖上价了，二十五块钱一斤啊！每只鸭子五六斤沉，你家的三十多只鸭子就卖了四千多块钱啊！其他人家有几十只、上百只的不等，大家一共卖了八万多块呢！"

柳红梅高兴地说："好啊，好啊，开张大吉啊。我们接着养绿色土鸭！二良子啊，等你回来给你庆功！"

赵二良说："好，我给大家庆功。红梅婶，这回呀，我又开了眼界，看到的、听到的、学到的太多了，我和大弟今晚就往回赶，等回去再跟大家细说。"

柳红梅说："这两天你们俩折腾得够呛，回来时就坐卧铺吧，车票从大家的利润里出。"

赵二良说："我和我大弟这体格还能挺得住，要卧还是回去再卧，省点儿是点儿，我知道咱村啥情况，还是省着钱多给大家买点儿鸭雏吧。"

因为着急回家，赵二良和大弟连硬座都没买到，在火车上两个人只好坐在了两节车厢的衔接处。

大弟把一个纸箱子推给赵二良："二良哥，你往门口靠靠，这回咱没鸭子了，你就安心睡觉吧。"

赵二良小声说："虽然没鸭子了，但是有钱啊，更得精心看着呀。"

大弟说："是啊，这钱能鼓劲儿，是对咱们这些养鸭人的鼓舞。"

赵二良说："来时，我是紧张得睡不着；这回去呢，我是兴奋得睡不着。还是老规矩，咱俩还是轮班儿睡吧。"

大弟说："二良哥，我看谁都先别睡，咱俩再兴奋一会儿，再唠一会儿……"

赵二良回乡养绿色土鸭的消息传开后，很多人才渐渐参与进来。越来越多的人尝到了甜头，赵二良很快就和部分村民签了绿色土鸭购销合同书。

正赶上县里要求加强乡村文明建设，严禁赌博，崔氏娱乐中心被停业整顿了。崔银花闲不下来，也活动起心眼儿，动员马胜利和金快手一起签了养鸭合同，也按照赵二良的要求贪黑起早地放起了鸭子。

几个月后的一天傍晚，崔氏娱乐中心早早就锁上了大门，里面则拉着厚厚的窗帘，李勇浩、马胜利、二猴子和三驴子等人正偷偷地打着麻将。李勇浩这段时间心情不好，少见地出现在麻将桌上。

崔银花讨好着李勇浩："咱金稻村到啥时候都得是勇浩最厉害，有钱，有貌,能力强,会办事,赵二良就算上了大学也摆不上台面。"

李勇浩没说话,马胜利却酸酸地说:"还是人家二良子厉害,又是养绿色土鸭,又是和省城的大饭店合作的。"

崔银花说:"勇浩是高富帅,一看就是将来当村主任的料。"

"唉,我可当不上村主任,身上有污点。"李勇浩叹气说。

马胜利说:"赵二良是一般行,但勇浩你是相当行。只是呀,你真得抓紧了,别让快煮熟的鸭子飞了。"

崔银花说:"我们家稻穗当年就像傻子似的,要是跟勇浩好,那不就提前奔上小康了吗?"

马胜利说:"那……那是呗,小康多好啊!老百姓不是常说嘛,小康就是不愁吃,不愁喝,住洋房,开小车!"

这时,崔银花的丈夫河老鸢打开锁,推门进来。

二猴子说:"吓我一跳,我寻思我媳妇儿又来抓我回家呢……"

崔银花回头说:"你进来干啥?不在外面看着点儿。"

河老鸢说:"刚听说个突发新闻,我是说呢还是不说呢?"

崔银花说:"爱说不说,你能有啥好新闻。"

李勇浩说:"该说就说呗,说完你就赶紧到外面看着去。"

河老鸢说:"听说赵二良送到省城饭店的第二批绿色土鸭不合格!"

李勇浩表面不动声色,心中却多多少少有些幸灾乐祸。

二猴子有些急,问了一句:"为啥?是不是让人调包了呀?"

三驴子也有些急:"那里可有我们的份子呢,可别出啥问题啊!"

崔银花说:"行了,老鸢,新闻播报完了,你赶紧出去站岗吧。"

赵二良第一时间就收到了这批绿色土鸭不合格的消息,省城饭店的人说随机抽查的鸭子平均重量多出半斤,各项规定指数严重超标!这让赵二良一度非常上火。他不敢告诉赵有才,和姜婷婷打完例行报平安的电话后,他躺在炕上翻来覆去无法入睡。这个夜晚,赵二良格外想念女儿小悦。他一直在想,抛家舍业的,自己这是图个啥呢……

赵二良突然想起了小弟前几天说的马胜利、崔银花和金快手赶着一大群鸭子来交货的情形,本来是需要抽样检测的,可他们就像听不懂人话,不容分说就迅速将自家的鸭子赶到大群里了。出毛病的正是那批鸭子，肯定是有人做了手脚。

第二天一早，赵二良就拎着一只不合格的鸭子来找崔银花说理。

崔银花上下左右拨弄了一会儿，说："我可没看出来，你手里这只鸭子怎么就是我养的呢？"

赵二良说："你养的也好，他俩养的也好，我看你们几个都是拴在一根绳上的蚂蚱！你们要是没偷偷摸摸地整事，人家能不收我们这批鸭子吗？"

崔银花反咬一口说："二良子，咱们可是有合同的，我还没找你要钱呢。你要是这么说，我还真得跟你掰扯①掰扯了。我一没不放鸭子，二没少放鸭子，三没喂激素饲料！你凭啥怀疑我？"

这时，金快手也飞快地跑了过来，上气不接下气地说："二……二良子，出事了你可不能赖我们，我们……可都是按合同做的，你得按合同给我们钱。"

"没一个好东西！"赵二良心里怒吼着，只好拎着那只鸭子回家去了。一路上，赵二良不断摇头叹息着。他没法再瞒着赵有才了，到家后只好实话实说。

赵有才气得嘴都歪了，喊道："创业创业！你以为创业那么容易呀？你可真是想一出是一出啊！马胜利、崔银花和金快手哪有个好人？唉！江山易改，本性难移啊，要是不整点儿偷工减料、偷奸耍滑、偷鸡摸狗的事，占不着便宜，那还是他们吗？"

这时，大弟和小弟也闻讯赶来了。

大弟恨恨地说："二良哥，就应该让那些偷奸耍滑的人永世不得翻身。"

小弟也气愤地说："把村民和二良哥签的合同拿出来看看，得让他们按合同赔偿损失。"

赵有才没好气地说："跟省城的饭店签的合同我刚才看了，合同里明确说了，不按要求养鸭子造成的一切后果由乙方负责，还说不合格的鸭子不允许流向市场，否则导致的扰乱市场价格、影响声誉等后果由乙方负全责……咱们在合同里正是乙方啊。"

---

① 掰扯：方言，辩论，争论。

大弟说："不按定好的规矩来，个别村民就应该负全责！"

小弟说："他们哪里会承认呢？这刚见点儿亮，都是些什么玩意儿呢？"

赵二良连夜赶往省城。第二天一早在某大饭店门外，赵二良打着电话："张经理，咋样？检验结果出来了吗？还有补救的余地吗？"

张经理说："没法补救了，添加成分严重超标啊……"

赵二良的嗓子立马急得沙哑起来，问："啊？添加成分严重超标？"

"嗯，不仅各种营养成分大大低于我们要求的指标，鸭子体内还有微量的药物残留……也就是说，你们的产品是披着绿色土鸭外衣的不合格的饲料鸭子。"

赵二良喃喃自语："怎么会是这样？"

张经理说："赵二良，出现这种假绿色土鸭，我们饭店的这道招牌菜可就砸了，前期的宣传费也白投了。赵二良，你是乙方，咱们可是签了合同的。"

赵二良知道是咋回事了，也就渐渐冷静下来，他说："张经理，就算你订，我也不会卖给你这种假绿色土鸭，我会承担赔偿责任的。"

在回金稻村的路上，赵二良起了满嘴的水泡。

亲历了这件事之后，赵二良又有了新的认识：金稻村不只是土地贫瘠，人的精神更加贫瘠。改造金稻村贫瘠的土地固然难，改造金稻村村民贫瘠的思想将会更难。

由于马胜利、崔银花和金快手不讲诚信造成的严重负面影响，赵二良的绿色土鸭养殖事业始终磕磕绊绊。眼看着手里本来就不多的钱入不敷出，下一步的稻田开发还没开始，赵二良只能默默地叹息。为了不让远在省城的姜婷婷过度担心，每天的例行电话里，赵二良只好和她报喜不报忧。

有一天，李勇浩笑着和赵二良说："当初我说你不听，这回看到金稻村村民的真实面目了吧？还是多年前的老样子！"

赵二良什么也不想说，只能用沉默回应着李勇浩。

好事不出门，坏事传千里。金稻村出产不合格绿色土鸭的消息很快就被传开了，赵二良的绿色土鸭销路彻底中断了。秋风瑟瑟，赵二良去平安县低价处理了积压的土鸭后，来到了村委会。

赵二良实在忍不住在心里压抑多日的怨气，就向刘主任抱怨了几句：

"没想到金稻村有些村民的素质这么差呀，有啥好想法都白扯啊！"

刘主任只好安慰他说："二良子呀，不要灰心，慢慢来，素质差的人哪儿都有。"

"我早想到金稻村的一些村民会偷奸耍滑，但我没想到他们会偷奸耍滑到如此程度。"赵二良无奈地摇着头。

刘主任也无奈地苦笑着："村民们的本质并不坏，还不都是因为贫穷嘛！我们把村民们带得富裕起来，有些事情就会变好的。"

赵二良苦笑着说："不仅是腰包里穷，脑子里也穷啊。对了，刘主任，我今天来找您，还有一件正事要和您商量。"

"二良子，有什么事你尽管说。"刘主任说。

"我说过，我回来的真正目的是大规模开发有机水稻，养鸭子的投入没能收回来，我现在急需一部分资金进行下一步大规模的土地承包，您看看村委会能不能暂时帮我应应急？"

"大规模开发有机水稻？这才是金稻村的王牌，才是正路子呀！当年你老叔和全福叔就一直坚持种有机水稻，只是都没有你这规模和气势啊。我真没看错你，我就觉得你回来是有大志向的嘛！正好，我儿子刚刚汇给我一笔钱，我暂时用不上，不行就帮你应应急。"刘主任激动地说。

"那就太谢谢刘主任的大力支持了！"意外的惊喜让赵二良眼里充满了泪水……

第三十七章　从头再来

要想种出优质有机水稻，得整合足够多的土地才行。为了尽快打开局面，争取承包到更多的土地，赵二良把自己的想法和全福爷说了："我不是回来养鸭子的，我最终的目的是要大规模种植有机水稻。"

"原来你回金稻村是要大规模开发有机水稻啊？我就说你不能天天放鸭子嘛。"全福爷感慨道。

"全福爷，我养土鸭只是一个附带产业，最终的目的是开发咱金稻村的有机水稻。这些年，我一直没有放弃这个想法。我老叔的离世，让我深有感触，我们不能手捧着金饭碗受穷了。多年的城市生活让我了解到，优质农产品和卫生健康的食品越来越受欢迎。蔬菜、水果等农产品只是人们日常生活的一小部分，而人们每天饮食的大部分营养来自稻米、面食及其他杂粮食品，可见稻米品质对人们的身体健康有多么重要。只是市场上的绝大多数有机水稻并不纯正，如果我们手上有纯正的有机水稻，就不愁卖不出去。"赵二良兴致勃勃地讲述着自己的打算。

全福爷说："我知道你老叔这么多年也一直坚持种不上化肥、不打农药的有机水稻，一心想改良家乡的盐碱地，只是咱们村的情况有点儿特殊……"

赵二良说:"虽然有难度,但并不是做不到,种植有机水稻关键是用好有机肥。有机肥是天然有机质经微生物分解或发酵而成的肥料,主要有秸秆肥类、粪尿肥类、堆沤肥类、厩圈肥类等,这些有机肥咱们金稻村并不缺。咱们家乡的土地虽然大面积盐碱化了,但那毕竟还是正宗的黑土地呀。有机肥富含有机物质和作物生长所需的营养物质,长期使用不仅能提供作物生长所需的养分、改良土壤,还可以改善水稻品质,提高水稻产量呢。咱们家乡人也一样,穷日子逼得他们自私自利、不务正业,等咱们走上正道了,他们都会是行家里手。"

全福爷兴奋地说:"对了,有人把腐熟的菜籽饼或腐熟的鸡粪、鸭粪在种植前施入土壤中,移栽后需追施腐熟的菜籽饼作分蘖肥,搁田前期再追施腐熟的菜籽饼,能保住已有分蘖,提高分蘖成穗率……"

赵二良说:"对,是这样的。在有机水稻生育期中再用酵素菌液追肥,可分五次叶面喷施。喷施生物有机肥,能促进分蘖;搁田中期,再喷施生物有机肥,能促进分蘖向成穗转化;到了促花期,再喷施生物有机肥,能促进颖花分化;保花期再喷施生物有机肥,不仅能提高结实率,还能增加粒重……"

全福爷笑着说:"看来你真用心琢磨了,还有这么多好办法呢。"

赵二良激动地说:"当我得知金稻村就拥有难得的弱碱黑钙土层,同时又地处最适合种植优质粳稻的全球优质水稻生产带之后,我真是太激动了!我对种好家乡的优质有机水稻更有信心了!只要充分利用科学技术,金稻村这方水土一定会长出弱碱优质有机水稻的!我知道您这些年已经积累了很多种植有机水稻的经验,干脆咱们一起来开发弱碱优质有机水稻吧!"

赵二良的想法让全福爷也振奋起来,全福爷说:"我看行,国家政策越来越好了,我们这些年没白坚持,那咱们就大干一场吧!"

"您老给我当顾问吧?"赵二良问得意味深长。

全福爷说:"行!全福爷永远支持你!"

要想大规模开发优质有机水稻,必须做好前期准备。赵二良曾有过推销绿色土鸭的经验,这使他在开发有机水稻的过程中少走了不少弯路。如果消费者不承认你的水稻是无公害的有机水稻,就会觉得价格太高了。只有把有机水稻认证办下来，销路才有可能慢慢打开。

赵二良带着金稻村的有机水稻样品跑乡里、跑县里、跑省里，又请相关部门进行实地考核，才终于办好了无公害有机水稻认证。这样，金稻村的有机水稻就能卖上合理的价钱了。等有了一部分销量以后，下一步就是维护品牌和继续提高销量的问题了。

赵二良深知种植有机水稻需要哪些准备，只是防治有机水稻病虫害这个环节就需要准备十几种方案。赵二良最终采用了"功能性有机肥防虫法"，因为生物有机肥内含矿物质的磁波能够促使有益微生物大量滋生，从而克制土壤病菌，改良土壤，使植物健康，达到防治病虫害的目的。

赵二良更深知种植有机水稻必须走集约化、规模化生产之路，才能够产生显著的经济、社会和生态效益，采用生物防治法也能够降低成本。

通过和赵二良一起放养绿色土鸭，柳红梅、二猴子、三驴子等人的思想观念已经有了明显的改变。

春节一过，赵二良就马不停蹄地行动起来。首先，他整合了包括老叔家、全福爷、柳红梅、二猴子、三驴子等人家在内的一百多亩水稻田。接着，他联系了省农科院，定购了有机稻种，用自家的责任田建起了育苗大棚，按预定土地数量备足了稻苗。

此外，赵二良还做了大量的前期准备工作，包括帮助想参与的村民们检测土质。种植有机稻对田地的质量要求很高，不是所有的田地都能种有机水稻。地块儿和地块儿之间就有很大差别，有的地块儿只能种普通水稻，顶多也就是绿色水稻，是绝对种不了有机水稻的。不同人家的地块儿是不同的，同一家不同的地块儿也是不同的。所以在决定选谁家的地，具体选哪块地时，赵二良进行了严格的实地考察。

在考察柳红梅家的地时，赵二良说："红梅婶家的稻田土质真好，这才像记忆中的黑土地呢。"

柳红梅说："就是啊，记得我小时候海兰江水哪是这样啊？现在一到汛期浊浪翻滚，就像泥汤子似的。"

赵二良说："红梅婶，相信我，一切都会好起来的。"

崔银花因养绿色土鸭出事后一直在家闲着，闲得就像生了一场大病。河稻穗见她妈这个样子，就和崔银花商量还是得干点儿啥。

全国都在抓乡村振兴，金稻村也要建个文化大院。村委会就想以崔氏娱乐中心为基础扩建一下。一开始，崔银花对建文化大院并不感兴趣。后来，她听说上面除了给配备一些图书建设农家书屋之外，还能给一定的资金补贴，正寂寞无聊的崔银花就活动起了心眼儿。她想：既然文化大院里还让打牌，这样的好事自己得参与进去，不仅能合法重操旧业，还能捞点儿补贴啥的，而且文化大院的名声也好。于是，她就跑前跑后地跟着张罗起来，有啥事抢着去办，甚至同意把自己家和赵有才家的院墙打通，改造成一个大广场，用来跳农乐舞。

赵有才却坚决不同意，说："建文化大院行，要跳农乐舞你可上一边跳去，整天呜嗷喊叫①的绝对不行！"

崔银花说："这是个多么好的商机啊！你就倔吧！"

见赵有才态度强硬，刘主任也不想引发不必要的矛盾，就采纳了金快手的建议，决定把农家书屋建在村委会的仓库里。

金快手第一时间就抢着把仓库收拾利索了，还借此良机在旁边弄个小卖店，说得给前来参加活动的群众准备点儿矿泉水、方便面和火腿肠啥的。

刘主任夸赞金快手想得周到，村委会还给了他一些装修补贴。

崔氏娱乐中心离村委会不远，金快手的小卖店严重影响到了崔银花的生意。"土鸭事件"中的两个"合作伙伴"从此心生芥蒂。

这天上午，崔银花正在自家屋里望着金快手的小卖店生闷气呢，多日不咋来往的金快手突然闪了进来。她拎起旁边的抹布，对着金快手撒起气来："你腆着个大脸，你还好意思来呀？你都把我的财路给断了！"

金快手边做出叫停的手势边躲着："停，停，停！"

崔银花嚷着："停你个头，这口气我憋多少天了，我都快憋出病来了。"

金快手顺嘴接道："那你可快点儿把气整出来吧，那赶似的了！"

崔银花说："你……你是让我断气的意思呗？"

---

① 呜嗷喊叫：方言，大声喊叫。

金快手用手点着崔银花说："错，你错了，我可没那闲工夫让你断气。我要是没有点儿好想法，能白送上门来让你骂吗？"

崔银花气喘吁吁地停下来："我也纳闷儿呢，说吧，你又想占啥便宜？"

金快手见状也停止躲闪："哎，得好好对待老顾客呀，我有好事跟你商量。"

崔银花怀疑地问："好事？那我真得提高警惕，把弦儿绷紧了。"

"爱紧不紧，我跟你说啊……"金快手摆手让崔银花过来，然后趴在崔银花耳边一阵嘀咕。

崔银花触电一样闪开了："你可别胡扯了，谁家不会种水稻啊？他老叔都没行，他赵二良咋就能行呢？"

金快手仍一本正经地说："肯定能行，听说他有新办法。种有机水稻土质得好，咱俩家的稻田可是金稻村数一数二的好地块儿呀！我早就听说了，城里人现在非常认可有机大米，就是苦于买不到真货。你看着吧，用不了几年，赵二良的有机水稻准能发展起来，那赶似的了。"

崔银花问："赵二良真能行？"

金快手说："肯定能行，我找乔大蒙算了，他说准成。赵二良回来的重头戏是种有机水稻，他从小就研究有机水稻，他养绿色土鸭不仅仅是为了卖钱，更主要是为下一步大面积种植有机水稻做准备呢。人家回来可是要大干一场的，别人我还没告诉呢。"

崔银花眉头一皱，说："咱俩养绿色土鸭都把赵二良得罪了，就算再有好事，人家也不会带咱们了。"

金快手说："这得看谁去求他呀！"

崔银花说："你那意思是让我去求赵二良呗？"

金快手说："错，你求可不行，还是得让你闺女稻穗去求，他们毕竟是老同学，赵二良肯定能给点儿面子的，那赶似的了。"

赵二良正在忙，突然听到河稻穗跟崔银花说话："别捅咕①了，你脸皮厚你说去，我是不会再张嘴了。"

---

① 捅咕：方言，此处指不公开，鬼鬼祟祟的样子。

崔银花说:"我脸皮够厚,可是面子不够大呀!就得你说了。"

赵二良抬起头,见崔银花正捅咕着河稻穗,就问:"稻穗,有事呀?"

河稻穗说:"二良哥,是有点儿事。可是……可是得我妈跟你说。"

赵二良见崔银花迟迟不说话,就说:"如果事情跟我有关,你俩谁跟我说都行。"

河稻穗说:"是这么个事……唉,还是我说吧。二良哥,很多村民都想跟着你种有机水稻,我妈和金叔也想……"

赵二良说:"银花婶和金叔也想种有机水稻?"

河稻穗说:"是,我妈她……她和金叔还有这个机会吗?"

赵二良说:"咱们金稻村的人都有机会,但因为出了上次那事,我还真得回去征求一下我爸的意见……"

"那你银花婶就先谢谢二侄子啦!"直到这时,崔银花才说话。

回家后,赵二良就把这事和赵有才说了。

"啥?又是崔银花和金快手?我说二良子啊,你不怕再砸了牌子呀?"

赵二良说:"爸,我这不是在征求你的意见嘛。一是我同学河稻穗来跟我商量,希望再给她妈一次机会;二是我一直就有带着乡亲们一起致富的想法。反正咱们早晚都要扩大规模,不妨再给他们一次机会吧,你说呢?"

赵有才说:"扩大规模的事你心里要有数,现在是起步阶段的关键时期,咱可不能再让那些素质差的人掺和进来了。"

"我们可以用真心来感化他们,引领他们做个讲诚信的体面人。我还是相信,金稻村的父老乡亲们本质上是好的,只是有些人的心暂时蒙了尘,他们最终是能够改变的。再说了,种有机水稻就是靠吃苦挣钱的营生儿,能吃多少苦就挣多少钱呗。"

"他们哪个像肯吃苦的人啊?通过养土鸭,他们是啥人我已经彻底看清楚了,我认为他们根本就不想靠吃苦过上好日子。"

"爸,他们已经知道错了,说是能改,咱就再给他们一次机会吧?"

"唉,你实在愿意给你就给,但我提醒你还是多防着点儿吧!"

最艰难的要数赵二良回村种稻的头一年。春天,在一处处收割完的稻田里,赵二良指挥着耙耕机耕作。稻田里杂草比较多,尤其田埂上的草高过了膝盖。先用大耙耕机耙耕一遍，把杂草、禾秆打碎，放水浸泡，杂草、禾秆被水泡烂后就成了有机肥，再把两千只土鸭放进来啄食。放养土鸭一方面是为了灭虫、踏田，另一方面鸭的粪便又成为稻田的有机肥。十天后，再用小耙耕机细耙一遍，把土地耙耕得更松软、平整；之后把鸭子赶出来，插秧，等稻苗长到一定高度之后，再把两千只土鸭放回去……

李勇浩反对赵二良大规模种植有机水稻并不是没有道理的。很快，赵二良就吃到了苦头。有些地块儿稻苗刚插下去，土鸭还没来得及投放就遭到了福寿螺的啃食，如果不马上处理，稻苗一两天就会被福寿螺吃光。以前，只要使用农药就能消灭福寿螺。但为了种出优质有机水稻，赵二良不能喷农药，只能用人工往出捡。后来，赵二良用上了茶麸，才最终消灭了福寿螺。

进入水稻生长期，就算全家人都非常能干，人工还是有限，稻田里的杂草有的都盖过稻苗了。在金稻村，稻田里长满杂草可是最丢人的事情。李勇浩笑话赵二良："现在不用除草剂哪行呢？亩产五百斤都是一大关。你这些年在城里待的，根本就不会种水稻了。"就连金快手都说："二良子，我以为你能行呢，才把地包给你。如果你这样种下去，明年我可撤了。"

在很多村民的嘲笑声中，赵二良艰难地熬到收获季节。一过秤，每亩地只有四百五十斤的产量，果然不出李勇浩所料。但吃到第一锅煮熟的米饭后，赵有才却难得一见地笑了："好！老爸支持你。虽然咱们水稻的产量远远比不上李勇浩的，但焖出来的大米饭，真是又香又软、又亮又糯啊！"

"看，这颜色虽然偏黄些，但它是米的本来颜色，这黄点，是米的胚胎。这种有机水稻，不仅好吃，而且对身体健康也有好处。这就是我要的'金稻粳米'！不喷农药也没有病虫害了。在稻田里放养的两千只土鸭，在不打针不喂药的情况下，两千只绿色土鸭健康长大后，还能多赚二十万元呢。"抓起一把自己亲手种出来的有机水稻，赵二良兴奋无比。他更有信心继续打造金稻村的生态农业模式了。

虽然困难重重，但赵二良还是带着大弟和小弟在金稻村成立了最初的有机水稻种植专业合作社，当上了事事操心的董事长。他不仅要让两个弟弟富裕起来，也要让村民们一起富裕起来。年初借刘主任的钱，刚到年底就顺利地还上了。

又一年的清明节刚过，赵二良就租了一辆卡车来到省城农科院的水稻研究所。他们把早就预定好的稻苗小心翼翼地装上车，运到事先准备好的育苗大棚里，把它们整齐码好，让小稻苗充分地接受阳光的照耀，越来越绿，越来越有生机。接下来，就等着稻苗长到一定高度后分发给合作社的社员们了。

赵二良让全福爷帮着打理有机稻田。全福爷毕竟是老把式，他很快就接受了赵二良的种田理念，并帮他说服入伙的村民们按照要求去种植水稻。比如种植有机水稻要求株距和行距都得宽一些，看似小小的要求，但却要改变村民们的种田习惯，执行起来并不容易。

插秧之后，赵二良就更是每天都长在稻田里。除了跟着全福爷学习种水稻，就是看管自家的稻田，同时他还得监管着所有参与者家的稻田。

因为有之前养土鸭的教训，赵二良一点儿也不敢放松，他时时亲自监控，处处严格把关。尤其对崔银花和金快手家的稻田，他更是特别关注。

崔银花和金快手等人果然不再恋着麻将桌了，他们重新做回了合格的农民，整天忙碌在自家的稻田里。

崔银花平日里那张白净的小脸被晒得越来越黑了。金快手的肚子明显小了，身体看上去也比从前结实了。

村民们干劲儿十足，再加上遇上了风调雨顺的好年头，金稻村种有机水稻的人家都获得了大丰收。

虽然两年来经历了种种挫折，但毕竟种出了自己理想中的有机水稻，赵二良发自内心地高兴。所有参与者也都跟着他分享到了喜悦。

分红那天，当初那些持观望态度的村民们后悔起来，很多看热闹的村民当场发誓：明年死活也要入伙，跟着赵二良一起种有机水稻……

由于有机稻田不上化肥、不打农药，稻田里就可以养土鸭，而土鸭又能帮助稻田灭虫害、增肥力。在赵二良的带领下，合作社既解决了土地的长期发展问题，又多渠道促进了农民增收。

赵二良深知种植优质有机水稻离不开科学技术的支撑，他先后邀请了农业大学、科技大学等学校的专业人士来合作社进行新型水稻成果展示和技术培训。

赵二良把有机水稻做得风生水起，又打出了"金稻粳米"品牌，尤其是越来越多的村民把土地流转给合作社之后，种粮大户李勇浩心里越来越不是滋味。

赵二良回村全身心投入有机水稻开发事业，李勇浩本以为他不能掀起多大浪花，也就是小打小闹玩玩而已。金稻村有机水稻种植专业合作社成立后，李勇浩只是象征性地拿出了一小部分土地参与有机水稻种植，也不是为了多挣钱，而是不得不给赵二良这个老同学一点儿面子。

李勇浩的态度，已经当上村会计的马胜利当然最清楚。以后的日子里，马胜利还是经常挑拨是非。这无形中给赵二良扩大种植规模增加了难度，使他在接下来整合土地时更加困难了。

经历过风雨的赵二良已经成熟了，他并没有一味地伤心、生气，而是讲原则又宽容地应对着一切。虽然总是磕磕绊绊，但合作社还是在艰难中向前走着……

第三十八章　晴天响雷

有了前一年的好事，第三年全村人几乎都参与了有机水稻种植。村民们把去年的收入都投入新一年的生产中，又是买稻种，又是修田埂，又是扩稻田，大家都铆足了劲。

赵二良吸取以前的教训，一点儿也没有放松警惕，还是继续时刻监控，严格把关。

经过不懈努力，金稻村有机水稻种植专业合作社出产的有机水稻产量高、质量好，打响了"金稻粳米"优质品牌，知名度不断提升。同时"稻田土鸭"也被越来越多的人端上了餐桌。

当年，由于暑期持续高温，赵二良和两个弟弟家的局部稻田染上了稻瘟病，只在生长末期喷了一次药，这样的有机稻和没喷过农药的有机稻没有什么太大区别，一样可以高价售出。但是，为了保证"金稻粳米"的整体质量，保护好刚刚闯出一点儿名气的品牌，收割时赵二良毫不犹豫地把它们分离出来，打上了普通水稻的标签，在村里低价出售。

有人说赵二良傻，他自己却觉得值。表面上看自己好像损失了很多，但他觉得自己是在用实际行动给金稻村的村民们上了一课。

为了让乡亲们的"金稻粳米"卖上更好的价钱，赵二良又坐火车来到省城的米业经销公司。经过艰难的谈判，赵二良又使乡亲们的"金稻粳米"每斤多卖了两毛钱。还是老规矩：验收合格，货到付款。

这一年的"金稻粳米"产量几乎是上一年的三倍。

可就在大家翘首以待、等着回报之时，米业经销公司指责赵二良违约的电话打了过来："赵二良先生，抽样验货时，工作人员发现你们的'金稻粳米'掺假了。按合同规定，这就构成了违约行为。"

晴天霹雳！如此大的逆转完全在赵二良的意料之外，他突然有种五雷轰顶的感觉。

赵二良连说："这不可能！这怎么可能呢？"当天晚上，他就赶到了省城。

在现场看到产品检验报告单之后，赵二良失望至极。抽样送检的"金稻粳米"根本就不是有机大米，而是上了化肥、打了农药的普通大米！合同的违约条款中可是写得清清楚楚，违约方承担一切经济损失和因此造成的一切后果。

面对难以接受的现实，赵二良只恨自己没有把好质量关。

接下来，如何面对讨要水稻款的乡亲们呢？

"夹馅大米"事件的发生，让赵二良又气又恨！不会是外人干的，一定是金稻村人干的。赵二良再次想起了赵有才说过的话，要钱鬼就是要钱鬼啊。但这件事让赵二良更加深刻地认识到：不从根本上改变金稻村村民的"精神贫瘠"，金稻村就永远不会有希望。金稻村穷也罢，富也罢，金稻村苦难的根源来自人们内心深处因贫穷导致的畸形冷漠和贪婪自私。

赵二良当初防了又防，检了又检，就怕出现万一，可这个万一还是出现了，而且后果又是如此严重！

有人做了手脚是肯定的，但到底是谁做的呢？家里人把目光投向了马胜利、崔银花和金快手，"假绿色土鸭"事件中被怀疑做过手脚的马胜利、崔银花和金快手还是很值得怀疑的。

声嘶力竭地喊，捶胸顿足地骂，金稻村的村民们早已经司空见惯了，没有用。诉诸法律，把罪魁祸首揪出来，按照合同追究其法律责任？这并不是他回来的真正目的呀！思来想去，赵二良最终决定继续用良心和爱心去温暖和感化那几个村民。

没过几天，村民们不出预料地上门来要账了，甚至还有人怀疑是赵二良从中做了手脚,嘴上不干不净的……

马胜利面带嘲笑地拉着柳红梅、二猴子、三驴子等人,假惺惺地劝着大家说:"就算二良子想赔偿也得给人家时间呀!谁手上能有那么多现钱呢?这到底是谁做的损①呢?要不咱们找乔大蒙给算算?"

"我早都算明白了,没有外鬼,招不来内鬼。我有现钱,谁卖房子,如果便宜搂嗖②地卖,我就买!"乔大蒙笑嘻嘻地从人群里走了出来。

赵二良只好忍辱负重地和村民们解释着,可村民们就像突然听不懂人话了,一直不依不饶。

好在刘主任和全福爷一直相信赵二良,他们帮着赵二良劝大家别着急,让大家相信赵二良,等查出事情的真相,就会给大家一个说法的。

刚刚回归正道的柳红梅、二猴子、三驴子等人的表情变得复杂起来,现出将信将疑的样子,话里话外还是有些担心,说:"咋也不能白忙活,给个普通大米的价钱也行啊。"只是声音变小了一些。

可是,有的人能等,绝大多数人是等不了的。等不了的那些人有通情达理的,也有不通情达理的,但也确实是各有各的难处。

赵二良拿出全部积蓄先赔付了那些最等不及的人。为了解燃眉之急,刘主任和全福爷也把之前卖粮的钱拿了出来。

可这些钱毕竟是杯水车薪,一时间,赵二良可谓焦头烂额……赵二良不得不一遍遍地打电话和远在省城的姜婷婷商量,最后决定背着岳父岳母把姜婷婷名下仅有的那半套房子卖掉,按每斤大米三元的价钱,如数赔偿给每一位村民……

赵有才听说赵二良把城里的插间房子卖了,勃然大怒:"小兔崽子,好不容易攒的家底都赔进去啦!我当初说你胡扯,现在看你真是胡扯呀!"

"爸,咱是共产党员,得守信用啊。"赵二良只好一边低声解释着,一边马不停蹄地向乡亲们兑现诺言……

赵有才一直唉声叹气,后悔当初没严加制止。好在母亲和老婶一直护着赵二良,劝赵二良别上火。母亲说:"我二儿子厚道诚实,这是做人的根本。"

---

① 损:方言,坏事,缺德事。

② 便宜搂嗖:方言,非常便宜,贱。

一向话语不多的老婶也说："我除了相信赵有志，再就是相信我二侄子。"

直到很多天以后，赵有才才被赵二良默默的担当精神打动了，才慢慢理解了赵二良的选择。赵有才竟然拿出了压箱底的积蓄，很文艺、很动情地对赵二良说："可也是啊，这才是做人呢！二良子，你果然是我赵有才的亲儿子，老爸应该支持你才对！"

接下来，为了乡亲们的共同利益，赵二良不得不低下头来说尽好话。他又是道歉，又是发誓地解释了一大堆，最后，米业经销公司看在之前合作愉快的份上，再加上赵二良为人正直又有担当精神，才同意按普通稻米的价格结算货款。也就是说，人家是看在个人的面子上才同意按普通东北水稻每斤三元的价格结算。赵二良虽然觉得对方够狠，但已给足了自己面子。商场如战场，人家严格按照合同来，一分钱不给你，你也说不出啥，眼前这半价也是自己费尽口舌才争取来的啊……

父老乡亲们起早贪黑白白辛苦了一年啊！赵二良时常望着收割后的稻田发呆。直到有一天，他眼前竟出现了老叔那张质朴的面孔，老叔就在不远处，正刚毅地微笑着向他挥手……

看着赵二良愈显清瘦的脸，刘主任心疼地说："二良子，你怎么瘦了这么多啊？我都快认不出来你啦。"

年底，米业经销公司如约打来了九十万元货款。赵二良没有把这笔钱据为己有，而是把这些钱全部分给了参与卖粮的乡亲们，说等找出事件的真相时再另给乡亲们一个说法。

很多村民都不肯要赵二良追加给他们的钱，纷纷把钱退还给他，让他赎回省城的房子。这是赵二良万万没有想到的，这样的事竟然能发生在金稻村！这件事不仅让赵二良感到温暖，更让赵二良看到了金稻村的希望。他觉得童年印象中那个淳厚朴实的金稻村渐渐回来了，那些勤劳善良的金稻村村民们并没走得太远……

好不容易赶上了有机水稻丰收的好年景，收获的喜悦却随着销售过程中的违约事件很快就逝去了。但好在这几年赵二良在合作社成立后尝试的立体生态化养殖取得了成效，在有机水稻产量创新高的同时，稻田里放养的绿色土鸭销售利润也创了新高。

只是这一年,本来可以双喜临门的合作社变成了喜忧参半。"金稻粳米"就卖了普通大米的价钱,好不容易创出的"金稻粳米"品牌又面临着被砸烂的危险。

虽然有人把赵二良的信誉毁了,把"金稻粳米"的牌子砸了,好不容易打开的一点儿市场也给搅和乱了,但这次赵二良没再和刘主任抱怨。他只是苦笑着摇了摇头。

刘主任说:"二良子,你担着这么大的压力,却不忍心动用法律手段介入调查,我知道你还在给他们悔过的机会,你对家乡父老的这颗善心,他们啥时候才能珍惜呢?"

赵二良说:"刘主任,贫穷,无论是精神上的,还是物质上的,都是一道难过的坎儿。我常想,最重要的不是怎么惩罚犯错误的人,而是怎么能做些改变,扭转他们见利忘义的蒙尘私心。"

刘主任钦佩地说:"二良子,你的格局真大啊!我亲眼看着你这些年一直都在努力打拼着,那些缺德的人给你造成的损失还没有弥补,你却以德报怨,想得更多的还是让文化惠及全村人。"

"只要路的方向对,中途有点儿磕磕绊绊也是正常的,早晚会走得更远更好。就说眼前这件事吧,从长远来看,产品质量的好坏是骗不了消费者的,咱们精心种植的有机水稻的味道、口感和营养都摆在那儿呢,我相信消费者会认可我们的,我们一定能够东山再起。"说完,赵二良转头眺望着远处那一块块金色稻田……

就是在这段备受煎熬的日子里,传来了马治保肝硬化晚期的消息,经医院诊断,他需要做肝脏移植手术才能保住性命。据说光是手术和更换合适的肝脏就得一百多万,后续治疗还需要很多钱。治不治?怎么治?马治保和马胜利这些年虽然攒了些钱,但跟治疗这种大病所需的费用相比,那就差多了。选择做肝脏移植手术,对经济条件一般的村民来说,可是想都不敢想的事啊。

一天晚上,马胜利竟然哭着来求赵二良。面对这个一向并不友好的老同学、儿时玩伴,赵二良说不出是一种什么滋味,更多的感觉是心如刀绞。

赵二良想起了老叔就是因为没钱及时治疗,才让小病发展成了大病,最后过早地离开了人世……赵二良不想让这种悲剧在金稻村继续重演了，他决定将自己刚刚到手的卖粮钱拿出来给马胜利的父亲治病。

消息传开，金稻村人都被赵二良的义举所感动，很多人也都表达了爱心，纷纷为马治保捐款。这样大规模的自愿捐款，在金稻村还是第一次。

在全村人的热心帮助下，马治保的病得到了及时治疗，肝脏移植手术取得成功，身体也逐渐好转了。

为了给马治保筹集后续的治疗费用，赵二良跟赵大良以及他在省城的同学多方联系，又跑了多次省城。连日的奔波，再加上创业的操劳，赵二良一度累得面黄肌瘦。

一天中午，马胜利出于感恩之心，邀请赵二良和李勇浩、二猴子、三驴子等在自己父亲治病过程中起了关键作用的人喝点儿小酒。喝着喝着，马胜利就喝多了，他好像突然回想起了赵二良从小到大的种种好处，终于承受不住内心深处的巨大压力，在酒桌上良心发现般地放声大哭起来，竟然说出了那不该发生的一切——

马胜利不仅说出了当年"假绿色土鸭"事件的真相，还说出了这次"夹馅大米"事件的真相："是我马胜利和崔银花、金快手做了不是人的事啊！我们用普通水稻替换了有机'金稻粳米'！"马胜利还说，这回他们之所以又一次做成了手脚，是因为他拿到了他爸马治保的仓库钥匙。

马胜利还流着眼泪说出了自己内心的阴暗想法："话都说到这个地步了，我也不怕老同学笑话了。说实话，眼看着老同学的合作社越搞越红火，我心里真不是滋味。一是你直接威胁到我的利益，二是我自己也觉得太没面子。多年来，我们没考出去的人毕竟已经是金稻村守家在地①的'能人'了，总不能看着外面随便回来个什么人就抢了我们的风头吧？这是一个大男人的尊严问题。我敢打赌，李勇浩也会有我同样的心理，都是大男人嘛！也是巧了，我爸手上正拿着村部仓库的钥匙，我就趁我爸睡觉偷了钥匙，配合另外那两个想占便宜的人做了手脚。二良子，真是太对不起你了，我在此正式向你道歉！"说着，马胜利还站起来给赵二良深深鞠了一躬。

马胜利说的话连李勇浩都听不下去了："你就别整那没用的了，赶快

---

① 守家在地：方言，不离开本乡本土。

喝道歉酒吧！"

马胜利坦白了，崔银花和金快手却仍在抵赖。事后，知道了真相的村民们把他俩团团围住，七嘴八舌地指责着。连从前和他俩走得最近的柳红梅都看不过去了，指着他俩的鼻子说："你们这事出得也太丧良心了吧！"

柳红梅、三驴子等人提出重罚这几个搞破坏的人，给赵二良补偿损失。连二猴子也同意处罚他爸。

河稻穗闻讯赶来，怒视着直往后躲的崔银花说："二良哥，那就依法办事吧，谁的责任由谁来承担！"说着，河稻穗就将崔银花的存折递了过来。

崔银花说："你拿到存折没密码也是白拿。"

河稻穗"呵呵"两声："密码就是我的生日，我早就知道。"崔银花连忙扑了上来，喊道："稻穗，你傻呀，我不就是想给家里多挣点儿钱嘛。"

"妈，你这实质上就是在偷，就是在抢啊！你偷走了二良哥好不容易积攒出来的信誉，破坏了他好不容易打拼出来的市场。更可恨的是，你还坑了大家，大家白白辛苦了一年啊！你们这样损人利己是要遭报应的！"河稻穗紧紧盯着崔银花的眼睛。

柳红梅高声说："稻穗呀，你做得对！不能再任由你妈一条道跑到黑了。"

村民们又七嘴八舌地说："这昧良心坑人的事真不能干，不能为了自己的利益啥都不顾了……"

"唉，我不挣钱拿啥给你和我大外孙花呀？"崔银花的脸七扭八歪了一会儿，最后还是平静下来。

河稻穗把存折递给赵二良，赵二良却没有接。

赵二良控制着情绪，说："这次出的事，我也有很大的责任。我这些日子也反思了很多，以后会把可能出现的问题考虑得更周全一些。"

"二良哥，那是以后的事，咱先把这件事了结了再说。是我们家一次次对不起你，对不起合作社的全体成员。"说完，河稻穗把存折硬塞进赵二良的手里。

赵二良犹豫了一下，说："稻穗，这就算你们家在合作社入的股吧。"

金快手一直观察着事态发展，一听赵二良说算入股，眼睛马上就亮了，忙往赵二良身边凑了凑说："二良子呀，我回家再凑点儿钱给你，也算入股行不行？那赶似的了。"

赵二良直视着金快手，没有说话。

"二良子，金叔是穷怕了，就是一心想多卖几个钱啊。当年，我还借给你学费了呢，你老叔知道。再说，我们家二猴子虽然单过了，那也毕竟是金叔的儿子，他的表现不是一直不错吗？那赶似的了。"金快手用嗓子眼儿说。

沉默了一会儿，赵二良说："稻穗，入股是入股，但给你们入的是公益股，入股的钱产生的利润，不装进我的腰包，也不揣进你的腰包。这些利润要花在咱金稻村的公益项目上，比如图书室、助学金、文化活动中心等。"

河稻穗说："二良哥，你这想法太好了。"

听赵二良这么说，崔银花脸上的肉挤到了一起，河稻穗瞪了她几眼，她才又低下了头。

金快手也满脸通红，灰溜溜地挤出了人群。

看热闹的人对着金快手的背影鄙夷地指点着、声讨着……

小弟望着金快手的背影，狠狠地跺了一下脚。

这次的损失真的太大了，每个人心里都很难受。赵二良没有再追究马胜利等人的责任，而是默默地在心里制定并完善着相关制度。

微凉的秋风中，赵二良和两个弟弟在附近各县市开办了"金稻粳米"定点售货处，给需要大米的饭店和市民送货上门。他们还在互联网上做宣传。

接下来，赵二良又把"金稻粳米"进一步精加工，不断拓宽"金稻粳米"的销售渠道，逐步增加"金稻粳米"的销量……

第三十九章　春回大地

在赵二良的带动下，曾经挂在老叔嘴边的"良心稻子"得到了大面积种植，从前那个金稻村又回来了。村里不论是水稻产业，还是文化产业，都有了长足的进步，金稻村人过上了有文化品位的富裕日子。

"夹馅大米"事件解决后，李勇浩彻底转变了，竟然成了赵二良最忠诚的朋友。他越来越被赵二良的行为所感化，不再反对赵二良种有机水稻，而是真心实意地配合赵二良的工作，还经常陪着赵二良外出办事。在一次外出办事回金稻村的货车上，李勇浩感慨道："二良子，河稻穗把钱退给你当作罚金，而你却把这笔钱算作她们的投资入股，利润用来给村里做公益，真是让人没想到啊！"

赵二良说："虽然银花婶干的这事该罚，可真把这笔罚金揣在我自己兜里，我还真装不进去！而不让银花婶真的心疼一次，她又改不了良心排在金钱后面的老毛病。"

李勇浩说："是啊，很多金稻村人在利益面前，总是私心过重，就像穷怕了似的。"

赵二良开车拐过一个小弯："说实话，我对他们的行为，恨是真恨！可毕竟打小儿就邻里住着。这么多年了，还是希望大家都好！我用这钱投资做点儿对村里人有用的事，也算帮银花婶做了件好事，弥补一下她缺失的德行，也算实现了我的初衷。"

"你的初衷？对了，河稻穗上学时曾喜欢过你，你是不是看在河稻穗的面上才这样对她妈的呀？"李勇浩笑着问。

"别人喜欢我是别人的自由，我心里从来没有那种想法。在我心里，河稻穗就是邻居家的小妹妹。大家心里都有一杆秤，谁都能掂量出轻重。我觉得只要是合情合理的事，乡亲们心里还是能够接受的。我一直梦想着让金稻村人富起来，不光是要挣到钱，精神也要富起来。所以，我在考虑用什么方式把一部分收益投到让咱们村变得更好的事情上。这次把银花婶的赔偿款当成公益投资，也让我更多地想到这方面的问题。以后，我们每挣到一笔钱，都按照比例拿出一部分当公益资金入股，这部分钱生的钱都用来给村里做好事。第一件就是以后金稻村的孩子考上了大学，学费由合作社赞助。"

"二良子，你这个方案真是太好了！把我的那份也算进去吧，这一定会让咱金稻村更多的孩子受益的。对了，你还拿出自己仅有的钱给马胜利他爸治病，凭一己之力要回了粮款后没去城里买房子，而是再次分给了村民，这些都让我由衷地敬佩！"

赵二良并不高大，但他的宽容大度和勇于担当的精神感化了李勇浩。作为从小一起长大的老同学，李勇浩终于认识到了自己的不足和与赵二良的差距。

接下来的日子里，赵二良和李勇浩带着两个弟弟在金稻村进一步整合土地，大面积种起了有机水稻，使更多土地纳入了有机认证体系。

春风又起，冰雪消融，养精蓄锐了一个冬天的东北大地又重新焕发出勃勃生机。赵二良、李勇浩、河稻穗等合作社的骨干成员和以老主任刘喜善为首的村两委成员们聚在一起，大家先研究了贫困户因户施策的相关事宜，又商量起如何把文化旅游和农家乐更好地结合起来，打造农家乐一条龙特色乡村经济，要让城里人来金稻村吃、住、玩的同时，学习和欣赏到城里没有的东西。

一向话语不多的李勇浩兴奋地说："这样真可行，集文化乡村、生态养殖、农事体验、旅游观光于一体，发展乡村特色文化旅游业，把城里人吸引到乡村来，不仅要让他们吃在金稻村，玩在金稻村，还要住在金稻村……不仅让他们边吃边玩边乐，还要让他们边看边学边做……"

会后，李勇浩还特意来找赵二良，说："二良子，刘主任年纪大了，等下届村委会重新选举时，我就推选你当村主任。在咱金稻村人的心目中，你是村主任的最佳人选，你肯定能带领大家致富！"

赵二良说："老同学啊，看来你是真的误会我了。我回来不是争权夺利的，而是一心想在咱金稻村组织大家种好有机水稻啊，最好同时也开展起立体化、产业化养殖业。我就是想借助国家的大好政策，回来和大家一起创业！让咱金稻村人不再受穷，尽快过上好日子。对了，你的养殖场还可以接着做，不过得好好规划一下，科学管理，争取做大做强啊！"

"二良子，你是说我的羊群还能继续扩大规模？"李勇浩觉得出乎意料。

"我们的黑土地如果能够统一科学使用，完全可以有计划地分地块儿轮流放养羊群，不仅要让田地得到休养，还要让田地不断肥沃。别忘了，羊粪可是上等的有机肥料啊。"赵二良说。

"这可太好了！看来，我以前的眼界还是太窄了呀！我现在终于明白了，你是真正充分理解了国家乡村振兴战略的总要求，并且在一点点地落到实处。你看，咱金稻村越来越奔着产业兴旺、生态宜居、乡风文明、治理有效、生活富裕的方向走呢！"李勇浩发自内心地感叹着。

他们终于在风雨中学会了化干戈为玉帛，化挫折为力量，要共同改造金稻村这片水土，要共同撑起金稻村这片蓝天。赵二良更加沉稳、宽容了；李勇浩也变得越来越有责任感，还亲口承认当年自己对种植有机水稻确实没认识上去……

金稻村就像脱了胎、换了骨，在原有合作社的基础上，赵二良又创新了运营模式，采取"合作社＋多种经营"的产业化运营模式，带领村民进一步整合土地资源，更大规模地种植高品质有机粳稻，实现了规模化经营。还建立起了金稻村自己的有机粳米加工厂，推广"金稻粳米"品牌，让"金稻粳米"销往全国各地。

赵二良还借鉴了其他合作社的一些卓有成效的做法，加快了新型合作社的发展进程。他征得村两委的同意，决定合作社实行统一管理，人人互相监督，大家共同致富。这样就从根本上避免了因个别人偷奸耍滑，为了个人利益而没有底线的自私行为。

在赵二良的带领下，农田基础设施建设也在加速。除了二百多亩土鸭稻田，金稻村合作社还种了三百多亩河蟹稻田和草鱼稻田，金稻村的有机水稻认证面积已经达到了五百多亩，个别地块儿的亩产量已经能达到六百斤，产出的有机大米在市场上供不应求。

曾几何时，农民年复一年地种地、收粮、送粮库，卖粮难这一问题一度成为农民的困扰。如今，有了优质高产的"金稻粳米"，更多村民开始用心琢磨如何将品牌大米卖得更好。

更重要的是，如何能像老叔活着时所希望的那样持续种出"良心稻子"、持续保护好黑土地呢？赵二良逐渐摸索出一套可推广、可复制的模式：秋收之后，赵二良带领村民们将水稻秸秆就地掩埋，时间久了就会为黑土地盖上一层厚厚的"被子"，不但能保持水分、培养腐殖质，连蚯蚓都多了。再用上我国自主研发的免耕播种机，尽量减少对黑土地的人为破坏，一次性完成全部耕作任务。可以说，如今的金稻村，黑土大地得到了休养生息，又重新焕发了生机。

更让赵二良高兴的是，金稻村的文化生活也在不知不觉中发生着可喜的转变。

赵二良把全福爷那些具有特色的农民画放大数倍，复制在金稻村传统特色民居的外墙上，打造起了美丽乡村、艺术乡村、文明乡村。他还带领金稻村的一些村民将闲置住房改造成特色民宿，用以接待来金稻村旅游的游客。

在河稻穗的催促下，崔银花乐颠颠地把自家的娱乐中心改造成了特色民宿。大半辈子习惯于投机取巧的崔银花终于感受到劳动带来的光荣和幸福，体验到了用勤劳双手挣钱的感觉，品尝到了用正当手段赚干净钱的滋味。她逢人就说："早些年咱不知道，要知道还说啥了？还是这钱攒得踏实，花得开心。"

金快手羡慕得直吧嗒嘴："那赶似的了，咱也跟着学。"不久，他也开起了一家朝鲜族特色小吃店，专门经营各种凉拌菜。

在合作社走上正轨后，在带领大家种有机水稻之余，赵二良和全福爷又抓起了金稻村传统的农民画创作工作。全福爷把祖传的农民画技艺传授给了赵二良。赵二良本来就有绘画天赋，每学一步都能让全福爷连声叫好。接下来的日子里，他们降低门槛儿收学员，充分调动了村民创作农民画的积极性。

农民画是全福爷的家传，他一看有这么多人对农民画感兴趣，就来了精神头儿。他反复告诉大家："咱们这农民画呀，根须都扎在泥土里呢，离开这方水土，它就活不了了……"

赵二良也一直强调："咱们的农民画要反映民俗、民生，反映农民的希望和追求。不离黑土地，把握好农民画的原创性。不能仅仅满足自娱自乐，还要走向社会、走向市场，咱们的作品要有自己的特色……"

有一天，赵二良在小黑板前给村民们讲解起来："在新时代，农民画要展示新农村，大家要理解这个'新'字体现在方方面面，所以不要都选相同的题材。退一步说呢，就算选了一个方面的题材，这个题材也要有新意，要有多样性。大家要开拓思维，敢于发挥想象，敢于表现……"

听了这番话，村民们不断鼓掌，随后就热火朝天地支起了画架子……

在赵二良的带领下，金稻村的很多人重拾起荒废了多年的老手艺。

除了画农民画，赵二良还带领村民们开动脑筋利用水稻秸秆制作挂件、壁画等工艺品。很快，金稻村人的传统手艺又丰富多彩地呈现在众人面前了。

全福爷也经常盯着老房子里留下的那些旧农具看，看着看着，旧农具仿佛活了一样在他眼前晃动着，变幻着各种造型。他画纸上的水稻也像有了生命，稻浪滚滚，稻花飘香……在灵感和真情的作用下，全福爷又创作出了水稻文化系列农民画——《黑土金稻》。这套作品还在全省农民美术展览中获得了金奖。拿到奖金后，全福爷感慨万分地说："金稻村富裕了，我们又有兴致画农民画了！"

不久，金稻村又得到平安县政府的扶持，成立了金稻村农民画示范基地。赵二良和全福爷带领的农民画队伍取得了创作"大丰收"，并进一步扩大了经营种类，有了专业的营销队伍。第二年，全省农民画大奖赛在平安县举行，金稻村被省里评为"农民画乡"，声名远播。

全福爷不仅自己多次获奖，也带动了更多的村民获奖。相对于众多的个人奖项，全福爷更看重的是来自全国各地的农民画订单。这样，继赵二良开发"金稻粳米"水稻产业之后，全福爷又开发了金稻村的农民画产业，使金稻村真正成了集乡村旅游和文化旅游为一体的社会主义新农村。

金稻村的水稻种植专业合作社在不断地壮大着，水稻种植面积已经扩大到两千多亩，带领着一百五十多户农户种粮致富；还为附近三百多户农户提供耙耕、放鸭等农业服务，辐射的农田达到五千多亩。金稻村成了远近闻名的有机水稻示范基地。

当赵二良回到金稻村准备大展拳脚的时候，赵大良一直在区文化馆努力工作。在一次酒桌上，赵大良听新上任的朱馆长憧憬未来的理想生活："等我赚到更多的钱，就去乡下买上一大块稻田，盖上乡村式的平房，再雇上一些人帮我种水稻……我就整天爱干啥干啥，养养鸟、钓钓鱼、喝喝小酒……累了就坐在稻田边上看看书，再看看景。整天看着那飘着香味的滚滚稻浪，该是多么美好的日子啊……"

听着听着，赵大良突然间顿悟般站了起来。他想：在金稻村，我们家不是有自己的土地吗？我们家不是有自己的平房吗？那里到处都是水稻田啊……想着想着，赵大良就悄悄地走出了包房，他给于玲打了个电话，说他特别想回老家去看看，最好也能参与赵二良的新农村建设事业。

于玲在电话里说："下一步你就要评正高职称了，你是不是疯了呀？"

赵大良这回没再听于玲的话，他还是执着地坐上了通往家乡的大客车。

在赵大良的苦苦坚持下，于玲为了稳住赵大良现有的好工作，她决定自己买断工龄提前退休，并按赵大良的意思在省城开了一家"金稻粳米"专卖店。于玲本来只是抱着试试看的心态，可她万万没想到金稻村的有机大米竟然越卖越好了。没过多久，他们就如愿以偿地换了一套三室两厅的大房子，还是城里人都向往的高档小区里的高层观景楼呢。

住上大房子以后，于玲整天乐得合不拢嘴。她除了在网上卖大米，还在网上晒幸福。于玲是讲道理的，说这一切要归功于赵大良当初的苦苦坚持，所以赵大良的家庭地位也得到了显著提高。有那么一段儿时间，赵有才和尹贤姬还被赵大良接到城里去住了，可住了没几天，老两口儿又搬回来了，赵有才说在城里住没有想象中那么好，好像一直悬在半空中的大笼子里，还是在金稻村住着踏实又自在。

这年夏末的一个午后，赵二良正在培育粳稻新品种的田边看数据，朴铸成带着一行人从远处走了过来："二良子，我带着生产建设兵团的同事们从新疆回东北看新农村建设来啦！"

赵二良忙迎上前握住朴铸成的手说："铸成，欢迎你回来，那就带大家先看看咱家乡的自然环境吧？"

朴铸成笑着说："好啊，我们听从安排。"

陪同朴铸成前来参观的人走进合作社时，稻田边的一群鸭子正在散步。赵二良介绍说："这就是我们养的稻田土鸭，春夏放养在稻田里，鸭子的粪便可以增加土壤有机质，也是有机水稻不用农药和化肥的象征。"

朴铸成说："二良子，没想到你真把书上学的知识运用到实践中去了。这些年下来，你真是不忘初心啊！"

说话间，赵二良引着众人一边看稻田，一边来到海兰江边。

朴铸成欣喜地说："咱家乡真的已经恢复了'绿水青山'啊，江边荒草地上除了野鸭子，咋还飞回来那么多灰鹤呀？真是太壮观了！二良子，你可真行啊！"

赵二良说："李勇浩、河稻穗他们也做出了贡献，这是大家共同努力的结果。金稻村的生态环境确实越来越好了，有了良好的环境，成群的水鸟又在这里安了家！伴随着国家的水利建设，海兰江的流量越来越大，水质越来越好，江里的鱼虾也越来越多了。"

朴铸成说："嗯，真是太好了！二良子，正是因为有你的坚持，咱金稻村才有今天啊！"

赵二良说："光靠个人努力不行，还是国家政策好！对了铸成，当初多亏有你的支持和鼓励！接下来，我们将以'金稻粳米'为主打品牌，继续开发稻田土鸭、稻田草鱼、稻田河蟹等农副产品，争取早日实现全方位电商经营、网络销售。"

朴铸成说："二良子,你已经把金稻村的'良心稻子'发扬光大了,把'金稻粳米'系列产品做大做强了，金稻村真是前景无限啊！"

朴铸成的同事们惊喜地四处参观时，两个老同学仍漫步在海兰江边。

不知不觉中天色渐暗，赵二良指着不远处的稻田说："你看，现在咱金稻村的环境是不是很美呀？"

朴铸成感叹道："关于乡村振兴，中央文件指出，要'望得见山，看得见水，记得住乡愁'。老同学，你们真的做到了！"

赵二良很实在地笑着说："离中央的要求还差得远呢，我们会继续努力的。现在我想得更多的是金稻村的未来如何做到可持续发展。"

望着一块块稻田，朴铸成说："二良子，你还记得上小学时咱俩一起做的有机水稻试验吗？"

赵二良笑着说："记得，那块试验田让李勇浩上了过量的化肥，水稻都给烧死啦！"

"用力过猛也不行啊，哈哈哈……"两个人不禁意味深长地大笑起来。

朴铸成拍着赵二良的肩膀说："老同学，我真为你取得的成绩高兴！乡村振兴之路是漫长的，一路多保重，我还是真心祝愿你越做越好！"

在赵二良的撮合下，尹香淑竟然带着那个又厚又旧的红皮日记本特意从深圳飞回来了，二十多年前的老同学在金稻村重聚了。

李勇浩说："咱们哪儿也不去，就在我的烧烤店招待老同学！"

李勇浩把金稻村的老同学都找来了，众人围坐在一张大大的酒桌上回忆起当年的大事小情，看上去都无比兴奋。说来也怪，当年越是痛苦的记忆越能成为此时的快乐谈资……

二十多年以后，大家都已届不惑之年，更多的是笑谈童年和少年。酒过三巡，有人提起了李勇浩小学三年级时带领大家去洗野澡那件糗事。赵二良也陷入深深的回忆之中：对呀，那可是事先发过毒誓不许往外说的，可语文老师林俊石只是指桑骂槐地一吓唬，朴铸成就把大家全供出去了。可见，朴铸成当年胆子并不大。而后来，面对马胜利锋利的刀刃和强劲的弹弓，同样是朴铸成，竟然能咬定自己与丢枪事件无关。从这个角度看，李司令的枪真不应该是朴铸成偷的呀，否则也不符合朴铸成的性格呀！

借着酒劲儿，赵二良就问朴铸成当年那枪到底是怎么回事。

朴铸成就笑着摇头不语。

赵二良就扯着身旁马胜利的耳朵问："胜利，我问你，你当年是根据啥认定李勇浩那两支枪就一定是朴铸成偷的？"

依然留着独特小辫儿的马胜利诡秘地一笑："我说二良子呀，这都是多少年前的事了？这么点儿小事你咋还没忘呢？我早都记不起来了。哈哈哈……怪不得二良子你能考上大学呢，你的记忆力可真好啊！"

"我可不是和你开玩笑呢，说真话。"赵二良仍抓着马胜利的耳朵不放手。

见赵二良认真，有些喝多了的马胜利才又边笑边说："那都是小孩子的事儿了，想想那时可真能闹哇！那时我是你们的副司令，必须得破案哪，要不我就没有威信啦！"

马胜利又张罗了一杯酒，在赵二良的再三追问下，他终于认真地和大家说出了实情："当年朴铸成不仅学习好，长得也带劲儿，我不过是想借机收拾收拾他……再说了，我也是实在没招儿了，就拉着二猴子编了那个故事，同是嫌疑人的二猴子当然愿意了……来来来，大家还是喝酒吧！别的都是瞎扯！"

"那我再问你，厕所里的字又是咋回事呢？"赵二良更加认真起来。

"那个就更简单了，是我自己写上去的，哈哈哈……"马胜利大笑起来。

"那你咋还贼喊捉贼呢？"赵二良松开马胜利的耳朵，大声追问。

"我今天就全都给你们招了得了。这一呢，是为了转移视线，前段案子破得不太理想，捎带着也给自己树立一下威信；这二呢，咋说呢？唉，也是为了没事儿整点儿事儿，没准儿还能借机再收拾收拾朴铸成呢……"马胜利说着又哈哈大笑起来。

大家都问，那李司令的枪到底哪里去了呢？

李勇浩这才说："唉，是我父亲怕出事，他给偷着收起来了……"

得知这样的结局，大家都笑了起来，可赵二良却越来越笑不出来。

这时，朴铸成笑呵呵地走过来给赵二良敬酒，老同学相互搂着肩膀干杯时，赵二良又一次感到朴铸成那双满是老茧的粗糙大手很有力量。

李勇浩这天的话突然少了，好像只问了尹香淑两句话："红裙子，都挺好的？这些年是怎么幸福地过来的呀？"

尹香淑眼圈一红，随即又微微一笑，掩饰过去了。她习惯性地撩了一下垂落到额前的一缕乌黑长发，语气平静温柔地说了句："看来，大家都挺好的啊。"就再没说什么。

赵二良后来喝多了，又说起了他老叔的"良心稻子"……他尤其认真地把这些年老叔苦心种植"良心稻子"的事讲给了李勇浩，说他老叔承包土地和李勇浩承包土地的目的截然不同……他老叔不仅要种出"良心稻子"，更要让"良心稻子"打出品牌，让金稻人共同富裕起来……

听了赵二良的话，李勇浩像变了一个人，竟然孩子一样哭了起来……

"啊？原来是这样啊！你老叔为了心中梦想的'良心稻子'，才把命给搭上了？我知道一个人心里有梦想的滋味……"李勇浩十分后悔地说。

大家都喝多了，只有尹香淑没有喝多。她虽然没喝多少酒，但始终保持着微笑。尹香淑看上去就连眼睛都在微笑，这微笑把她当年眼睛里清澈的小溪变成了一潭深邃的湖水。她还是那么美丽，老同学们好像又看到了那个迷人的"红裙子"，就让她给大家唱那首著名的《红太阳照边疆》。

尹香淑并没有扭捏，非常大方地为大家完整地演唱了《红太阳照边疆》：红太阳照边疆，青山绿水披霞光。长白山下果树成行，海兰江畔稻花香。劈开高山大地献宝藏，拦河筑坝引水上山岗。哎咳，延边人民斗志昂扬，军民团结建设边疆，共产党领导我们胜利向前方……

伴着动人的旋律，大家载歌载舞……尹香淑美妙的歌声把老同学聚会推向了高潮。

在这样的气氛中，李勇浩的话也多了起来，不断提酒祝贺赵二良："我们的金稻村真的青山绿水披霞光啦！我们的二良子真的让海兰江畔稻花香啦！我们的二良子真的让延边人民斗志昂扬啦！"

最后，大家还第一次听到了李勇浩演唱京剧，唱的是革命现代戏《红灯记》选段《穷人的孩子早当家》。演唱时，之前很兴奋的李勇浩突然又冷静了下来。

"提篮小卖拾煤渣，担水劈柴也靠她。里里外外一把手，穷人的孩子早当家。栽什么树苗结什么果，撒什么种子开什么花……"

虽然是清唱，但李勇浩却把这段京剧演唱得感情饱满，韵味十足。

唱得真是太好了，大家都没听够，就一致让李勇浩再唱一段。

李勇浩将大家的酒杯都倒满，一口干掉满杯酒，又清唱起了《红灯记》的另一经典唱段《临行喝妈一碗酒》。

李勇浩俨然舞台上的专业京剧演员，一招一式都有板有眼，唱得字正腔圆、荡气回肠。尤其是最后那两句"家中的事儿你奔走，要与奶奶分忧愁"，直听得赵二良就像产生了错觉，满脸沧桑的李勇浩仿佛真的变成了浑身是胆的李玉和！

不光是赵二良和朴铸成听得热泪盈眶，尹香淑也听得屏息静气，还不时地悄悄擦眼泪……

老同学们深情歌唱，热泪纵横，把《红太阳照边疆》《桔梗谣》和《阿里郎》等歌曲唱了一遍又一遍……

那天，大家在李勇浩那简陋的烧烤店里喝得情深意切，几乎喝了个通宵。

第二天中午，老同学们告别的时候，赵二良头一次见到强悍的李勇浩失声痛哭，他哭得就像要和骨肉亲人生离死别……

尾　声

　　经过多年的努力拼搏，赵二良终于看见了梦想中的芬芳大地，金稻村终于成了名副其实的金稻之乡。海兰江已经成了金稻村的生态轴和景观带，两岸湿地连片，稻浪滚滚。从前那些不毛之地，现在已成了示范田。成群的苍鹭和野鸭飞回来了，打鱼郎现出了矫健的身影，云雀也亮出了美丽的歌喉……

　　赵二良决定不再离开金稻村，觉得自己的根就应该扎在脚下这片黑土地上。姜婷婷也非常赞同他的决定，经常带着小悦回到美丽的金稻村住上一段日子。每次来，小悦都不忘抱着她老爷留下的那个神奇的"瞎掰"跑向稻田。

　　在上级党组织的高度重视下，金稻村迎来了换届选举。正如金稻村人所期望的那样，赵二良在村委会换届大会上全票当选为新一届金稻村党支部书记，他重新组建了强有力的村两委，带领着村民们走进了新时代更广阔的天地。为了永远留住乡村在记忆中的模样，赵二良没有让金稻村像有些乡村那样一味地城镇化，让村民们集中住进高大、拥挤的居民楼里，而是帮助乡亲们在原有的宅基地上重新盖起了新房子。新居就像小别墅一样，但还是尽量盖成东北乡村传统特色民居，每家每户又有各自不同的设计。

尾声

他们还另外投资，在原村委会的位置上重建了村民卫生所、村民办公楼、文化活动室。金稻村越来越有文化底蕴，也越来越生态宜居了。

金稻村的全体村民都成了"新型农民"，真正实现了梦寐以求的旱涝保收。村民们享受着完善的医疗养老保险，每年除了土地流转所得，勤劳者每个月还可以通过打工获得一份工资。

蓝蓝的天空上飘着朵朵白云，蓝天白云下面，是一片片金色的稻田。在秋风的吹拂下，田野里到处翻腾着滚滚稻浪……

又是一个丰收年，精心打磨出来的"金稻粳米"像晶莹剔透的玉石一样攥在村民们的手里时，他们满是汗水的脸上挂满了舒心的笑容。他们的眼睛里似乎饱含着泪水，那些泪水在阳光的照耀下闪烁着幸福的光芒。此时，他们知道一年的辛勤劳作终于又换来了实实在在的收成。他们不必再提心吊胆地盼年景，也不必再斤斤计较地穷算计，更不必再去偷偷摸摸地做手脚了。他们现在可以做到问心无愧了，他们终于走在心安理得的致富路上，他们终于可以挺直腰杆、光明磊落地做事了。

老主任刘喜善说："我早就说赵二良能有大出息，真是一代更比一代强啊！"

全福爷由衷地感慨道："早些年的合作社是集体受大穷，现如今的合作社是抱团挣大钱啊！"

昔日靠算命吃饭的乔大蒙也不好意思地说："看来好日子不是算出来的，真正的好日子是干出来的呀！"

远处还有没收割完的稻田，一波波金色稻浪、一片片蓝色江水以及一排排翠绿树林，组成了乡村最美的图画。这是大自然的馈赠！

赵二良望着那无边无际的金色稻浪，又想起了亲爱的老叔，当初正是老叔教给了他善良的品性和顽强的坚守精神。老叔一直耐心地期盼着他出息成人，总是无条件地、默默地支持着他。老叔是最想看到他在这块土地上过上幸福生活的那个人，可是老叔走得太早了，没能亲眼看到他两个侄子和两个儿子现在的生活，也没能看到金稻村发生的这些变化。

伴着《红太阳照边疆》的悠扬乐曲，在村民们欢快的说笑声中，赵二良把远眺的目光收了回来，他深情地凝视着脚下已经变得黑油油的芬芳大地……

后　记

黑土大地上的别样芬芳

王怀宇

非常感谢《中国作家》杂志的厚爱，在两年零两个月的时间里接连刊发了我三部长篇小说。我觉得这不仅仅是我个人的荣光，也是吉林文学的荣光。三部长篇小说虽然集中在两年多的时间里发表，实际上却是我二十多年日积月累的结果。我喜欢把这三部书写家乡的长篇小说合称为"家乡三部曲"，《芬芳大地》则是我"家乡三部曲"中的最后一部。如果说《血色草原》书写了我的精神家园，那么《风吹稻浪》和《芬芳大地》则书写了我的现实家园；如果说《风吹稻浪》侧重以爱情故事来书写贫困乡村坎坷的物质脱贫和精神脱贫，那么《芬芳大地》则侧重以亲情故事来书写乡村的经济振兴和文化振兴，书写亲人和同学间的情感细节和内心感受。《风吹稻浪》和《芬芳大地》同样是书写乡村，但各自的侧重点不同。从某种意义上说，《芬芳大地》中的人物和故事与我的个人生活经历更贴近一些。虽然说小说是虚构的艺术，但真实感人的现实生活才是小说的命脉和根基。

作为2021年度中国作家协会重点作品扶持项目，作为喜迎党的二十大胜利召开献礼作品，长篇小说《芬芳大地》单行本由延边大学出版社隆重推出。作品关注乡村振兴，关注黑土大地，关注生态产业，关注粮食安全，讲述了东北边疆黑土地上新农村建设者披荆斩棘、开拓进取的创业故事，描绘了一段稻花香里的峥嵘岁月，谱写了一曲海兰江畔的耕耘之歌。小说不仅关注到了乡村的自然生态，更关注到了乡村的文化生态。

在乡村振兴的时代背景下，小说以东北金稻村为故事原发地，串联起活龙镇、平安县、省城和中小学、文化馆、文化报社等一系列人物活动和生活场景；以主人公赵二良和老叔赵有志为主要人物，串联起父亲、母亲、哥哥、爱人、同学、同事、邻居、朋友等一系列人物；以叔侄两代人矢志不渝培育、种植"良心稻子"为主线，串联起主人公赵二良历经贫穷童年、艰苦求学、收获爱情、成家立业，后又毅然决然放弃城市生活返回家乡开展绿色种植、绿色养殖，打造"金稻粳米"品牌，带领金稻村村民共同致富、改善人居生活环境、提升文化品位和村民精神追求等故事。展现了改革开放四十余年来，尤其是新时代以来，勤劳善良的东北农民在党的光辉政策照耀下，在广袤的黑土地上开展生产、脱贫致富、振兴乡村、追求幸福生活的美好画卷。从土生土长、热爱家乡的普通人赵二良身上，读者能看到金稻村人那种深沉而执着的韧劲和厚道而善良的天性，就像黑土大地深处蕴藏的持久"地力"一样。

小说还通过对朴铸成、李勇浩、姜婷婷、于玲等众多人物的描写，全方位、多角度地揭示了人与人之间在思想价值取向上的碰撞、说不清道不明的情感纠葛、在亲情沦陷中的不同选择、在面临生死离别时的心态等，反映了中国式的乡村人物关系的丰富性、复杂性和特殊性。小说通过描写众多人物的理想与现实的矛盾反差，通过描写不同人物命运跌宕起伏的故事，揭示出人性的真善美与假恶丑在不同时空矛盾与对立统一的客观存在。

我于1966年出生于吉林西部乡村，1989年大学毕业后被分配到吉林省群众艺术馆工作，之后艰难地恋爱、结婚、生女……一直在省城过着艰苦奋斗的日子，每天都忙得天昏地暗，业余时间还要从事小说创作。

直到1997年，我好像才停下来喘了一口气。小时候哄我长大的农民叔叔从乡下来省城看病，投奔已经在省城混了近十年的我来了。不幸的是，叔叔的诊断结果是癌症晚期，并且癌细胞已严重扩散。叔叔一向是个善良、刚强的农民，一辈子净吃苦了，他咋这么可怜啊！我毫不犹豫地决定：一定要救叔叔，哪怕倾家荡产。当时并不富裕的我为叔叔治病竭尽全力，但无济于事。叔叔的走让我痛心很久，这时我才认真地审视了一下自己的真实处境，如果叔叔不是癌症晚期我就能拯救他吗？同样不能。因为我没有那个能力，我其实和叔叔一样贫穷。叔叔走后，有一天我突然想，我为什么不写写我身边的这些农民亲戚呢？如何能让他们富裕起来呢？

我从小在农村长大，现在还有很多亲戚仍然是农民，我与他们有着千丝万缕的关联。从那以后，我就越来越关注农民，从不错过下乡的机会，别人不愿意去的地方我也抢着去。此后的十年里，我利用各种出差的机会，几乎走遍了省内九个地级市的所有乡镇，去过上百个村屯，每次都有新感受。

2006年，中共吉林省委宣传部、吉林省作协组织全省作家、艺术家进行了一次"吉林大地行·走进新农村"系列采风活动。我走访了榆树市和蛟河市下辖的十几个乡镇，发现农田越来越集中到少数农民手中，再加上农业机械化的普及，很多农民得以从田地中解放出来从事其他行业的经营，有的外出打工，有的成了养殖专业户，有的开起了麻将馆，还有的成了新兴的无业游民……剩下来的那些真正种地的农民确实比以前富裕多了，但总的来看还是让我喜中有忧。

2008年，为了更好地推进全省文化大院建设，吉林省群众艺术馆经常下乡开展调研，当时作为分管副馆长，我有了更多的机会到乡村了解实际情况。接下来的几年里，我又走了一遍全省九个地级市的许多乡村，更加了解到新时代、新农村和新农民。乡村的发展进步和巨大变化以及村民物质生活上的改善都是有目共睹、无可置疑的，然而广大农民的文化精神生活质量仍然令人担忧。这二者的不同步促使我思考，也让我感到农民的精神生活和文化意识里一定有许多故事可以挖掘。

2011年7月至2012年7月，吉林省直机关开展了"千名处长进千村"活动，我来到公主岭市大岭镇东沟村挂职村党支部副书记，又给了我一次深入了解乡村的好机会。原以为就是走走过场，但在深入了解了农村的实际情况以后，我才渐渐认识到深入基层的必要性。通过下基层，看到了百姓生活的困难，我才知道应当为他们做些什么；我虽然能力有限，但还是想方设法利用艺术馆集体的力量尽量帮助村民解决一点儿实际困难，但也只能是物质上的小帮扶。

2013年10月，我调到吉林省艺术研究院工作以后，又有了一次难得的帮扶机会，这一次是到延边朝鲜族自治州安图县新兴村结对子帮扶。这一次让我近距离地了解了一户农民，望着他们家的羊群和鸡群，我觉得他们已经不是经济上的贫穷了，而是文化的严重缺失……

2014年，我又一次回到家乡采风，先后来到大安湿地、镇赉莫莫格湿地、白城生态新城、通榆向海湿地……我觉得久别的家乡变化巨大，过去无尽的风沙不见了，盐碱大地变回了黑土大地；八百里瀚海正在演变成万顷良田，正在实施的"河湖连通工程"更是让人振奋不已……家乡人的衣食住行已经不是问题了，但我内心深处另一种暗暗的担忧却越发深刻：仍然是关于家乡人的文化生活，即家乡人的精神生活。同为村人，有的还是同班同学，却因为思想和文化造成的巨大差异，不仅无法沟通，甚至相互误解和抵触，无法避免地渐行渐远。也许是出于职业的习惯，从事文化工作二十多年的我总是不由自主地关注那些与文化生活有关的事件。

在热闹生活的背后，依旧隐藏着无处不在的、令人无奈的快乐与忧伤。虽然表面上都很客气，但我觉得与家乡的亲人之间越来越难以沟通，越来越无话可说。我们明明是骨肉亲人，怎么就听不懂彼此说的话了呢？我常常为此感到心痛，是彼此间文化的差异从根本上拉开了我们的距离。

带着这样的困惑，在接下来的日子里我还到新疆的阿勒泰采访援疆干部，到甘肃清水感受内地新农村建设，同时也了解到很多东南沿海地区的乡村振兴故事……

二十多年来，我去过那么多个乡村，虽然情况各不相同，但都存在一个共同的问题——文化缺失。

2020年以后，我又先后来到延边地区的汪清县天桥岭镇和龙井市老头沟镇、通化地区的辉南县抚民镇和梅河口山城镇采风调研。

老头沟镇泗水村农民卖粮时经常被不法粮贩子蒙骗，第一书记王利斌在村口修建了一个巨大的公平秤。从此，村民们不再担心上当受骗。王利斌来自省检察院，五年多来一直为村民们谋求致富新路，通过开发创办"尹秀华牌"速冻玉米、菌类生产加工厂、黄牛养殖场等项目，带领全村人走上了小康之路。

在山城镇保兴村党支部书记曲智慧的带领下，我们来到原来的贫困户曲贵宝家，昔日贫苦的日子已经不见踪影，曲家住上了明亮干净的大瓦房，院里还种了辣椒、菇娘儿等蔬菜和水果，等成熟后镇里还负责统一回收销售，为老曲家增加一笔收入。

接着，我们又来到"示范精品村"——山城镇的河南村和四合村参观。乡村建设各具特色，河南村体现了朝鲜族特色民俗，有朝鲜族美食，更有浓郁的朝鲜族风情；四合村的特色墙画扮靓了乡村，是艺术创作与乡村振兴结合的成功示范。

在辉南县抚民镇北关村，残疾人农民作家崔秀梅给我们讲述了自己的奋斗故事……

在这些新时代的乡村里，我终于看到了一些企盼中的亮色，这就是国家实施乡村振兴战略所取得的初步成效。

小说创作离不开人物关系，长篇小说更是要通过人物关系来塑造人物形象、书写人物命运。人物的真实生活和真实感受最能打动读者。与过去相比，新农村的干部与群众的关系，干部之间的关系，干部、群众与生产生活的关系都已经有了新的改变，远不是从前那样朴素和简单。随着时代的发展进步，现代乡村已变得多元且复杂，每个乡村又有每个乡村的具体情况，很多问题一直督促着我去进一步深入了解那里的人和事。所以，每次到乡村采访，我都会有新的发现和新的收获。

在乡村快乐或不快乐的日常生活背后，依旧隐藏着令人无奈的种种文化缺失现象。这不禁让我担心，一个没有文化的乡村，何谈文化自信？面对中华民族伟大复兴的战略全局和世界百年未有之大变局，乡村振兴战略任重道远，广阔的乡村太需要有知识、有文化、有能力的人了。有时，我甚至梦想也能回到乡村去，发挥一些文化引领作用，和农民们一起大干一场，走上共同富裕的道路。我写《芬芳大地》的初衷就是想呼唤乡村人的文化意识，体现乡村的人文关怀和文化介入，展现人与人之间关系的丰富性，尤其是人与人之间的文化关系。

在党的关怀和引领下，新时代农村的物质生活正在一天天变得美好起来，农民一天天地变得富裕起来，但我更希望农民的精神文化生活也能变得越来越丰富多彩、越来越深沉厚重……

我相信那一天，一定会到来！

2022年1月24日